中国书籍文学馆
名家文存

槐香入梦

周立民 / 著

中国书籍出版社
China Book Press

图书在版编目（CIP）数据

槐香入梦 / 周立民著 . — 北京：中国书籍出版社，2014.3
（中国书籍文学馆·名家文存）
ISBN 978-7-5068-3946-4

Ⅰ . ①槐… Ⅱ . ①周… Ⅲ . ①随笔—作品集—中国— 当代 Ⅳ . ① I267.1

中国版本图书馆 CIP 数据核字（2013）第 306177 号

槐香入梦

周立民　著

图书策划	武　斌　崔付建
责任编辑	牛翠宇　杨铠瑞
责任印制	孙马飞　张智勇
出版发行	中国书籍出版社
地　　址	北京市丰台区三路居路 97 号（邮编：100073）
电　　话	（010）52257143（总编室）（010）52257153（发行部）
电子邮箱	chinabp@vip.sina.com
经　　销	全国新华书店
印　　刷	北京富达印务有限公司
开　　本	710 毫米 ×1000 毫米　1/16
字　　数	203 千字
印　　张	22.5
版　　次	2014 年 5 月第 1 版　2016 年 1 月第 2 次印刷
书　　号	ISBN 978-7-5068-3946-4
定　　价	58.00 元

版权所有　翻印必究

年末岁首，检点旧文，当初一笔一画写下它们的情景犹在眼前。然而，岁月疾驶，早已把那些怀旧的心绪抛在身后。幸好，有文字在，在气喘吁吁的奔走中偶尔驻足的片刻间，还可以回首来时的路。

一个人，需要脚踏实地、一步一个脚印地走路，但也需要天马行空、不为形役的飞翔。

我时常沉浸在往昔的回忆中，如同冬日里坐在窗前享受暖暖阳光的照拂。为此，才没有丢掉这些不成熟的文字。只有借助它们，我才可能在过去与现实之间自由飞翔。

感谢让我搜集起这些文字的友人，感谢无情与有情的岁月，感谢那些伴着我走过这些岁月的人。

周立民

2013 年 11 月 26 日于上海吴兴路

目 录

第一辑 秋风入卷

002　雨天读书
005　门前风景雨来佳
008　故乡的野花
011　故书不厌百回读
014　我们的春天
017　翅　膀
020　窗外的风景
024　随风而逝
026　谁解其中味
029　偷得浮生半日闲
033　落　叶
036　挣不断的红丝线
039　人生天地间
053　毕业小记
057　冬　雨
061　草莓的滋味
064　端午忆旧
067　你是故乡的言语
085　槐香入梦

090　寄来春的消息
094　梦里可识故园路
130　剪得秋光入卷来
138　流水十年间
146　记得那时风日好

第二辑　世事琐谈

156　谢　谢
158　你愿跟谁打交道
161　屏幕前的世界杯
163　声声入耳
165　温柔杀手
167　无据可查
169　细　节
171　小便宜与大亏
173　幸福是什么
175　一点脾气都没有
177　奴性教育
179　转弯抹角
181　从天而降
183　赶了回时髦
185　唤醒我们的义愤
187　关于恐龙

第三辑 文苑走笔

- 192　无须悲观
- 195　也说中青年作家出文集
- 198　与写作无关
- 207　鲁迅打了多少官司
- 210　读读诗歌
- 212　稿费与知识贬值
- 215　莫名其妙的创刊号
- 218　势利的选本
- 221　在造神和臆测之间
- 227　梦和生活连为一体
- 233　我只有苦笑
- 239　该给"长篇情结"退退烧
- 243　编辑是干什么的
- 247　真理的贩卖者
- 266　有多少书可以重印
- 269　老明星的新八卦
- 272　别人嚼过的馍会香吗？
- 276　鲁迅动得，夏志清就动不得？
- 280　唉，这些高级趣味啊
- 284　诗歌何时盛宴天下
- 288　《封面中国》的堂兄弟
- 294　批评的第三条道路
- 298　再说"消失的文人"

300　批评的面孔与眼泪
303　谈私藏与公用
306　关于莫言得奖的答问

第四辑　谈文说书

312　说书脊
315　说索引
317　说注释
319　说插图
322　说传记
325　说专栏
329　说盗版
333　说"黑"书
336　说《全集》
339　说普及读物
342　说图书馆
345　说小报

348　后　记

第一辑

秋风入卷

雨天读书

闻古人读书,明月清风,明窗净几,高香一炷,那虽然是文人的清淡,但总觉得对读书环境的这份要求未免有点奢侈了。在喧嚣的都市中奔忙,读书恐怕只能是不究环境的见缝插针。然而后来发现这样读的书大多是为了实用而不得不读的,有些劳累,这才明白,读书原应有一种情致,而这种情致的获得多少都需要一点情景的,这样才不单是用眼睛读,而且还是用心读,读的也不仅仅是纸上的墨字,恐怕是更深远的东西,这样你的生命与文化才有了交融与碰撞。

雨天,访友行游,恐怕有诸多不便,然而却是读书的好时光。无论是细雨缠绵,还是大雨滂沱,每执一卷,静心细读,既有与风雨同飘荡之感,又有无论风吹浪打,仍闲庭信步的心境,这时候,坐在书桌前,会觉得庇风护雨的家更安宁。在这样的心境中,读一些哲学或感悟性极强的书,会豁然开朗透彻领悟。入夜,沏一杯清茶,风雨不再寒凄,拥一室藏书,人生不再单调。随便从架上抽取一本,在雨滴叩窗声中读上一段,雨便润泽了人的思绪,把你带入了一条悠长的小巷中,让你不禁掩卷凝思。

这时浮在心湖上面的可能是如雨如雾的惆怅，然而压在底下的却是无限饱满，禁不住想与倾心的友人细谈一番。人不能多，只两人对坐，谈话声不能太高，唯有这样才能与雨境相依。然而思来想去，深恐这样也是一种破坏，还是写封信更好些，于是提笔写道：在这风雨潇潇之时，我正在读某某书……

雨也有让人愁眉不展的时候。一次，乘车回家，在途中风雨大作，我们的车如一叶扁舟，在疾风高浪中奔颠。车窗外的雨要折断人们心肠似的下个不停，想到下车还要走很长一段泥泞的路，我的心顿时黯然下来。幸好，我背包里还有一本书，我拿起它，试着使自己走入书的世界里。当那个世界完全向我展开时，风雨的愁绪渐渐飘远了。恰巧，书里也有风雨一幕，然而作者写得极动情，极温馨，深深打动了我的心。合上书，把目光再投向窗外时，风雨依旧，然而却倾注了我的几分情意，窗外的风雨与我所读的书情景融为一体，美丽的故事给凄切的风雨增添了绚烂的色彩，顿时有了风雨兼程、风雨无阻的豪迈。提到雨天读书，我还不会忘记我独居一室的那个雨夜。那是一个多雨的夏天，我远离故土亲人，在人流熙攘的街头中，也没有一个我熟悉的面孔，可以想象，一个雷电交加、大雨倾盆的雨夜，我一个人守着偌大的一个空房，会有什么样的心境。雨下得人心慌也心伤。这时候，书是最贴近心灵的朋友，我找出一本古诗词选，找出了毛笔和几张废报纸，在昏黄的灯光下抄诗词，我专门翻捡那些记风写雨的抄出。从"好雨知时节，当春乃发生，随风潜入夜，润物细无声"这样的和风细雨，到"天街小雨润如酥"，到"昨夜雨疏风骤"，后来抄到苏轼的"回首向来萧瑟处，也无风雨也无晴"，我的笔顿住了，口中反复吟味着，眼前却出现了这样的图景：九百年前的一个春天，谪居黄州的苏轼，归途逢雨，同行的人皆狼狈不堪，独他从容不迫，"吟啸且徐行"。这位大文豪历经沧桑，心胸已如一片汪洋大海，虽偶有涟漪，但又摇之不浊，无论风雨晴日，不惊不宠，"也无风雨也无晴"，这种从容和成熟的境界，仿佛给我的心胸输入了新的血液。那是一个难忘的读书夜。

也无风雨也无晴，唯有从容读书情，我留恋和欣赏的也正是这番情致。

1996 年于大连

门前风景雨来佳

  窗外细雨丝丝，闲居室内，不由得想起李易安的"枕上诗书闲处好，门前风景雨来佳"，便取出古人的诗文集，随便翻了起来。整日里在高楼如林的都市中穿行，内心未免逼仄得很。感谢这雨，来润泽着那么多干枯的心灵。然而，都市毕竟对人的精神有着太强的规范性，浊流四布，车溅泥飞，执伞的人左躲右闪好不劳累，真毫无诗趣。人不能总生活在诗里，可是长久在现实中奔波，心灵会锈蚀，没有想象的人生，色彩是单调的。幸亏，千百年前的古人，为我们准备了那么多诗文，让我们能在无处隐居的都市中放一次假，为诗意和生趣逃遁一次。

  雨在诗人的笔下充满了灵性，让人为之心颤。在古诗中，我觉得春雨尤为可爱，它不像黄梅时节雨让人困愁万分，也不似"留得枯荷听雨声"的梧桐秋雨那般凄寒，春雨总是细细的，带来的是一抹新绿，一片希望和欢悦。哪怕是春愁，那也早让万物的勃勃生机给调和得没有了大喜大悲。即便是"路上行人欲断魂"的清明时节雨，也让"借问酒家何处有，牧童遥指杏花村"的句子涤荡得寒气早无，而感到美意无限。

我们还是随着韩愈到天街上去感受"最是一年春好处"的细雨吧："天街小雨润如酥，草色遥看近却无。最是一年春好处，绝胜烟柳满皇都。"细雨是春的使者，柔情万般，让人心旌摇动："暖雨晴风初破冻。柳眼梅腮，已觉春心动。"（李清照《蝶恋花·离情》）像韦应物的"春潮带雨晚来急，野渡无人舟自横"这样的急雨似乎并不多见；而志南和尚笔下的"杏花春雨"倒是春雨的一个定格："古木荫中系短篷，杖藜扶我过桥东。沾衣欲湿杏花雨，吹面不寒杨柳风。"朱自清先生曾说这雨这风像母亲的手抚摸着你，在这样的风雨中，漫步田间地头，平静之中，也有几分压不住的欣喜。

"春雨足，染就一溪新绿。柳外飞来双羽玉，弄晴相对浴。"（韦庄《谒金门》）一溪春水、两行绿柳，双双白鸥，晴光满天，雨后春日的景象丰满而充足。"好雨知时节，当春乃发生。""雨足郊原草木柔。"对于久旱的大地，人们这股喜雨之情实在可以心领神会，它们洗去扬尘，带来一派清新，也催促着农人们春播。那位高吟"大江东去浪淘尽"的文豪，低吟一曲《浣溪沙》，清新开阔，含蓄隽永，把久旱逢雨的欣欣向荣全般道出："软草平莎过雨新，轻沙走马路无尘。何时收拾耦耕身？日暖桑麻光似泼，风来蒿艾气如薰。使君元是此中人。"读着这样的诗句，难道你不觉得已洗去浑身尘埃，也做了个田间人吗？

纵然是美景无限，也有逝去的时候，"落花流水春去也"，这样的惜春、叹春、伤春的喟叹也是古今诗人们极爱吟唱的主题。"落花人独立，微雨燕双飞"（晏几道《临江仙》），大有顾影自怜、触景生情的意味。而李易安的《如梦令》："昨夜雨疏风骤。浓睡不消残酒。试问卷帘人，却道'海棠依旧'，知否，知否？应是绿肥红瘦！"则把一种淡淡的惆怅，化在那些微妙的细节中，于是伤感成为一种深层次的思考，而不是高声的悲泣，这样反倒撼人心肺。"画桥流水，雨湿落红飞不起"（王安国《减字花木兰》），让人未免伤身感世，然而至"落红不是无情物，化作春泥更护花"，顿觉境界高起。读了那么多感叹春光、春花的诗，始终觉得孟浩然那二十个字千古超绝，那么简单的字句竟令人回味无穷，实在让人叹服："春眠不觉晓，处处闻啼鸟。夜来风雨声，花落知多少。"

  临窗对雨，闲翻诗文，不觉心清神爽，没有阴雨带来的压抑和沉重，春光无限也易逝，伤呀叹呀也好，惜取光阴最重要。这不，几场春雨过后，夏天已在不经意中来到了眼前。

1997 年 5 月 7 日下午

故乡的野花

好久没有回家乡了,最近一次回去,或许是习惯使然,不知不觉走上了那条早荒废的小路。这条路从高处远远望去仿佛纸上的一条细线,是田野间仅容一人通过的羊肠小道。初春的禾苗尚不能遮掩住土地,小路上的野草却迫不及待般郁郁葱葱了。远处的村庄静静地横在蓝天下,田野上只有我一人,整天让高楼压着胸口逼着眼睛,置身其中情不自禁想痛快地大喊大叫一番。

这条寂静的小路,在当年却给我带来不少期待与欢乐。它是从家中通往"合社"的必经之路。所谓"合社",是合作社的简称,后来叫供销社,今天称作商店,名称的变迁中浓缩着岁月的风雨。小时候,每几个村都有一个合社,里面油盐酱醋,农药布匹,虽规模不大,但农家所用一应俱全。上合社去!那是一句颇带炫耀的兴奋话语,手头得有闲钱余资,这在当时都是颇为奢华的事情。我还记得奶奶小心翼翼地数着布票的神情,那是个布匹限量供应的年代,这关系着一家人一年的穿戴,哪里有今天女孩的福气,买来的衣服不满意随手就扔到箱底儿。奶奶每到合社总能给我带回些好吃的好玩的，从饼干到气球。我更愿意跟她一起去，起初是她背着我，后来是我跟在她后面，边走边玩。农村的孩子没有木马可坐，没有动物园可去，大自然就是他们不售门票的乐园。供销社的商品现在看来少得可怜，但当时却觉得已经琳琅满目：花花绿绿的布，各种没有用过的文具，称饼干的台秤，装酒和酱油的大坛子……样样我看着都新鲜。到年根儿时，我又瞅着鞭炮不挪步，直到大人给买下才高高兴兴回家。后来，我已不用大人领着，自己跟小伙伴们就可以逛商店了，还记得大家捡了些废塑料布卖给商店，得来的两角钱买糖大家分着吃。后来，合社已不是一枝独秀了，各种各样的商店雨后春笋般在农村生长起来，这条小路自然就被冷落了，而我也离开家乡，似乎早已忘记这条小路了。

小路随着地势蜿蜒起伏，有的地段还被雨水冲出一个个坎坷，低头看看，突然发现几朵白色、黄色的不知名的野花，在稚嫩的野草中它们探出了可爱的笑脸，笑得那么灿烂，那么自如，那么有信心。蓦地，又把我拉回了遥远的童年那绿油油的春天：漫山遍野，是野草和山花的天下。我们常常提着小篮子带上小铲去挖野菜，这时，与我们相伴的是草丛中的蚂蚁、山上的野花、花丛中的蜜蜂，我们的欢歌笑语也不时在天地间回荡。还记得，村南村北的小河畔，水源充足，两岸的草特别鲜美，暮春时节，有一种小花，一丛丛的，黄娇娇的，开满河的两岸，置身其中，看花随风起伏，呼吸着带着泥土芳香的新鲜空气，如饮佳酿，令人心醉。田间地头的这些野花没有名字，更谈不上高贵的出身，它们春生秋枯，随遇而安，在寂寞无人的小路上无人理睬。它们不是生长在温室中，得不到人们的呵护，没有护栏围护，没有甘泉浇灌，只能默默吸吮天地之气，默默地出生、含苞、开花、落红。没有人关注它们，它们笑容再灿烂，也不会像城里的花草被供在桌上，被送到情人的怀中，被放在万人瞩目的街头广场。它们注定只能在这旷野中，一生一次的花开可能永远不曾被人发现，就这样自生自灭，或刚刚开过便被人践踏而死，被风雨肆虐而亡，被烈日烤焦。然而，并不因为如此，它就放弃了大自然赋予的生的权利，并没有因为如此，它们就自暴自弃，而是仍然拿出最美的身姿让天地间多一分色彩。尽管在莽莽天地间它们只是一个不仔细就难以看到的星点，但它们仍是那样自信，这种对生命的自信，让人感到了某种坚强。有人说这是孤芳自赏、顾影自怜，我说这只能是在艳阳下清谈的人的风凉话，一个体味到生活重量的人，都不会说得这么轻松，相反，都会敬佩它们的这份勇气。

城市中曾搞过隆重的郁金香花展，报纸上不断宣传着它的名贵，但我始终觉得那花拒人于千里之外，而故乡那些并不高贵的野花，却想来特别亲切，尽管我始终弄不清它们的名字（或者它们根本就没有名字），特别在这样的雨夜，我尤为惦念它们，不知风雨中它们可好？

1998年5月23日雨夜于民政街

故书不厌百回读

有朋友对我说，他要花十年时间把世界名著全都读完；也有人对我说，几十万字的书，他两天就读完了，完了就扔了。我说，真佩服你们，这些我都做不到，对一些书我只能随便翻翻，从未打算一字一句地读它；而对于另外一些书，我则像老牛咀嚼食物，没有尝遍天下美味的雄心，只想挑自己喜欢的几样吃，也不似恶狼扑食，狼吞虎咽，常常是细嚼慢咽，常常需要反刍。我相信"故书不厌百回读，熟读精思子自知"的古话，我的苦恼不是好书太多了读不过来，而是自己喜欢的书没有时间重读。

路遥知马力，日久见人心，好书像人一样，是需要反复研读，仔细揣摩，才能心领神会直至心心相印的。重读是对作品认真深入的思考，是自己的思想与作者思想的反复交流，不断砥砺。重读，需要的是啃硬骨头的锲而不舍的劲头。比如读《顾准文集》，第一遍是粗略地了解作者所谈的大体内容，到第二遍，就要扫清一些障碍，比如书中谈到的希腊、罗马等一些人物和事件，都要找相关资料看一看，弄清来龙去脉，这样就会明白作者所谈论的内容，便于领会作者的意图。第三遍是仔细体会作者的意思，梳理作者的思想，考察作者写作的背景，做好笔记，对原作有了更深入的理解。第四遍，就要联系整个学术界背景，跳出顾准来认识顾准，看一看别人是怎么评价他的，思考顾准对自己的意义。至少要经过这个过程，我才可以说自己读过了这本书。并不是所有的书，我们都要这样读，但是对于那些思想性强的经典著作，我认为必须得这样读，才会收益，或许这是笨人的笨办法，可是我的体会是这样读下几本书，就会觉得自己的思想有了一个质的飞跃。人说宰相赵普靠半部《论语》治天下，夸张了点儿，但至少可以说明熟读精思对人的益处。

这样读书太累了，一遍遍，多乏味啊！这令我想起自己读过的一个故事：钢琴家鲁宾斯坦（Artur Rubinstein）跟画家毕加索是好朋友，经常到毕的画室看他画画，一连几个月只见毕加索天天画的都是一瓶葡萄酒，一张桌子，一把吉他，背景是阳台的铁栏杆。鲁宾斯坦见他画了五十多幅同样的静物，有点不耐烦了，就问毕，你天天在画这些东西不厌烦吗？而毕却说，每一分钟我都是不同的我，每一个钟头都有新的光线，我每天看那瓶酒都看到不同的个性。看到不同的酒瓶，不同的桌子，不同的世界里的不同生命。一切都不同！（见董桥《枪·开枪·枪声》，收《书城黄昏即事》，辽宁教育出版社1996年9月版）其实读书也一样，不同的年龄，不同的心境，不同的时间对书的关注点也不同，随着生活经验的丰富、阅历的增加，对同一本书的内容理解也不尽相同，中国古人就多次说过这个道理。叶松石在《煮药漫抄》中说得好："少年爱绮丽，壮年爱豪放，中年爱简练，老年爱淡远。"（转引自《知堂书话·柿子的种子》）蒋捷在《虞美人》词中也写出了不同人生境遇的不同感受，"少年听雨歌楼上，红烛昏罗帐。壮年听雨客舟中，江阔云低，断雁叫西风。而今听雨僧庐下，鬓已星星也，悲欢离合总无情，一任阶前点滴到天明。"清代文学家张潮曾说："少年读书，如隙中窥月；中年读书，如庭中赏月；老年读书，如台上望月。"重读绝不会是内容的机械重复，而是更深入地开掘，更为全面的理解。我初读《战争与和平》，是上初中时，那时候崇尚描写细致的文学作品，比如写景如何秀美，写人怎样惟妙惟肖，可是打开《战争与和平》一看，全是些什么？对话，涉及那么多人名、地名，一团糟，我印象中的世界名著应该句句都是诗才对，怎么会是这样呢？当时我非常失望，硬着头皮把它草草看完。再次拿起这本书，是上大学以后，我也有了一些创作经验，这一回感觉不一样了，觉得那真是大手笔，大结构，那么广阔的历史场景在作者笔下自如地勾画出来，真是难以想象，弥漫在作品中间的俄罗斯民族气息，我也能体味出几分。这个时候，重读不再显得乏味，相反有一种在暗夜里行走，前面突然亮起一盏灯的感觉，心中充满了发现的乐趣。

精读的书是需要认真选择的，至少它要与你的思想趣味相契合，这样你才有拿起它重读的想法。像《红楼梦》和巴金的《随想录》这两部书，我是走到哪里都带在身边的，常常翻开它们，每一次都能读出新的内容来，在一次次阅读中，它们仿佛给我的生命灌注了一股股生气，促使我不断更新。许多我喜爱的书，就像老朋友一样，多日不见，十分思念，一朝重逢，毫无拘束地在一起有讲不完的话，世上最浪漫的事，就是和我的这些珍爱的书一起慢慢变老。

1998 年 9 月 28 日

我们的春天

下午坐车出去，炎热已露出狰狞的面目，在拥挤、闷热的车上看到一句话，是一个很怀旧的人写的，大意是回忆起与大自然相处的童年，虽然没有现在孩子幸福，但却比他们欢乐。他的话仿佛原野上的风吹醒了我的许多记忆，尤其让我想起春天在乡下曾经玩过的游戏。虽没有现代化的游乐设施，没有比萨可吃，但是，开阔的原野就是大游乐场，欢快的溪流奏着动听的背景音乐，鸡、鸭、鹅呀，还有那摇着尾巴的大黄狗都是我们亲密的伙伴，这就是我们的童年，我们的春天。

大自然是位杰出的画家，一夜间就调好了色彩，桃红柳绿千树万树梨花开，一切都生趣盎然。河边的柳树早就耐不住冬天的寂寞，春风吹拂下，它的枝条变软了，变绿了，吐出了鹅黄。柳条是孩子们做柳笛的好材料，好像比劲似的，大家长短粗细拧了一大把，长的、粗的吹起来瓮声瓮气的，好似一个老人在唱歌；短的、细的又像是小姑娘，咿咿哑哑，是哭还是闹谁都说不准。大家吹得极其顽皮，呜地一声叫起来，又气若游丝，将声音慢慢拉长。最刁的是粗细放在一起，如同唱戏，什么腔调都有。就这样，我们从河边吹进村中，口干舌燥也不嫌累。这个时候，阳光像一只听话的小狗暖暖地依偎在人们的身边，房前屋后的篱笆又补上了，田地已经打上了整齐的地垄了，一切都在为新一季的农忙准备着，为了酬劳农人们的辛苦，花也绽放着欢乐的笑容，树也着了绿色。难得的是树叶不像夏天密不透风，春天是一幅疏朗的画，虽然很节省色彩，却极其容易挑动起人们积蓄了一冬的情感。在这样的村庄中，孩子们悠闲、嘹亮的柳笛穿过村子，田园风光的诗情画意简直稠得化不开。到了中午，想睡觉的老太太会出来喝道：小东西，吵死了！一下子一道利刃割断了声音，大家面面相觑，接着是撒腿疾奔，一边跑得气喘吁吁，一边仍呜呜吹起了急促的柳笛……

捉虫子也是我们的游戏，树的叶子刚要伸展开来的时候，有一种叫"金屎亮"的甲壳虫，像坦克一样，背部是金色的，会飞，并不咬人，但是吃起树叶很不客气，这激起了大家的义愤，同时鼓励了我们的勇敢，要知道这树是我们自己浇着水看着长大的。这样，让爸爸妈妈给找一个玻璃瓶子，在正午的时候，在金屎亮们张开大口贪婪地吃着绿叶的时候，突然一碰树干，它们就会下冰雹似的落在地上，刚落地还狡猾地装死，所以得赶紧往瓶子里捡，这个时候真紧张，像两军对峙。但是还有张开翅膀要飞的，我们一个也不放过，四处追赶。瓶子里一会儿就装得满满的，它们在里面翻来滚去，想要逃命。我们则拿着这些"俘虏"去喂家里的鸡，大人们说鸡吃了，会多生蛋的。可是倒在鸡圈中，母鸡们对这新式的营养品很陌生，左瞅右瞧地看来看去，就是不下嘴，直到有的金屎亮展翅欲飞了，才慢腾腾地醒悟过来。我们快急死了，可不能喊，因为都知道鸡的胆子比耗子还小，你就是咳嗽一声它们都能抖三抖，要一喊，就更不敢吃了。

又是一年春来到，小燕子回到了旧巢，也有新邻居在衔泥建新居，叽叽喳喳，它们兴奋得不得了。小时候，家里人早就正色告诫我：燕子是益鸟，万万伤害不得，不然天老爷会用雷打你的！农村没有法律，有的是这样不成文的规矩，大家一代代相传着，于是燕子们会欢快地一年一年在人们的屋檐下唱着歌，在这里生儿育女，与大家安居乐业。

1999 年 6 月 4 日夜

翅　膀

　　早晨六点十五分，我被报时器叫醒，打算去迎接2000年的第一缕曙光，不用到海边，就在我住的居民区，走出楼群到东边的马路上，往昔，我曾经迎着它匆匆走在上班的路上，今天我打算静静地享受它片刻的照拂。可是，即便没有拉开窗帘，也能感觉到外边的阴暗。我连忙问妻子：是不是阴天？她说：还下雨了呢。正好就了我的懒，老老实实躺在床上，顺手打开了电视，看到了大家都在等待着日出。先是国外的一个小岛，人们载歌载舞呼唤太阳冲出云围；接着是三亚的海边，大海潮起潮落，红日喷薄欲出；可是泰山上的几千名连夜登山的游客们却没有这个眼福，他们看到的是一团雾气，是雪松，通过电视我看到他们脸上淡淡的失望。

　　我不用想象新千年的第一缕曙光是什么样子，不用走出家门，电视早已将五洲四海的景象传到了我的眼前，不是文字描述，而是活生生的画面，最好的角度最好的色彩，甚至比在现场还有可视性。科技到了这个程度，人们的想象就显得呆头呆脑了，一切都毫无保留地端到了你面前，没有空间，没有距离，想象成了被逼在墙角的人，连转身的空间都没有了。可我又在想，没有了想象人类会是怎样？我突然想到了折断了翅膀的小鸟，不能翱翔在蓝天下，不能再看到连片的绿树和远去的河流，最重要的是整天是眼前的几株草几块石头，心灵的空间将逼仄起来，不能超越，难以升华。忙着生计忙于事物的都市人不正是连个梦都没有时间做吗？人的想象力是不是正在丧失呢？

我不是杞人忧天，接下来的电视节目是以"畅想未来"为主题的《实话实说》，主持人设计的形式很好，让一群孩子把自己对未来的想法画出来，让医学、航天等等专家们来猜孩子画的是什么。那些在某一个学科做出过贡献的专家恐怕从未遭遇过如此尴尬，孩子们画的东西令他们摸不到头脑，我当然不会据此断定专家们"低水平"，我感到可怕的是专家们对未来的畅想没有一点灵性，全是根据现实的推理，根据现有成果的展望，他们有科学性，有严密的逻辑性，可是跟孩子的想法比起来，简直就是乌鸡和凤凰的差别。孩子们是不着边际的幻想，比如将来的吸尘器就是太空飞行器，一边飞翔一边吸取大气中的污染物；比如说，牛奶既可以吃，也可以当汽油使用，这样的好处是没有污染；还有的孩子画的是"太空村"，地球只是人们休息的地方，土星是农业区，水星是养殖区……人们在一片"哈哈"声中听着孩子们的奇思怪想，也许是在"幼稚"的评判下对此不以为然。可是我却陷入了沉重的思考，科学家们不是来参加学术讨论会，是来"畅想"的，为什么说的全是一加一等于二的东西，就不能等于三吗？还有的人说"我实在想不出你画的是什么，哎哟，你告诉我吧"。我并不是说必须得说的和孩子的本意一模一样，人的思想不可能是两个完全重合的圆，跟孩子的本意截然相反也是正常的，但要富有想象力充满神奇，可是科学家、学者们却像一株风干的枯木，没有给大家一片绿叶。

人类想象的源泉难道就干涸了吗？董桥在一篇文章中引用过西方人的一个讲故事的规则："我相信想象力比知识有力。神话比历史有说服力，梦比事实强大。希望永远战胜经验。"(《"吴晗这个人怎么样"》)想象是人类创造力的一个表现，而创造力又是人类从一座高峰攀向另一座高峰的动力，专家们作为人类的大脑，那么规规矩矩，我们还会有超越的可能吗？后来又想：为什么孩子的头脑中是五彩斑斓的想法呢？难道当社会给他们派定角色，需要以割除这些东西为代价吗？如果是那样，就太可怕了，那我们得赶紧重温一位先辈的话："救救孩子！"

不论是走过了一千年还是两千年，人类都应该像鸟儿一样，无论如何也不能失去了翅膀，无论如何也要自由飞翔。

2000年1月1日下午于泡崖

窗外的风景

  我们都是装在套子里的人，回到家中，咣当一声关上门，就把自己封闭在几十平米的水泥洞穴中，与外界最直接的联系就此被切断。是别人的眼睛来替我们观察、感知世界，比如从电视里知道，你们家前面的商店起了火，从报纸里知道人民广场新放了座雕塑。不再是孩提时，躺在草地上与蓝天白云相对了，现在头顶的天空离我们越来越远，我们宁愿相信天气预报也不相信自己的感觉器官，因此，哪怕是万里无云艳阳高照，出门时也要带上雨伞，尽管这屡次被证明是多余之举。走出家门，急匆匆地奔往车站，不断地看表，担心上班晚了两分钟被扣去半天的工资。汽车是一个移动的笼子，拥挤加着急，使得我们从没正眼看过窗外的风景。终于到了另外一个笼子，接电话，发传真，请领导签字，埋头处理文案，跟客户谈条件，辛苦的眼睛从来也没有空闲往别处看一看……

  这样生活着，你问他：你们家楼下的玉兰什么时候开的花？他会莫名惊诧。开花？什么花？甚至会问，哪棵玉兰，我怎么没注意？是的，我们很多人并不清楚自家的窗下是否有一棵玉兰，并不清楚它何时花开花落。

春夏秋冬，在他们的头脑中，只是什么时候该换什么衣服了，什么时候该交取暖费了，什么时候可以加薪了。就这样，春夏秋冬，任窗外草枯草荣花开花落。

这令我记起一个电影，一个平民的女儿与银行家的儿子相恋了，银行家极力反对这门亲事，特别是他看到姑娘这一家：上了年纪的妈妈还在学写小说梦想当作家，爸爸总在研究莫名其妙的烟花，老外公更是一个无忧无虑的乐天派，他们经常"不务正业"地在一起嘻嘻哈哈开化装舞会。银行家瞧不起这些，不但它跟财产、地位无关，就是理想、前程等等都谈不上。可是姑娘的老外公却不这样认为的，他觉得他们都是在做自己最喜欢做的事情，这就是人生的最大欢乐。他质问银行家：你放弃了自己的情趣和爱好，整天为功名利禄在奔波，到头来，金钱和地位能带给你什么呢，能是尽心地欢乐吗？他讲了一句话，像巨石一样砸在我的心田：你知道你的窗外春天已经来了吗？是的，我们知道吗？知道迎春花已经开了多时，知道小草在春雨中换了另一身绿装了吗？我们是很忙，忙着改变自己的生活处境，忙着实现自己的梦想，可是，如果这些都实现了，我们却荒芜了自己心灵的家园，我们以一个虚空的心面对得来的一切，那我们拼命追求的这一切又有什么意义呢？我们背了一个十分沉重的大筐在艰难地行走，里面装了那么多与我们生命无关的东西，这是何苦呢？生命中充满了无数我们无法决定的无奈，可也有很多我们能够做得了主的东西，但是，很多人却放弃这个神圣的权利，宁愿跟着流俗、跟着别人在走，而始终不知道自己真正需求的是什么。迷茫的你，不要再把自己绑在生活的机器上了，抬起头，看看窗外吧，哪怕每天只有片刻时光，它也是对我们心灵的最好呵护。

你知道你的窗外春天已经来了吗？我们对自己身边最细微的变化，总是那么漠然，可是正是这细微的分分秒秒构成了我们生命的全部，每一个真正热爱生活的人不能轻易放过这些。今年春天，我们几个朋友相约徒步走滨海路，这是大连山海相间最好的一段路，平常我们也来过，但大多是坐在车里，走马观花浮光掠影地望一望，这一次，我们约定一定要走下来，一步一步地走下来。没有比这更劳累，也没有再比这更惬意的事情了。我们的脚步越走越沉重，可是卸载了许多垃圾的心却越来越轻松。黄娇娇的迎春花张开热情的双臂将我们拥入春天的田野中。嫩草还未能覆盖全山，可是毕竟春风来了，大地上的一切都醒来了，映山红开了，各种野菜长出来了，不知名的黄花、紫花点缀在山间，这时的山，像画家的调色板，没有成型，但是各种色彩都有，细看也很有层次，更重要的在这朴素、纯真之中，还有一个挡不住的勃勃生机，它是那么自然，又有几分羞怯和含蓄，这种情致和风韵，在粗糙的都市中是找不到的。它立刻把我们从眼前带到了遥远的过去，我们一个个都在兴致勃勃地说童年，说着那时到山上采什么花，挖什么野菜，越说记忆越清晰，久违了的事物又回到了眼前，我们那么轻易地就分辨出来，一切恍惚就在昨天，这时，我们才会真正明白，有些东西是真正植入了生命的深处，就像这草的根，一年年，只要春风来了，它就会被唤醒，就会破土而出。而对于我们，生命的记忆才是永远不可剥夺，才时时都能让我们兴奋让我们激动。

　　我们还在一条路的转弯处，发现了一个小海湾，它被高入云端的峭壁包围着。过去，开车走在这里，一脚油门，就过去了。可是，当我们徒步走过，不论是下坡还是上山，一步都不能省略，每一步都得踏踏实实。于是，隐蔽很好的小海湾就展现在我们眼前，过去，我们总以为对这里已经很熟悉了，没有想到时时都有陌生的风景等待着我们去发现。大家相约，夏天到这里来，在这里游泳，在这里野餐。快到老虎滩的时候，海边的水产加工厂多起来，熟悉的海菜味飘进我们的鼻息，一辆旧的大解放突突地气势汹汹地迎面开来，车上是哗哗直流水的海菜。车从我们身边过时，大家才发现，这个车居然破得连车门都不屑要了，司机在敞开的驾驶室中自信地操着方向盘，突然有一种很滑稽的感觉，这时，我们已经走得精疲力尽，可是我们还是把最后的力气奉献给这辆车了，我们笑得直不起腰了。

　　难怪古人在伤春，春天确实就在不经意间就远去了，觉得花刚开，就香残玉殒了，水刚有了波澜，风中就夹着燥热了。再去寻找，春已经无影无踪了。但是，今春我不遗憾了，毕竟我们有一次真正接近它的记忆，我们知道窗外的春天来了又去了。

2000 年 6 月 4 日凌晨 1 时

随风而逝

秋风像是一只巨大的手,把我们从夏天的炙热中拉了出来,在天高气爽的惬意中沉醉不久,它就将树叶拍落了整个街道。一场秋雨,让我们不住地打着寒噤,终于这只手,拍黄了叶子,拍红了山野。这时,早晨上班,在几分萧瑟的寒意中,我看到了路边农民们进城卖菜的车子,大白菜很壮实,萝卜也水灵灵的,在金黄的季节里,它们的翠绿拢住不少明亮的目光。春去秋来,不经意间季节轮换了,这个时候,老奶奶们都站到了卖菜的车前,看看白菜的心实不实,看看萝卜脆不脆。我也想着,在故乡,热气腾腾的家里总是要腌几大缸酸菜和挂上一串串的干萝卜。一年年,一代代,这成了每个家庭的必修课。可是在声光化电的时代中,这门课就要没了学生,恐怕只有老奶奶还不紧不慢地这样做,也恐怕只有她们才有这门"手艺"。而像我们这样早晨爬起来连饭都来不及做的家庭,一点也没有心思,从大萝卜中,挑出不大不小的,洗干净,去了缨,去了根儿,再一刀一刀切好,一串一串挂起来的。且不说现在有多少女人熟悉这些,能把它弄得恰到好处,就有偶有香火余脉,也让匆匆的生活折磨得所剩无几。更何况,超市中什么不缺啊，要吃酸菜，那有现成的，甚至还有切成丝打开就可以吃的，何必在家里大缸小罐占地方费时间，还落一个"老土"的话柄。

是的，人类的智慧在不断给自己提供方便，即便是每餐不必上饭店，许多成品和半成品的食品，也足可以让家中的厨房变成一尘不染的无烟厨房。看着收款机慢慢地吐出的计费单，轻松地付上钱，一切都解决了。这惯坏了家庭主妇，什么腌酸菜这样的活儿，已经是她们不再读的童话了。需要的时候，去买一棵，现吃现买，多省事？

可是，秋风中的早晨看到那些萝卜白菜，我的心中突然升出了暖意，我觉得只有这样的带着泥的拿在手里，才算实实在在地触摸到了它们，而精致地包装在塑料袋中，经过二次加工的东西，让我莫名其妙，甚至不知吃的是什么。太多这样的东西包围着我们，反而使我们也被真空包装了，我们触摸不到泥土，触摸不到植物，好像也没有真实地经历过、体验过和生活过似的。这时，我觉得老奶奶固执地要腌那个她其实吃不了多少的酸菜，更多还是她们对那种生活方式的留恋，在那些琐碎、繁杂的细节中，在那菜帮菜叶中，在那热气腾腾的大锅中，有着她们对生活的一份感情，对岁月的些许记忆和由别人代替来做永远也体会不到的欢乐。正如每逢过年，在乡间总是不厌其烦地又是杀猪，又是做豆腐，又是蒸年糕，忙得人直不起腰，现在也不是缺吃少穿的年代，非得过年才能改善生活，为什么不能不弄这些，平平静静过个年？现在我明白了，如果少了这些繁忙，年还是年吗，年还有欢乐吗？

用金钱买来的东西是很冷漠的，这只是等价交换；可是亲手去做的东西，每一道工序都浸泡在自己的情感中，于是僵硬的东西也柔软了，也有了情感，生活的情趣便也如花香弥散开来。但拔地而起的高楼，奔驰前行的车流，和数不清的批量产品，会很快让这些个人化的东西成为老奶奶的记忆随风而去。可是，我心底的几分怅惘，不知为什么却总也吹不走。

2000 年 10 月 22 日夜

谁解其中味

  我是这个城市中的过客，如同树叶一样春天刚从枝头发出秋天就飘零在街头。我们不可能像父辈那样将一辈子的时光安稳地交给恬静的小村庄，我们永远在路上，在行走，我们的财产永远是那么可怜，只有双手和大脑。然而，在一个个漫长的停泊之夜，我总离不开书的港湾。一堆堆书装不进行囊，我得应付一次次搬家，可是在频繁的移动中有三部书总是跟着我，它们是《红楼梦》《鲁迅全集》和巴金的《随想录》，这都是随时翻开哪一页都能读下去，而且读多少遍都不会厌倦的书。不仅仅如此，它们总在孤寂的行旅中给我勇气和力量，《随想录》教我坦诚地面对世界和自我，鲁迅让我时时保持理性和坚韧，而每隔一段时间都要重读一遍的《红楼梦》则让我看到人生如逝水，明白什么才是我们最值得珍惜的。

  第一次读《红楼梦》也是这样一个春天，虽然家中颇藏了些古典小说，可不知为什么独缺这一部，因此从同学手中借到它，便如饥似渴，手不释卷。当时正好对古典诗词感兴趣，于是拿了一个小本子抄下了书中所有的诗词，像"假作真时真亦假，无为有处有还无"这样的句子也背下了不少。

大观园中的一群儿女，在人生最美丽的季节，生命的花朵尽情地绽放，也打动了踌躇满志的我。当时我刚上初中，人生还是一张白纸，真的相信世界就是我们的，对于书中美好而温馨的情感十分陶醉，特别是"西厢记妙词通戏语　牡丹亭艳曲警芳心"这样的章节，人、情、景美妙的融合，给我留下深刻的印象，世界像那繁花一样艳丽而充满生机。

那个时候，我不能理解林黛玉有锦衣玉食享受着，有公子哥爱着，为什么还那么多愁善感。直到有一天，我离家求学，走在异乡的街头，走在陌生的人群中。直到一年年，我面前的世界越来越大，陌生也越来越多的时候，再次捧起《红楼梦》，已经不是浪漫的爱情故事了，我听到了大观园笑声背后的悲音，青春易逝，"花谢花飞花满天，红消香断有谁怜"？特别是在一个雨夜，独自一人在狭窄的宿舍读到此处，顿觉整个世界的风雨都打了下来。这个时候，多少能体味出"陋室空堂，当年笏满床；衰草枯杨，曾为歌舞场"的人世轮转人生苍凉来了。这个时候，爱情的缠绵，更为离愁别恨的苦痛所替代，人生的美好也为韶华易逝的紧迫所拂去。这个时候，我才明白时间绝不是钟表上指针的简单移动，才明白时间可以改变一切的可怕意义。

后来，按部就班地在机关中送走一个个日子的时候，《红楼梦》精致、优雅的生活方式，又驱除了我心头的许多火气，让我能够心平气和地看待周围的一切。一切仿佛与自己有关，一切实际上都与我们的生命无关，这种时候还拼了命似的去争去抢，那只能是为了显示自己的愚蠢了。淡淡一笑，落花流水，转身再看《红楼》，许多空洞的长嗟短叹又化作了一个个耐人寻味的细节。比如以前，对刘姥姥这样的人物，只觉得好笑，拼命说服自己同情她还是同情不起来，可现在倒觉得她是那么亲切、可爱，尤其是看到眼前很多人一朝大权在握，便不可一世，一朝丢了权，仿佛丢了魂的可怜相，觉得刘姥姥虽为生计所迫折过腰，但是她本分、真实，哪怕是出洋相的地方也是她真实之处，尤其是贾府败亡之后，她从火坑中救出巧姐，说侠义可能过分了，但是说她善良的本性从来没有丢掉倒不过分。而这个年头，一个人，能够像人一样活着，能够在功名利禄的泥淖中还能保持做人的本色，又是多么难啊。有时，我真不禁要向这个农妇投去敬意的目光。

书中有诗云：满纸荒唐言，一把辛酸泪！都云作者痴，谁解其中味？一部《红楼》再读几十年仍是回味无穷。

2001 年 4 月 25 日凌晨一时半

偷得浮生半日闲

很久以来，我有一个误解，以为"闲"是一个时间概念，特别是清晨睡眼惺忪地爬起床急三火四地挤上公共汽车去上班的时候，我看到路旁的老人们悠闲地打着太极拳，恨不得马上退休，我特别羡慕他们手里有大把大把的时间，有摆脱尘世劳碌的不尽清闲。感谢上苍，总是宽厚地给我很多机会去演习头脑中的各种想法，终于，我也可以在清晨背着手在公园中慢腾腾地踱步了，这仿佛是天上掉下了林妹妹，让我喜不自胜。但不久，我的脚步又慌乱起来，我并没有拥有梦想中的清闲，反而更忙活了，妻子说许多事情是我自己找的，我一边反省一边为自己减负。但还是一天天像驮着东西的驴子，总松不下气来，总是看不见窗前的花开花又落，听不出朋友电话中的关切，感受不到在许多"具体"、"步骤"、"结果"之外的情致，这时，我才突然明白，"闲"与时间无关，而与心境有关，它是人对生活的一种态度；这时我也明白了，人生的许多重负是减不掉躲不开的，既然这样，"闲"就不是减去重负后的舒畅，而是身心中的一份平静。"偷得浮生半日闲"，这"闲"不是时间的赐予，而是自己制造（"偷"）出来的，是烈日炎炎的疾行中，停下喝冷饮的片刻，是艰难登攀时，驻足回头的那一瞬间。

在那些热得连呼气的力气都没有的夏日，远离了心浮气躁，清闲则不招自来，此时，躺在竹椅上读一本好书，则是给精神冲凉。在我看来，读书是暂时从尘嚣中离开到另一个世界中逛一逛的终南捷径。天堂也好地狱也罢，这另外的世界活着的人见不着，死去的人道不得，而唯有推开书这扇门，你既可以到另外的世界中探险，又可以自如地回到你留恋万千的尘世。当然，读书是需要心境的，而最好就是无所事事时，也是古人所说的"无聊才读书"，为了明天考试赶夜车是苦读，一辈子有几次就够了，绝不能太多。周作人讲喝茶的一段话，用来指读书的心境再贴切不过了："喝茶当于瓦屋纸窗之下，清泉绿茶，用素雅的陶瓷茶具，同二三人共饮，得半日之闲，可抵十年的尘梦。喝茶之后，再去继续修各人的胜业，无论为名为利，都无不可，但偶然的片刻优游乃正亦断不可少。"用时髦话说这是讲"情调"，但不知为什么，我觉得被人用滥了的"情调"几乎成了做作和矫情的恶俗代名词，而读书倘不是心灵的需求，只是装装风雅的样子，那还不如扛着锄头去锄草更值得赞美！

书有好多种，有的书是躺着读的，而有的书则必须正襟危坐来读，也有的书根本不需要读，最多是翻一翻。能够像"喝茶"一样读的书并不多，首先文字要好，面目可憎，看一眼后悔一辈子，会搅得你心境大乱；其次还得文字疏朗而不密实，得有几分情致几丝"闲"气；最后还得有见识能回味，像喝白开水一样品不出任何滋味来是不行的。这几条看似简单，但我敢说严格衡量起来，将会有一大半的作家下辈子不敢提"写作"这两个字。周作人无疑是一个够格的作家，尤其是河北教育出版社年初推出的这套《周作人自编文集》，素雅的白皮小本，拿在手里十分舒服，全套三十六种，背起来太沉，因此我只从上海背回了最喜欢的《雨天的书》和《知堂文集》两种，它们成了我消闲的最好读物。周作人的文章，有一点掌故，有一点知识，东拉西扯，宇宙苍蝇，无所不谈，又好像什么也没说，可是仔细想一想，似乎又在向你说些什么。读这样的文字，如同与友人聊天，没有目的，漫无边际，只为尽兴，到哪儿算哪儿。绝不像参加口试或者什么研讨会，正正经经累死个人。周作人的这个观点也颇合我"忙里偷闲"的想法："我们于日用必需的东西以外，必须还有一点无用的游戏与享乐，生活才觉得有意思。我们看夕阳，看秋河，看花，听雨，闻香，喝不求解渴的酒，吃不求饱的点心，都是生活上必要的——虽然是无用的装点，而且是愈精炼愈好。"是的，人不可能与功利绝交，但要是每时每刻都与功利打交道，那你即便不累死，也必然变成一个最乏味的人。

飘着长髯的丰子恺先生也是潇洒之人，他的《缘缘堂随笔》早有盛名，我手头这本是新编的（浙江文艺出版社出版），配了不少丰先生的照片和漫画，真当得起"图文并茂"的赞语。丰先生有一颗童心，为文也清爽自然，颇富童趣，这些不带心机的文字，透着自由和快乐，闪烁着另外一种智慧。我特别留意丰先生晚年的随笔，在国人们忙着批啊斗啊的时候，依然轻松自在，这真是"也无风雨也无晴"的大境界。想一想，在六十年代初，他写的《阿咪》，讲"猫伯伯"，那是什么时代啊，他在冲人们讲他的宠物，太"资产阶级"了吧？可现在想来在什么时代生活不需要一点情趣，何必自己将自己搞得那么紧张？《吃酒》更是一篇妙文，最有意思是写西湖边上的那个人，每每在湖边钓虾只钓三四只，问"何不多钓"，他笑着回答说："下酒够了。"完后即到岳坟旁边的一家酒店，"他也叫一斤酒，却不叫菜，取出瓶子来，用钓丝缚住了这三四只虾，拿到酒保烫酒的开水里去一浸，不久取出，虾已经变成红色了。他向酒保要一小碟酱油，就用虾下酒。我看他吃菜很省，一只虾要吃很久，由此可知此人是个酒徒。"这位老兄还说："这东西比鱼好得多。鱼，你钓了来，要剖，要洗，要用油盐酱醋来烧，多少麻烦。这虾就便当多了：只要到开水里一煮，就好吃了。不需花钱，而且新鲜得很。"口水都要流出来了，佳景，美味，好酒，闲心，人生何求？此文写于 1972 年，此时丰先生还是待罪之身，关于他的批斗会开了一大堆，大字报贴满一条街，而他的心则到了西湖，有了酒香，怀念起"自得其乐，甚为可佩"的酒徒，在一份超然之中，也有着对现实的不满和抗争。这可正应了鲁迅所言，谈风月，也可以谈出风云来，同理，"闲书"并不一定就是"脱离现实"之作，那还要看你是怎么看了。

手头还有一本汪曾祺的《蒲桥集》，也算是名作了，但不知为什么我觉得他的平淡自然中有很多刻意的成分。但也许是心境的原因，记得读大学的时候，正是周作人、林语堂和梁实秋的作品像蒿草一样遍地都是的时候，林语堂最容易被人接受，因为他浅；梁实秋则很刻意，但我很喜欢，觉得有招有式是功夫；周作人的书虽然买了不少也读了不少，可总不大明白也谈不上喜欢，没想到好酒越放越有味道，而今，我却偏偏最喜欢周作人，倒不是说年龄渐增学问大长，只是忽然明白顺其自然的天道，既然这样，这个"闲"也不会像法律条文那么清晰明确，它需要每个人自己去寻找去发现，也需要自己去感觉去品味。

2002 年 8 月 4 日，雨天中于泡崖

落　叶

　　我喜欢在秋日的午后，迎着阳光走。这个时节的阳光，早已没有了夏日的那种热烈和焦灼，也远不像冬天里，那么形单影只、拒人于千里之外。它宁静、安详，仁爱地普照大地，像一个豁达的人敞开胸怀，它明亮但不耀眼，你完全可以迎上前去，像迎着一双善意的目光。它不是直刺肌肤的银针，而似水龙头中流出的温水，让人充满了舒爽和依恋。在我辞职在家的那段日子里，午后的散步，是我一天唯一的一次运动，我非常珍惜这个难得的时候，好似珍惜亲朋好友对我的一点点期待和关怀。尤其是在初秋，迎着阳光走，面前是金色的一片，而路两旁的草，还是绿绿的，并没有人老珠黄的衰气。这阳光，不像春阳，萌动不安地，总鼓励你去做些什么，可是在秋天，一切有了定局，一切都稳定下来，正是沐浴在阳光里的好时节了。

　　风是落叶的脚步，落叶记录着秋的足迹，我不知道没有落叶的秋天那还叫不叫秋天。小时候，写作文，流水账，每写到秋必然说这是一个"收获的季节"，然而收获是又有多种的，只有到了秋天你才会知晓收获的也可能是谷壳,然而这又有什么要紧的呢?有落叶,轻轻地落下,不也证明了你在春天绽露过生机,在夏天展露过风采吗?落叶是秋的点睛之笔,突出了它的气氛,勾勒出它的意境。常记得一年秋天,我跟一位叫胡洋的朋友从劳动公园走过。那一年,公园的围墙刚刚拆掉,靠着车水马龙的马路这一旁,劈出一块开阔的草地,还有几棵老树。把这叫做风景未免有些简单,但在秋天,在落叶的描绘下,一切都充满了风致。金黄色的落叶稀稀落落地散落在绿草上,老树安详地看着脚下的叶子,并不时再增加它的数量,都市里划出了一块特区,是被消去了声音的特区,仿佛是在看无声电影,秋日下的这一切只有阳光在流淌,和叶子偶尔在翻转,剩下的都停下了,都歇起来了。我和胡洋,懒洋洋地走着,却都无比细心地咀嚼着面前的一切。好多年过去,不知道这位学美术的朋友,记忆的画册上是否还留着这个画面。

　　但落叶常常与萧瑟一起出场,有时候甚至还有悲凉。秋在很多人的心头,是一把刀子,那是薄裙还没有换下时的迅雷不及掩耳的凉和冷,是恨不得把脖子缩进两寸的日子。这个时候,街上人没有落叶多,落叶在风的怂恿下统治了街道。但这个季节的记忆也有很多透着暖意的,就像战乱的岁月里也有恩爱也有笑脸一样。我还记得念大学时,学校附近有一所疗养院,不大的地方,却有花有草有树,别有洞天,差不多一个夏天,我和另外一个人都在那里背书、闲聊,终于走到了秋天,终于秋风带着几分凌厉了,我不愿意季节再往前移动了,秋天就是最美丽的,我真想按住秋的手腕,不想让它抽身远去。在一个午后,我拿着相机邀那个人过去照相,因为园子里的银杏,这时叶子正是一片绢黄,如小扇子,也似蝴蝶,在树上停留,在地面飞舞。我们只有半个小时,系里要开一个什么会。街上的风很大,但这里只有树叶的"沙沙"。不知为什么,同来的人嘻嘻哈哈,就是不肯好好照相,我一边为时间紧张而着急,一边又希望就这样快乐地过下去,那天午后的风真大,但它并没有刮走和暖的阳光;那天的风的确很大,七年了，却还把那笑声吹到了我的耳边。

　　前天到绍兴路一带办事，路两旁是高大的梧桐和不太高的房子，与上海的繁乱相比，这里很安静，人的脚步也不太匆忙，车子也少，不像高架桥上一辆粘着一辆，分都分不开。我一下子就想到了大连的高尔基路，还有路旁的那座疗养院，这个季节，路上一定也落满了梧桐叶子吧？一定也有三三两两的人悠闲地走着吧？在这路上，真不忍心坐车，一定要下来陪那些落叶走一走。可是，今天一大早，就有人打来电话说：大连正在下雪。这么快，严寒和死寂就来了？想一想，从绿叶到黄叶，从树上到落下，这叶子不也满面时光的皱纹？

　　抒情也罢，感叹也好，秋在平静的外表之下，却也不断翻动着人的心肠，这是一个诗的季节，带着阳光的温暖，伴着落叶的忧伤，和着秋风的悠长，它让你摆脱了一切功利在默默回忆静静思索。于是，我读到了冯至的十四行诗《什么能从我们身上脱落》："什么能从我们身上脱落，/我们都让它化作尘埃：我们安排我们在这时代/像秋日的树木，一棵棵/把树叶和些过迟的花朵/都交给秋风，好舒开树身/伸入严冬；我们安排我们/在自然里，像蜕化的蝉蛾……"我不知道什么能从我的身上脱落，只有这些零碎的文字和记忆，但所有的文字都是我心灵的落叶，我不知道它们什么时候化作尘埃、归于土地，我只清楚地记得秋天那暖洋洋的阳光。

2002 年 10 月 26 日傍晚于沪上

挣不断的红丝线

妻子是个除旧革新的革命党，对清理家中旧物从来都不乏痛打落水狗的热情和决心。我则乐得做个逍遥派，对轰轰烈烈的"革命形势"漠不关心。只有一次，她将几个长相不大好看的搪瓷钵和一条红尼龙线清理掉，我莫名地愤怒，她不明白这些极其普通的东西有什么值得珍惜的。也难怪，在城里长大的她，什么东西都是用货币买来的，不带人的血汗和体温的，但在我们乡下不同，哪怕一个黄瓜也是你眼看着从种子长出苗，由苗开了花，一瓢瓢水让它结了果，这样你跟它自然而然就有了一种难舍难分的情感联系。而她要扔掉的这几样东西也是这样，是奶奶用平时积攒下来的空易拉罐或是饮料瓶换来的，我能够想象得到，当我们不经意地要丢开这些东西时，奶奶急忙收拾起它们的样子，我也能想象当换东西的人走过家门口的时候，奶奶慌忙叫住他们的情景，还有，她可能需要人帮忙将一大堆空易拉罐倒在换东西的面前，认真地点着数目……大概要几十个才能换一个钵儿，而这几十个不知又要耗费奶奶几个月的时间。可加起来也不过几块钱，家里并不缺这个钱，但这是奶奶的"工作"。从那些艰苦的日子里走过来她不习惯随便扔掉任何一样东西，更重要的是，年逾古稀的她用自己的劳动送东西给孙子，她心里满足。

那根尼龙绳是用同样的办法换来的。十多年前，我第一次离开家到外边读书的时候，奶奶拿出它，我用它捆着行李和一个少年的壮志，离开了家。从此多少次搬家，多少次改变人生的位置，捆捆扎扎，都是它在见证着我的奔忙。而它也恰似一根挣不断的红丝线牢牢地牵着我与亲人们的心。刚离开家那阵儿，家里一下子空空荡荡，爷爷奶奶觉得六神无主。午觉后，奶奶醒来还按着习惯要去叫醒我。但当时毕竟离家四百里，他们的牵挂还有迹可寻，心中的怅然会被那种事无巨细的关心所填补，电视里每天播着我生活的城市的天气，大事小情，哪里建了广场，哪条路开通了，甚至哪家商场在打折，尽管它们就发生在我的身边，但我根本没有他们熟悉。爸爸经常打电话向我提示着非常具体的生活细节，而我全都茫然无知，想起来总觉得他们有点可笑。其实这个城市里的生活与他们完全无关，只因为他们的儿子或孙子在这座城市里，这座城市里的一切便都与他们有关了，哪怕是与他们的儿子都毫无关系的一切。但转念我又感觉到，这个似乎是最自私的亲情的博大，除了亲人的那一栋房子，它还容纳整个城市，还有哪一种感情比它更浩瀚？

可是，一个踌躇满志的少年不会理解这些，在他的头脑中尽是"奋斗"、"进取"、"向上"这样的词汇，反而很少转过身认真地去体味一下亲人关切的目光。所以，他义无反顾地满世界乱闯。当我离家有四千里的时候，我突然觉得他们慌张了，除了在新闻联播中能够听到我所居住的这个城市的名字外，这个城市遥远得令他们不可捉摸，他们不清楚我住的是什么样的房子，不清楚我门口是否有商店，不清楚这个城市冬天怎样夏天又怎样，尽管从电话和书信的片言只语中他们可以有无数次想象和猜测，但他们还是觉得孩子的一切变得不可把握了，于是就越发神经兮兮地比克格勃还要仔细地探听你的一切，直到探听得让你厌烦了，要挂电话了，他们才匆匆忙忙地说一句：好，好，家里一切都好，注意身体……这个时候，我才突然发现，他们又似乎什么都不关心，他们不关心你取得多少功名，不关心你能挣多少钱，虽然这些都会让他们得意好一阵，但他们更关心的是你的身体，是你吃得怎么样，穿得暖不暖，是心情愉快别累着。再进一步说，他们只关心他的儿子或孙子这个人，这个人本身，而不是附加的东西，所有的荣辱在他们都不重要，重要的是这个人健健康康、快快乐乐。在一个情感被踩躏得都变成矫情的时代中，这无疑是最纯粹最本质也是最真实的情感。在这个时代中，友情可以由利益制造出来，并自由转移；爱情，可以依靠欲望而"培养"出来，并随意出售，而唯独亲情，这根牵在血液中的红丝线却是你走到天涯海角也挣不断的。

或许随着年龄的增长，很多极普通的细节也有了不同的意义。四处乱闯的我也时不时婆婆妈妈地牵挂起家中的一切，天气的变化，我总担心体弱的奶奶感冒，农忙季节也担心父亲操劳，但妈妈的一句话却也常常让我感叹生命的无奈又潸然泪下：跑那么远干什么？！看看人家过年过节，孩子都回家了，就你这么一个还常年不照面！我实在说不出什么。

2003 年 12 月

人生天地间

——张店汉城断想

一

大连人念到"秦时明月汉时关"时,大多无动于衷,不论从时间和空间上,秦汉冷风,大漠孤烟,铁甲寒衣,似乎都离我们太遥远。但西安人就不一样,秦宫汉阙是他们生活的一部分,就如南京人的身上总也摆脱不掉六朝的烟雨和秦淮的脂粉一样,他们的生命背后都有一条长长的时间线条,并体现在一言一行中。也难怪,在我们接受的教育中和看到的文献典籍里,大连似乎总是化外之地,秦砖汉瓦总是博物馆里隔着玻璃柜的物件,我们有面对茫茫大海的那种开阔的空间感觉,却似乎缺少了深邃的时间纬度。一方水土养一方人,这个"养"字说得好,我时常在想,养我们的是什么呢?海参、鲍鱼,土豆、地瓜?都是让我们体格健壮的好东西,但我们的心、灵魂、精神呢?滋养它们的东西似乎总在别处、他乡:我曾在寒山寺的钟声里体会晚唐的诗意,在绍兴乌篷船的欸乃声中追寻鲁迅兄弟的文字,在淮海路熙熙攘攘的人流中寻觅巴金一代人的身影……这种时候,我是"梦里不知身是客"、"直把杭州作汴州",一切仿佛都那么熟悉,又无比诱惑,置身其中,仿佛干渴的鱼找到了水,令我义无反顾地扑向它们。

可是,总有停下来回头一望的片刻,特别是雨叩窗棂的夜晚,这时,我会突然想到自己是一个精神的流浪者,因为我的文化故乡总是在他乡,然而他乡的草木能够拨动我心底的琴弦吗?异乡的街头有着我成长的记忆吗?我发现故乡哪怕仅仅在文字上相遇也会引起我心欢眼热,而天天走在无比熟悉的异乡街头上,我看这里的眼神仍旧是一个旁观者。此时,我也会为故土争辩,这里的乡风民俗,长辈们的叮咛,甚至狂风暴雨中的海浪,难道就不是文化,就没有滋养过我们,没有融在我们的血液和脾性中吗?尽管,它们不曾出现在文献、典籍里,但这不是这片土地的错,而且极有可能是我们自己的错,因为所谓"文化"如同浑金璞玉需要人去发现、打造,也需要我们去呵护、传承、发扬,而我们究竟做了多少呢?

2008年的初夏,一个飘着细雨的上午,当我站在普兰店张店汉城那块有些陈旧的石碑前,这种自责更为强烈了。这块石碑明明在提醒我们:谁说这片土地不曾沐浴过秦时的月光,谁说这里没有汉武的雄风和盛唐的足迹?距近一万七千年前这里已经有了人类活动,六七千年前已经有人在这里从事农业、渔业了,两千多年前,我脚下的土地上已是汉朝沓氏县城的城所了。一路走过来,大连地区已发现的汉代古城遗址就有很多:旅顺北海街道土城、铁山街道牧羊城、金州董家沟汉城、大岭屯汉城、杨家店汉城、西马圈子汉城、普兰店市张店汉城、杨树房镇黄家亮子土城、瓦房店市原太阳升乡陈屯城……可是,它们似乎仅仅是介绍大连志书上匆匆被翻过的前几页,或者是旅游说明书上不起眼的几个景点,它们从来也没有在我们的生活中占有位置,与我们有血脉关系,至少,大连人并没有与他们形成文化认同感。低下头,在残存的城墙的夯土层中,还能见到那么多碎瓦，生活在张店汉城附近的村民说，这一点也不稀奇，在三四十年前，这里的农田里不知道翻出了多少砖砖瓦瓦，除了特别的让文物工作者搜集起来了以外，其他的都被当作妨碍种地的瓦块，成堆成堆地处理了。可他们知道吗，在抛掉先人们的遗存的同时，他们也抛掉了自己的昨天啊——一个没有历史记忆的人永远都不会成熟起来！

二

对于历史而言，我们永远是迟到者。因此，当我站在张店汉城面前时，眼前只有一片农田，只能靠想象去追踪这座古城的两千多年前的繁华了。在朋友的指引下，我看到了残存的城墙，层层夯土作为岁月的年轮，身边的野草一岁一枯荣，两千年来，经风历雨，不知送走和迎来多少个寒暑。遥想当年，城墙还身姿茁壮，雄伟挺立，而今，不但当年南北长三百四十米，东西长约二百四十米的雄伟城驿不见了，就连这夯土层也越来越与农田融为一体，看不出来什么特别了。

当这所古城以这种方式进入了长长的冬眠期之后，历史学家们却在苦苦地寻找着一个叫"沓氏"的地方。在中国最著名的史书之一《汉书》卷二十八《地理志》中曾明确记载着辽东郡，"户五万五千九百七十二，口二十七万二千五百三十九。县十八。"当时的十八县中就有"沓氏"。应邵在此注曰："沓，水也。"而中国最早的一部字典《说文解字》中释"沓"说是"从水曰"，并特别点明："辽东有沓县。"这些都毫无疑义地证明了"沓氏"县的存在，同时也表明了，这个名字应当与水有关。而后来的《三国志》中曾提到，三国时期沓县、文县居民"渡海居齐郡界"，那么它应当是在齐地隔海相望的大连这一方了，但究竟在哪里呢？《旅大文献征存》记载有七说："一说在辽河旁；二说在辽阳州境内；三说在今铁岭地；四说在金州；五说在旅顺牧羊城；六说在金州城东南董家沟；七说在金州大岭屯。"历史缄口，大地无言，要揭开这个谜，既需要史学工作者的勤奋，也需要时间赐予的机缘。从文献上，首先似可排除前三说，因为《三国志》卷五十七陆瑁传曾载："公孙渊东夷小丑，屏居海隅，且沓渚去渊，道里尚远。"就是说"沓渚"离公孙氏的统治中心辽阳尚有相当一段距离，比较而言，它位于辽南地区的可能性更大一些。但等待的答案仍然不见踪影，历史有时候真如羞怯的小姑娘，在不断的呼唤中她仍然不肯掀开自己的面纱，可回眸一瞥或许都含着深情，于是在元人胡三省的《资治通鉴》注有一句话又引起人们的关注了："辽东郡有沓氏县，西南临海渚。"这个重要提示又让人与谜底更近了一步，但这位远古少女还没有从梦中走出来。

终于在上世纪七十年代末，大地向人们敞开了胸怀，张店汉城出土的文物，周边村落里发掘的大小汉墓让"沓氏"的身影被一笔一笔勾勒出来了。在张店汉城的区域内，有"临秽丞印"封泥，汉代"千秋万岁"瓦当，以及"射襄之印"、"高阳"等字样的铜印、彩绘陶器，货币有"安阳布"、"五铢"、"货泉"等汉代钱币。它们告诉人们，这里曾是一座人口集中、贸易频繁、曾经繁华的城所。城西陈茔出土的一枚"临薉丞印"封泥，封泥有十字界格，是先秦印玺的风格。封泥是古代官府之间传递公文信件的缄封印记，好比现在的邮戳，那么，一定是一级政权的治所才会有的印记，燕制秦随，秦制汉续，张店城为燕辽东郡沓氏县治所渐渐有了依据。虽然文献没有关于燕辽东郡所辖县的记载，但根据汉承秦制，秦承燕制，张店城应当始建于战国时代，作为燕、秦、汉辽东郡沓氏县治所大体可以得到确定了。站在这里，东望是平安河，西南两三公里处就是狭长的普兰店湾，与文献所载大体吻合；而周边大量汉墓的发现也佐证这里当为一座城；放眼四方，城的四周有四个山头，据说当年都修有烽火台，驻扎兵哨，护卫着城池的安全，如今普兰店市郊北面的孛兰山（又称饽饽山）还存有汉烽火台，当为四大烽火台的南山头。

城的轮廓渐渐清晰了，那么，这里的人呢？他们过着怎样的生活？这是我每每最为关心的事情。有了人,所有沉寂的历史都会苏醒过来;感受到人的气息,时间的屏障会将自动消失,大家都会由陌生而变得亲近,我们生命中通往过去的时光隧道才真正被打开,我们才不会成为只有当下维度的平面人。

面前的这片土地,每一寸土里飘散的是秦汉的气息,而它们养育着的却是二十一世纪新的禾苗,这个时候想一想神奇吗?历史与现实就这样连接起来了。为此,我久久地盯着那枚小巧的镌刻着"高阳"的私印,印文平正方直,浑厚古朴,外朴内巧。我不知道它的主人是怎样一个人?身带汉风古意的人站在我们面前会是怎样的风貌?是那个颇动用了些流氓手段得了天下,但在乡亲们面前酒酣之际还是不禁流露出一点真性情,高歌"大风起兮云飞扬"的刘邦,还是那个"力拔山兮气盖世"却在生死之际多情地低叹"虞兮虞兮奈若何"的项羽?或许都不是,他们都是大人物,而芸芸众生才是一方水土的真正守护者。好奇心是刹不住车的,关于这个人的一切,他的身份,他的妻儿老小……遗憾的是我没有打听清楚,这枚印在哪个墓葬出土的,陪葬还有什么,可能一切信息都不存在了,不过,在我的心中它的价值不比那枚"临菑丞印"封泥低,因为在我眼里,它不单是一颗铜印,它那印文下还隐藏着一个鲜活的生命。

当然,这里出土的东西太多了,人们似乎没有精力照顾到每一个,不过浓描重彩的马蹄金是谁都不能不提到的。1983年出土于张店汉城东南海滩的两件"马蹄金"可以说是稀世珍宝,至今这一地区的百姓中仍然流传着它重见天日的传奇故事。对我而言,它的珍贵不在于稀少、值钱,更重要的是让我们想象这里的往昔又多了一块基石。它有力地证明了此地昔日的繁华,因为"马蹄金"是汉武帝时铸造的特殊金币,在《汉书》卷六中曾记载:西汉太始二年(前95年),汉武帝颁诏说,自己春天出行,登西陇高原喜获白麟,在渥洼水边见到了天马,在泰山见到了黄金……这都是祥瑞吉兆啊!"宜改故名,今更黄金为麟趾褭蹄,以协瑞焉"。传说中的麒麟，羊头，麋身，牛尾，狼蹄，一角，那么"麟趾金"的样子就可想而知了。我曾经见过一幅河北定县中山怀王刘修墓出土的麟趾金的照片，很秀气的样子。而"褭"是什么呢？应邵注："古有骏马名要褭，赤喙黑身，一日行万五千里也。"显然，麒麟、要褭都是珍稀之物，依它们蹄趾之形铸金也体现出它的珍贵，颜师古说："今人往往于地中得马蹄金，金甚精好，而形制巧妙。"更重要的是，麟趾、褭蹄象征着吉瑞，在当时的社会上它的象征意义恐怕远远要大于实用意义。《诗经》中就有《周南·麟之趾》篇：

> 麟之趾，（不踏生物的麟脚趾）
> 振振公子。（好比仁厚的公子。）
> 于嗟麟兮！（值得赞美的麟啊！）
>
> 麟之定，（不顶人的麟额头，）
> 振振公姓。（好比公孙多仁厚。）
> 于嗟麟兮！（值得赞美的麟啊！）
>
> 麟之角，（不触人的麟头角，）
> 振振公族。（好比仁厚的公族。）
> 于嗟麟兮！（值得赞美的麟啊！）

［引周振甫先生今译，见中华书局版《诗经今译》］

这是一首赞美王公宗族仁德、以善德行世的诗，"麟趾"后来成为颂扬宗室子弟之词。武帝造金，"因以班赐诸侯王"，那对于"诸侯王"而言，是身份、地位、荣誉的象征，也寄予了德行佳好的吉词。张店出土了此物，正如一位学者所言：表明当时的沓氏县不仅与其他地区有广泛的经常性的联系，而且在商业贸易活动中拥有可观的财力，并具有相当的政治经济活动能力。值得注意的是马蹄金出土于汉城东南海滩上，那是不是可以想象当年的普兰店湾是一个商贾往来的繁忙港口呢？它保证着这座城与远方的联系，也保证着它的繁华。资料显示，在汉城周边的乔屯遗址发掘墓葬中，还有不少漆器，其中八号墓女主人身边有一漆盒，里面还装着一枚铜镜。而这样精美的漆器多产于我国南方的长沙、成都以及中原等地，这也表明当时大连地区与上述地区有着频繁的商贸关系和文化联系。法国人谢和耐的《中国社会史》中特别提到："吴王国缺少马匹，而且也在寻求与公孙氏联盟以对付其强大的北方近邻，这便解释了经海路向满洲多次遣史的原因。这些使团之一可能共包括八千人，他们分乘一百多只船舶。这也可能是一支远征军，其目的是为了助正在受曹魏进攻威胁的公孙氏一臂之力。"（该书第 158 页）这里当时或许还产盐吧？这些物产都为它三百年的繁华夯实了城基。仔细爬梳，大连人有丰富的物产、美丽的风光，也未必就没有自己的开元盛日、天宝旧梦啊。

三

陪我来的朋友，显然对这段历史有兴趣，滔滔不绝地向我诉说着繁华往事。一条公路从边上穿过，我想坐在车上，从旁边匆匆而过的现代人无论如何也想象不出这里还曾有过繁华的汉城。但我们脚下似乎只是北方常见的农田，还有破土而出稍微稚嫩的禾苗。沿着田边小路往里面走，几棵非常消瘦的槐树孤零零地立在田中，树叶还没有来得及发出，这样树上一个硕大的喜鹊窝就非常显眼，在阴霾的天空下，突然让人有了访古的沉重。

昔日的繁华哪去了，功名利禄、高墙大院、堆金积玉，都荡然无存，连一堆荒冢都不可寻，最多只有乱石碎瓦见证着它的沧桑。那期望长生不老的，还是倒在时间的箭下；想长留富贵的，它的金玉只是供养了日后的盗墓者；想名垂不朽的，就是挣扎着在史册上留下了一行字，后人也冷漠地盯着它，早就不知道他是谁了。这不禁让人感叹：生命太脆弱了，也太让人感到无奈了。此情此景，让我不由得想起杜牧凭吊西晋富豪石崇的别墅金谷园的诗，据说当年的金谷园极尽奢华，可是仅仅五百余年，杜牧来时已只有断墙残垣了。他只能怅怅地去追想了："繁华事散逐香尘，流水无情草自春。日暮东风怨啼鸟，落花犹似坠楼人。"东坡的心显然比小杜要阔大，当一〇八二年的七月在赤壁遥想当年人事的时候，面对一世枭雄曹孟德的功业不禁也借"客"之口发出追问："方其破荆州，下江陵，顺流而东也，舳舻千里，旌旗蔽空，酾酒临江，横槊赋诗，固一世之雄也，而今安在哉！"（《前赤壁赋》）是的，如今都到哪里去了？难道人生就如"寄蜉蝣于天地，渺沧海之一粟"，只能等待着是非成败转头空，古今多少事，都付笑谈中吗？我想一定有很多人不甘心这样的历史法则的囚缚，曹孟德在"对酒当歌，人生几何"的同时，不还表示"老骥伏枥，志在千里"吗？这样的矛盾恐怕几千来一直困扰着胸怀远志的思考者。

  繁华成一梦，那么，当年的汉城哪去了？朋友说：战乱，战乱毁灭了这里的一切。东汉末年，军阀混战，辽东太守公孙度趁机占有辽东，世袭统治达五十年。其间与曹魏、吴孙政权的战争，多次波及到此地。公元二三八年，魏军大将司马懿率兵四万征讨辽东，攻破襄平，一路杀过来，良田被毁，城邑被破，真是"白骨露于野，千里无鸡鸣。生民百遗一，念之断人肠"。（曹操《蒿里行》）人类用智慧创造了一切，又亲手用野蛮毁灭它。这里的余民为避战祸，只好渡海逃到烟台、蓬莱一带，由于人口众多，魏主不得不划地增县以安置，此县名新沓，可见与沓氏县的血脉联系，在今天淄博市淄川区罗店村至今还保留着新沓县旧址。此后，上天似乎不再垂青张店这片土地，一直到隋唐朝时期连年兵燹，这里的人和城都逐渐淡出了人们的视野。到元以后，此地是军屯之地，已经人烟稀少了，真成了白茫茫大地一片干净了。

生在和平年代的人，生活没有波折，情感也缺少褶皱，往往体会不到乱世人生中的生命艰险，看不到史书文字背后的颠沛流离、生离死别。但前人的文字中却贮存了许多许多这样的情感和信息，他们不断地在无常世事中追寻生命的价值，感叹生命的脆弱，同时也越发理解了生命的真义。汉代人似乎已经在慨叹张店汉城的繁华一梦了。不信你看：

"人生天地间，忽如远行客。"它不像柏树常青青、众石常磊磊，而此时，"极宴娱心意，戚戚何所迫"（《青青陵上柏》）——权贵们的奢华生活没有尽心娱意，反倒不如贫贱之乐了。这是看透了身外之物更看重身心愉悦的文字。

人生苦短，"盛衰各有时，立身苦不早。人生非金石，岂能长寿考？奄忽随物化，荣名以为宝"（《回车驾言迈》）——当世的繁华靠不住，形体也会速朽的，那么总得有一个信念支持着在乱世中活下去，那就是"立身"、"荣名"。这是在与时间抗争，但有的人放弃了这种抗争去丰富自己的感受，认为徒然自缚，不如放情自娱："荡涤放情志，何为自结束？"（《东城高且长》）

不能说是消极，在乱世的重压下生命需要一个释放的渠道，我倒愿意把它理解为一种旷达："生年不满百，常怀千岁忧。昼短苦夜长，何不秉烛游。"（《生年不满百》）有这样一份旷达再理解生命中的孰轻孰重，感觉一定大不一样。站在这片土地上，我想如果人能够看到两千年以后的景象，那么他一定会重新思考当下的生活，比如汉人能够看到今天的"流水无情草自春"，那么平日里的蝇营狗苟、斤斤计较、飞短流长，甚至名高权重都算得了什么呢？"何不秉烛游"也是一种人生境界，它可能让生命更接近生命本身，在一种单纯中接近一种丰富。

四

我蹲在一堵当年的墙基前，看看泥土的层叠，还有破土而出的蒿草，突然想起张爱玲小说《倾城之恋》中，范柳原对白流苏讲过的那段著名的话："这堵墙，不知为什么使我想起地老天荒那一类的话。……有一天，我们的文明整个的毁掉了，什么都完了——烧完了、炸完了、坍塌完了，也许还剩下这堵墙。流苏，如果我们那时候在这墙根底下遇见了……流苏，也许你会对我有一点真心，也许我会对你有一点真心。""文明整个的毁掉了"，这是什么样子，流苏恐怕一点都想象不出，可以说她当时没有听懂柳原的话。直到战争爆发，香港沦陷，两人死里逃生时，流苏体会出当年柳原的话的背后意思："在这动荡的世界里，钱财，地产，天长地久的一切，全不可靠了。靠得住的只有她腔子里的这口气，还有睡在她身边的这个人。"这种痛切的体验让人有醍醐灌顶的感觉，有时也会彻体冰凉。张爱玲还是给了这对乱世男女一丝温暖，毕竟流苏还有一口气，身边还有一个人。想一想，倘若连这些都没有了怎么办？游赤壁时的苏东坡是刚刚经历过差点被砍头的"乌台诗案"被贬黄州的人生低谷期，半生蹉跎，功业无成，但坡公对人生荣辱、得失俱能看透，从而能够尽享江上清风、山间明月。明月清风是何物竟能疗心？对于一个不曾悉心去体会它的人而言，这是生命中的无用之物，不能当饭吃当衣穿，犹如我们的精神，是的，它们是生命中的一种精神，无形无用，却让生命超越了有形、实利而拥有了不同的境界。

当我怅怅地离开汉城遗址，为生命被无情地淹没而恨恨不已时，却在普兰店博物馆中为这里出土的文物而惊叹，我看到了精神的辉煌，它照亮了生命，让我们感到汉城不是荡然无存，而是化作另外一种形式延续下来，甚至就在我们眼前涌动。如果非要找一种东西可以与残酷的时间抗衡，那么唯有精神了，因为形体不存，精神却可以留下。

这些汉墓中出土的文物经过两千年的时间剥蚀，还会与我们发生什么联系呢？站在它们面前，你会发现这是一个不需要提问的问题，你无法不被它感染、打动。汉代的生活中，人逐渐在排除神而成为生活的中心，因此，世俗生活中的器具也逐渐花样繁多，在人死后，他的陪葬中也保留了众多日常生活的器具，这就给了我们窥探他们日常生活的机会。令现代人震撼的是生活的精致和艺术化，不论多么实用的器具，从造型、花纹、饰图无不讲究，无不体现出一种巧夺天工的艺术性，它让人感觉到自己生活在一种有情致的艺术世界中，单调的生活也因而有了曲线、色彩。在西汉贝墓中出土的鎏金铜贝鹿镇就是典型的代表，卧伏着的鹿，雌雄各两个。两鹿吻部尖而前凸，线刻双目。雄鹿角以铜铸造，勾红边；雌鹿角以红彩绘画。鹿首下连鹿体为铜铸鎏金，平底，雌雄鹿身均镶嵌天然虎斑贝，内以细砂填充。铜铸与嵌贝按接处均以红彩勾描。在当时，这不能算工艺品，因为这只是家中压席子四角而用的物件，多么用心思！在汉代人面前，现代人应当为自己的粗俗羞愧。还有在漆盒里装的那面日光铜镜，镜子小巧玲珑，花纹干净利落，中间一圈似铭文又似图案的内容更让它多了几份神秘，两千年前的镜面还放射着光芒，青铜似乎历久弥新。这样的东西太多了，那些彩陶也很古朴迷人，其中一件陶洗底内壁刻一龟卧中，两鹭鸶追鱼，鲜活可爱；而那些厚重的瓦当卷云纹、绳纹、卷草纹、鱼纹，个个线条流畅，简洁刚劲。给人的感觉，哪怕是生活中的一个小的细节，也不肯轻易放过，也要花心血去装饰它，改变它，人们把生命的能量、激情倾注在生活的每一个细节中，让它们都迸发出美的光辉。这美不是漂浮在水上的油花，它是一种与生活融为一体弥散在生命中的气息，它们不是静止的、封闭的，或者说它们不是被当作艺术品供着、收藏着，却与人、生活无关，而是被赋予了具体的内容、意义，这里面有祈福也有期望，如贝鹿镇，

"鹿"不仅是吉祥动物，还谐"禄"音，而"鱼"的图案，不仅表明海边的物产，据闻一多先生之说，"鱼"繁殖力强，还给人以多子多福、人丁兴旺的祝愿。简单的世界里因为这些想象而变得丰富多彩，这样，多少年后，他们的躯体消失了，然而他们创造的美，这种美中所蕴涵的生命气息却保留下来了。

李泽厚在他那本《美的历程》中，不惜把"空前绝后"、"无与伦比"这样的字眼馈赠给汉代艺术，他说汉画像石的世界："这不正是一个马驰牛走、鱼飞鸟跃、狮奔虎啸、凤舞龙潜、人神杂陈、百物交错，一个极为丰富、饱满、充满着非凡活力和旺盛生命而异常热闹的世界吗？""'气势'与'古拙'在这里是浑然一体的。""汉代艺术却更突出地呈现着中华本土的音调传统：那由楚文化而来的天真狂放的浪漫主义，那人对世界满目琳琅的行动征服中的古拙气势的美。"也就是说，它应当是我们民族的精神之源。许多伟大的心灵都能感受到这种精神，中国现代文学的精神导师鲁迅先生就是一个汉魏艺术的喜爱者、收藏者，他在汉代铜镜中看到了汉人的"闳放"、大气和自信，他认为汉画像"气魄深沉雄大"。他生前历时廿年搜集汉代画像拓片有六百五十件，在去世前两个月还致信友人搜求拓片。值得注意的是鲁迅先生不是为了复古，而是为了创新，他一直期望参酌汉代石刻画像，明清书籍插图，民间的年画，还有欧洲的技法，创造出中国现代的版画艺术。古今中外，一概不拒，这是"五四"人的气魄。可惜，后来者在精巧中丢了大气，在油滑中丢了古朴，在纤弱里失了气势。此时，对今天那些趾高气扬又彷徨无地的人，我倒想劝他们，去翻一翻那本《鲁迅珍藏汉代画像精品集》吧！

五

布克哈特在他那本巨著《意大利文艺复兴时期的文化》中说："文化一

旦摆脱中世纪空想的桎梏,也不能立刻和在没有帮助的情形下找到理解这个物质的和精神的世界的途径。它需要一个向导,并在古代文明的身上找到了这个向导,因为古代文明在每一种使人感到兴趣的精神事业上具有丰富的真理和知识。人们以一种赞羡和感激的心情采用了这种文明的形式和内容,它成了这个时代的文明的主要部分。"也就是说,意大利人在惊奇地发现了古希腊和古罗马的艺术时,他们感受到的不是遥远的古迹,而是扑面而来的现实精神,这种精神参与了他们的生活也创造了新的世界。

这令我想到了脚下这片土地,这里的文化与中原文化有很大的不同,中原文化是连续了有文献记载的文化,然而张店汉城乃至大连地区的文化却是文化史上的失踪者,汉城就那么在地下沉睡了上千年。但这正如间隔了一个中世纪,当它们重见天日的时候,能否成为我们今天的文化资源呢?印象里,大连地区"没有文化",与其这么说毋宁说我们没有去发现自己的文化,没有珍惜自己的文化,也自然延续不下它。可是汉代文化的那种自信、大气、拙朴,难道不能转化为今天我们胸怀世界、海纳百川、正直有信的文化品格吗?我们能不能自觉地续上这根文化的血脉呢?如果这样,真应当在张店郑重其事地设一块碑,作为大连城史纪元的发祥地,让大连人能够找到自己的根。

我是在一个迷雾濛濛的清晨离开普兰店的,一路上,这些问题还在缠绕着我。

我想到了前一天去看原新金县文化馆的戴廷德先生,他已经八十多岁了,谈到参与的张店汉城的发掘和相关文物的搜集,老人仍然兴奋不已。他甚至与周围的村民有了某种默契,发现了什么东西立刻想到"交给老戴",普兰店博物馆中约有一千四百件文物是经他手搜集而来的。人们还会提到一位已经去世了的何锦章老人,他也把多年来采集到的战国铜斧、货币等文物一一捐献出来。我看重他们对文化的这份情感,戴廷德先生至今还在叹息,他退休后,当地栽种果树,村民挖坑发现好多文物,因为没有专人搜集而散失掉了……那一份感叹让我心颤。

　　薪尽火传，汉朝的微光应当在众人的呵护下成为当今的炬火，呵护我们的历史也是重新认识我们的生活、生命，今天讲"承续"就得有这样的人、这样一份精神。我们常常说某一个地方历史文化土层厚的时候，可曾看到那里的人连先人一张有字的纸片都奉若珍宝，那里的人与自己土地的精神认同走到哪里都扯不断？

　　那天的雾很大，在思绪的根还不能从历史的泥土拔出来的同时，我一直在担心奔往异乡的飞机能否按时起飞……

2008 年 6 月 29 日于沪上竹笑居

参考资料：

　　普兰店市史志办公室等编《普兰店文物掠影》（内部资料）

　　大连百科全书编纂委员会等编《大连百科全书》，中国大百科全书出版社 1999 年 8 月版。

　　袁行霈、严文明主编《中华文明史》，北京大学出版社 2006 年 4 月版。

毕业小记

酷暑难耐，只好躺在床上看校样，我看的是巴金先生翻译的《往事与随想》，不巧，正好读到赫尔岑写大学毕业的那一段：为没有得到金质奖章而沮丧，为"再也没有人来考我了，再也没有人敢于给我打最讨厌的一分了"而感到彻底放松，还有即将分别的同学们在一起的狂欢……作者是这样描述离开学校后的心情：

> 我又难过又高兴；我走出大门的时候，我觉得我现在出去已经不像昨天那样、不像过去每天那样了；我跟大学分开了，跟我这么年轻、这么美好地度过四年光阴的共同的老家分开了；可是另一方面我感觉到我现在是一个大家公认的成年人也很高兴，——为什么不承认这个呢？——而且我一下子得到了学士的称号。
>
> Alma mater！〔拉丁语：母校！〕我从大学得到了很多的益处，我修完大学课程以后好久还过着大学生的生活，而且也没有离开大学，所以我想到它就不能不爱它，不能不尊敬它。它至少不能

责备我忘恩负义，在对待大学的关系上表示感激是容易的，这种感激是和爱、和青春时期的愉快回忆分不开的……

(《往事与随想》第一卷第七章)

这不由得让我想起前不久我所经历的"毕业"情形。同学聚餐那天突然天降暴雨，昏天黑地，水成珠帘，我只好望"洋"兴叹，错过了同学间的泪别。其实，这样的错过已经不止一次了，在这之前的一天中午，我忙完乱七八糟的事情，慌里慌张地骑车赶到校门口，看乱哄哄的一群人，正东张西望呢，我的导师来了。

他问：你怎么来了？

我说：不是通知照毕业相吗？

他说：你不是早就毕业了吗？

我答：是的，但我属于今年这个班的。

他说：啊，那博士班刚才已经照完了呀！

是吗？又白跑了一趟！我很沮丧。

我又想起了一年前，我申请提前毕业获得通过，举行毕业典礼那一天，我正犯愁，因为毕业班的同学我大概都不认识，混杂其中，颇为尴尬，没有想到中午时分，救星来了：

你今天下午有事吗？

啊……有，有！

什么事？

要参加毕业典礼。

哎呀，那些仪式多烦啊，干脆别去了，陪我买照相机去吧！

好，好！

来电话的是我的导师，我乐颠颠地答应了他。

是的，这些年来我错过许多似乎不该错过的事情，但我的心总是淡淡的，没有觉得有什么遗憾，正如也应付了许多似乎不必耗费时间的事情，生命的旅途中没有白走的路，也没有完美无缺的事情，那就既走之则安之，一切顺其自然，不要斤斤计较、患得患失了。正如当初到复旦来读书，我并没有周密的计划、长远的打算，不过想脱离开缠身的杂务、能够清净地读读书罢了。那就去读吧，在老师和朋友们的帮助下，就这样抬腿从大连来到了上海。转眼间就要六年了，我再一次告别校园。

赫尔岑认为大学时代是"青春还没有被市侩习气所引起的道德堕落消耗尽的时候"，而"一个民族的年青一代人要是没有青春，那就是这个民族的大不幸；我们已经看到了，单是年轻还不够。德国大学生生活中最怪诞反常的时期也要比法英两国年轻人那种市侩气的成熟好一百倍。据我看来美国的老成的十五岁青年只有使人感到厌恶。"校园中这种青春气息的确吸引人、感染人，相比之下，这里的确"市侩气"少些，但也绝非世外桃源，各种喧闹和嘈杂时常不比菜市场少。好在还有书，可以让我们从现实的烦扰中脱离出来，多少年来，只有它们是我无助中不离不弃的朋友。复旦校园大大小小的书店倒使我常能与这些朋友亲密接触，写字累了就骑车乱逛一通，既是消遣又是休息，偶尔遇到一位老师或朋友还有社交呢！更何况，还有不时大包小裹拎回家的"收获"。回到家里乱翻书也会生出一些杂七杂八的想法。读书人的毛病是牢骚多、空谈多，"自负才高，昧于荣利，乘时藉世，颇累清谈"啊。过去说空谈误国，夸张了一点，但说清谈能救国那是更大的夸张。但想一想，空谈大概又是读书人一辈子最重要的事情，因此，我颇想把这本小册子命名为"空谈集"来表达这种对自己的失望，但想到这样未必不是另外一种空谈，也就算了。那么，"五味子"呢？据说这东西皮肉甘、酸，核中辛、苦，都有咸味，五味俱全。好啊，人生有五味，书中也有五味，都需要身在其中的人一一尝过。再看书上说它能明目、暖水脏、壮筋骨、除烦热，使人精神顿加，两足筋力涌出……读书除了喜好外，大约也有进补的作用吧，那么五味子的这些功效也正是我所需要的，有时还需要得那么急切。

　　十二年前，当我第一次离开校园的时候，我是"又难过又高兴"，还有迷茫，我不知道平日里那些高谈阔论在哪里能找到一个切实的落脚点。那时，同学们大多喜欢念徐志摩的诗，但那天，却下着大雨，天边没有云彩供我们挥手作别。同学的姐姐找了一辆车将我和她的几箱书、杂物拉出了校园，路过学校图书馆的时候，我心里在叹息：时间过得太快了，入学时打算要看的书，有些第一页还没有翻开，我就毕业了。那个时候，我还没有意识到其实人生来不及细读和要等着去读的页码还多着呢！

2008 年 7 月 13 日于竹笑居

冬 雨

前些年曾经读过王蒙的一篇小说，好像题目就叫《冬雨》，是他的"少作"，小说写的是什么现在完全忘了，只是"冬雨"这两个字可是严严实实地记住了，因为在北风怒号的数九寒天中生活，我实在想象不出"冬雨"的样子。雨在我的印象中是和蔼可亲的，是朱自清笔下的那种"像牛毛，像花针，像细丝，密密地斜织着"的轻柔，是披蓑戴笠的一份闲雅，也是灯光点点、滴滴答答的夜窗。而冬天是什么？寒风呼啸，草木瑟缩，冰天雪地，千山鸟飞绝，万径人踪灭，冬之刚硬与雨之阴柔掺合在一起会是什么样子？

但经历迈着步子有时比想象的翅膀更能到达人所不及的地方。今年在沪上，"冬雨"不再是遥远的想象，而是不胜其烦的跟屁虫。这里的雨比这里的人更慷慨大方，天一拉下脸就下个三四天，让你从头到脚都湿漉漉的，尤其是夜晚，一脚踩进了水洼中就不是晦气的事了，别忘了，这可是冬天！若是夏天，伸腿露胳膊打赤脚，淋淋雨说不定很舒服，但冬衣难干，披着这样的衣服如同披了铁甲又重又凉。冬雨带来的凉无处不在的细密具有强大的渗透力，它比寒冷更可怕，冰是凝固的，离它远一点就没事了，而湿气则是流动的，与寒冷狼狈为奸之后，战无不胜，害得你连打哆嗦都感到沉重。

是的，更不能忍受的是这种沉重。冬雨从来都是无声无息的，也从来听不到雨打芭蕉的韵致，那些宽大的叶子早让寒风催落了，在阴霾的天空下只有光秃秃的树干，但看不远的，水汽遮住了一切，也如厚重的棉被一样捂在你的胸口，你觉得天地间不透光亮，也不明朗，全是青色，这时候的心情也只有灰暗下来，就像你进了一间发霉的屋子，就是穿着大红的衣服也不再显得耀眼和跃动。突然想到周作人这个南方人在北京经历冬雨的情景，便找来他的书："今年冬天特别的多雨，因为是冬天了，究竟不好意思倾盆的下，只是蜘蛛似的一缕缕地洒下来。雨虽然细得望去都看不见，天色却非常阴沉，使人十分气闷。"在北方呆久了，这样不温不火的气闷是最令人气恼的，要是痛痛快快地下一场倒也罢了，它偏不，微风把雨扫到眼镜片上，模糊了眼前的视线，到手上，冰冷得仿佛世界要抛弃我们。

这个时候，不由自主地怀念起北方的雪了，那种酣畅淋漓的鹅毛大雪，癫狂柳絮随风舞，一片迷茫之后是满世界的素白，把一切都简化成黑白两色，有对比，也有明亮度。要冷就冷得寒风刺骨，绝不憋闷。而在江南，雪是比金子还金贵的奢侈品，哪怕是温度再低，还是那个不声不响的冬雨，像是在跟谁在赌气似的，低着头，谁也不理，自顾自地下着，这样大家似乎都不敢放肆，都得看着他的脸色小心翼翼地呼吸，生怕碰到了什么咣当一下全倒了。这样的日子，如念珠一样串起来的时候，把你的想象都挤跑了，你根本都想象不出朗朗晴日的模样，没有盼望也没有计划，只能猫在家里，更何况这雨还没有个停的时候啊……

不经意中，发现那些树叶全落光了，但这里的草这里的乔木还绿着，冬雨滋润了它们，在那灰头土脸的绿中不时能绽出一点新绿，这样奇怪的城市，连一个纯粹的冬天都找不到！

2003 年 1 月 22 日于泡崖

  今年 1 月 12 日在旧书店里突然买到了王蒙的小说集《冬雨》（人民文学出版社 1980 年 7 月版），正好，几天前翻检另一本书时发现其中夹了一篇几年前的草稿，那文字就是从王蒙的《冬雨》说起，不过，当时手头并没有这本书，当初读的是从图书馆里借来的。遂赶紧将旧稿找出，一看已经是五年前的事情了，也恰恰是放寒假回家的时候。那是我来南方读书的第一个学期，在大连有暖气的房间中，想到半学期的事情不禁对南方的冬雨还有几分怨气。这些，从文字中完全能够体味得出来。五年过去了，再翻出这篇稿子，正是我结束学业时，面对当年的文字怎能没有感慨？五年过去了，现在我的神经似乎早已麻木，早已没有了对南方冬雨的敏感了，下吧，爱怎么下就下吧，非得出门的时候无非多带一把伞。但第一年却不是这样，我至今还记得那是我上课最勤的一个学期，偏偏天天在下雨似的，骑自行车尤其不方便，在邯郸路、国权路口等红绿灯的时候，眼镜上全是雨雾，脸上也差不多湿了一半。

  王蒙那篇短短的《冬雨》写的是公共汽车上非常温馨的片段，不过开头对恼人的冬雨是这样写的："今年冬天的天气真见鬼，前天下了第一场雪，今天又下起雨来了，密麻麻的毛毛雨，似乎想骗人相信现在是春天，可天气明明比下雪那天还冷。"这是有火炉的北方。我文章中抱怨南方没有一个像样的冬天，今年看来是不确的，今年上海就下了大雪，在我们回家的飞机起飞的时候，第二场大雪也开始落下。回北方过春节，忙忙碌碌又把旧稿丢在了一边，直到窗外已百花盛开春来到才又捡出来抄出，此时，又在感慨我们的时光就这样在流逝……

2008 年 4 月 13 日于竹笑居补记

小区中的腊梅花开了，黄娇娇的很可人，随之而来的是冬雨，涤尽了腊梅本应有的清香。呆在斗室中，望着阴阴的窗外，忽然想到了这篇短文，又找了出来。就用它来迎接 2009 年吧。

2009 年 1 月 6 日再记

草莓的滋味

屋里很暗，外边下着碎雨，汽车走过"隆隆"后又有一阵"哗哗"的声音。我独自在屋中踱着，一大堆事情等着处理，但这样四月的天气，仿佛除了躺着读读知堂，什么也不想做。一束光穿过了黯淡，突然照亮了我乡村的生活回忆。那是一种安静得只有鸡鸣、猪叫和牛哞的生活，时光的脚步仿佛被这里的泥土粘住了。细雨的时候，甚至连雨声都听不到，只能感受到一地杏花的叹息。

我闻到一种特有的香气，或许其中还夹杂着甜，那么诱人，任凭岁月风浪的冲噬，它却总也不消散。那是草莓的气息，就是在这样的一个雨天里，母亲抖落了雨衣上的水珠把它们带到了我的面前，红透透的，像现在我孩子绘本上的小红帽，一个个带着雨珠胖娃娃样地对着我在笑，其中还夹杂着几片绿叶。这是母亲从"街上"买来的，"街上"其实是镇上，七八里外的青堆镇，只有那里才有集市，更重要的是那集市可不像现在的超市四时青鲜想吃什么有什么，那都是时令的果蔬，错过了季节就再也买不到了。才叹"桃红又是一年春"，就见"轻薄桃花逐水流"了，转眼间就"绿阴冉冉遍天涯"了，时光是什么都不等的。因此，什么时候樱桃红了，什么时候桃子熟了，那都是一年一次的事情，错过了就没有了。那时，我家虽然"地大物博"却不曾种草莓，所以多少年了，我总也忘不了母亲小雨中带回的草莓，那种滋味现在似乎也留在口中，它不仅染红了我的嘴唇，还把一种淡有余味的清香留在我的手上。

后来，我们家也种草莓了，两三年它的枝蔓就爬了一片地，吃起来却总也找不到过去的滋味。再后来，离开家，此时已经享受到新技术带来的好处了，一年四季，高兴吃就可以买到草莓了，既不激动又不兴奋，也没有期待。掏了钱，装到塑料袋中，就行了。这么简单，使得我的女儿总认为想吃什么就有什么，像《镜花缘》中写的霸道得让牡丹花随时为她开，所以动不动就在床上高呼：我要枇杷！我要西瓜！她的脑子里，它们都是摆在超市里等待着她挑选，完全没有时令和季节的概念，也没有等待的过程和期盼的时间，世界如同电子游戏一样在莫名其妙中由现实变成了虚拟。不过，这些水果，比如草莓，买回家如果被太太撞见，那可更麻烦了，先用什么泡，再用水冲，接着恨不得把皮都扒了，幸亏草莓没有光滑的表皮让她的恶毒无法得逞。我是农村人，不干不净吃了没病，黏着土的东西反倒亲切，而她教育孩子是掉到地上的东西都不能吃了，可我们受到的教育是一餐一食当思来之不易……所以，每当我对她的矫枉过正撇嘴时，她会气势汹汹地说：上面有残留的农药，怎么能给孩子吃？！我无法辩驳，随便翻开一张报纸都有几条消息给她提供证据，更何况还有姓什么什么的权威"专家"不断地指导她们怎么生活如何营养。——无趣！特别是同一批又在号召人们"热爱生活，亲近自然"时，我分外觉得虚伪和恶心。这时端上来的草莓，不但吃不出我童年的滋味，有时觉得连草莓的滋味都没有了。

很多年了，那种草莓的滋味和气息，我仿佛只有从俄罗斯经典作家的文字中去寻找了，在屠格涅夫的作品中，在一个我所喜欢的却不大出名的阿克萨克夫的作品中——他的《家庭纪事》三部曲比虚伪的梭罗不知要好多少倍。我总是固执地认为，一个在成长中没有踏过泥土和大地的人，心灵是不健全的。那么，我不能不隐隐地为女儿担心，她的草莓的滋味从哪里找呢？

2009 年 4 月 24 日中午于上海

端午忆旧

我在车站茫然四顾，周围乱糟糟的，身边是等车和卖东西的人。天阴阴的，车很少，车一来了，大家马蜂般地扑上去，然后又发现车上已经挤满了人，只得怏怏退回。我也只有那么望着、走着、站着、等着，不知为什么，我突然决定回家过端午，临走又担心午前回不了家——那时，家里也没有电话，无法通知父母……

这幅图景在我的头脑中盘旋了多年，现在想起来，那差不多是廿年前我读高中的事。庄河离青堆子不过三十公里，交通就是那么不方便，无形中又将离家的少年与亲人隔得那么远。而今的距离何止百倍？！回家的焦急却减少了许多。不过在端午的时候，我还是会想到老家的习俗：端午节头几天等待大锅中煮出来粽子的心情，闻着米香的感觉，至今想来仍心动不已。实际我并不太喜欢吃粽子，尤其是黄米的那种，但喜欢吃大枣，喜欢闻那煮过的粽叶的味道，更喜欢蘸着的白糖（孩子们大概都喜欢吃糖）；还有一点，北方不像南方，一年四季都在吃粽子，北方只有在端午才有，总也算稀罕物了。吃鸡蛋也是北方端午必不可少的。家里人会为我准备一个小篮子,里面装着给我的鸡蛋、鹅蛋、鸭蛋,实际上根本吃不了几个的,但是这个"私有财产"自己无比珍惜,直到实在放不下去要坏了,才忙着分给大人吃掉。

端午是农家与春节、中秋并列的三大节之一,家乡的县志记载:"农民假期,除度岁十数日外,尚有夏、秋二节。夏节即阴五月五日,俗名'端午'。晨间多食粽子及煮熟鸡子,午间富者成席。"(《庄河县志》,民国23年铅印本)《安东县志》(民国20年安东铅印本)更为详细地记载了吾乡风俗:"五月五日为'端阳节',一名'端午节',又名'天中节'。家家户户,窗牖俱插蒲、艾、桃枝,以麻作帚及香囊佩之,皆所以被除不详之意。小儿女以五色彩线缠手足,曰'长命丝',一名'五续',取五丝续命之说。四民皆嬉游竟日,食角黍,宴饮为乐。民国以来定为夏节,各界均放假一日。"

的确,在吃而外,端午最令孩子们兴奋的是采艾蒿、挂菖蒲,这些东西让周而复始的生活突然有了另外的色彩。菖蒲有一种特别的香气,插在屋檐下随风摆动不时能感到香气扑面。对于喜欢刀枪棍棒的男孩子,插剩的菖蒲还可以当剑玩,那几天里吆吆喝喝地舞动着长剑降"妖"斩"魔"好不威风。现在艾蒿、菖蒲大家都是花几块钱从市场上买来的,也就是拿个物件回家,毫无过程的乐趣,而在乡间却是人们自己去采来的。艾蒿房前屋后随处见,北方的五六月,正是草盛叶茂欣欣向荣时节,艾蒿那种怪怪的味道也让我记忆深刻。而菖蒲则非到水草丰盛的河边不可。我们村子周围的河太小,菖蒲也长不高,得到几里地外的大板桥、小板桥去,那里是长流水,但因为水大,家里人几乎不让我去。读小学四五年级时,端午前一日放假,我与几个伙伴还是去了,拔了很多菖蒲,弄得满手香气,洗都洗不掉。抱着一捆菖蒲回到家里,此时,粽子正要熟了,香气从锅中飘出,比吃粽子本身更诱人。我也得意非凡,似乎总算能为家里做点贡献了——少年的世界里没有惊天动地的大事,都是这些琐碎的细节,后来都化做了记忆的一点一滴。

　　端午节最高兴也最苦恼的事情是脚脖、手腕上扎彩线。记忆中，总是早晨睡得正香时，奶奶翻来弄去地搅我的好梦。那个时候真贪睡，就这样还能香香地睡下去，等醒来之后才有机会欣赏这五彩线。记不得这彩线是不是要戴一个月还是多久，反正后来洗手，一下小心就会弄湿它，颜色褪了，不久也脏了，只好拿下来了。但这线是不能随便丢的，要让长流水漂走才行。我们是扔到大板桥、小板桥的河流中，那里通向大海，缓缓的水载着端午的记忆越漂越远。等长大了，彩线也就不扎了，这样的苦恼和乐趣也都没有了。

　　今年端午，举国第一次放假，但也没有什么特别的事情做，假期于我现在是工作抢修日一般。忙乱中思绪难免回到以前，想想自己的孩子已经满地跑了，伸着手伸着腿让我看她的漂亮彩线了，不觉感叹光阴流水岁月不再……

2008 年 6 月 10 日上午，端午后二日初稿；
2009 年 5 月 28 日端午日改；
2009 年 9 月 12 日再改。

你是故乡的言语

——忆恋大海

一

前段时间连日的阴霾，总算让我在这几天享受到阳光的照拂，冬日里坐在家中享受南方难得的煦暖的阳光，我突然怀想起北国的大海。难怪，整天在城市的烟尘滚滚和人声喧嚷中奔行，无法不想起那幽静、碧蓝、空阔又深沉的海。很多人只知道夏天到海边去游泳，生怕冬天的海风割破了他们娇嫩的皮肤，根本不曾领略过冬日大海的美和雄壮，那真太遗憾了。夏天的海是生气勃勃的青少年，欢腾、奔涌，但未免也失之浅薄和喧闹，唯有冬天的海，才像一个经历了各种风雨的老人，看透世事、心似明镜，一番历练后深沉又不失纯洁，沉静又不失力量。海的四季都是迷人的，但错过了它的冬天，那么你有可能错过了它最美的时光。

我不愿意生命里积攒着太多的错过。一连几年，冬天回到大连，首先想到的就是去海边。这个时候，海边真安静。稀稀落落的几个人，都是与它朝夕相伴的守护者——老人居多。偶尔有一对不怕冻的恋人也点缀着海的浪漫，夏日里游泳者、推销者的喧闹不见了，剩下的是沙滩、海水和蓝天的自然世界，而这个世界完全可以由你来独自品享，这是太奢侈的风景和世界了！

此时的海滩被冬日的海风已经吹得干干的，一切都暴露了它的本相，大小卵石、贝壳等裸露在外面。而海水，你会惊叹它的清澈、明净，水下的一切几乎清晰可见，浪花的泡沫都是一片雪白。泥沙俱下常常是大江大海的形态，可是冬日的海却如处子般娴静如明眸样的透亮，最为难得的是，清澈的海水中，突然发现一抹绿色，像是大师画笔轻轻的一抹，这一抹胜过万顷碧绿，绿意如光穿过心田。那是被水冲上来的海藻，在灰秃秃的北国，它是给你带来颜色带来惊喜的生物。不论是退潮还是涨潮，这时的海都不是张牙舞爪和怒火咆哮的，因为它的清、静，于是便有了大家闺秀的风范。你与它静静相对，会感到一种安闲、镇定和大气。远远地望去，或有三五海鸥在展翅，或者就是蓝蓝天空下的碧蓝和远远海天相接处的海岸线，冬天的海任你打量，冬日的天高远而没有雾霾。我喜欢这样的简单、清爽和直接，而不是那种螺蛳壳里做道场的逼仄、狭隘，不喜欢那些曲曲折折的花花肠子、转弯抹角的小心机。冬天的海让我依恋，让我有种故乡感。回过头去，望一望城市的高楼大厦，想一想街道上的车水马龙，瞬间掠过心头的可能是自己经历过的往日的某一个场景，不禁也感慨万千。大连人可能还没有意识到他们的幸福，守着这样的海，等于多了一个心灵的出口，迎着海风，胸中晦气顿散。要让外地人羡慕得眼珠子都要掉出来的是，大连不仅有海，而且还是渤海、黄海两大海环抱着，我不知道世界上有几个城市享受着这样的天赐！

记得今年春节过后，一位大姐开车带我们到棒槌岛，我的女儿下了车就在海滩上狂奔，后来又兴奋地在沙滩、卵石上打滚，全然不顾这是冬天。那天风很大，但海依旧是一片宁静，经历了大风大浪、波澜不惊的宁静。

风吹过，阳光下海面波光粼粼，似乎一丝喜悦掠过心头，但海是有品格和风范的，欢喜不会是那种浅薄的狂欢乱叫，仅仅是微波。海浪拍击着海岸，也没有惊涛裂岸的张扬，而似喃喃细语，仿佛与故人共同追忆往事，细诉着前次分别后的一切。这是一个沉静的时光——恐怕就是得道高仙也难以做到时时沉静，但我觉得在人的一生中总得有些这样沉静的时光，否则就活得太浮躁太毛糙太没有自我了。我按动着相机的快门，想定格下这汪洋大海的波光粼粼，随便怎么拍都是一幅幅画。此时，你不由得有人生苦短的感叹，纵然有百年之寿，相对于这亿万年的大海，相对于海边这些被不知多少年的海浪冲刷过的礁石，那还不是弹指一瞬间，而与心爱的美景倾心相对的时刻又是瞬间的瞬间。此时，海给我的仿佛不是力量，而是忧伤，生命的忧伤。

二

童年的海是与我的孤独连在一起的。

那是在姥姥家的一些日子。

姥姥家在海边，临着一个渔船进进出出的小渔港。走在大坝上随风吹过来的都是阵阵雨腥味儿，大约是莫泊桑笔下的法国海港吧，反正一读他的那些文字，我就想起了姥姥家的海港。我看过很多图画中的船，不论是扬波远航，还是驻守港岸的，都很美，不雄壮也深沉，但记忆中，我童年见过的这些渔船好像都是破破烂烂的，渔网是黑黑的，船舱是乱乱的，有一点鱼虾也是破了身子掉了头的。或许情感修正了记忆，当时我十分不理解妈妈为什么在姥姥家一呆就是十天半个月的，又为什么非要把我押解于此。我是一个怯懦的男孩，不善于跟人交往，特别是陌生人。在姥姥家的世界中我找不到自己熟悉的玩伴、熟悉的书本、熟悉的玩物，浑身都不自在，而大人们津津乐道总也讲不完的话题，我丝毫不感兴趣，这样每天的时光由于生活中毫无内容就变得特别漫长。

大人们显然注意到了我的坐立不安,便把我交给大姨家的一个表哥,他要比我大七八岁吧,大约是耐着性子陪我玩。到哪里去玩?只有海边。我永远也忘不了那长长的海大坝,我们提着篮子去摘一种叫碱蓬的植物,回家好喂猪的。对这种事情的耐心,我超不过十分钟。接着就是去挖蝼蛄,千里之堤,毁于蚁穴,大约就是这个东西造的孽?可说实话,大坝高似小山,我从未想过和看过会被这小东西毁掉,看来语言对于实际都是有些夸张的。能够提起一点兴趣的是在大坝上挖子弹头,这里驻扎着六二(番号)部队,每逢他们打靶过后,就是我们遍地找弹头之时。生长在七十年代的人,都是战争片培养出来的,对刀刀枪枪打打杀杀总有几分迷恋和向往。但记忆中,我也没有找到过几颗子弹头。可以想象,在长长的海大坝上,向前是望不到边灰蒙蒙的大海,向后是稻田、芦苇和村庄的一角,两个少年,变得特别渺小,也如蝼蚁般,无所事事地在坝上坝下走来爬去的。生命在那一刻似乎是静止的,我常常不清楚自己是在做什么,将要做什么,只有面对着远处看不清的海,只有把一上午或一天的时光消耗掉就算完成任务,一颗心仿如海上失去动力任意漂浮的小舟。这样的画面长久到留在我的记忆中,使得我至今到姥姥家还有几分畏难情绪。

偶尔表哥在潮沟中放一个渔筐,里面放些小虾小蟹子做诱饵捕鱼。那个时候的海边有很大面积的碱滩、荒地,也有很长一段潮沟,当然也有碱蓬、芦苇、水鸟。不像现在都被方方正正地弄成虾圈或其他养殖的圈,海边真正成了不毛之地。但,我似乎从未看到过表哥捕到一筐鱼的情景,哪怕几条也好,我最初的兴奋和期待在鱼筐提上来的那一刻又变得索然无味了。在那片海滩中,上小学的时候,我倒是和同学一起来掏过蟹子。当地人叫嘟噜蟹子,特别小的、圆圆的,放在水中总是吐沫,故被名之为"嘟噜"。这种蟹子用油炒着吃,有滋有味,很香;也可以盐着吃。不过,我都不喜欢吃,我高兴的是去玩。在水尚不能没过脚背的海滩上,有一个个蟹洞，孩子们细小的胳膊刚好伸进去，勤劳的蟹子会把洞打得很深很深，胳膊都不够长了，手摸不到洞底，它就躲过一劫。而我们趴在海滩上伸手去捉，胳膊上一会儿就沾满黑黑的烂泥。连玩带闹，一个下午也有不小的收获，反正比表哥捕鱼强多了。大人们是不会这么干的，他们夜晚出动，拎着水桶，提着手电筒，这个时候蟹子都出洞了，在海滩上开狂欢大会了，手电筒一照，登时都老实了，等着你像拣石头一样往桶里拣。一点也不夸张，半个晚上，就能拣到一水桶。

不过，这种风高月黑夜我可没有来过海边。我有两次颇为丰硕的收获，却也是痛苦的记忆。一次是要上初中前，父母带着我去沙岭赶海，时间记得很清楚那是因为初中课本刚发下来，我一路上背着"天似穹庐，笼罩四野，天苍苍，野茫茫，风吹草低见牛羊"的诗句，骑着自行车奔向大海，不久就领略了海茫茫了。赶海，是潮水退去之后，在海滩上捡蚬子、文蛤、海螺、泥螺等贝类。《辞海》上说蚬子中国各省都有，但我的家乡庄河却素有东方蚬库甚至世界蚬库之称，储量甚丰，家家户户的门口都是成堆的吃完的蚬子壳。退潮后在松软的海滩上，能够看到蚬子行走的痕迹，用脚也可以踩到泥沙中的蚬子，更专业点是拿两齿的铁耙钩。那次是在初秋的午后，天没黑，就已经收获颇丰了，问题是我已经筋疲力尽了，不要以为赶海是游泳，是在离岸不足一千米的地方扑腾扑腾，而是要走十里二十里的地方，有多远呢？那七八米高、可以跑汽车的海大坝，走到捡蚬子的海滩回望它就是一条线，所以当我感到两腿肿胀的时候，可以想象得到有多么绝望，或者说累得顾不得绝望，不是海滩上有水，我真想一屁股坐到海水里。另外一次是上初中时，学校组织我们去赶海，时间是初冬，真是阴风怒号，狂风乱吹，在海里几乎都站不住，脚都冻麻了，以致被贝壳划伤，我都浑然不觉。那时候农村孩子真老实，如果现在哪个学校还胆敢组织这样的勤工俭学，第二天就得上焦点访谈，家长就得跟校长拼命。那次，我们冻得什么样子？从海里出来，我手指僵硬得费了半天工夫才穿上袜子，要知道我们当时不过十五六岁啊！后来读邓刚的小说，写到海碰子从海里出来，冻得哆哆嗦嗦在海边烤火的情景，我没有当过海碰子，却也感同身受。

那时候，我就体味到海可不是那么好玩的，而耍海的人，就没有吃不了的苦抗不过的难！海明威《老人与海》中，老爷子那句著名的话："不过人不是为失败而生的，一个人可以被毁灭，但不能给打败。"其实，成、败之类往往是那些大人物所关心的，对于芸芸众生，特别是在风浪中讨生活的渔民哪里顾得了这些？失败了苦果要自己咽下去，成功了又怎么样，照样没有鲜花和掌声，就是有，又有谁在乎他们谁能听得到呢？与其说他们期盼这些，不如说他们更在乎活着和怎么活下去。

三

上大学后，我们都成了城里人，可以远远地望着海，是看风景，而不是赶海了。不过像花前月下、海誓山盟的那种浪漫，与我也不沾边。读书时，我仍旧是孤独地面对大海，哪怕与一群同学在一起，我的心还是孤独的。这大约是文学青年的一种病吧？

我不知道现在还有多少人会喜欢普希金的诗歌，我喜欢那种明朗和奔放的境界、强烈的抒情气息或淡淡的忧伤的调子，现代人曲折压抑不如直抒胸臆让人更痛快，就像面对大海、沙漠一无遮拦又变化万千，比苏州园林的遮遮掩掩要敞亮得多。当然，还因为普希金写了那首《致大海》，在你面对着汪洋碧水，倾听着它拍打岸边隆隆轰响的时候，诗的节奏与海的节拍是完美统一着的：

再见吧，自由奔放的大海！
这是你最后一次在我的眼前，

翻滚着蔚蓝色的波浪,
和闪耀着娇美的容光。

……

你是我心灵的愿望之所在呀!
我时常沿着你的岸旁,
一个人静悄悄地、茫然地徘徊,
还因为那个隐秘的愿望而苦恼心伤!

我多么热爱你的回音,
热爱你阴沉的声调,你的深渊的音响,
还有那黄昏时分的寂静,
和那反复无常的激情!

……

我整个心灵充满了你,
我要把你的峭岩,你的海湾,
你的闪光,你的阴影,还有絮语的波浪,
带进森林,带到那静寂的荒漠之乡。

(戈宝权译文)

  重读普希金的诗,我才明白,我为什么会不断地忆恋大海。我现在居住的城市太精细或琐碎,太精明或小气、算计,每日里平庸的生活耗光了生命中很多东西,把人都变成了精密的钟表一分不差地按部就班地运行着,而海，海有着"反复无常的激情"，激情，正是我们所最缺乏的！哪怕是孤独的一个人与海面对，它也会给你激情和力量。海从来不是驯服的趴在人们脚下摇头摆尾的狮子狗，而是一种自由的、狂放的、内在蕴涵着比表现出来更为激烈的一头雄狮。

　　我不能忘记念大学时的一次经历。不知为什么，我和一位同学会在初秋的那个午后来到海边。那个时候，星海湾还没有填海建成广场，我们的公交车停的那一站叫南大亭。那天，头上是乌云密布，迎面是狂风暴雨，远远望去是怒浪滚滚。海边不见一人，我们两个在海边的山崖下一处可以遮雨的地方，但我们怎么能够待得住呢？时不时地迎着风雨跑出来，欢跳着，高叫着，风淹没了声音，海浪更是以排山倒海的气势盖过了我们。我们不甘心，捡起石头使尽浑身的力气扔向大海，然而在滚滚而来的巨浪中石头连一朵微小的浪花都激不起来。我从来没有见过那样的大海，困兽般的，从远方像把巨剪剪开水面扑向岸边，伴随着的是低吼着仿佛要把山岳震塌的那种声音。我在思酌着，这个时候不论什么在水中都会被它击打得七零八碎。谁说水之柔？那是没有见过它的刚。这个时候，见识了所谓的惊涛裂岸，你才会惊讶海哪里来得这么大的力量？！这个时候，我们的心仿佛随着浪在飘转、撕裂和快意地发泄；这个时候，什么都藏不住，什么都翻腾出来。连远远的海带养殖区中的海带，都随着海水飘过来，还有海上的浮漂。不久，浮漂就成了我们石头打击的目标，后来也不怕被雨淋湿，还下去捡了两个上来。这不是我们仅有的收获，更大的收获是所经历的那种大风大雨大海的震撼场景，一经植入你的记忆，我敢说终生难忘。

　　几年后，所谓的南大亭不见了，这里不再是那么荒凉了，而多了一个热热闹闹的星海湾广场。广场让这片海更具有人造的景观性了，有防波堤，有灯塔，很西洋，读乔伊斯的《尤利西斯》开头写到的圆形炮塔和海湾，常常令我不由自主地想到星海湾："海湾与天际构成环行，盛着大量的暗绿色液体。"夏夜，我们经常去那里散步，习习的凉风有着令你在南方做梦都想象不到的舒服。这两年周边又多了楼多了饭店什么的，夜晚中灯光点点，甚或灯红酒绿了，仿佛一个长满芦苇的渔码头突然变成了一个光滑的市镇，我偶尔回来一次，心里总不大适应。我不知道，与我同行的人还会想到这片山这片海的件件往事吗？那个时候滨海路还仅仅是星海湾到老虎滩的这一段，进大学不久，我们同学就徒步从南大亭走到了白云雁水。那正是秋一脚门里一脚门外的时候，沿着山海间的路，在暖暖的秋阳中三五成群地走着嬉闹着。海是碧蓝的，山的颜色却无比丰富，有夏日里最后一朵黄花，也有早早地迎接秋天的第一片红叶，还有一岁一枯荣如同大地头发般的衰草，当然，还有那四季常绿的松林。白云雁水，写下这几个字我还有些怦然心动，但这个地名一定让很多人感到陌生，因为它被现在的森林动物园所替代。当年是有山和一个小湖的所在，大家可以在这里歇息。这是一种走法，另外一种走法，是直接从学校向南，登上白云山，沿着曲折的山径，在草木间穿行，到一处叫西山揽胜的地方——实际上是像锥形海螺的一个塔，建在白云山的山巅上，这是制高点，据说能远望到大连开发区，书上说1990年7月3日有人曾在这里见到过海市蜃楼。我们不管这些，在这里流连一番，就下到白云雁水。有时候，大家不走了，就在山顶上坐下来，往北望是人们日夜奔忙着的城市，高楼耸立，街道纵横，感觉不同的是它现在静默在你的眼皮底下，而且本来特别喧闹，可是现在全被静音了，这样突然就有了一种间离感、陌生感。书上说这白云山虽然不高，但在地质构造上可不一般，如果从高空俯瞰，它是由五十余座高低错落的山峦组成，中心地带有两平方公里的区域好似盛开的莲花，这叫"白云山莲花状地质构造"，是震旦系石英岩发育变化的地质遗迹，著名地质学家李四光发现了这一地貌并对它命名，这里是国家一级地质保护区。但中文系学生实在不懂得地质学，只有满腹的"小资产阶级情调"。由山顶往南望、西望，是暮色中的星海湾，更宁静、祥和了，海水泛着金光，夕阳洒满脚下。风吹过，树叶飒飒，黄草微动，时常会让嘻嘻哈哈的我们有静下来的一刻，片刻间中文系学生的多愁善感也许就上来了。后来，我读到海涅的诗，发现他有很多写到海边的黄昏：

> 火红的日轮
> 徐徐下沉，没入喘息不定的
> 银灰色的大海；
> 玫瑰色的晚霞随之消散了；
> 但从对面，从飘逸的云帷中，
> 月亮却探出脸来，那么
> 悲哀，那么苍白；
> 跟在她背后的点点疏星，
> 远远地躲在雾幕里，
> 眨着眼。
>
> （《落日》，杨武能译）

乔伊斯模仿感伤小说的情调写下的夕阳中的海也是小资气十足："夏日的黄昏开始把世界拢在神秘的怀抱中。在遥远的西边，太阳沉落了。这一天转瞬即逝，晚霞将最后一抹余晖含情脉脉地投射在海洋和岸滩上……"（《尤利西斯》第十三章，萧乾、文洁若译文）

我们常常是在下午没有课的时候来爬山，有的在山顶看书，有的在打扑克，更多的是在讲闲话，纯粹得没有目的、内容，甚至也没有什么意义，只有情感需要抒发的那种闲话。直到月亮和星星也爬到我们头顶的时候，才觉得肚子饿了才不得不下山。

海涅是坐在岸边看海，而我们却是在山上，居高临下，视野更开阔。但他的诗句中的某种情感我也能够体味得到：

暮色朦胧地走近，

潮水变得更狂暴，

我坐在岸旁观看

波浪的雪白的舞蹈，

我的心像大海一样膨胀，

一种深沉的乡愁使我想望你，

你美好的肖像，

到处萦绕着我，

到处呼唤着我，

它无处不在，

在风声里，在海的呼啸里，

在我的胸怀的叹息里。

（《宣告》，冯至译）

那些岁月，在同学的快快乐乐中，我常常在叹息——自寻烦恼的叹息。多年后读到海涅的诗，写的也是我的感受：

我坐在灰暗的海滨，

孤零零地，陷于郁悒的沉思。

太阳渐渐地沉落，把它

火红的光芒投射到海面上，

远远的雪白的水波，

被海潮推涌，

奔腾澎湃，越来越逼近——

奇怪的响声、呼号、咆哮、

大笑、私语、叹息、长啸，

  还夹着催眠曲似的隐隐的歌声——
  我好像听到消逝的传说，
  ……

（《黄昏》，钱春绮译）

  "孤零零地"，这是我始终也摆脱不了的感觉。有时候，我发现海也是这样，特别是风平浪静的时候，夕阳西下的时候，它仿佛在睡去，又像是独自沉默。多少人看到的是它的表面浪转潮回，谁又知道它的内心在想什么，而且在千百年的岁月中，它似乎周而复始地重复着这些，又是什么能给它以动力给它以激情呢？

  年轻气盛的时候，什么都想找到一个明确的答案。实际上，稍微有点阅历的人就会明白，人生中没有答案的事情多着呢！正如倘若感觉到是孤独的，那么就只有忍受或抵抗着孤独——这当然是老气横秋地任其自然，不过却也是无法逃脱的命运之索。可惜，那个时候我偏偏心有不甘，剖心刮胆地去寻求理解，总觉得会有一个人能够理解我的一切。——时间雄辩地证明了这是一厢情愿的愚蠢，可当时偏偏执迷不悟，我花了很多时间去苦苦地追寻着，制造每一次机会去摆脱孤独。比如，邀集同学去海边烧烤。因为是在海边，海鲜丰富、新鲜，有段时间烧烤流行，人民广场旁的那条街上的烧烤店夜晚飘香，也传染了同学们，大家自己带着烤炉到海边去。实在弄不清楚当时怎么会那么有时间和精力，有一次几乎就是从悬崖峭壁上从金沙滩的海边爬到了上面的路上。还有一次，准备日久，却不料狂风暴雨不期而至，大家几乎不约而同地要放弃，唯有我莫名其妙地坚持，我似乎不放弃任何一次大家在一起的机会，或是每次都以为了告别的聚会的心境准备着，最后，海边去不了，风雨中打车到白云雁水，结果，收获的除了盛夏中的寒冷还能有什么呢？那些青春岁月的剩余精力，如今似乎是不堪回首的灯下追忆。

四

滨海路东起寺儿沟的东海公园西至黑石礁，全长有35公里。读书的时候，朋友们大多没有车，所以徒步走滨海路成了我每年的保留节目。我不是一个热爱体育锻炼的人，甚至是有电梯一层楼梯都不会去登。但是，在山海间徜徉，与山海相对，又是我相隔一段时间不能少的内心调节。我好像要吐出内心中所有积存的污秽，如同海的吐故纳新，把那种清新、碧蓝、透绿，把白云、绿叶，还有透过树阴的阳光都纳入胸中，这样燥气少了，心也安了。

最初走的就是从星海湾到傅家庄，后来接着往前走，到燕窝岭、北大桥一段，在这里看到的海浪冲击山崖石礁卷起千堆雪的场景，十分壮观、快意；也有无数情侣在走进爱情的坟墓时于此大拍婚纱照。转过山岭，下了坡，就是韩美林的六只老虎石雕了，老虎滩到了。这里人太多，我们从不久留。大吃一顿，补充耗去的体力，就可以乘车回到市区了。后来滨海路东段开出来了，从老虎滩，到石槽，到棒槌岛，到十八盘等等。这段风光更原始，山林也密，海似乎更深，幽蓝中有一种莫测的神秘，而且人和车都相对少一些，这倒是夏天中我最喜欢走的一段。

有一年春天，我们是一批单位同事，穿过绿草如茵、鲜花含露的迎宾路，从棒槌岛宾馆的门口向老虎滩方向走。那是清明前后，大家背着面包和水，这个时候的山如同情窦初开的少女，不是漫山遍野的绿，而是星星点点的绿，与绿映衬的是星星点点的红花、紫色的小花，如同大师画板上的寥寥几笔，却精神十足。而这时候的海，刚从一个严冬中清醒过来，虽不好意思奔腾咆哮，却已经蓄势待发，显示出十足的阳刚了。我们走到石槽还吃了顿午饭。饱暖就不思进取了，饭后大家都晃晃悠悠地说没有气力了,那就解散吧……确实,每次走过滨海路都得精疲力尽,不过,现在想来却又成了难得的记忆。

最近一次徒步走滨海路是 2005 年 6 月底,两边一种不知道名字的黄花娇艳地开着,夏日的海风送来清爽,让在南方水深火热的煎熬中逃脱出来的我感觉胜似天堂。那一次,我们是打车走一段,步行一段。因为同行者中间有一位待产的孕妇。十三年前,是她组织我们同学夜游滨海路,那是我第一次踏上滨海路;十三年后,她怀着我们的女儿。一切如同海市蜃楼不可思议:十多年前,她的妈妈说我跟她在一起是"鬼混",十年后,老太太生怕哈口气吹着她的外孙女。时间真是剪辑大师,把一些想象不到的结果都捏合到一起;时间又是一位讽刺大师,在许多不可能中发现了命运的幽默。唯有海是庄严的,经历得再多,也不慌张不骄纵,潮起潮落,日复一日。面对着它,我不知该说什么,我没有见过海市蜃楼,但远望的目光中仿佛出现了它,理性提醒我,哪怕是你亲眼所见的真实,也可能是幻景;我们所追求的所得到的一切结果极有可能也是最不真实的。那么人生究竟是为了什么?我们常常为了最迫切解决的实际上是鸡毛蒜皮的小问题,而丢开了最该问的最基本的大问题,而一个个小问题的迎刃而解又给我们自己洋洋自得的幻觉,以为什么都弄清楚弄明白了,其实是丢了西瓜拣起芝麻,是舍本逐末。只有到滨海路来走一走,才不由自主地静静面对自己和世界。

后来我才发现,其实走滨海路不应当随意舍弃黑石礁。这里有另外一种风情,那黝黑的礁石又是什么地质奇观,又是多少多少亿年前的什么什么的,反正你感兴趣可以去找谷歌。我只知道民间传说这是乌贼为了对付鲨鱼的攻击而吐了的墨汁把石头染的。对不起,八卦了。但这里是袖珍的海景,有浪有沙滩有礁石有海岸线,可以让你在短时间领略海的一切,几年来,这里一直是我带女儿欣赏海的去处。小家伙初生牛犊不怕虎,大冬天,穿着靴子就往水里冲。惊得我和她妈妈恨不得自己先跳海。那个当年带领我们走滨海的女学生，后来的孕妇，现在的孩子妈，如今经常为了孩子的狗屁事与我吵架。我有时候很绝望，想起《红楼梦》中贾宝玉说过的关于女人的话。如果时光能够倒流，复现当年那个女学生关于爱情、生活、家庭的种种想象，恐怕她自己都会吓一跳，仅仅十多年时间，想象与现实的差距居然是这么大！那么，黑石礁呢？不是形成于多少多少亿万年前吗？它当时和现在的差距又有多大呢？我再想一想多少多少亿年后，我们的影子都不见了，这些礁石也不知会在哪里，还有谁会在意一点个人的小悲欢？面对大海、苍天、星空，你无法不感叹自己的渺小，自己穷其一生精力所经营的东西还不如一个微尘。不幸的是这些小悲欢、微尘，在宇宙中什么价值、意义都承担不了的东西，却是我们生命的全部、我们每天必须面对的一切。唉……

五

我刚到上海的一次同学聚会，有位同学激动地握着我的手，说他曾在大连生活过四年，当张雨生的《大海》乐曲响起时，他几乎泪流满面。当时我想这家伙有点"二百五"，后来在上海呆久了，我听这歌的感觉也不同了。

> 从那遥远海边慢慢消失的你
> 本来模糊的脸竟然渐渐清晰
> 想要说些什么又不知从何说起
> 只有把它放在心底
> 茫然走在海边看那潮来潮去
> 徒劳无功想把每朵浪花记清
> 想要说声爱你却被吹散在风里

猛然回头你在那里
如果大海能够唤回曾经的爱
就让我用一生等待
如果深情往事你已不再留恋
就让它随风飘远
如果大海能够带走我的哀愁
就像带走每条河流
所有受过的伤
所有流过的泪
我的爱
请全部带走

只有在海边生活过的人，才会明白离开海太久那种对海的依恋的情感，我理解了那位同学当时的表现。歌声中，我常常想起星海湾的夏夜，走累了坐下来歇着；想到星海公园的朝阳，还有泪水；想到大雪纷飞的日子里，汽车行使在去旅顺口的路上，右边是山，左边是海，车上是操着手默默注视着这一切的我。我还会想起故乡的小村庄，走出家门，向东远望，一轮红日是从海天之间带着声响般地跳出！那个方向上的青堆子镇，小时候，爷爷上班时常用自行车带我到这里，我觉得这简直就是一个繁华的大世界，麻花，大饼，玩具，衣服，汽车，这里的一切都令人眼花缭乱。后来，我离它越来越远，也越来越发现它是那么小，只有两三条街，不过一些大大小小的商店。最令我伤怀的是它的下街越来越破败，到这两年几乎是惨不忍睹。但我认为它比那些楼房要重要得多啊，它是青堆子的"龙脉"啊！故乡是唐太宗李世民征东的故地，所以处处有唐王和薛礼的遗迹和传说。历次征东都是兵船从海对岸的山东渡海而来，有一次登陆后，将领怕打完仗找不到回去的登船地，看到潮沟西侧海滩上的小坨子上长满青草，就在这里刻上"青堆子"三个大字，立碑为记，传说这就是"青堆子"的由来。难道青堆人都忘记了它的由来，将祖宅这么轻易地就抛弃了？老街房屋上的瓦楞中时有青草窜出，春荣秋枯，但童年的记忆却历久弥新。不仅如此，直到今天，我还认为下街的普化寺旁的大坡那一线仍是远眺大海的最佳之处。迎着朝阳南望，是一片稻田、芦苇、河沟，春夏是绿油油的一片生机，秋冬是淡黄的一片暖意。有一年，田地里积雪尚未融化，与海连在一起，像镜子一样泛着亮光。世界上哪来那么大的镜子！是给海神娘娘还是嫦娥照脸的吧？可是小镇上有几人曾在这里驻足欣赏过这一切呢？

没有想到这种对海的依恋，居然传染给女儿。有一年回大连，刚下飞机，来接她的姨夫问：要到哪里去玩？这多半是哄孩子的话，她毕竟只有三四岁，没有想到小家伙是认真的：要去看海！现在！！没有办法，谁也回不了家，只好把车直接开到海边。有一次，她矫情又认真地对我说：爸爸，我是海的女儿对不对？大海是我的故乡，我是在海边出生的……我不知道是谁教她的这一套，她的确是在大连出生的，我还记得她出生的时候，正是傍晚，华灯初上时，在城市里生活多年我没有找到家的感觉，但小家伙被抱出产房，抬头正对窗外万家灯火的那一刻，我突然感觉家的存在。但大连仅仅是她的出生地，她的生活经历与这座城市几乎无关，我想象不出她会对海有什么感情，她的口味是完全上海化的，什么海鲜珍品，她闻一闻会叫道：臭！坚决不吃。难道这就是骨血的作用，她先天地要接受她不能选择的一切？幼儿园的老师问她是哪里人，她说是"上海人"。那你会上海话吗？"侬做啥？"大家哈哈大笑，这恐怕是她仅会的几句之一。问题是她不是上海人又是大连人吗？她爷爷奶奶来的时候，我有一次听她在"教训"奶奶："不要总是在我面前说'埋汰''埋汰'的，我是在大连出生的上海人懂不懂？那叫'脏'，不要总说你们庄河话！"我真是哭笑不得。她的"身份"真成问题，她走到哪里似乎都是异乡人。其实，我又何尝不是呢？前两天，去看黄宗英老师，满头银发的她说她的名字三个字都没有偏旁，注定一生是孤独的。很巧，在座的几位中，我的名字也是如此。

如果不觉得"孤独"这个字眼太矫情，那么奔向四十不惑的我就再一次去认同这种孤独吧，所不同的是，这一次我不再去徒劳无益地寻求破解孤独的途径或做什么努力了，接受命运的赐予吧！

或许，除了孤独，我不会真正拥有什么。最美好的事情都是在忆念中，那么我得再次向大海致敬：

我向你致敬，你永恒的大海！
你的水向我喧腾，你是故乡的言语，
在你汹涌的波浪世界上
我看着水光闪烁像童年的梦幻，
旧日的回忆又向我重新述说……

（海涅《向海致敬》，冯至译）

2009 年 12 月 13 日于竹笑居

12 月 6 日修改

槐香入梦

　　槐树，普通得不能再普通的树木，在很多城市中已经很难见到它了。梧桐、银杏、水杉，这些树木听着名字都高贵。相比之下，槐树就是一个乡巴佬，这个乡巴佬在我们家乡可是随处可见，不论是大道旁，还是房前屋后，有高高耸立的，也有矮矮的，多得人们对它已经熟视无睹了。我没有见过谁去珍爱它们，不论天多么干旱，没见谁给它们浇过水，枝枝叶叶什么时候需要了就砍下来，能长成材的，做房檩子，做车辕子；不成材的，索性砍了当柴禾，当篱笆。要说它长得好，长得美，那真是得天地之气自我修炼的结果，没有谁会培育它关注它，哪怕给它一丁点修修剪剪，人们把这种功夫都用在可以结出诱人的果实的果树身上了。大约家乡的好多事情都是这样，都是没有高贵出身的老百姓物件，它们身上没有什么让人眼睛一亮的东西，枝干普通，叶子也不稀奇，花儿小又不诱人，不像松竹梅兰赚得多少人的美妙的言辞啊，可它们都经得起摔摔打打。这一切倒有点家乡人的脾性，往往都是其貌不扬的，永远不会给人木秀于林的感觉，但《辞海》上说槐"木材坚硬"，老实巴交的家乡人上来"倔"

劲儿连玉皇大帝都奈何不得，正是木中的坚硬。

或许看多了那些名贵的树木、娇艳的花朵之后，你才会觉得不起眼的槐树也有令人难以忘怀之处。特别是槐花，一串串，细小的，无论如何没法与牡丹竞胜，可它的香气不像丁香那么腻，也不像有些花香那么刺鼻，它清醇、沁人心脾，仿佛能打开你心胸和所有感官。傍晚时分，初夏的风拂面宜人，阵阵槐香让你不由流连街头。令人熟视无睹的槐树却用无处不在的花香包围着你，让你如同置身母亲的怀抱中一样温暖、舒适。在北方，桃花红了，梨花开了，杏花落了，春天里争先恐后抢足风头的花儿都寂寞的时候，槐花才不声不响地登场了。这个时候，时令已经告别春天的娇艳，即将来临夏日的炽热，一年最为繁盛、灿烂的季节是槐香报的信，天地间都因为这股清香而被搅动、活跃起来，街头上女孩们的装束也开始争奇斗妍。

槐花开时，玉米刚刚拔苗，田野中一片葱茏。为了摘槐花，我会央求大人在木杆前面绑一个铁钩，这样踮着脚尖就可以钩下槐花了。有时，奶奶在旁边看着着急，也会来帮我。摘下的槐花，放在掌心，闻一闻浑身清爽。一粒粒摘下，细嚼慢咽，香甜入口。有人用它蒸饭，也用它和面蒸馒头，可惜我没有吃过。我们家房前屋后树木比较多，与小朋友们争着生吃槐花的情景倒总不能忘，有时连叶子都撸到嘴里了。自然生长的东西，一年只有那么十天半月可供享用，错过了就又是一年，大家谁也不想错过，那几天也真像过节一样，忙坏了孩子们。当然，槐花谢了，绿绿的树叶也够孩子玩的，摘一片放在嘴里，像哨子一样可以吹响；叶梗也可以编各种东西，从项链到草帽。农村孩子没有玩具，大自然就是它的玩具王国。

大连槐树很多，号称"槐城"，每年还有槐花节，那时节，城里乡下槐香四溢。最令人陶醉的是石道街那段，这里两面是山，街在谷中，槐香自上而下，随风入鼻，顿时让你感觉到这个世界的芳香、洁净、一尘不染。槐花以其洁白，以其清香，在都市的污浊中营造出一个独特的世界，这个世界让你感觉一切都充满了清香，悠远的清香，让你觉得很多平淡的日子的魅力，世俗人生里的超越。在记忆里搜索这种清香，我觉得它属于少男少女的季节，属于情窦初开的心怀，人与这种气氛都很单纯，心无渣滓，只有纯情。或许有人说，世间并无纯情，我不反对这种说法，但我想说如同花开一时，人的生命中也必有纯情绽放的那一刻，如果你不曾有或者不曾感觉到，那太遗憾了。我很庆幸，没有错过那些槐香的季节。在初夏，我常常从大连图书馆走出来，对面白云山飘下的槐香会让你放慢脚步，踱步到石道街有另一种风景。那时大连的车不像现在那么多，石道街给我的印象是一幅清净的老油画：往山上走的石阶长满了青苔和矮草，两旁人家稍嫌老旧的楼房墙上爬着绿藤，还有开着紫色小花的植物……槐香让这一切都融进了记忆中，空气中的香甜隔开了现实世界，带给了你似梦非梦的感觉。大学时光的最后两个月，我曾在这里度过。那时候，我们在一所学校里实习，住的地方是在南石道街的学生公寓。夏天来了，我却不知等待我的是什么，很迷惘，但又非常贪恋这段日子，期盼时间的脚步慢些再慢些，恨不得人生长久驻留在这一刻才好。我小心呵护着那段槐香阵阵的光阴，生怕不小心丢失了它，而有它相伴，我仿佛又可以舍弃掉一切，什么人生前途都可以不考虑。初夏的夜晚，我贪恋那槐香，贪恋山风，贪恋星空。我们坐在石道街的台阶上，恨不得夜被无限拉长，因为我不知道天亮之后，我的身边还会不会有它的清香，也不知道今生今世还是否有相聚的机会。微风吹过，树叶沙沙，香气如脉脉目光，我的耳畔飘过轻轻的歌声，偶尔的车灯瞬间照亮身边人的脸庞，我想哭，但幸福得哭不出，而内心中忧伤又不敢想将来。那槐香阵阵的夏夜，那夏夜的阵阵槐香，多少年后，它们还熏暖了我一个个寒冷的梦。

到了上海以后，我发现连槐树也很少见了，更不要说那缕缕清香了。是的，不是什么时候都会遇到槐香的，这些年来每年几次回大连，却总也赶不上槐花开的时节。有一年春天在北京，忙完了工作，傍晚我一个人去吃饭，走在街头，毕竟是北方，北京的一切都能唤起我的回忆，让我感到亲切。我看到了路边的槐树，虽然不是我熟悉的刺槐，但那枝叶中我仿佛闻出了清香。一年四季，东奔西走，只有停歇下来的一刻才会想到家乡。我想起前两年，听说槐花泡水喝能够治病，爷爷在槐树开花的季节给我摘了好几塑料袋，而且都一点点晒干了。拿到我面前，我吃惊于他怎么弄那么多，可以想象花费了多少工夫。可惜，那些槐花我只喝了一两次，就再也没有动它，后来搬家时都扔掉了，我时常心中隐隐作痛，觉得辜负了爷爷的一片心。如今，想让爷爷去摘，他也摘不动了，时间过得太快了，就在槐花的开开落落中，我的头上也能寻出白发了。

闲来翻书，偶然发现还有位诗人惦记着槐树。那就是白乐天，他写过一首《庭槐》：

南方饶竹树，唯有青槐稀；
十种七八死，纵活亦枝离。
何此郡庭下，一株独华滋？
蒙蒙碧烟叶，嫋嫋黄花枝。
我家渭水上，此树荫前墀。
忽向天涯见，忆在故园时。
人生有情感，遇物牵所思。
树木犹复尔，况见旧亲知！

乐天也伤感，感叹光阴似箭。他有两首《花下对酒》，其中有言："楼中老太守，头上新白发。""故园音信断，远郡亲宾绝。"在其二中，更是直白地道出了光阴流水的无奈："仰首看白日，白日走如箭。年芳与时景，顷刻犹衰变。况是血肉身，安能长强健？人心苦迷执，慕贵忧贫贱。""年芳与时景，顷刻犹衰变。"在宇宙、光阴中，作为个体的人能够主宰什么？似乎什么都左右不了，甚至包括你自己，就像当年在南石道街的学生公寓中，我能选择自己的前途、自己喜爱的人和事，哪怕是一个清香四溢的夜晚吗？得到了，可以振振有词地说：功夫不负有心人；得不到，就怨愤地说老天不公。只有当这个结果对你失去了任何实际意义的时候，你才会体会到结果是不重要的，才能不是酸酸的而是真正淡然地说：结果是不重要的。很多事情，如槐香，不能掬在手，不能拥入怀，也无法长久存下它，只有置身其中去体味才能够感受到它。

2009年12月20日夜
12月25日夜改定于花城竹笑居

寄来春的消息

时光飞逝,一年的纷乱正以加速度冲进岁末。不知从什么时候起,我们都被绑架在时间的巨轮上,不由自主地随它旋转、飞奔,哪怕气喘吁吁,仍然坚持不懈。就不能停一会儿,不能静一刻吗?现代人就那么怕被时间抛弃?

躲进逝去的时光里,用回忆的搁板保持着与现实的距离,这是无可奈何中我选择的逃遁方法。以往这个时候,街头巷角,尤其是学校门口,遍是卖贺卡的小摊。我想,贺卡也会像雪片一样飞向武康路113号巴金的家,好大一场"雪"!它们至今仍然没有化开,被捆扎在巴金故居的文献档案中。

我首先看到的是东山魁夷1987年给巴金的贺卡,如同他的文章与画一样宁静,在那种日本特有的再生纸上,贴着他一幅画作,画的是雪松,在淡蓝甚至有些近灰的天空中,还飘着朵朵雪花。银白的世界中也不乏别的色彩,关键是那种宁静、幽远,仿佛能够感觉到雪落到大地的声音。贺卡的里面是他用毛笔写的"恭贺新春"和签名。我读中学时,东山的散文曾很流行,"与风景对话"是他一本书的名字,也是我们喜欢引用的句子。

我还读过他的《听泉》，当时只是喜欢文字的表面，而今在年光流转中，仿佛也明白了他表达的内容："人人心中都有一股泉水，日常的烦乱生活，遮蔽了它的声音。当你夜半突然醒来，你会从心灵的深处，听到悠然的鸣声，那正是潺潺的泉水啊！""回想走过的道路，多少次在旷野上迷失了方向。每逢这个时候，当我听到心灵深处的鸣泉，我就重新找到了前进的标志。"

对于巴金来说，收到这些贺卡，翻阅他们，会是什么感受呢？他一生曾六次东渡日本，与日本作家和各界人士结下了深厚的友谊，友情永远是滋养着巴金生命的泉水，念着贺卡上面熟悉的名字，人生交往的一幕幕都会涌到他的眼前。1986年，木下顺二和山本安英的贺卡，画面是横斜而出的腊梅，背景是一片银白，如同飞雪。里面只有"贺春一九八六年"及签名几个字，但一个"春"字，仿佛穿越了严寒带来了希望。晚年的巴金还不忘"与木下顺二先生重游上野公园的情景"，相信他也一定记得与老友在东京就文艺问题对谈的场面。古川万太郎在贺卡中写道："昨年访问上海的时候，有机会再会巴金先生，我高兴极了！巴金先生的任务益益重要。所以，祝先生身体好，更加工作顺利！"我想巴老不仅会想到上海的会见，还一定记得1980年春天，他们访日的时候，负责后勤工作的古川忙前忙后的身影。还有山崎朋子，根据她的作品《山打根八号娼馆》改编成的电影《望乡》，新时期之初在中国引起极大的轰动，它对巴金的意义更是不一般，巴金从这个影片在中国的反响谈起，开始了他晚年最重要的著作《随想录》的写作……翻检这些贺卡，真像巴金先生所说的"他们的音容笑貌，犹在眼前"。

野间宏1987年给巴金的贺卡画面是两屏条的日本画；山崎朋子的贺卡，就是一幅浮士绘，除了人物，背景也是白雪梅花。很多日本的贺卡都充满了"和风"，有着鲜明的日本特色，图案并不复杂，但印制的工艺非常精美，能够看出所花的心思，贺卡在这里也是一种文化，体现了赠送人的精心选择和奉献给朋友的心意。井上清 1981 年给巴金的贺卡是大红的纸，托着白地，接下来又是绿叶红花，而这些不是印出来的，是用特种棉纸如布贴画一样贴出来的。当然，表达心意的办法未必就要奢华，情感才是最宝贵的。我还找到过一个自制的贺卡，是用宣纸折出来的，画面是意识鲜红的大字"贺春"，还有一种鸡的图案，都是手工刻出来印上去的。这是松冈征子 1981 年给巴金的贺卡，里面有她写的话："时间过得真快！我母亲去世已经过了一周年了。去年您专诚特来我家悼念我母亲，我对您表示非常感谢。……我希望日中两国人民的友好事业今年也继续发展下去。"她是日本作家松冈洋子的女儿，冰心先生也收到过她的贺卡，并在文章中写过："一九八〇年，我们作家代表团访日时，巴金和我曾到她家吊唁；见到她的女儿——曾在中国上过学的松冈征子。前几天我得到她给我的一封贺年信，她说：'我要在今年为日中友好做出更多的贡献。'多么可爱的接班人啊！"（《火树银花里的回忆》）日中友协的贺卡从来都很简单，白纸片上是"恭贺新禧"的红字，接着是年份和签名，我找到有中岛健藏 1962 年和 1965 年签名的这种贺卡，还有井上靖 1986 年的贺卡，二十多年了，这种贺卡的格式没有变。熟悉巴金文章的人，通过《随想录》、《再思录》中的文字都清楚巴金与他们的情谊，巴金说："当我在'牛棚'里暗暗背诵但丁的《地狱》的时候，我常常回忆起和日本文化界友人欢聚、促膝畅谈的情景，这使我绝望的心感到了暖意，得到了慰藉。"（《我和日本》）

如今这些人一个个远去了，幸好还有这些贺卡标注着往昔岁月。这几年，每逢节日手机短信不断地送来朋友的情谊，让我同样能够感受到温暖。但仿佛一切正如这个现代的社会，转瞬即逝成了它的特点，而且都是标准化的冰冷字体，不久这些消息又都从手机中删掉，不见踪迹了。不像贺卡，几十年后翻开还有当年鲜活的感觉。想起这些，未免有些怅怅，我也曾发愿把巴金故居中的贺卡选一些，办个小展览，让大家回味一下往昔的岁月。后来又一想，我的一厢情愿也太多了，总要把自己绑在一个战车上轰隆隆向前跑，这也是一个毛病。倦怠一下又怎么样呢？至少它让我们知道什么才是我们生命中最重要、最需要、最本质的东西……一切浮华终将在时间面前颜色尽失。

2011 年 12 月 6 日晨

梦里可识故园路

1

那天午后,去北吴屯的路上,我们迷路了。飞了两千里,坐了四百里的车,又与一群老师和朋友为了贮存"庄河记忆"兴奋地嚷嚷了半夜,前两天的劳顿在故乡煦暖的秋阳下平整地摊开。此时,我坐在车中,迷迷糊糊地听着他们在问路,调头;问路,转向;来过的人拼命回忆哪个路口,什么样的树……很短的路,我们走了很久很久。

北吴屯人类遗址是辽南地区发掘的最早的新石器时代的文化遗址之一,下层距今约6500年,上层约5500年,当为庄河先民们的重要活动地。打算留存庄河记忆的人们,此行不免有些寻根的意味。但在我的迷糊中,在朋友们焦急的寻路声中,我别有感触:一群庄河人迷失在寻根的路上——这是不是意味着我们实际找不到自己的根?

我很欣赏土耳其作家帕慕克,他能够把自己的生命记忆和一座城市的记忆联在一起写出来,那就是引得他获得诺贝尔文学奖的《伊斯坦布尔》,我可能一辈子都不会去伊斯坦布尔,但有了这部书,这个城市的每个角落似乎都投放过我的目光。伊斯坦布尔不是作为"他者"进入帕慕克的笔下,而是写它作家就是在写自身,城市与个人的生命记忆水乳交融。作家曾说过:

> 康拉德、纳博科夫、奈保尔——这些作家都因曾设法在语言、文化、国家、大洲甚至文明之间迁移而为人所知。离乡背井助长了他们的想像力,养分的吸取并非通过根部,而是通过无根性;我的想像力却要求我待在相同的城市,相同的街道,相同的房子,注视相同的景色。伊斯坦布尔的命运就是我的命运;我依附这个城市,只因她造就了今天的我。①

五十年不挪地方,这是他的幸福,彼此长久的"注视"便有了《伊斯坦布尔》。然而,这不是被动的结果,这是一种文化上的自觉,自觉地梳理生命的源流和地域的历史。而庄河人是否关心过自己的根呢?有多少人想过北吴屯与我们有什么关系呢?甚至谁能说出:庄河的命运就是我的命运,她造就了今天的我?然而,从这里走出的人,不论走到天之涯海之角,谁又能说与这片土地截然无关呢?不仅是牵挂、不仅是乡思,而是早已融到血液中的庄河人的庄河性格,从语言、语气,到姿态,到脾气、习性,可能是在无意中,但千万人中,你会一眼认出来:这是庄河老乡!然而,我怀疑,这种敏感倘若没有清醒的文化梳理,终有一天也会由模糊而消失,在无意中、不知不觉中消失。

---

① 帕慕克:《伊斯坦布尔》第5页,何佩桦译,上海人民出版社2007年3月版。

2

找到了,找到了。尽管进了村子,又颇费一番打听,大家一直在抱怨,没有路牌指示,也太怠慢先人了,但我们还是踏上了通往北吴屯遗址的路。九月,是丰收的季节,东北的大地一年中最为丰满迷人的时刻。

在家乡那边,秋天最可爱。蓝天蓝得有点发黑,白云就像银子做成一样,就像白色的大花朵似的点缀在天上,就又像沉重得快要脱离开天空而坠了下来似的,而那天空就越显得高了,高得再没有那么高的。

这是萧红多年前在上海的思念,想起这段话,我贪婪地望着这里的蓝天白云,贪婪地呼吸着夹杂着青草味的新鲜空气。

昨天我到朋友们的地方走了一遭,听来了好多的心愿——那许多心愿综合起来,又都是一个心愿——这回若真的打回满洲去,有的说,煮一锅高粱米粥喝;有的说,咱家那地豆多么大!说着就用手比量着,这么碗大;珍珠米,老的一煮就开了花的,一尺来长的;还有的说,高粱米粥、咸盐豆。…………但我想我们那门前的蒿草,我想我们那后园里开着的茄子的紫色的小花,黄瓜爬上了架。而那清早,朝阳带着露珠一齐来了!①

此文写于 1937 年 8 月 23 日,萧红说:"家乡这个观念,在我本不甚切

---

① 萧红:《失眠之夜》,《萧红十年集》第 315 页,人民文学出版社 2009 年 1 月版。

的，但当别人说起来的时候，我也就心慌了！"人的身份不难改变，但人的口味却极难改变，所以，这群在上海的东北人提起家乡吃物恨不得立即跑回去吃。穿行在高高昂首的玉米之间，我想着萧红的文字，心想这不光是嘴馋的问题，它无形中也标示着你的出身，就像我与一位湖南朋友吃饭，吃了没几口，他推开碗：这没有辣子可怎么吃饭啊？！他嘟嘟囔囔，仿佛天下再没有比这更严重的事情了。

一段坎坷不平的上坡路，走得我气喘吁吁。路旁山菊花开得正盛，还有娇黄的不知名的小花，高高的蒿子，一切都是我熟悉的，包括这坑坑洼洼、布满石头的路，比城市中油光铮亮的马路要熟悉得多。这样的路你不能忽视，必须一步步认真地走，这样你与脚下的土地便有了联系，相互的生命便渗透了在一起。突然想到五六千年前的先人们跟我们走在同一条路上吗？他们的体温还会留在这土地上吗？又一想也许当年根本就没有路。

这条路要走到山岗上，右手现出一片开阔的草地和树林，左手依旧是浓密的庄稼地，但一左转，人们就说到了。我看到了一块已经显旧的石碑，上面写着"北吴屯遗址"，这就是了？杂草几乎埋住了这块碑，拨开高高的杂草，走近前，玉米地与别处没有什么两样，不同的是地里布满了海蛎子壳，几乎有层层堆积的味道。后来，我看考古报告[①]，其中着重提到：黑色耕土，多含砂石，中也有碎陶片；贝壳层中也出土了大量压印纹陶片。这处遗址有一万余平方米，1981年发现，1990年4月至8月发掘，共发掘房址八座，灰坑两座、围栅基址两道，出土生产工具五百余件，复原陶器六十多件……真该有一座博物馆，否则这些东西哪里去寻？我见到的不过是一片玉米地，还有那些贝壳，仿佛不曾被看重的破碎的历史就这么散落在泥土中。

没有办法，我只好回家去读考古报告，看那些陶片上先民们留下的质朴的压印纹，粗细不一，不精致，不灵动，相比与其他地区那种简洁、灵

[①] 辽宁省文物考古研究所等撰写《大连市北吴屯新时器时代遗址》，许玉林等执笔，《考古学报》1994年第3期。以下关于考古发掘的叙述均参考此文。

动更富艺术感的纹饰，它们不艺术。包括这里出土的玉鸟，从精致程度而言，真的算不得什么。但其中的质朴，倒也是当今庄河性格的一部分，庄河人不大会花言巧语，也不大张扬恣肆，但他稳重、踏实、浑厚，更拙朴又阳光。在那些并不美丽的条纹中，触动我的大约就是这一点。从考古发现看，这里的古人主要是农耕和渔猎为主，这不奇怪，遗址背面是英那河的入海口，东北即为黄海岸，而当年这片土地被认为是气候湿润，森林密布，虎和象这类大型动物都曾在此留下踪迹，牛也很多，并且已经有了人工饲养的家猪。

我留心的另外一点是，这里有房屋，有围栅，有陶器和各种生产工具，甚至还曾有袅袅炊烟，有厚达两米的贝壳，有各种兽骨……这一切都将非常逼真的生活展现在我们的面前，仿佛我就要触动到他的核心，然而，这里的主人呢？考古发现中没有发现人的尸骨。是迁走吗？还是被历史的风沙变成了扬尘？这里有多少个群落，住了多少人？今天的庄河人是他们的后代吗？

许多问题是难有答案的。下午的阳光照在这片土地上，微风吹到玉米叶飒飒作响。我俯身拣了三片海蛎子壳，挺新的，似乎不像几千年前的，但它们来自故乡，我带回了上海。

3

对于现代人而言，关山万重，抵不过飞机半个小时的行程，困惑古人的距离如今几乎不成问题，但是你可以从故园中带走一片树叶、一个贝壳，甚至更多，可是你不可能背着故乡四处流转。而奔走又成为现代人的宿命，它甚至不容你在任何一片土地上扎下根就有了新的漂泊。我曾在一档电视节目中看到一个做房地产的人，说是九年在四十个国家工作，仿佛手提箱就放在脚下，随时准备换登机牌。

漂泊者渴望一片宁静的土地，但出走者却是义无反顾的背弃或者逃离。

漂泊仿佛是被动的状态，是不得不离开；而出走似乎是积极的寻求，似乎就有了一去就不回头的勇气，而实际上走得越远，故乡的牵系越紧。中国人写乡愁的文字不计其数，"故园东望路漫漫，双袖龙钟泪不干。马上相逢无纸笔，凭君传语报平安"①；"西望乡关肠欲断，对君衫袖泪痕斑"②，这是含泪、断肠之思！而钱珝的"佳节虽逢菊，浮生正似萍。故山何处望，荒岸小长亭。""万木已清霜，江边村事忙。故溪黄稻熟，一夜梦中香。"③则是距离阻隔不了的乡思。而对于饱经沧桑的老杜而言，"丛菊两开他日泪，孤舟一系故园心"④，是沉郁中的牵挂。

过去，我总以为乡愁是中国人的专利，而对于欧洲人，语言和文化上的壁垒不像中国人那么厚，似乎在内心上更容易接受漂泊的状态，后来发现我错了。人类的情感是相同的，家和故园永远是情感中狂风暴雨吹打不到的地方。纳博科夫在自传中曾描述：他从俄罗斯流亡到英国，在剑桥大学就读，"我感觉到，剑桥以及它所有著名的特征——古老珍贵的榆树，装饰着纹章的窗子，不停报时的钟塔上的时钟——本身没有什么重要性，它们的存在只是我浓重的思乡之情的背景和证明。"以至于"我骨头里至今仍然感觉到早晨沿三一巷走到浴室时那刺骨的寒冷……"⑤ 与流亡地的隔膜始终是存在的，不论是有形还是无形的。他还曾说过："这些原住民在我们心里和用玻璃纸剪出来的人形一样单调透明，我们虽然使用他们精巧的装置，给他们爱开玩笑的人鼓掌，采摘他们路旁的李子和苹果，但是我们和他们之间不存在真正的、像在我们自己人中如此广泛存在的那种极富人情味的交流。"⑥ 为什么，因为彼此之间没有共同的记忆。

---

① 岑参：《逢入京使》。
② 岑参：《暮春虢州东亭送李司马归扶风别庐》。
③ 钱珝：《江行无题一百首》其一、其二。
④ 杜甫：《秋兴八首》之一。
⑤ 纳博科夫：《说吧，记忆》第310、309页，王家湘译，上海译文出版社2009年4月版。
⑥ 纳博科夫：《说吧，记忆》第330页。

我曾经陪同一位师长穿行在淮海里上，他激动地对我说这条街以前是什么样子，他小时候在这里做过什么。而我最多只是一个陪他看风景的人，虽然不是无动于衷，但是也参与不到他的情感中，因为对于这座城市，我们没有共同的情感记忆。但相反，如果谁跟我提起青堆子，从邮局、影剧院、下街、天宫庙、二中……哪怕仅仅说的是地名，在我的脑海中跳出的都是鲜活的形象。哪个地方是当年坐在爷爷的自行车上去过的，哪个地方是与小伙伴们常去玩的，哪里留下人生快乐的一刻，这些看似虚幻的摸不到的，但只要按到情感记忆的键盘便会如幻灯片一样播放不停的画面，是永远存在又无法被时间磨灭到的。这个时候，一个人的情感找到了安放的地方，这才是故乡，它们不仅仅是山水、道路、谷物，还有亲人、记忆和一种强大的文化亲和力。

4

我爬到了小山冈，向北望去。下面是英那河的入海处。再北，就是我们的家，小时候，我也站在山冈上这么南望过，但真的很遗憾，那个时候从未来过黑岛，印象中只有这里的海蛎子很鲜很好吃，但当时这并不是什么稀罕物，也没有当回事。那天晴空如洗，天空碧蓝，眼下是成熟的庄稼，东北望去是青堆子镇。在北吴屯没有看到庄河人的样子，似乎有些失望。但正如我们对于故乡的认同，庄河人或许不是一个具体的样子，如同空气无色无味却真实存在的，并且你能够感觉到存在一样。我想到一大早晨，我们穿过去石嘴子，去拜访李秉衡故居，去追问那里走出的是一个怎样的庄河人。

李三大人的故事，小时候就听说了，尽管那时候只知道他是本地出来的大官，也知道他的老家就在青堆子东面的石嘴子，对于有些史书说他是海城人也多少了解那是拘于纸面讲历史的错误[①]。后来，大了些，也听过关

[①] 关于李秉衡的籍贯问题，请参加张天贵《李秉衡籍贯考》，收张天贵《李秉衡评传》，大连出版社 2006 年 8 月版。

于李秉衡的传说，如他是使铜锤的，武艺高强，有"铜锤李"之称，那时正是《少林寺》等电影流行的时候，我也颇读了些《说唐》《说岳》之类的小说，对刀枪剑戟很有几分神秘的喜好，总以为那锤子之类属于遥远的李元霸，没有想到近在眼前的李三大人也有这东西，真想去看看。乡人们还喜欢流传他衣锦还乡的故事，那时李秉衡在山东巡抚任上，请假疗病，从山东坐船回辽南。没有想到他在花园口下船，并与随行人雇驴车从陆路回家，还交代随行人，不要透露他的行踪。而当地官绅却早已在青堆子路口隆重迎接封疆大吏还乡，他们不会注意这个坐驴车的人。到家后很久，李秉衡才去见迎接的人，说明情况，并表明自己不喜欢这些排场。据说，那一次，他也拒绝了建官宅。后来，就不知道什么了，估计大多数庄河人除了这里出了一个"大官儿"和零零星星的故事，对李秉衡所知也并不多。或许，这就是庄河人，默默地做事，有担当却不张扬，更不会去争名、享名。比如，在中国近代史上少有的扬眉吐气有"胜利"二字可言的镇南关——谅山大捷，历史课本上只提老将冯子材，而国人们全然不晓背后更重要的是广西巡抚、"钦命会办广西前敌军务"的李秉衡。李秉衡在这场战役中作用之明显，可以与之前屡战屡败的清军主帅潘鼎新对比，李秉衡到任后经过一番整顿，战争局面截然不同，故时任兵部尚书的彭玉麟言：诸将皆有功，"然非李秉衡之廉劲公诚，坚镇龙州，力持危局，上匡抚臣，下调诸将，吊死恤伤，多方慰劳，以抚残军，苦心撙节，悉力供赏，以励勇士，粮饷军火，不分主客，随宜接济，则诸将亦不能成功。"[①] 所以，他认为论功李秉衡当居首。然而，李秉衡似乎并没有以居功自矜，甚至多少年后，连这一点功都不见了。

前两年的一个春天，我曾应邀参加李秉衡雕像揭幕仪式。那天，我们从大连往回赶，一路上天阴沉沉的，雾很大。我们赶到时，仪式已经开始。在石嘴子上面的一个小山上，高大的李秉衡像矗立山头，深情地望着南面

[①] 转引自张天贵：《李秉衡评传》第37页。

的黄海，还有他曾经建功立业的山东。前面站满了人，天依旧是阴的，间杂一些细雨，我不知道这是个欢乐的日子还是一个悲痛的时刻，反正留在内心中的印象仿佛晚清的风雨岁月，寒冷又迷茫。我不知道人与天是否有感应，那天雨雾缭绕着的李秉衡像，似乎是故乡在为他的一个游子洗刷历史加在他身上的污秽。李秉衡是在抗击八国联军之际自杀而亡的，起初，清廷给了他封号，后来八国联军进犯北京后，清廷就把这场战乱的罪责都推到李秉衡身上，"褫职撤恤"、"国史不立传"。李秉衡赤胆忠心，为了这个朝廷效命甚至丢命，最后落得这样的结局，恐怕在天之灵也会觉得冤屈。反正，他是近代史上非常值得关注的一个悲剧性人物。那天铜像揭幕完毕，大家去吃饭，老少坐在大屋子里，好多桌，吵吵闹闹，吃着家乡的饭菜，我好久没有在这样的气氛中吃饭了，很亲切。同席中有一位老者，话并不多，我想那天他的心情一定很复杂。他就是《李秉衡评传》的作者张天贵，当庄河人连李秉衡的事迹还糊里糊涂的时候，他就东奔西走，查阅资料，在为李秉衡洗清历史的尘垢，直到那一天，让我们看到了一个高高的李秉衡矗立在家乡的山冈上。

这几年，终于也有更多的人在关注李秉衡，当然也有很多论调脱离了历史的正义和公平，比如误国之忠臣，比如支持义和团没有开放和现代化之眼光等等。这种脱离了历史环境之评价，听起来很吸引人，但要么脱离当时的实际，以今人或历史的后视眼光看当时之事；要么是孤立地看待一件事情，身陷困局中的李秉衡就成为他们唯一的靶子。其实，假如李秉衡抗击八国联军胜利了呢？就成了民族英雄？不发一枪一炮，就认为中国必败，这就是当时主和派的主张，那么这么大的一个国家，有兵有枪的究竟要屈辱到什么时候才可以有男儿的决死一战呢？或者说，国力是在日益衰弱，但战争之胜败或许更取决于人心。中法一战有的历史学家就说："清廷在整个事件中的优柔寡断与举棋不定，令人哀怜。清廷并不想进行战争，但却为清流党所迫，自陷其中。如果从一开始清廷就立场坚定，决议打一场持久战，那法军也许就不敢挑衅。如果遵循始终如一的和平政策，福建舰队与马尾船坞或许免遭摧毁。领导集团庸碌无能的代价，是顿失了前二者并失去了安南这一朝贡国。"① 虽然论者还是将罪责归于清流党，可是前后也反映了近代史在中外，民族与国家的论述中的混乱逻辑，一面看到了"领导集团庸碌无能"，一方面又觉得战争失败后的代价，他似乎忘了，近代一个个战争的失败恰恰是"庸碌无能"的朝廷和颟顸的官员们。而幻想用和平换时间，即在中法之战中也能够看出，要和平是要付出代价的，对方从来不会仁慈地同意你什么条件的，而这些代价最后的承担者是谁？还不是同样祸国殃民？！李秉衡不是好战，但他认为必得先战后和，因为战火烧到脚下，那是不得不战啊！更何况还有屈辱，三尺男儿，就那么俯首称臣的屈辱。好了，历史或许过于宏大，我们常说性格决定命运，对于这个庄河男人更是如此，他的血性，豪气，刚硬，是骨子里无法忍受不战的屈辱的，特别是在八国联军进犯的时候。

5

在去李秉衡故居的路上，我想有两个故事颇能说明李秉衡的性格。他捐资入仕，到京城候缺优先补任，甫入京便有人把各京官住址名单给他，当时的风气不去一一拜会，不去行贿，便得不到好差使，吏部虽派他到保定府候缺，可因为他不行贿，补缺总轮不到他头上。而对于背后人们的议论，也不在乎。这种"耿"是很可理解的：他们就该给我办，我凭什么还要去求他们？庄河人都有这种劲儿，他不会去想行贿对方会回报更大的利益，他宁认死理，不会算计什么利益。在候缺期间，李秉衡所办的另一件事也是这么认死理：保定要向户部送缴饷银五万两，派他和另外几人护送

---

① 徐中约：《中国近代史：1600—2000》（第6版）第261页，计秋枫、朱庆葆译，世界图书出版公司北京公司2008年1月版。

入京。可是到了，他不肯行贿，户部一直不给办交接手续，就那么屯在京城。要是别人，就按"规矩"办就过去了，偏偏李秉衡不肯低头，他还弄批人在户部门口轮流值班守护，并大造户部舆论，逼迫他们收银入库，弄得户部很没有面子。这或许就是庄河人常说的"脾气"吧？是的，多少年来，我也觉得这里的人是都有点脾气的，这个脾气是执拗，或者顽固，不好听的话讲是"又臭又硬"，用今天的话讲是做人要有底线，而由于这个地方并非通都大邑，反倒有几分古风，不像有些地方人头脑灵活、善于多变，那就是底线不能随随便便去碰的，惹恼了，宁为玉碎，不求瓦全，庄河人在这一点上表现得很明显的，无论尊卑，无论权势，哪怕就是一个草根，"驴脾气"一旦上来天地不顾。

到了，面前是一排青砖大瓦房，房前有一片空地，近屋处种着的花开得正妍。正门上是一副对联："旷野荒村凝就武略文韬主　茅屋草舍闯出惊天动地人。"李秉衡出生在这里，少年时曾出去求学四年，1848年，母亲病逝，他又回乡务农，抚养弟妹，并在这里娶妻。后来才南下随父，直到走上仕途。可以说，这里是他作为一个平民获得人生的最初教育和成长之地。这是庄河传统的民居，很大的院子，有东西厢房，院正中是李秉衡的半身像。进得正屋，从家具到书画，都是后来搜集的，并无当年的旧物。不过，我看着倒很亲切，柜子、凳子，还有炕琴等等，都是我小时候所见的物件，今天已经很难见到了。有一面墙上，挂着李秉衡抗击八国联军的誓师文，李秉衡的一生名节包括生命均系于此，那如烟往事，在他的故居中或许不再显得遥远。

在李秉衡的人生经历中，执拗的性格早就铸就了他的命运，这种执拗是坚持，是认准了的事情八匹马也拉不回头的那股劲儿。也可能是，不看形势，不看脸色，不会变通，世俗点讲，不会见风使舵，只是一路前冲。1897年任山东巡抚的李秉衡，因巨野教案被罢官，闲居河南。朝廷不想与外国人开战，而李秉衡的强硬态度让朝廷觉得他是在玩火，还能不赶紧把他调开。但两年后，又重新起用，先是赴奉天查办案件，不到两个月又安排他去"巡阅长江水师"。此时，李秉衡已经虚岁七十，不是一个血气方刚、不经世事的小伙子了，他深知自己的性格，所以他奏请朝廷收回成命。"伏念臣以拙庸衰惫，过荷九重殊遇，亟应不辞劳瘁，报称力图。惟查事必收效于素习，才原各有所短长。当水师初设，彭玉麟实身自经营，迹其始终，功绩亦多在长江。是固彭玉麟之所习所长也。今臣起家牧令，洊任封圻，即偶涉军事，亦皆筹备于陆路，而于炮舰快划，上下风涛，从未经历，百种茫然。是实臣所未习，尤所未能也。臣连年衰病，此番力疾恭迎恩招，自审犬马之力，难任职事之劳，曾于奏对谨自陈明。"① 这是老实话，未尝也不是托词，此番江南水师巡阅，少不得与洋人打交道，山东教案的阴影在李秉衡心中恐怕还没有散去，他深知自己不会违拗自己的性格去屈就什么，上策只有避开。偏偏上面给来了个"著不准辞"，两天后李秉衡只好再次上书，"惟当勉遵恩命"，同时剖白心迹："臣素性迂拘，不善办理洋务，久荷圣明洞查。在臣初心，岂欲为朝廷多生枝节？此番奉命巡阅长江，沿江一带人心浮动，毁堂闹教之案层见叠出，痞棍必假臣之姓名，洋人必以臣为口实。惴怵不安，意实由此，非敢避难就易，避劳就逸也。"② 有研究者评价："李未掩饰对洋务无所好感，甚至在赴任前已经表露出悲观预期。不同于大多数善于逢迎的官僚，他显得过于坦白，也不似那些喜揽权任事的能吏，言谈中未见多少豪气。这份率直中透出的执拗，的确值得玩味。仅仅不到一年，他就用生死为代价为上述这段话做出了注释。"③

虽说李秉衡曾推辞过这个差使，并请了两个月病假，最后才于次年春抱病南下，但是一旦就任，他却从不偷懒耍滑、敷衍了事。从武昌一路南

---

① 李秉衡：《奏请收回巡阅长江水师成命折》（1899年11月20日），《李秉衡集》第491页，齐鲁书社1993年12月版。
② 李秉衡：《奏谢不准辞巡阅长江折》（1899年11月22日），《李秉衡集》第492页。
③ 戴海斌：《"误国之忠臣"？——再论庚子事变中的李秉衡》，《清史研究》2011年第3期。本文以下史实的梳理多有得益于该文，下不一一注明。

下，湖南、江西、安徽，直至江苏，一丝不曾懈怠，"一切江防事宜，先后与五省督、抚、提、镇臣妥为筹议。每于行途地势形胜，设立炮台处所，必登岸履勘。水师各营、哨员弁来谒者，必谆谆训诫。告以严约兵丁，慎守讯地……"而此时，他的病也并未好，"且臣疾夙痾及口眼外风等证迄未就痊，自河南就道，周历长江五省，水陆几近万里，益形困惫……"① 毕竟七十岁的人了，清朝已经日薄西山，他鞠躬尽瘁，但大厦将倾，独木难支，聪明人都办洋务，赚钱去了，在乱悠悠的世道中，李秉衡还一丝不苟地密报弹劾长江提督黄少春，"该提督徇纵营私，贪赌嗜好，废弛戎务，勇额多虚，以致水陆军队百弊日滋"② 。也有奏请嘉奖的，说所提到臣员"勤朴勇敢，力求整顿"，"朴直血诚，尽力江防"，"年久在军，不染恶习，勤奋沉实，兵队帖服"③ 。他的这股认真劲儿，必将为同僚们所忌，比如，两江总督刘坤一就未必买他的账，典型的事例就是李秉衡弹劾黄少春，因庚子事变朝廷无暇理会，接下被招入京，刘坤一却以江防吃紧，镇守需人为借口跟朝廷要人，并称黄是"老成戎事，忠爱性成"，是"知兵大员"。就这么把他留任了。李秉衡还陷入了一个怪圈中，东南地区的官员为自保，都不想与洋人发生什么冲突，维持现状、向洋人退让就是上策。所以，庚子事变之际，他们竟然推出所谓的"东南互保"，这是英国策动的东南各省的督抚保护英国及其他列强在长江流域既得利益的活动，在盛宣怀的联络下，包括两广总督李鸿章、两江总督刘坤一、湖广总督张之洞、山东巡抚袁世凯等大员，同意在6月21日朝廷向洋人宣战之时，不遵守朝廷的命令，而保护洋人的利益，如上海由各国共同保护，长江、苏杭等内地由各省督抚保护。这是"识时务者"的决策，像盛宣怀办了那么多洋务，能不依赖洋

---

① 李秉衡：《奏报巡阅行抵苏省酌定下游驻所折》（1900年5月24日），《李秉衡集》第497页。
② 李秉衡：《奏密劾长江提臣折》（1900年5月24日），《李秉衡集》第496页。
③ 李秉衡：《奏请嘉奖周芳明高光效李金彪等片》（1900年5月24日），《李秉衡集》第498页。

人吗？但彼时的洋人又能平等地与你做生意吗？就像彼时的教士真的是来传福音吗？而忠于朝廷、性格耿直的李秉衡显然是那么不识时务，偏偏他又以钦差的身份待在江南，这不是坏人家的好事吗？可以想象，国家危亡，前途不明的时候，夹在这各自心怀鬼胎的大员们中间，李秉衡还想一心一意图强自奋、为国家分忧，其忠诚可嘉，但其处境之艰难也不言而喻。

北方闹义和团，南方的洋人紧张，英国提出要向长江口岸派出军舰，帮助中国地方官员维持秩序。刘坤一、张之洞不好拒绝，又不敢答应。张之洞的说法是："以中国之弱，江阴炮台之陋，各国洋轮如江，止可设法善言劝阻，焉能以兵力相拒？"这是犬儒者的老调，其实清朝也就是在这样的调子里拖垮，近代中国也是这样一步步遭受凌辱，是的，那个时候一战可免，但终将不免后来的恶战和更不堪收拾的山河破碎。再说了，建了炮台，置了水军，国家白花花的银子投了不知有多少，到国有危难时，你却说：这些都不好用，我们不能打仗！一个有血性的七尺男儿能接受这个逻辑吗？不可能！出生于庄河的李秉衡更无法忍受这口窝囊气，他永远没有南人那么精明地算计，人要一口气比这种核算更重要。所以，张之洞等人还没有来得及劝李秉衡不要"孟浪"时，李已经由苏州赶到江阴，声称：凡遇到外国兵轮入江，炮台立即予以击沉，又要求南洋水师购置水雷拦江。这是给参与东南互保的大员制造麻烦啊，刘坤一一面便拖着购水雷，一面把李从江阴前线调开，约至江宁，同时下令没有他的命令守将不可妄动。横站在这里的李秉衡此时已经成为中外大员的眼中钉，英国驻沪代理总领事霍必澜在致伦敦外交部报告中就说："前山东巡抚和慈禧太后的坚决支持者李秉衡驻在江阴炮台，他的势力肯定不会支持维护秩序那方面。自那时起，我从女王陛下驻镇江领事那里听说过，他从可靠方面获悉李秉衡已好几次打电报给刘坤一，请求他命令各炮台对驶入长江的任何外国军舰开火，但总督已断然拒绝这样做，而且下命令给各炮台的指挥官说：如果没有他的明白训令,他们不得开炮。"① 当地官员、洋人都希望李秉衡走开,日本领事的报告说:"从可靠的情报,此前总督最感苦心焦思之事,系隶属刚毅派之李秉衡、鹿传霖掣肘,今两人相继北上,削弱地方上反对总督之力量,令其减少诸多内顾之忧。总督大有欢愉之色。"② 朝廷宣战,需要各地支援京津,东南的大员们一定像送瘟神一样,推举李秉衡去驰援北京。李就这样带着两哨卫队奔京师而去。

6

这是一条不归路。

首先,朝廷并不是同仇敌忾、决一死战,当政者本身就在摇摆,几乎在征召李秉衡的同时,就曾四次电催主和派的李鸿章入京,还委任他为直隶总督兼北洋大臣。但老奸巨猾的李鸿章可不是一腔热血的李秉衡,他从广州到上海就不动了,要静观有利形势再北上,这就是聪明人。不过他也招来骂声一片,当时有人说:"大奸不除,不能成大功。"并历数其"纠合十余省督抚保护外洋商务"罪状,责问"何其忠于外洋而不忠于朝廷也"。当时,李秉衡被寄予厚望,可是,尽管李秉衡让慈禧决心去与洋人一战,但这也是形势所迫的权宜之计。李秉衡前脚誓师出城,李鸿章后脚赶到了,显然,李鸿章等来了有利的形势。而慈禧又开始变了,8月13日任命李鸿章为全权大臣,与各国议结一切事宜,请各国先行停战。此时,李秉衡已经开弓没有回头箭,他就这样被晾在前线,但上下均无着落:李秉衡让朝廷从山东调运军火,因朝廷的摇摆,到他战死都不见兑现;粮草也未得落实;名义上节制四军,实际无一兵应命,出京时仅有少数幕僚和数百拳众随行。中军无可用之兵,这还打什么仗啊?这哪是上下一心要打仗的样子

---

① 转引自戴海斌:《"误国之忠臣"?——再论庚子事变中的李秉衡》。
② 转引自戴海斌:《"误国之忠臣"?——再论庚子事变中的李秉衡》。

啊！名义上他节制四军，可是看看李秉衡的战报，就知当时的情形："臣刻自马头退抵张家湾。就连日目击，军队数万，充塞道涂，见敌辄溃，实未一战。臣镇如河西务、张家湾，俱焚掠无遗，小屯亦然。臣自少至老屡经兵火，实所未见。兵将如此，岂旦夕之故哉！臣此次奉命督师，事出仓促，中军无一师一旅，仅张、陈、夏、万四军归臣节。张春发勇于战，而军皆新募，纪律毫无；泽霖人无足道，军事更所未娴；夏辛酉、万本华虽甚能军，惜兵力太单，不敷调拨。此次主客各军，或因久战而疲，或因新募而怯。臣出都之前一日，北仓、杨村相继失陷，河西务未立营垒即被敌人冲破，各军纷纷逃溃，势将不支。加以仓促之间，万难布置。"① 如此残局，李秉衡纵有回天之力又岂能收拾？

李秉衡曾五见慈禧，屡言主战，那么他对形势究竟是怎样判断的呢？据说慈禧曾问李秉衡："今日之变，言者皆咎朝廷不应开衅，其实矢在弦上，不得不发。事已至此，非战即和，策将安出？"李秉衡说："中外交战数十年矣，终归于一和。""与其以二十二省疆土拱手让人，不若力战而亡，尚可见祖宗于地下。""外国多，不可灭，异日必趋于和。然必战而后转和。"② 这是大势上的判断，具体而言，他并非不清楚清兵的战斗力，最关键是要什么没有什么，但还是慷慨赴死，这是儒家的忠义思想的体现。有的历史研究者分析："李秉衡之主战不过为恪尽职守，他本人亦自知战必无胜理。"③ 这是比较符合李秉衡性格的分析，这里也显出庄河人的"认死理"。据荣禄的幕僚陈夔龙回忆，当时李秉衡私下里就曾说：洋兵如此厉害，战事哪有把握，我此番往前敌，但拼一死，可速电召李中堂迅即来京办理议和④。其实，在李秉衡北上勤王的时候，他就已经预料到此行的结局，

---

① 李秉衡：《奏报与敌兵接战情形折》（1900年8月11日），《李秉衡集》第502页。
② 转引自张天贵：《李秉衡评传》第163—164页。
③ 戴海斌：《"误国之忠臣"？——再论庚子事变中的李秉衡》。
④ 陈夔龙：《梦蕉亭杂记》第38页，山西古籍出版社1996年版。此转引自戴海斌：《"误国之忠臣"？——再论庚子事变中的李秉衡》。

于荫霖长子于筠厚遵父命前往扬州为他送行,"见公于古庙中。公告余:汝父念我甚感。此次之战,必无幸理。如皇上西巡,命我扈跸,我尚可生。否则,有死而已!我年逾七十,尚复何憾!只恨此战启自拳匪,殊可惜也。言罢唏嘘不置。"①

李秉衡故居光秃秃的墙上有今人手抄的李秉衡1900年8月出征前的《誓师文》,这是一篇气壮山河的热血男儿的宣言:

> 窃闻死生亦大,须留不死之名;成败难知,誓奏必成之绩。当此密排战垒,迫近神京,九庙震惊,两宫廑虑。正臣子枕戈之候,亦将军裹革之时。除却战功,别无良策,匈奴未灭,何以家为?可汗虽骄,终成瓦解,远观前代,近证今时。自知王气之所钟,何患敌氛之甚恶?……然既挫其士气,扬我军威,知中国有敢死之人,复随处有同仇之士。……丹心一点,碧血三升,喜周室之未衰,料楚氛之终败;运筹破敌,奉命督师,内无交讧之汪黄,外有效忠之颇牧,将皆虎变,士尽鹰扬。须知主客殊形,间关易困。况老夫不死,大局始安。横鹜则扼其首锋,深入则议其后队。……望尔三军,涓埃誓报。藐兹八国,飞渡犹难。用是先发誓文,后中纪律。人谁不死?豹皮尚解留名;我亦何求?马革甘于横卧。呜呼!养兵千日,用在一朝。宁为国而捐躯,勿临死而缩手……②

李秉衡不是用墨,而是用行动去书写了这一誓师文,"宁为国而捐躯,勿临死而缩手",然孤军迎敌,既无兵又无援,只能接连失败。8月17日,退至通州张家湾,将士所剩无几,李秉衡悲愤地对幕僚说:"昔史可法节

---

① 翟文选:《李忠节公奏议翟序》,《李秉衡集》第779页。
② 李秉衡:《誓师文》(1900年8月),《李秉衡集》第502—503页。

制四镇,卒狼狈以死。仆于史公无能为役,今所处适与之同。一身不足惜,如国事何?!"① 当天夜里,他向朝廷上奏战况,其中最后说道:"臣唯有殚竭心力,决一死战,上报君父之恩,下尽臣子之职,成败利钝不敢预料。臣奉职无状,相应请旨严谴。"② 而这时,朝廷关心的已经不是李秉衡这支队伍的死活,而是八国联军究竟能否打进北京城,他们该往哪里跑;他们更寄希望于李中堂(鸿章),能用三寸不烂之舌和卑躬屈膝为他们换来"和平"。李秉衡不用朝廷"严谴",写完这个奏折,自己吞金自尽了……

7

眼前的李秉衡故居非常寒酸,关于李秉衡的直接文物几乎不存在,也没有像样的展览和相关介绍。但在静幽中,我感到另外一种亲切。打开不大的后窗,绿绿的玉米叶子要伸进来的感觉。院墙下是碱蓬花,开得正好,没有名花贵木,就是农家的草木。厢房角落中,几架芸豆开着小紫花,几乎爬到了厢房的山墙顶端,青瓦绿叶,仿佛时光在眼前交替,从黑白的世界到有色的电影。我想起东北作家端木蕻良1948年的一则小品:

> 嗳!东北的九月,海水乍蓝,天乍高。高粱红了,新熟的稻草,鸭绒似的在场院上铺着。萝卜、地瓜、矮瓜、葫芦瓜满地滚。麻雀吱吱喳喳的飞,吃饱了还不够,还用精致的小腿将米粒弹落;牛羊愉快的叫着,白桦在风中摇摆。菜园里:白菜长得像热带的龙舌兰,碧绿肥硕,连叶子上的绿虫子也比别处长得肥壮。栀子、山里红、红果、神仙子像量米似的成石成斗的用车拉。花篮梨、红宵梨、凤尾梨、冻秋梨、香水梨各色各样的梨,摆满了通街。

---

① 转引自张天贵:《李秉衡评传》第167页。
② 李秉衡:《奏报与敌兵接战情形折》(1900年8月11日),《李秉衡集》第502页。

出奇的丰饶，不近人情的富足……

我们的东北，神仙也住得的东北，四季的风景像刀切样的整齐：春天发芽，夏天开花，秋天落叶，冬天把种子埋在雪里。被烘烤着的秋的原野，发出一种新出炉的熟面包的香气；无边的辽阔，醇酒似的浓馥，滴油的泥土，爽人的风，有知觉的天气，会颤动的柳条，会奔驰的大马，剽悍的人，固执的信念，英雄色彩的行动，撕裂似的热情……①

这又是一曲游子对故土的恋歌，然而它却写出东北土地上的特点，一方水土养一方人，在九月的庄河的蓝天白云下，忆起端木的文字，几分情感共鸣中，我还想到了庄河人。这曾被认为是一片化外之地，然而从山东来的这些移民们无疑带来了孔孟之义，不仅有想象中的儒雅，还有与这片土地想结合的粗犷、热情、义气、坚强。在《李秉衡评传》中，我看到李秉衡为女婿写的一个扇面，录的是《呻吟语》中的三段话：

心平气和而有强毅不可夺之力，秉公持正而有圆通不可抱之权，可以语人品矣。

大事难事看担当，逆境顺境看襟度，临喜临怒看涵养，群行群止看见识。

事必要其所终，虑必防其所至。

这是儒家的修为，也能看出李秉衡的襟怀和内心，还有其担当和志向，言语中不乏决断。生逢乱世，生命中总有躲不过的东西，但命运里也有自我选择的成分，正所谓"大事难事看担当"，李秉衡的结局是一曲悲歌，然而在他的身后，直到今天关于如何评价他还在争论。"庇拳仇洋"，对于他

---

① 端木蕻良：《风物恩情》，《化为桃林》第171—172页，上海古籍出版社2000年12月版。

利用义和团抗击八国联军，被认为是狂热、愚蠢、保守的，他对洋人的态度和办洋务之不感兴趣，更印证了这一点。我不是历史学家，更关心世道、人心，以及主人公的命运和他的所思所想。关于"误国之忠臣"早就有人替他辩护过："盖附和义和团是一事，督师御外兵又是一事……李督师于危难之际以卫京国，既战而败，遽以身殉，一死亦颇壮烈，而竟坐以拳党之名，使身后永负遗谤，是可哀已。"① 的确可哀，聪明人会想方设法逃脱，而李秉衡赴汤蹈火还要承受深厚骂名。身历庚子事变的费行简也言："甲午乙未间，当世论疆吏之贤者，必推秉衡。迨拳作乱，众又以其顽固附诸刚毅、毓贤之列。然秉衡操行廉峻，勤朴坚毅，今之世，吾未之多觏也。当拳匪初起时，方出巡阅长江，余在奎俊幕中见其手札，有匪类不可重用，外衅不可遍开语，继则南中疆吏联衔电阻，李秉衡亦列名，而中朝不省。迨津乱既作，仓促勤王。其时外衅已启，即秉衡不战，亦莫从弭兵，在狡黠者正可延宕观望，乃不出此，卒以身殉。观其临殁致各将领书，述诸军畏敌状，可为太息。"② 都在叹息，用义和团在李秉衡乃是无计而计，试问当时从北洋到南洋，哪一个肯出兵与八国联军决一死战？都在"延宕观望"，只有老实人李秉衡才会飞蛾扑火。

至于办洋务，李秉衡在1895年也有自己的看法：他从国力和战略上分析，认为超过国力向洋人举债也必有后患，"今天下民力竭矣，即网罗海内富室，亦未易积此巨赀。以云取之公帑，现在二万万输倭已属借用洋债，若再借修路之款，无力遽偿，势必以铁路为质，则全局在其掌握，一旦有调兵转饷之事，能必其一无梗阻乎？且战事有胜负，设为敌所乘，彼可长驱，我难措手，是未见其利，先受其害也。"③ 这是不无道理的保守派

---

① 徐凌霄、徐一士：《凌霄一士随笔》第82页，山西古籍出版社1997年版。此转引自戴海斌："'误国之忠臣'？——再论庚子事变中的李秉衡》。
② 沃丘仲子：《近代名人小传》上册第238页，北京图书馆出版社2003年版。此转引自戴海斌："'误国之忠臣'？——再论庚子事变中的李秉衡》。
③ 李秉衡：《奏陈管见折》（1895年11月2日），《李秉衡集》第296页。

看法，看这奏折，可见李秉衡并非不分青红皂白反对新政，而认为"然必事事取则西人，而尽变数百年之成法，臣窃以为过矣"①。他就觉得山东仿造的毛瑟枪"与洋制无殊"，当大家以器为先的时候，他还是认为人才是根本，"为政之道，首在得人"，"练兵必先选将"②。对于办洋务的人所作所为李秉衡深抱怀疑："近年诸臣中熟悉洋务者莫如大学士臣李鸿章。李鸿章之崇效西法亦专且久矣，所谓富强者安在哉！夫富强之术自不外于筹饷以练兵，而饷别无可筹也，亦曰节糜费而已矣，杜中饱而已矣，而欲节糜费而杜中饱，亦曰绝瞻徇而已矣。"③他甚至一针见血指出："凡筹饷、练兵诸大政、蠲除痼习以实心实力行之，不必奢言变法，而自强之基不外是矣。不然，有治法无治人，虽尽得泰西之法而效之，亦徒便其罔利营私之计耳！试观近数十年凡专办交涉之事，侈言洋务之利者，无不家赀千百万，昭昭在人耳目，究之其利在公乎？在私乎？亦可立烛其奸矣。"④饱蠹私囊、家财万贯，如此洋务，的确难给李秉衡留下好印象。

东北是一片饱受屈辱的土地，翻开近代史它伤痕累累。而对于每个东北人来说，这么好的土地遭受到这样的凌辱，又怎么能咽得下这口气呢？我们可以用这来想象李秉衡的内心情感吗？我觉得可以，这非空想，1895年的初夏，他回故乡，船就是在花园口登陆的，战火刚熄，他还曾向当地百姓访问日军入侵时的情况，其实中日甲午海战时，他就在对岸的山东，家乡的情况能不牵挂于心？1894年9月中旬，黄海上中日一场激烈的海战；10月24日，日军两万多人在清军没有设防的花园口登陆，守将驰电李鸿章请求速援金州，居然遭到训斥，真弄不清楚李大人是怎么想，敌人已经到了家门口，还在权衡什么？！但就这样，也不是说中国人就是一击即溃，这之后清军曾两次阻击日军进攻，日军即使攻占金州也不是一帆风顺，他们遭到激烈抵抗。然而

---

① 李秉衡：《奏陈管见折》（1895年11月2日），《李秉衡集》第296页。
② 李秉衡：《奏陈管见折》（1895年11月2日），《李秉衡集》第300、297页。
③ 李秉衡：《奏陈管见折》（1895年11月2日），《李秉衡集》第299页。
④ 李秉衡：《奏陈管见折》（1895年11月2日），《李秉衡集》第300页。

更为精良的大连湾守军却不战就逃，旅顺的守军虽然奋力抵抗，但再次面临孤立无援的境地，结果被日军占领。想不到日军在旅顺制造了惨绝人寰的屠城悲剧，这个安静、美丽的小城，有两万多人被杀害，除了留下抬尸体的人，这个数字意味着城里的男女老幼，凡为日军所见者都被杀，这种杀光，其惨烈程度不亚于四十多年后的南京大屠杀。这些，难道李秉衡能没有耳闻？对于这样的外辱，作为一个东北人，在情感上你说他是战还是不战？我甚至想在1895年年底的奏折中，他指斥办洋务的李鸿章，未尝没有办了那么多年，白花花的银子投进去了，可是当百姓遭受屠戮的时候，我们的大半兵丁在哪里怨愤。更何况这一切发生在生养他的土地上。历史学家在分析义和团兴起的原因时，曾说："半个世纪的外来羞辱，无论战争还是媾和，都深深地伤害了他们的民族自豪感和自尊心。在中国土地上趾高气扬的外国公使、咄咄逼人的领事、气势汹汹的传教士和自私自利的商人经常使他们想起中国的不幸。折磨人的不公正的感觉产生出一种强烈的报复欲，直至在一场广泛的排外运动中爆发出来。"[①] 这就是"狂热的民族主义"产生的现实原因，历史不能假设，但在书房中无忧无虑喝着咖啡高喊"理性"的教授们，从来不会去体会这种屈辱和煎熬，体会不到失去家园的人不得不拿生命保卫这一切，除了土地，还有自由和尊严，都是不容剥夺的。

在这样的境地中，李秉衡可以逃脱生命中的责任吗？不可以！直到走出村子很远，我耳边还回荡着他的话，至少要让他们"知中国有敢死之人"！仿佛三十多年后，"中国不亡，有我"一样！有这样一个先辈，庄河人今后在任何风雨中脊梁都会是挺直的。

8

古人说"燕赵古称多感慨悲歌之士"，庄河旧属燕地，有勇悍侠义之

[①] 徐中约：《中国近代史：1600—2000》（第6版）第309页。

风，又多山东移民，自然带来忠义的儒家之气。近代以来，东北是屈辱之地，是悲歌浩荡之所，又不乏可歌可泣的事情。比如邹立桂（1857～1900，字月亭）英勇杀敌的事迹，他出生于庄河青堆前炉村，性格豪爽，一身正气，又好武功。22岁在岫岩参加清军，任哨官。后在奉天（今沈阳）担任镇守东营子的前营营官，又升任吉林省左路帮带移驻珲春。1900年8月，沙俄17万军队兵分五路，侵入黑龙江、吉林省境内。面对俄军入侵，黑龙江将军寿山在俄军占领齐齐哈尔时自杀，吉林将军长顺则令官兵持白旗投降，奉天将军增琪干脆弃城逃走。这样，到10月1日，俄军几乎占尽东三省主要城市。其中，9月4日，俄军攻占三姓（今依兰县）、宁古塔（今宁安县）之后，又攻珲春，强敌当前，邹立桂毫不畏惧，他召集部下慷慨而言："养兵千日，用兵一日，杀退毛子兵，守住国土！"他居然不理睬吉林将军的降令，奋起截打进犯俄兵，弹尽后挥舞大刀与敌血战，终壮烈殉国，年仅43岁。

又是一个不识时务的庄河人！你不觉得他的性格中有着与李秉衡的共同点吗？如果说李为一品大员责无旁贷的话，邹仅为下属小官，大员们逃的逃降的降，非得你站出来吗？而且还是抗命。但七尺男儿，一腔热血，岂容此辱？"养兵千日，用兵一日"，并非慷慨之言，而是责任的驱使，明知以卵击石，依然不失大义，不惜粉身碎骨。庄河人的"迂"和"硬"在这个小帮带的身上尽显。

硝烟远去，心中的豪气似难平复。

我们的车到了小孤山的孙堡村，英那河畔的青山绿水，让人顿觉心胸开阔。一群白鹅摇摇摆摆，排队上岸回家；水中几只鸭子，轻游闲荡，仿佛是哪一幅国画的立体版；草垛上爬着大叶的倭瓜，有的还刚开花。正午时分，除了偶尔过往的汽车，路上行人稀少，清幽静好，懒洋洋的阳光下有种久违的田园感。多少年前，就有人在诗文中描绘过这样的田园景象：

好鸟唤前溪，春晴雨一犁。岸裁新水曲，云割乱峰齐。
叶碧禾盈亩，花黄菜满畦。去年送人处，依旧草萋萋。

差觉强人意，门前过客稀。风和舒菜甲，雨小养苔衣。
山静云偏出，园荒草转肥，邻家呼午饭，野老荷锄归。

古木阴如幄，新茶叶坼旗，燕忙穿树急，蜂醉出花迟，
村景皆成画，农歌半类诗。不知三两叟，携杖欲何之。

行行桃李树，着意厚培栽。地冷逢春晚，花迟入夏开。
蝶随狂絮去，莺送好音来。我自闲观水，沙鸥莫浪猜。

(《村居四首》①)

诗的作者是出生在孙堡子的满族学者多隆阿，东北向被以为是化外之地，悍武之人居多，风雅之士鲜闻，然而英那河畔却诞生了这样一位诗人、学者，他的一枝诗笔让这里的青山绿水有了人文气息，笔墨寿于金石，多少年后，多隆阿的居处片瓦不存，但他的文字经历了时光的磨蚀至今吟咏起来仍不减色。

《岫岩志略》介绍多隆阿，说他"幼聪颖，读书过目不忘。殚心考据之学，天文数术，星经地志，凡百家言，无不备览。"② 而对于功名则渐失兴趣，"荐而不售，遂绝意选取，吟咏自娱，晚年喜谈青鸟术，判别诸书异同"。证之于其诗文，也能看到这是一个读书人，一位喜欢谈论学问，怡养

---

① 本文引用的多隆阿诗均引自《慧珠阁诗钞》，系孙德宇根据《辽海丛书》等重新整理本，自刊本。
② 《岫岩志略》卷八人物志，1857 年多隆阿主持编修，后收《辽海丛书》。

性情，追慕君子之风，品行高洁的人。他在《古风五首》中表达了为学与做人的追求："笺注搜毛郑，典谟溯虞唐。敢道知希贵，惟恐学业荒。相彼幽谷兰，无言只自芳。""笺注搜毛郑，典谟溯虞唐"是他致力考据之学，十年板凳冷的写照，"相彼幽谷兰，无言只自芳"是不与流俗苟同的独立追求，在他的诗集中有很多对虚浮学风的批评，对读书人与流俗苟同的不满，他更看重的是"松与柏"的"终古性常贞"，何谓"贞"？正也，坚也，定也，诚也，不邪也：

> 古人重实学，今人盗虚声。
> 窃取糟粕余，富贵博恩荣。
> 衣锦夸闾里，策肥动公卿；
> 譬如三春花，转瞬萎荒城。
> 岂知松与柏，终古性常贞。

他也曾为怀才不遇、曲高和寡而感到惆怅，但还是告诫自己："人言何足凭，登高发远啸。"他看不起依附别人生存的"藤萝"："一旦木成颓，与之俱同僵。所以有志士，独立守故常。"他赞颂南山松柏："饱沾雨露润，坚成铁石心。充作栋梁材，巨室独胜任。寄语众桃李，莫急出山林。"《岫岩志略》说他为人："性情耿介，不趋荣势。"这些诗句可为印证。一册《慧珠阁诗钞》，我喜欢的还有多隆阿谈读书、论学问的诗句，它是一个文人胸怀的抒发和情趣、品格的显现：

> 屠苏小酌瓮头春，净几明窗不染尘。诗欲求工常近拙，书缘温故始知新。
>
> 每寻野老求遗事，恒辑残编寿古人。架上牙签分甲乙，启心何异德为邻。
>
> （《庚寅元日二首》之一）

他中意于"净几明窗"、"静掩双扉远俗尘",感叹"一卷经书读未尽,车声门外又粼粼。"(《庚寅元日二首》之二)而"每寻野老求遗事,恒辑残编寿古人",对他来说就是写实。多隆阿一生诗文甚多,但保存下来的却有限:《慧珠阁诗钞》,共十六卷,辑于《辽海丛书》只是其中一卷,收录其诗作八十三首,加之其他散见于地方志书中的零星诗作,存世约两百首。《易原》十六卷,十年辛苦不寻常,从1827年到1837年,五易其稿始刊行于世。《毛诗多识》十二卷约十万字,存有嘉业堂刊本,仅刊六卷。《阳宅拾遗》四卷,附《地理一隅》一卷,有家刻本,现已无存。《易蠡》十五卷稿本未刊,《易图说》一卷,《文钞》四卷,《诗话》四卷,皆是稿本,尚未刊行,这些迄今只字不存,无从查考……看到这样的结果,未免心情黯然,多隆阿大约是迄今为止,庄河地区最大的学问家,然而,庄河人并没有把饱含他一生心血的文字完整地保存下来,未免有负先人。同样的事情,不会发生于重视道德文章的江南地区,这一点庄河之粗和乡野气也不容回避,学问是什么,对于寒风呼号中忙于生存的故乡人来说,是不可理解的。那些经学和考据,也与他们的生命格格不入,直到今天,多隆阿也没有得到应有的尊重和评价,而李秉衡,不论怎么样,还沾了一个"大官"的光,而一介寒儒,又有什么用呢?从功利的角度讲,真的没有用。但才是另外的角度而言,诗文可养心,学问可去昧,蒙昧之人无异于盲,而无心之人则无异于行尸走肉。多隆阿的存在提醒我们:庄河人在勇武彪悍、义薄云天之外,还应有文质彬彬和内心涵养,在实利之外不能或缺形而上的追求。他的诗句或许就是现成的教材:"受戒何须读楞严,情多或许脱尘凡。唯求长厚如张季,莫蹈清狂似阮咸。学积十年安我拙,心澄一片任人谗。何当驾得扁舟去,好趁长风饱挂帆。"(《春日咏怀三首》其三)"惭愧年年自惹尘,林园僻处好抽身。蒙茸俗草难惊眼,雅淡名花不媚人。寡欲或为留寿客,能闲尽属葛天民。多情已受情缘累,且恐种多又种因。"(《消夏二首》其二)在一个重视功名的时代,多隆阿弃绝功名专心学问,所遭白眼所受压力可想而知，所以他不断地自励：要"安拙"，做不媚人的"雅淡名花"。古人诗文有高格、雅气和清心的力量，足可涤荡我们心中的浊气。"光射纸窗天欲曙，残灯犹映读书台。"（《寒夜偶成二首》之二）读书为学的苦乐在诗中也多次道出：

案左摊书仔细寻，俗缘全向静中沉。三冬月色三更淡，一往诗情一夜深。

勉向时途尝学步，难将古调遇知音。当年自恃年华富，那想蹉跎直到今。

（《寒夜偶成二首》之一）

农业社会，春种秋收，四季分明，人们的生活在一种"慢"的节奏中，不似今日东奔西走总在"赶"，这才有所谓的"心境"，有心境才可能有与大自然悠然相对的诗情，"山好能医俗"，山水与四时风情从诗人笔下到心中。雪后野望，看到的是："草积村园白，柴燃店灶红。""鹤淡飞无影，冰坚裂有声。浮云何处是，大地一同清。""山川如汤涤，耳目尽清澄。草没雉眠雪，桥闲人涉冰。"（《雪霁野望三首》）春日踏青满目是一派清新：

小雨初晴草色新，深黄丽紫艳芳尘。射干瞿麦都簪偏，如此山花也爱人。

野水横桥聚浅沙，柳荫历乱夕阳斜。黄鹂却似多情甚，沿路飞鸣送到家。

（《踏青春词四首》之二、之四）

旅馆消夏有读书的风雅，也有看云的自在：

松棚高荫读书堂，抱膝吟诗逸兴长。冷眼观人原近刻，温风入室尚含凉。

蕉才着雨声先到，菊未开花叶已香。隔户看云云自在，不为霖雨不空忙。

(《旅馆消夏二首》之二)

鸟语花香的田园景象更令诗人诗兴大发：

初换单衣尚觉凉，迟迟日比小年长。斑鸠聒耳才呼雨，紫燕依人又处堂。

烟走随风流浅碧，花飞如雨落残香。烹茶小助吟诗兴，久作林边趁夕阳。

(《溪村晚春二首》之一)

乡愁、乡思中更见多隆阿情感的细腻，比如《即事四首》中，"游子方驻马，阿母正倚门，斗然见儿面，喜极泪沾巾"，写尽慈母之态，接下来的一连串关切的询问，也极其写实："药饵需人煎，谁与尔相伴？安否有人看，谁与尔相善？尔衣或轻单，尔运亦屯蹇。"相见欢，又恨夜短，"一一诉根原，烛花昏再剪，出门望星天。斗柄已东转，昨宵觉夜长。今宵觉夜短。"次日里做吃的和细细的叮咛都是日常之事，却足以催人泪下：

来朝命庖厨，割鸡与炊稻。菜腌咸菘芹，果收干梨枣。

烹饪虽未精，适口即为宝。外乡饫肥甘，岂如乡味好。

健胃复和脾，毋使颜色槁。忆昔汝未归，触目总烦恼。

烦恼日益加，衰颜日益老。汝久客外乡，身体须善保。

（以上均录自《即事四首》）

这样的诗句，笔笔落在实处，却有孟郊"慈母手中线"的质朴和动情。羁旅中的乡思，写不同情境中的乡恋，那种有了时空距离的情感，凄切，浓烈，也悠长：

烧残银烛冷，兀坐小楼东。人话三更雨，秋吟一夜风。
谈深欲忘象，客久羡归鸿。借问萧斋里，乡心若个同。

（《书院夜话》）

扫床强伏枕，蝶梦竟难寻。萧瑟三更雨，凄凉一夜心。
壁寒灯影淡，院湿柝声沉。倍助家乡思，幽蛩故故吟。

（《旅馆雨夜》）

我们也可以随着他的诗笔去追寻故乡一百多年前的景物：

嫩碧菁菁草又芳，荠花细白菜花黄。苔侵乱石堆泥土，此是当年旧草堂。

黯淡斜阳别有春，残花萎地涴香尘。不知来往衔泥燕，可识从前旧主人。

（《过旧园四首》之二、之四）

庄河风景在胸中也在笔下，写黑岛的黄贵城："胜地前临海，春潮蹙浪回。"又在叩问："古迹凭谁问？残碑仅记年。"(《皇古城四首》）写碧流河："扁舟泊岸暂停桡，稳渡轻车驷马骄。白浪迭生风蹙水，碧流忽溢海添潮。临河顿作澄清想，饮酒能将魄磊浇。遥指沙鸥三五个，低飞斜掠杏帘飘。"(《渡碧流河》）写黑岛山寺游感："我爱秋容淡，闲寻野径斜。白云寒谷絮，红叶晚山花。浅水余残苇，清流走细沙。行行力微倦，暂歇野人家。"(《游黑岛山寺二首》）写庄河海岸："一水远连獐鹿岛，羣山环绕凤凰厅。"(《残诗半首》）

寄情山水，自得书斋，追慕古人，一心向学，这是诗文中多隆阿的形象。然而，文弱书生也有匹夫不可夺其志向的尊严、威武和勇气，多隆阿之死与李秉衡一样，完美地诠释了庄河人的文化性格。多隆阿曾跟随同榜拔贡、金州人何维墀先后在北京和山西平阳等地任职。道光二十八年（1848年）何出任山西平阳府知府，聘任多隆阿为平阳书院院长。咸丰元年（1851年）春，多隆阿从山西回到庄河，整理《毛诗多识》，秋天完稿；次年（1852年）春节回山西，咸丰三年（1853年）秋天死于太平军之手[①]。张玉纶在《例封文林郎乙酉科拔贡生多公墓志铭》中对多隆阿遇难的细节多有描述：当时太平军突临平阳，而平阳守军多调往他处围剿太平军，等于是座空城，形势危急，"时癸丑（1853年）八月初九日寅刻也。于是何谓公曰：'兄处宾师位，弟已派人护公可急去，弟将与此城存亡矣！'公笑曰：'是何言！愚与君同举拔萃科，君王臣，愚独非王臣乎？且愚闻有闻友在难，而赴之者，未闻有见友在难，而去之者。君能殉城，愚独不能殉友乎！'"生死关头，他不肯背友偷生，而要患难与共，这是一种大义。而等城陷，多隆阿更是正气凛然：

甫至大堂，则贼已入署矣。问公何人，公曰："我太守友多某

---

① 参见毕宝魁：《多隆阿生平考略》，《满族研究》2007年第1期。

也"。贼首曰："汝必读书人，可随我无忧不富贵"。公曰："读书人断不为贼，且为贼，亦断无好死者，何富贵云也！"贼仍以好言话之，公即大骂，傍贼进矛于公，公遂殒，贼肆杀掠三日，夜弃城去。何之亲随稍稍集殓其尸，及家人尸，独公尸不可得。一役曰："必得之。贼入署时，我匿于大堂卷棚上，闻公骂贼，贼刺公殒。贼首怨曰：'此忠义士，汝奈何杀之！'令斩刺公者，又令人铺大堂毡包，裹公尸藏僻静处，勿令残毁，以为忠义者劝，故曰必不可得也。"众相与搜索，至署后无人处，果得毡裹，开之，得公尸，面如生……

强兵面前，不慕富贵之诱，断然放弃生存的机会，连对手都为其"忠义"而感动，这哪里是我们想象中的文弱书生？这分明又是一位"认死理"的大丈夫。这个时代，人都变得聪明了，更重要的是都在权衡利益、计算得失，而"死理"和"忠义"便在很多交易中成为利益的牺牲品，甚至连最基本的做人底线、道德底线都丧失了，像多隆阿这样的人正好给我们上了一堂人生大课。我想，在庄河记忆的追寻中，先人们有多少光荣与自豪至今早已成为过眼烟云，而李秉衡、多隆阿、邹立桂等人这种舍生取义的精神、"认死理"的执拗和七尺男儿的担当，直冲云霄，历久仍有震撼人心的力量。英那河东流入海，时代各异，但庄河人的这一腔热血却才是最可宝贵的财富。

9

庄河记忆的追溯，似乎脱不了沉重，比如，我本来还想写花园口，还曾设想：中日战争，倘若李秉衡不在隔海，而是守着家乡的花园口，庄河人为了自己的土地一定甘洒热血，毫不退缩，因为没有退路，这就是他们的家园。那么,中国近代史是不是可能被改写?历史不容假设,时机错过了,一切都不可挽回,人生的悲剧,民族的悲歌,就这么在青山绿水间不断回荡。而如今,人们对他们又怎么看呢?或许,只有我们这群闲人还在关注这样的记忆,对于大多乡亲们来讲,他们一定会迷惑地问:记忆能干什么用?

的确,目光被现实囚禁的人无暇顾及现实。远离故乡,出外打工,在外谋生,那些青壮年不知承受了异乡多少阳光的暴晒和人们目光的宰割,他们要做好老板的工作,也要牵挂着千里之外的父母健康、妻儿的生活费,此时,他的内心中究竟是想尽快融入异乡,还是立即回到故乡呢?故乡与异乡,对他们来说不是奢侈的情感符号,而是现实的选择。留守在家里的老人和孩子呢?同样要承受着现实的重压,生老病死,在光鲜靓丽的叙述中只是轻描淡写的一笔,却是这片土地上人们生活中的头等大事,尤其是当所有的人眼睛都盯着前方、一路追逐的时候,我实在不忍多看一眼那些被时光遗弃的老人,他们似乎只有自生自灭的命运,我们所谓的"故乡"对他们不过是身上拍下的尘土,或者是走不出的人生囚笼,日夜相伴,岂能相看两不厌?另外一种情况是,时代在前进,"日新月异"成为人们的骄傲,但物质的累加,甚至疯狂的增长,究竟给我们带来了什么呢?有一天,几位朋友坐在一起怀旧,大家一致承认现在的生活的确比以往好多了,然而又异口同声地说:为什么我们都不觉得幸福呢?一位作家清楚地记得,当年分到一个有卫生间的房子,高兴得连夜住了进去,似乎再没有比这更幸福的日子了,如今,房子不知大了多少倍、甚至有好几个卫生间,那种幸福感却莫名其妙地失踪了……是的,人们心中仿佛有一个总也装不满的大口袋,现在装的都是失落。这个时候,回头一望,可能发现,所谓幸福感永远不可能在现实中找到,小而言之,它是一种感觉;中而言之,它是记忆中的一种状态;大而言之,它是对生活的一种情感、对人生的一种理解。

那么,我们对故乡有怎样的理解呢?那天,在孙堡,我兴奋地对同行的人说：小时候，我常常到这里来春游。那时，英那河的水是那么清，清得可以拿出水壶直接灌进来喝，有些凉，但很甜。那时的山也是我们的乐园，一群孩子跑来跑去，有一年，一位同学告诉我，山上有洞穴，我们便去跺脚，果然脚下空空。突然发现这个山头就我们几个小孩子，大家面面相觑，登时有些害怕，什么古墓、盗宝、恶魔这些听来的故事都蹦出来了，撒腿就跑，过了好久，想起那神秘的山顶心还咚咚直跳。到现在，我也没有弄清楚是怎么回事，尽管恐惧早就没有了。可是那一天，我却辨不清当年的山和河滩在哪里了，我想一定在河的下游，不是眼前这乱乱的一片，但下面已经没有了山，而眼前的山已经被挖掉了一半，怎么回事？我感到很迷茫。

有一次，偶然读到荷尔德林的诗《返乡——致亲人》：

> 园林相接，园中蓓蕾初放，
> 鸟儿的婉转歌唱把流浪者邀请。
> 一切都显得亲切熟悉，连那匆忙而过的问候
> 也仿佛友人的问候，每一张面孔都显露亲近。
> 熟悉、亲切，是故乡馈赠给每个游子都难得的礼物：
> 回故乡，回到我熟悉的鲜花盛开的道路上，
> 到那里寻访故土和内卡河畔美丽的山谷，
> 还有森林，那圣洁树林的翠绿，在那里
> 橡树往往与宁静的白桦和山榉结伴，
> 群山之间，有一个地方友好地把我吸引。①

然而，最近几年，我渐渐发现我最熟悉的青堆子小镇已很难找到童年

---

① 荷尔德林：《返乡——致亲人》，收海德格尔著《荷尔德林诗的阐释》第6、7页，孙周兴译，商务印书馆2000年12月版。

的记忆了。那个时候，我坐在爷爷的自行车后面，去他工作的客运站玩，旁边是供销社，一排房子，有卖吃的，也有卖玩具的，我经常在柜台前留恋地看来看去。在童谣中，我们都曾经念过："背大背/上青堆/买个火烧捎个梨。"《现代汉语词典》中居然有"火烧"这个词条，释为："表面没有芝麻的烧饼。"这可是那个时代我比较向往的美食，还有麻花、冰棍，记不得多少钱一根了，反正只有在青堆才能买到。这里毕竟是一个市镇，有着乡村不一样的热闹，过往的种种汽车，按着喇叭，也很吸引我。再后来，下面的普化寺重修了，有了庙会。供销社拆了，建了大楼，我在那里买了《辞海》、买了《战争与和平》，围着张爱玲的书转了好久，不知道她是谁。还有邮局旁边的杂志店，读初中时，我常来买《散文世界》、《散文》。后来，镇上也有了新的影剧院……与此同时，镇上的下街一天天地破败下去，童年曾在这里看过大大的驳船，南望是绿油油的稻田和芦苇，几年前的春节，我站在大坡上，看到远处亮晶晶的海，还有收了稻子后黑黑的稻田和其中没有融化的积雪。我想起高中毕业时，曾与一群同学来过这里，时间过得真快。青堆子下街，那些以前如水墨中的房子，已经破旧不堪，矮矮趴趴，门窗已经被换得凌乱不堪，檐角偶有细致的雕刻在诉说着它曾经有的历史，沿街往上走，摩托车、汽车从身边奔驰而过，路越发拥挤了。更多人住到了新开发的商品楼中，我上面提到的童年中的事物多半不见了，供销社的大楼没有了，爷爷上班的车站早已被新楼替代了，卖杂志的商店成了什么市场的一角，现在城镇扩大了，有了工业区，有了高速公路，面对它的新生，我心里说不出高兴还是失落——一切于我越来越陌生。有时我也默默自问：我和它还有关系吗？

更多的时候，每次回来来去匆匆，根本来不及品味和梳理自己的心绪。女儿不喜欢这里，她觉得到处都是草堆（草垛），没有什么好玩的。是的，这个世界属于我的记忆，完全不属于她，可怕的是庄河人的犟劲，她却不缺。小时候挨打，多半是因为嘴硬不服软，两个庄河人犟起来，不弄个头破血流才怪呢。更让我纠结的是，好几年，每次春节回来，我们全家都感冒一场，一个不落，今年春节，有几天我发烧、无力、迷迷糊糊。后来几乎是逃离庄河，我特意让车绕庄河城走了一圈，我的高中在这里读的，但我得承认，现在走在这里，我会迷路的。它完全是一座新兴的城市，脱胎换骨的城市。或许，庄河本应有它新的起点和朝气，我们不必要再去留恋什么。

很惭愧，我回到梦牵魂绕的故乡，而我却严重地"水土不服"。车离开庄河，我的精神却越足了。今年年初，很多人在讨论的话题，就是"消失的故土""回不去的故乡"，这难道又是我们这一代的宿命？除了记忆的消失，往昔的不再，是否还有"我"不属于故乡、故乡也不属于"我"的感触呢？然而，"我"属于哪里呢？现代人漂泊不定，故乡极其容易沦落成为一个地理名词，周作人就淡漠地说过："我的故乡不止一个，我住过的地方都是故乡。故乡对于我并没有什么特别的情分，只因钓于斯游于斯的关系，朝夕会面，遂成相识，正如乡村里的邻居一样，虽然不是亲属，别后有时也要想念到他。"[①] 不过，这是一个内心矛盾重重的人，语气上淡漠如此，那就彼此没有情分了，可为什么他还津津乐道故乡的野菜、乌篷船，又那么关注乡贤的著述呢？

10

今年元旦，我曾在谷歌地图上查找庄河、青堆子、小曲屯，看我们家的房子、院子，仿佛有一种间离效果，陌生又无比熟悉，鼠标移动，苍茫大地与如烟往事一同在眼前浮现，真有"三十功名尘与土，八千里路云和月"的感慨。

---

① 周作人：《故乡的野菜》，钟叔河编《周作人文选》第1卷第283页，广州出版社1995年12月。

他们依然如故！太阳和欢乐依然把你们照耀，
呵，最亲爱的人们！你们的目光似乎比往常更鲜亮。
是的！故乡风情如故！欣荣昌盛，
在这儿生活和相爱的一切，从未抛弃真诚。①

"他们依然如故"吗？我常常有这样的不经意的牵挂和惦念，也把这诗句看作对故乡永远的祝福。

不论走多远，它都是与你先天的血缘联系。有一次在飞机上，那是夜晚的飞行，突然飞机下一片明亮，城市的灯光暴露在我的眼下，亲切又陌生，我很快就辨析出下面的标志性建筑，但我弄不明白它们究竟与我有什么关系，总好像是疏离的。然而，它却是现在我每一次远行之后的目的地。我期盼着每次的到达，然而也常常计算着它与故乡小村的距离，我所走的每条路，仿佛都是以那个小村为起点，都是小村中那条泥泞坎坷的路的延伸。在故乡的路上，我不会迷路，哪个地方有棵树、哪个地方有个小河沟都在脑海中。什么地方我捉过鱼，哪个坎坷上摔破了膝盖更是不会忘记。夕阳落下的时分，小村中炊烟袅袅，奶奶或者妈妈喊着回家吃饭的声音也在耳畔，不觉三十年就过去……

梦里不知身是客，梦中可识故园路？

2012 年 3 月 18 日晚写完于沪上竹笑居
3 月 27 日改毕

---

① 荷尔德林：《返乡——致亲人》，收海德格尔著《荷尔德林诗的阐释》第 8 页。

剪得秋光入卷来

1

少年时很不理解古人怎么那么伤春悲秋。欧阳修在《秋声赋》中说秋声"凄凄切切，呼号愤发"，"草拂之而色变，木遭之而叶脱"。这固然是写实，但感觉上故乡的秋天首先不是这种肃杀，而是恬静，高远，饱满。是天高云淡，秋高气爽；是瓜香果熟，春华秋实；是绚烂夏天的告别演出，连路旁的野花颜色都比夏天的妍。站在田野边，看玉米饱满，大豆丰实，秋风沙沙，夏天繁密的浓绿此时已为温馨的金黄，一种满足感油然而生。

小时候，农村的孩子都那么野放着散养着，千里沃野都是我们的游乐场。秋天，钻玉米地，不再是躲猫猫或玩八路打鬼子的游戏，而是三五伙伴壮着胆子，掰下几穗玉米，再去旁边地里撸一把黄中带青的豆子，当然，有花生就更棒了。心还在砰砰跳着就跑到避风的沟里，彼此对视有种做了坏事得手的得意和轻松。完后，再去看看，哪里有人家割下来已经晒干的草，抱一堆过来，点起火，把掳来的这些东西投进火中。一会儿，就有一种谷物之香飘散出来。等不得尽熟，便分着吃起来。那玉米是半黑半黄的，豆荚早已裂开，只能从草灰中捡着吃了。所以，不久都是花脸狼了，常常洗干净了手，却洗不净脸。回家去，大人看见，准会挨瞪：干什么去了？！

一个人，不论走到哪里，什么都好改变，但最难改变的就是口味和口音，全球化早已将地域的标签涂抹得凌乱不堪，但这两点上，却立即又让人群黑白分明。想到故乡之秋，我总是没出息地想到那些吃物：刚拔出来的花生，带着泥的，扯下来，洗干净，带着湿气，不是香，是那种带乳汁的甜。黄瓜，小秋黄瓜，真有味道。茄子也不错，紫得油津津的……有一次，跟一位南方的朋友说起，他瞪大眼睛惊讶地问：茄子能生吃么？——每个庄河人都会笑掉大牙，当然，北方的茄子饱满有"肉"，哪像南方细细的像根竹笋。更不要说甜瓜梨枣了，都在这个季节踊跃上市，想一想都垂涎三尺。秋天似乎终结了一个漫长的等待，把春天的希望和愿望都收获回来了。当然，只有我们这些有点年纪的人才会体会到这种惊喜。因为，这个收获是有过程的、需要等待的，因为我们过去吃的都是时令果蔬，不到季节没有的，不像现在所谓的反季节蔬菜，吃西瓜的时候才有西瓜，吃葡萄的季节才有葡萄，那不是花点钱就从超市里拎回来的，一切得等老天安排。

而老天，把这所有的惊喜和收获都给了秋天。

2

秋天里有个大节是中秋节。小时候，只知道有月饼吃。但现在想来那时的月饼坚硬似铁真的难吃，我尤其讨厌里面的姜丝之类的。后来离家读书，中秋节与国庆节挨得很近，常常是放假回家、亲人团聚的日子。现在，东奔西走的，也只能千里共婵娟了。最重要的是在车水马龙的城市中，离节令越来越远。陆游曾写道："园丁傍架摘黄瓜，村女沿篱采碧花。城市尚余三伏热，秋光先到野人家。"(《秋怀》)看来城乡差别古已有之，然而对于一个在乡村长大的人来讲，总觉得城市人远离自然、过着有违天道的生活，公园里的那点绿意根本染不透心灵的荒芜。

至少，在家乡，这个节不光是放假、吃饭、聚会之类的，还有一个很重要的节俗，那就是"圆月"。1921年版的《庄河县志》上明确地记载："八月十五日仲秋节，各家陈瓜果并月饼于庭中以拜月。"《红楼梦》中也写到过"圆月"，不知道在中国哪些地域有这个风俗。多少年了，我总不能忘，中秋之夜，吃过晚饭，全家人一改平常就睡下的习惯，而是在等待，等待月亮爬过树梢、高悬空中的时刻。完后，拿一个桌子，放在院子中间，桌上用碗碟盛着月饼、梨、苹果、煮过的毛豆等等，好像没有三拜九叩这些东西，只是默默地放在那里，人们望望月亮也并不多说话。孩提时，我倒常想嫦娥身边的兔子到底是一个还是两个？今天晚上会跳出来吗？怎么从来都没有看清楚过？这时候外面的天已经有些凉了，而各种秋虫在低声吟唱……过一会儿，就收了。我始终弄不明白这是为什么？祭拜月神？或者是向上天报告一年的收获吧？反正年年如此，是这一天的收尾节目，也正是这种仪式，让人觉得一个节日的特殊存在。

1934年版的《庄河县志》讲到了这一天的文人雅事："八月十五日仲秋节，凡良辰美景多用花朝月夕，月夕者即八月十五也（见提要目录）。是日，文人韵事每赏月吟诗，即商民归儒亦知领取秋宵月明之趣，故各家陈瓜果并月饼于庭以拜月。"农业社会，生活节奏缓慢，人们是用心在生活，故多沉浸在一种文化的氛围中；现在，狼奔豕突的，人们是在用肉体生活，脑满肠肥，欲望当道，哪会去领会"秋宵月明之趣"？

1934年版的《庄河县志》所记录的重阳节也是一次沐浴在文化中的时令：

九月九日重阳登高为古今通例，子安作序、梦得题糕，此倡彼和，至今弗替，而几于古。昔人佩茱萸囊，饮菊花酒，非漫然也，盖以九为老，阳九而重之，以九阳已极矣。易云：亢龙有悔。阳亢则为灾，不可不有以解之，茱萸主祛风，湿宣气，开郁性，虽热而能引热下行。菊花具四时之气，倍经霜露得金水之精，能息风除热，古人用之，意在斯欤。吾邑文人是日登高有登兴隆寺后山者，有登小寺庙高阜远眺者。学校师生辄赴邑北五区之仙人洞，藉旅行以登高，至奔往数十里内之高山，而恣意观览，引类呼朋，敲诗赌酒，在文人学士每建兹盛会，二三十年前所在多有，近者率归沉寂，抑亦时势使之然耳。又各染坊亦于是日祭葛仙。

看来古人很会养生啊，其实顺应天时就是最大的养生，故欧阳修《秋声赋》中也曾提醒人们："奈何非金石之质，欲与草木而争荣。念谁为之戕贼，亦何恨乎秋声！"科学发达，常常让人产生无所不能的错觉，而对外物过于依赖，人会失去本心，常常忘了自己是谁和能做什么。此时，在乡村走走，尤其是在生养自己的土地上，你会觉得重新生了根，你就是这里的一根草一棵树，草木荣枯、季节轮换都是你生命的节奏。

3

老县志中提到的登高处有仙人洞，我想秋天的冰峪沟一定是漫山红遍、层林尽染，有着北中国秋天的壮阔和风韵。可惜，我这时没有去过。而文中提到的兴隆寺一带倒曾是我一度登临处。庄河有老庙岭，这个老庙就是兴隆寺，关老爷庙也。县志上记载，它建于明万历五年，也有年头了，但庙我从未见过，这边的岭在我高中读书的时候，早已是一个烈士陵园，有碑还有亭子和枯草中的群冢。这倒是个清净所在，恰我读书的高中就在附近，我经常徘徊于此。深秋季节，一个人对着夕阳抒发着莫名的情绪，也会捡一点落下的橡子带回学校。那个时候，我买过《杜甫诗选》，不过并未没有读懂老杜"无边落木萧萧下"的内心，也觉不出"万里悲秋常作客，百年多病独登台"的苦味，那个时候我更喜欢吟诵一本现代诗选上的辛笛的诗："一生能有多少／落日的光景？／远天鸽的哨音／带来思念的话语；／瑟瑟的芦花白了头，／又一年的将去……"（《秋思》）那个时候对未来实际十分迷惘，我喜欢有余裕时光从容生活胡思乱想，而高中紧张的学习，满脑子英语单词、数学公式、化学符号，让生命除了为了高考付出似乎别无目标，毕业后，我从未再踏入那个高中半步，印象里那是一座十足的囚笼。然而，心里不高兴又清楚这是逃不掉的生命枷锁，没有高考，还有"低"考，想到这个才令人绝望。再加上，又是为赋新词强说愁的年龄，总有些迷茫、无助。

作为暂时的逃避，我经常来到老庙岭的这个烈士陵园。前两个月，当年的手记本突然跳到我面前，从东北到华北，在成千上万册的书册中，多少年来我完全忘了它的存在，然而它却还保留着当年我徘徊于烈士陵园中的内心记录：

> 我听着自己的脚步声，走过一段甬道，接着是另一段小径。路被飘下的叶子覆满了，叶落得真快啊！前几天还在树上迎风招展，而今竟委身泥土了。
>
> 秋日的太阳本来就是柔和的，靠近傍晚的时候就更多了几分轻柔，洒在落叶上，洒在我们身上，叶子镀上金了，我不说话，在金色中思索。落叶有时会在我们面前打了个转又轻轻地落到了地上，深怕惊扰了我似的。我好像并没有什么特殊的目的要来这儿，在一棵大橡树下，俯下身去，扒开叶子倒拾得了不少橡子。我听说这东西很苦，却照样喜欢它。

忽而抬头看着这棵大树，残留的几片叶子，反而火红火红，夕阳下这棵树独具姿色，引得我在离开园子时还几次回头，还有西边那颗不曾被记忆遗落的太阳。那日，它很圆很圆……

（1990年1月19日）

4

是啊，秋天的怀恋，我还怀恋那暖暖的秋阳光。——我明白了，那些诗人们那么伤秋，是因为他们没有感受到这个阳光，出现在他们笔下的是冷风和秋雨，是深入肌肤的透凉。"八月秋高风怒号"，"秋天漠漠向昏黑。布衾多年冷似铁，骄儿恶卧踏里裂。床头屋漏无干处，雨脚如麻未断绝。自经丧乱少睡眠，长夜沾湿何由彻？"（杜甫《茅屋为秋风所破歌》）这怎能不恼恨不倍感凄凉？然而故乡的秋，却有着和暖的阳光如母亲的手照拂着你。夏天，阳光炽热，而秋天，既暖暖的又不伤人，你尽可以享受它给你的温暖。这种阳光下，层层的麦浪滚过，遥远的大海如一面镜子，而山上则五色杂陈，让你想象不到一个肃杀的冬天即将来临，反而觉得天地万物拿出了他最美姿色在进行着一场壮阔的表演。删繁就简三秋树，北方的秋删节了夏天的浓密，天地打开，一片敞亮。不像南方是桂花的九月，香气阵阵有秋韵暗含，秋波暗送；北方的秋是一览无际的壮阔，是泼辣的烈女子剖心露胆敢爱敢恨。这种性格，哪怕有淡淡的愁绪也会被蓝天白云卷走、被暖暖的秋阳驱散。

后来，我又想，不仅仅是自然原因，还是心态的问题，人们悲秋，乃是岁月流逝、人生如寄的感慨，乃是感慨韶华不再，人生的艰苦、负担日重的叹息。早岁哪知世事艰，怎么会懂得"丛菊两开他日泪，孤舟一系故园心"中除了字面的意思，还有岁月的风尘、人生的颠沛和生命的起伏在里面，正如当年痴迷《红楼》，却未必领会"寒塘渡鹤影，冷月葬诗魂"的意思，文字之外，岁月的风有冷有暖，生命的路有弯有直，而这些只有经历了、只有一步步走过了才清楚何处高低哪里不平。世味年来薄似纱，今天再想象着站在老庙岭望着夕阳西下、庄河县城的点点灯火亮起的情景，我觉得我多少懂得了一点老杜他们了，明白了这首《登高》何以被誉为"古今七言律第一"：

风急天高猿啸哀，渚清沙白鸟飞回。
无边落木萧萧下，不尽长江滚滚来。
万里悲秋常作客，百年多病独登台。
艰难苦恨繁霜鬓，潦倒新停浊酒杯。

岁月不是手术刀，会肉割见血的。它恰如这秋风，让叶子红了、黄了，到不经意间落下了，又将落叶吹成了灰尘……人生在不经意间发生着改变。一个人自己永远看不清自己的来路和去路，但别人的也可能是自己的镜子。我想到陆游和唐婉的故事，三十时重逢于沈园，陆游感慨："春如旧，人空瘦，泪痕红浥鲛绡透。桃花落，闲池阁。山盟虽在，锦书难托。莫、莫、莫！"（《钗头凤》）七十五岁时，沈园非复旧池台了，他不能不感慨："梦断香销四十年，沈园柳老不吹绵。此身行作稽山土，犹吊遗踪一泫然！"（《沈园》其二）而当他八十一时，"路近城南已怕行，沈家园里更伤情。"（《十二月二日夜梦游沈氏园亭》其一）"城南小陌又逢春，只见梅花不见人。玉骨久成泉下土，墨痕犹锁壁间尘。"（《十二月二日夜梦游沈氏园亭》其二）五年后，他也与世长辞了。这就是人生的春夏秋冬，老百姓说的人生一世，草木一秋？

5

多少年前,应当是十月份吧,午后我躺在地瓜地旁的一堆干草上,望着蓝天白云,云很低,就要压下来了,而且不断地变换着形状。云白,天蓝,思绪悠悠。

我在想象着2000年还有多久会到来呢?它又是什么样子呢?

多少年后,我几乎忘了那个秋天的那一刻。2000年就匆匆地到来,又匆匆而过了。如今,2000年都过去了十二年。或许,正如故乡的秋,让你还沉浸在它的美色之时,一夜之间就把你带入了萧瑟的冬天。

2012年9月22日夜半

流水十年间

春节过后,晴暖的阳光似乎就从我们生活中消遁,记得元宵节的中午,我和同事们艰难地穿过大雨,聚在黄浦江畔,阴郁的天空下,江水更显浑浊;对岸迷蒙中的外滩,好似一张洇湿了的老照片。别忘了,这个时节,江南本来就又湿又潮,尽管迟开的水仙会为室内增加一丝生机和清芬,但从体感到情绪都浸着冰冷。

有一天傍晚下班,从武康路出来,面前雨如注,地下水横流,这种泼辣的下法和抵挡不住的清冷,让人有种重返深秋的感觉。回到家中,皮鞋已湿大半。我不想去查证李清照的《声声慢》写于何时何地,这阵子觉得它写的就是我们现在:"寻寻觅觅,冷冷清清,凄凄惨惨戚戚。乍暖还寒时候,最难将息。""梧桐更兼细雨,到黄昏、点点滴滴。这次第,怎一个、愁字了得!"

这样的日子只适合在家拥被把卷,可惜我却整天东奔西走,唯有夜晚才有书房中的安宁。一天夜里,突然接到刘涛兄从北京打来的电话,告诉我读了我的《翻阅时光》(大象出版社2011年11月版),写了个书评发过

来了。我忙去查看:

> 大概在2006年之后,我几乎隔几周就会去立民家里谈谈。当时立民尚住在国权路租来的房子之中,房子不大,书房里上上下下、前前后后、左左右右、角角落落全是书,立民好不容易腾出一块空地,让我坐下,我们俩就猫在书丛里谈着和书有关的事……

我也总是"不能忘记",更何况那的确是一段令人怀念和留恋的时光:并不年轻的我与尚是踌躇满志的刘涛他们,经常凑在一起,东拉西扯,从某本书到文坛是非,从一篇文字到陈年旧事,没有主题,不需要引言也没有结束语,复杂的世界、把捉不定的人情世故在那一刻化为几位书生单纯而热切的语言……时间过得真快,转眼间来上海已经十年了。我还记得刚到上海的第一个周末,一群师兄师姐们在暴雨中拉着我去唱歌,仿佛身上的雨水还没有干,大家就各奔东西了,接下来做教授的做教授做院长的做院长,一个个风尘仆仆壮志在我胸,就是大家再也难得有清闲地聚一聚、更难得原形毕露张牙舞爪了。后来才是小师弟刘涛他们,这个时候我已经在复旦周围搬了好几次家了,他文章中提到的复旦四舍倒是我住得最久的。

我是2006年3月底搬到这里的。当初看房子,走进这个草木葱茏的小院,我一下子就被吸引住了。虽然房子都很旧,但我住的一楼,有个大院子,一丛茂竹,一棵高高的枇杷树,还有从邻家伸进来的火红的石榴,尘土飞扬的都市里有这么点点自然真让人心满意足。女儿刚刚半岁,从大连过来,有个院子给她玩耍是再好不过的,后来,这里果然成了她的儿童乐园。春天,我也常坐在院子里沐浴着和煦的阳光看书。枇杷熟了,满枝头的金黄,全家人拿着竹竿打枇杷,也是其乐融融。

我的书房对着一个封闭的小园。园中是高高的水杉,一丛杂草,其间也有星星点点的蓝色小花。我种了两棵美人蕉,搬离这里时叶子已经长到可当扇子了。这是阴面,水气丰沛,草木的叶子都是明亮的绿色,给人以无限生机。哪怕在盛夏,这间屋子也有几分清凉。写字累了,抬眼望着杂草、野花,还有随时光顾的小鸟,不觉心清气爽。在这间除了窗户,四壁都被书占据的书房中,那几年,我杂七杂八写了不少文字,也包括博士论文。

四舍处在复旦的学院区中,让我贪婪不已的是周边遍布的书店,当时可算上海书店最为密集的地区——店都不大,但却比福州路的书店有文化得多。时常,午后一两点钟,我放下手头工作,去步行街吃午饭,接着就是一家家逛书店,权当休息。晚饭后,也会有这样的惬意时光。女儿则可以去大操场玩沙子,小操场野跑;过了邯郸路,整个复旦的校园也是她童年的花园。当然,她也会陪我逛书店,从新书店到旧书店,一家旧书店的店员至今还想着那个"老会讲话的小囡",她坐在楼梯上翻着图画书静静地等爸爸。学生们都有晚上挑灯夜战的习惯,不论多晚,这边总有填肚子的地方,我晚上工作累了常去吃东西,有一次带女儿去吃面条,她边吃边说:爸爸,我才知道,家里的面条有多难吃!当时她有三岁吧?这已经成为我们嘲笑她妈妈的经典笑话了。

复旦四舍原名嘉陵村,这是抗战胜利后,复旦大学从重庆北碚迁回江湾校区,教职工们为怀念重庆岁月而取的,直到1955年才改称四舍。而四舍的初建却是在1938年日军占领学校时。到1980年代,这里已有六个单元七十二户人家。据老人介绍,小小第四宿舍住过不少名人:著名学者严北溟教授,严家楼上曾住过中科院院士王迅教授。两任复旦党委书记程天权、秦绍德;前民盟全国主任委员徐鹏,物理系教授贾玉润,计算机界著名教授施伯乐;中文系的潘旭澜、骆玉明教授……学院区就是这样,不要小瞧对面走过来的衣衫不整的老头老太,说不定都是那个行当里大名鼎鼎、万人仰慕的专家。不要说名人啦,四舍的邻居们大多是复旦的老师,都有慈爱之心和君子之风,从不欺生,大家见面都客客气气,让我们很庆幸在漂泊的旅途中居然有这样一个心安的驿站。

刚搬来不久，妻子有一次激动地说：院子里住了位巴金的太太萧珊在西南联大时的同学。不久，缪老师就拄着拐杖登门造访，我又惊又喜。九十多岁的人了，她说话不紧不慢，思路清楚，记忆准确；她还笔耕不辍，曾见《文汇报》上她回忆友人的大作。及至知道她的儿子就是曾经做过《今天》编辑的诗人、作家万之（陈迈平），更是觉得世界总以某种因缘把人联系起来。（当然，今年就更了不得了，莫言作品主要的瑞典文翻译就是缪老师的儿媳、万之的太太陈安娜——她是马悦然的学生。）彼此有了可以交集的世界，来往就更多了，我经常把给缪老师的一些新书放在收发室；而一些节日里，缪老师会很郑重地上门，送给女儿巧克力，还有很多很精巧的小玩具。我们十分感谢老一辈人的这种情谊和礼数，女儿也兴奋地谢谢"太奶奶"。2009年8月，我搬离这里，最后一次去拿东西，女儿和我都有点依依不舍，墙壁上她的那些涂鸦还在，屋子空荡荡的，我在四舍的院子里给她拍了几张照片，转眼间，她就在这里一天天长大了。至今，我还怀念四舍的花香：一年春节后从老家回来，走进院子，暮色中看不到什么，却首先闻到了腊梅的阵阵花香。初夏季节，又有金银花、栀子花的香。它们已经浸到了时光中，让那一段日子的回忆充满了温馨……

刘涛说："立民编这本书之时，应该会有时光飞逝之慨吧，《翻阅时光》就是追忆似水年华，只是他的年华都与书交织在一起了。"书可纪年，读书、编书、写书就是我生命的履痕，当然，任何人的世界都不会这么简单，但我愿意用书来标刻自己的生命时光，那是因为一本好书能把你带到一个既熟悉又陌生的世界中，这个世界能够摆脱现实的羁绊，让灵魂自由飞翔；而为一本本书所写下的文字，其中不但有个人的兴趣和喜好，还珍藏着个人的喜怒哀乐，有一些甚至是只有自己和共同经历过的人才能体会到的心灵的秘密。哪怕是谈论《红楼梦》这样的书，我的心境也不是古典的，而是现代的，其中有一则2001年写的随笔，是我从当时的工作单位辞职，在我编辑的报纸版面上向读者告别的一个声明，当年4月27日（周五）的日记中曾写到:"今天新任 × 主任通知我,可以到人事处办理手续了,下个月我可以解脱了。这意味着这将是我办报的最后一个工作日。我在读书版中写了篇文章《谁解其中味》,是重读《红楼梦》的文章,作为向读者的告别。""晚上,别人都下班了,我独自在办公室中收拾东西,一堆堆稿件、报纸什么的,还真不少……"一年后,我告别了生活了十年的城市来到了上海,而如今在上海的日子也有十年了,回首往事,这些零零碎碎的文字都是生命中的一点一滴的凭据,它们让我记得一些书,想起一些人,怀恋一段段永不能重来的生命时光。

除了文字,我发现世界竟然是如此的不可靠。十年间,大连已经变得让我完全陌生,今年夏天,车过海事大学到小平岛一带,我竟不耻惊问:这是哪里?同样,上海的五角场,我刚来时不过有几家商店和一群小饭店,现在却高楼林立、富丽堂皇,欲抢徐家汇的风头。专卖店、精品店、咖啡店多了,可是书店却一家家在减少,城市变得越来越索然无味——我总想:一座城市不仅要满足人的欲望和需求,还能安放人的梦想和灵魂,它才是每个人可以言说的"我的城市"。想一想,这十年,我还是更怀恋午饭后,骑着自行车飞奔在国权路、步行街、北区,甚至武东路上,一家家逛书店的惬意时光。在北区的书店去疯抢打折的学术书,顺便与做店员的诗人聊一聊;在复旦小学墙外的书店搬回《沈从文全集》,并吃一顿东北饺子;去教工食堂旁边的书店翻翻新书,忍不住就买一大包回来……这些书店如今要么烟消云散要么改头换面。现在去复旦,每次都是要办什么具体事情,逛书店自然免不了,但总是匆匆忙忙,没有当年的悠然心态,很是憋闷。更何况,朋友们也各奔东西、各忙南北,大家推开门就闯进去、总会遇到同样不约而来的同学和师长的。贾(植芳)先生家也不见了当年的主人,老人去世已经四年了,再来这里顿觉兴味索然,甚至不免心底怅惘。

偶然读到韦苏州的诗:"江汉曾为客,相逢每醉还。浮云一别后,流水十年间。欢笑情如旧,萧疏鬓已斑。何因不归去?淮上有秋山。"(《淮上喜会梁州故人》）我仍然记得十年前初到上海那个暑气未消的夜晚，也记得二十年前我辞别家人去大连读书秋凉入骨的清晨；忘不了面对万家灯火等待女儿出生的一刻，也清楚地记得放假时爷爷在车站接我的情景，还有多少年后我捧着他的骨灰路过那个车站万箭穿心的感觉……流水十年间，记忆如昨，人事已非，萧疏鬓已斑。寒冷的春夜中读书、写字，我时常停下来，拉开窗纱，望着外面漆黑的夜，听着夜间也不停歇的雨声，世界很陌生，那么多人和事从眼前飞逝，我似乎木然地站在之外，什么也抓不住；但哪一样，我又不在其中，又怎么能无动于衷呢？

不知为什么，我想到了一本书，可能是俄罗斯作家对季节变换的描写给我留下了深刻的印象，让我与眼前的天气有了对应。想一想，冰封的俄罗斯大地在冲破冰雪迈向绿色的春天时，带给人们的将是怎样的期待和惊喜啊。"在四旬斋的中期，天气突然暖和了起来。雪开始很快地融解，到处都是雪水。乡下的春天的逼近，对我有一种显著的影响：我心里起了一种前所未有的、奇怪的激动……"作者也写到了乍暖还寒，"又潮湿又寒冷，下了许许多多雨"，这时春天指日可待，而它却压抑着你的兴奋。然而，大自然有着谁也挡不住的脚步，想象一下，那生机蓬勃的情景都是动人的："先是山上的雪开始融解了，雪水从山坡上奔腾而下。堤坝上的水闸就要开放，于是到处将漫上一片大水。鱼将游到田野上，在捕机和罗网中被人捉住。候鸟就会回来，云雀要开始歌唱，土拨鼠从冬眠中苏醒，会笔直地坐在洞穴里吱吱喊叫。田野将变成一片翠绿，大树小枝都将披上新装。夜莺将在草地和树丛里荡漾起悦耳的歌声。"发现没有，尽管这是寒冷、泥泞中的等待，但俄罗斯作家心中的激情、力量和苦难中没有磨灭的希望，要比李易安的一个"愁"字要更强大更阳光，在一个迷惘的时代中，我觉得更需要去捕捉这种力量。正如作者说的："我留神地注意着每一种变化，每看到春天临近一步，都会得意地欢呼。"

这些文字是从俄国作家阿克萨柯夫的《家庭纪事》三部曲中抄来的，

上海译文出版社1981年版，汤真译，1950年代为新文艺出版社出版。这书我在家乡时曾从镇文化站图书馆借来读过，吸引我的是打猎、钓鱼、采野果子的生活，喜欢那种人与自然亲密无间的感觉。多少年后还印象深刻，奇怪现在的出版社怎么重印它？到上海，在复旦菜市场上二楼的旧书店中偶遇，如故友相逢赶忙把它请回家。这个旧书店，我不知道买了多少书，隔一段时间，读书写字累了，我就泡到这里，女儿没有人带，我也会把她带过来，她坐在楼梯边翻图画书，实在寂寞了便像大人一样地与店员阿姨聊聊天，我则上穷碧落下黄泉地找自己感兴趣的书，甚至外面风雨大作，还两耳不闻窗外事，淘书不止。好在离家近，包好书，捂在怀里，飞奔几分钟就可以到家，书没有淋着就行。

这次重读，我发现作者还写过一段告别学生时代的感触：

> 在当时，明亮的心地还没有被社会上的世故和家庭生活的琐屑小事所遮蔽；中学和大学，以及我的伙伴，是我的整个世界……这里的规则，是完全蔑视一切卑鄙和下贱；蔑视所有汲汲于名利的智慧和自私的目的，在另一面，却衷心地尊敬每一种高尚而光荣的理想，不管那是怎样的一种空想。这样子度过的那几年的回忆，会一直伴随着一个人的一生，尽管他没有感觉到，这种回忆却一直照亮着、而且指点着他走向终点的道路；尽管环境可能把他拖上溜滑的和泥泞的小径，这种回忆却会使他重新走上了真理和光荣的大道。

我不但希望这种回忆伴随一生，而且还希望我们的生活永远就这么简单，我知道另外一种声音在嘲笑我：幼稚！可是，那么多世故之类的，难道不是我们自己制造出来的吗？甚或是每个人自我选择的结果吗？真的就没有任何说"不"的机会吗？我也喜欢这样透着阳光的文字，尽管有些人总觉得阴雨迷蒙的文字更深刻,所谓"穿透人性本质"之类的,但人类之善恶何尝又不是自我选择和社会选择的结果?

我留恋与同学们相聚的那段时光,不过,我怀疑今天的同学们,忙着考研、考证、考托福、考公务员等等,还能够享受着这样惬意的时光吗?转念一想,每一代人的青春都是灿烂开放的花,只是开的时候大家都不知道珍惜而已。于是才有了那么多的感叹和回忆……

写完这么多字,总算盼来了一个难得的晴天。中午,在车上看路两旁,原来草已经绿了——连日的阴雨让整个世界都在灰灰的颜色中,那刚刚绽放的生机也被吞没了。一只小狗,在路旁低着头向前跑着,说不上是惊慌,还是兴奋。阳光让世界开阔起来,此时看这个瘦小的身躯,似乎觉得他又很孤独。

2012 年 3 月 11 日于杭州旅次

11 月 4 日晚改定

记得那时风日好

  买董桥的书，如今已经成为一种习惯动作，不论是哪里出的，见一种买一种。买了也不一定立即读，床头枕边，常常一放大半年，都是在夜深人静的时候读上一两篇，心浮气躁时也会拿这种文字来涤荡胸中浊气。如果这书以前出过大陆版，有时候来了兴致，我会先对一下，哪些篇目被屏蔽了，哪些文字被删去了，我倒不认为删了多少就能影响什么，好作品并不怕删，据说托尔斯泰生前就没有看到过完整本的《复活》印出，我只是觉得有趣而已。三联版《乡愁的理念》对着牛津版的《跟中国的梦赛跑》，《这一代的事》也是这么对着，等于又重读了一遍。

  这几年，买董书多半是为了香港牛津大学出版社精致的装帧，作为一种文化产品，它的内容和外在的装帧本应是一体的，牛津版董桥的作品就是这样一个例子。有时候，我拿起书，不是读，单单随便翻一翻也觉舒服。我一直认为在文化上"熏染"比"传授"更重要，传授更多是知识和技法的灌输，如果他是个不开窍的榆木疙瘩，怎么也灌也进不去，毕竟艺术是需要用心领悟的，熏染就是把它置身在这样的氛围中，让他亲身体会到文化的魅力，哪怕是从模仿开始，也证明他心向往之了，"心"入沃土让万物生长。董桥的一些书的制作，让我们在快餐式的、粗糙的文化生产中还能有一点精致的宽慰。它在出版界、读书界也有了示范性和传染性，海豚出版社近来推出的《一纸平安》、《小品》两卷，我觉得大有后来居上之势。所以，这一轮的迷董桥，已经是一种文化行为，它已超越了作家文字的单纯迷恋。

读自己喜欢的书大约是世界上最惬意的一件事情了，这时精神处在完全放松的状态，翻开书，人的思绪就不是书页上的文字能够束缚住的，文绉绉地讲这叫"浮想联翩"，通俗点说是"四处跑马"。阅读如同看风景，不仅只有目的地才是风景，一路上也是在享受沿途青山绿水。捧着董桥的新书，我也在想他的旧作，想着最初读董桥的时光。那是在一个海滨城市，那个城市不大不小，不拥挤，山海环抱，既有登高的气爽，又有远眺的开阔。记忆里，这里不仅碧空如洗、白云悠悠，而且时间的脚步好像很绵软，生活的节奏极温和，一切都是不紧不慢，甚至慢腾腾的，哪像如今狼奔豕突的。每个人都要承担一份生命的责任，想来活得都并不轻松，但它自在，自在就是不逆时逆势而行，春去秋来，日出日落，该做什么就做什么，用不着去赶、去拼、去抢。记得那时，我很喜欢吃小笼包，吃包子就吃，不用忙三活四地接电话、低着头刷微博，静静地等着热气腾腾的包子上来就是了，生活简单，头脑也干净。我经常花大半天时间，泡在旧物市场的旧书摊边，在那些并不珍贵的书中翻来捡去。那个时候，也从来不会有人向我约稿，我爱读什么书就读什么书，喜欢读多久就多久，读完了想写什么、写多久也都没有人催。我现在常怀疑，这是我想象的生活，还是我曾经经历过的真实生活？

为了给记忆提供一点实证，我开始找那时候买的书。我找到了三本董桥的书，薄薄两本是北京三联版的《这一代的事》、《乡愁的理念》，厚的是四川文艺版的《董桥文录》（看了下，是初版的，据说错字甚多）。都是我大学毕业不久买的吧，大陆那个时候正在刮着"你一定要看董桥"的阵风，不过，那可能是风雅之士圈子里的事情，至少余秋雨的风头当时一定是盖过董桥的。我那时候更关注两头：老一辈新文学作家和新一辈新时期以来写作的作家的创作，夹在中间的董桥，似乎还排不进阅读日程表。再加上，长期处在一个封闭的文化环境中，对于港台文坛并不了解，不知道董桥何许人也。这三本书中，除了附了篇柳苏先生的那篇《你一定要看董桥》这样的文字外，连个短短的董桥的简介都没有。翻开《董桥文录》，前面的代序《砚边笺注》就把我吓着了，我哪里懂这玩意儿啊？对这种情趣也不太理解，那时候什么人文精神讨论、二张的愤怒、钱理群的忧思、陈平原的老北大情思等等，更吸引我。因此，这三本书也就是翻翻，记得把讲藏书、买书的部分读了读，也觉得很遥远，有些书我连边也没有摸过。其中的名篇《中年是下午茶》读过了，觉得语言太轻滑，至于中年的苦涩之类的，哪里是一个踌躇满志的青年所够体会得到的。

直到1999年，《语文小品录》出现在我面前的时候，我才开始认认真真地读董桥。那一年初秋，我调到一家报社编副刊，当时传统的副刊已经被雨后春笋般诞生的"周刊"收编，大家一哄而上，策划选题，组织稿件，采访，拉稿，兴致勃勃地赶场子。最初，我看见歌星被电台或电视台拉在背景板或一盆绿色植物面前，傻傻地一遍遍在重复说：你好，我是……欢迎你收看……我想小学生练造句都没有那么幼稚，还常常幸灾乐祸地问旁边的人：他（她）是谁？人家大笑我"老土"。幸好不是娱记，只是偶尔到这样的场子里混混，我的任务是编副刊。副刊自然得有点腔调，毕竟咱也算个文青吧？但千万不要小瞧报纸那豆腐块的文章，要做到董桥说的事、情、识俱佳真不容易，许多名头响亮的大名家，稿子来了你一看就傻眼，下笔千言、离题万里就不说了，重要的是像个气球，鼓得越大里面越空。没有办法，只好对不起，大笔一挥给它减肥。后来有一位同事惊讶，你删稿子怎么那么快？我立即借机吹牛：这完全得益于编报纸的训练。其实也不是吹牛，想一想大牌们的稿子都是千呼万唤始出来，有时候下午两三点钟还没有来，其他的稿子都已经发下去了，火烧火燎、抓耳挠腮、翘首以盼都没有用，只有耐心地等待。他大爷的，总算来了，含泪持稿奔向车间，一边走一边删稿子，等走过三楼长长的走廊转进二楼的车间时，稿子基本处理完毕。认真想一想，不是我的本事高，是大多数稿子太水，赘肉太多，随便割下一块都没有问题。真正文字密实的好稿子，你删一句试试？我当然在不断地寻找这样的作者，千方百计躲避那些一抒情就像滔滔江水的稿子。我自己写报道也尽量选好角度、斟酌文字，以避免新华体之类的灵魂附体。萧乾的通讯报道曾是我学习的榜样，十册小本子的《语文小品录》来了，又成为我学习的另一个范本。

那年头，大开本方兴未艾，像这样的小开本倒独出一格。过去写文章，仿佛是坐在别人的船上，只管前进，不用操心天气、航线、浪头。做了编辑再写文章，仿佛自己驾船，不仅知道目的地，还要规划航线、计算时间等等，此时，我觉得不仅清楚要表达什么，还明白哪些地方明显欠缺和无论如何也做不到。其实，董桥在这套书中，不断地提示什么样的文字才是好文字，结合自己每天处理的稿件和阅读，我自己觉得多少有些感觉了。他说"文字是肉做的"，"现代文明世界渐渐淡忘文字的这一层功能，总是像把文字凝固成钢铁、成塑胶，镶进冷冰冰的软件硬件之中"。（《文字是肉做的》，《英华沉浮录》牛津2012年版，1/89，以下版本同此）他说："文章要老而没有皱纹：精神皱纹不可皱过脸上皱纹也。"（《文章不长皱纹》，1/105）他说要"留住文字的绿意"，感叹："世间花草树木最能体贴人心，现代都市高楼大厦林立，再不小心珍惜绿色生命，语言文字一定都随着枯死了。"（《留住文字的绿意》，1/131）他还说过："没有经历伤春悲秋的笔，到头来是一枝天阉的笔。"（《人道是伤春悲秋不长进》，5/189》）他讲散文忌空洞、言之无物，"散文也这样，通篇议论跟通篇抒情都要不得；有点情事，有点故实，再加些真诚，自可脱俗。"（《看那满壁缥缃》，1/202）——

后来，他的"故事"论又极大地发展了这一看法。他说文章要写得含蓄和灵动："写得含蓄，意思是舍得割爱。永远满足于跟西施在湖边凉亭上喝茶，不要动粗把她拖到卧房里去。这是含蓄：无言相对而不觉沉闷。"（《无灯无月也无妨》，1/222）他不是在讲散文技法，而是不动声色自然道出这些见解，读这样的书胜过十本《文学理论》，就像我也喜欢米兰·昆德拉谈小说，他们真正有见解，不酸腐。

当时报社有个新闻学校，一个周日请我过去给学员讲课，我对"文章作法"之类的素无兴趣，从来认为文无定法怎么写都可以，每个人有每个人的写法，一切全凭自己体悟，绝对不是别人能教会的。但是，既然答应人家，总得说一点什么吧？我只好给大家讲董桥，告诉大家什么是好文章、什么是坏文章——我想这也是学写文章的第一步吧。

董桥的文字就是现成的例子。比如，他想骂娘也要压着怒火，有几分矜持。谈到艾青受迫害，他说："诗人都有一颗小孩的心，八十六岁的艾青也一样：你凭什么要这样折磨他？你凭什么要他天天洗那么多厕所？你凭什么要他为他的国家沉默？……艾青的沉默冷藏了人性，防止人性腐烂。不要去追悼他了；你去追悼你腐烂的过去吧。"（《"我对这土地爱得深沉"》，6/9）谈政治问题，也不是我们习见的新闻发言人的严肃面孔，一字一句都体现了文字是肉做的，抚摸着都是肌肤的弹性："这是中西意识形态的交会点：韩素音瞬息缤纷的恋情；张爱玲暗香浮动的绣像；还有那千千万万流亡的中国读书人的泪影和笑声；千千万万冒险的中国生意人的拼搏和兴旺。海的那一边是火红的故国：她打一个喷嚏香港就发烧；她捱几顿饿香港就胃痛。突然之间，九七来了。日常生活里连柴米油盐酱醋茶都染着英国名门望族品味的殖民地精英不走。在大英帝国悠悠的安魂曲中，他们低吟瑞典大导演英玛·保曼名片 *Fanny and Alexander* 的一段话……"（《寄伦敦的信》，6/167）调侃李国能用英语宣读誓词："他下半截用英语念誓辞的时候既是如释重负，又是如鱼得水，加倍显得他这个地道的中国人，外国话才真正地道，要命。说老实话，这样重要的仪式，这样多人观看的表演，这样具有象征意义的时刻，这样短短几个字的誓辞，李国能就算花一两个晚上请人逐字教导，逐字苦练，也是值得的。没有大树，弄一棵相思树来撑场面也好。小小一株玫瑰毕竟弱了些。"(《李国能那一株玫瑰》，5/182）不乏幽默，但句句都是带刺的玫瑰。

董桥说："《英华沉浮录》是以语文为基石的文化小专栏，既有旧时月色的影子，也有现代人事的足迹……"(《跋语一》，2/262）他想"多多留意古今中外可观可赏的文字和有情有趣的故事，在营营役役的社会里追逐一点书香"(《一封回信》，5/60）。这也是这个专栏的诱人之处，上下古今谈，老情怀，新观念，俏文字，都有了。文字之外，讲人生和艺术修炼。同样，他不是人生教师，不炖心灵鸡汤，想明白了，人生大问题，不过一个故事和几句感慨就够了。他说："人生苦短，酒肉岁月太匆匆，朋友情谊才是青山绿水。"(《酒肉岁月太匆匆》，6/70）他引用文字，说溥心畬谈学画："抱怨学校太不懂事，每周一个时辰工夫的课，岂能学画；学画要先读四书五经，练好书法，人品端正而后不学自能。"(《萃锦园中满地相思》，6/117）仿佛是名士的几句闲话和牢骚，但细细体会不啻为学艺的法门。谈艺术与人生，他从台静农讲起：

> 他怀念庄慕陵的文字里说："我曾借用古人的两句话：'人生实难，大道多歧'，想请慕陵写一小对联，不幸他的病愈来愈严重，也就算了。当今之世，人要活下去，也是不容易的，能有点文学艺术的修养，才能活得从容些。"(《骂"共匪"长大的一代》，6/158）

谈及读书与人生："人生读书未必有大用处，只是横遭磨难之时，不忘以腹中学问养性，当是莫大的慰藉。万一不幸要在宦海中浮沉，平生饱读的诗书，往往也会化为黑夜中的一盏灯火，照亮自己寂寞的灵魂深处，或者凝成利剑，捍卫自己鼓吹的信念。"（《胡绩伟的灯，彭定康的剑》，3/132）这些道理，像春天原野上的小花，一次偶遇，便带来十分惊喜，至少在当年，我认为它们都指示着另外一种人生境界，那都是在越来越物质化、功利化的社会中，我呼吸的一点点稀薄空气。

  常听人说：董桥的文章不过谈点收藏的小风景，个人的小悲欢，没有什么大境界。我想，他们大约都没有看过董桥的政论，我们还是一个莫谈国事的年代，所以只好风花雪月，很多人见到的都是董桥不乏有点甜腻的旧时月色，没有见到他辣辣的今日立场。不过，我喜欢董桥，不见得都是他讲"故事"的本领，日光之下哪还有什么新鲜事的，我喜欢的是他的抒情和情怀，他是在抒情的，不过高明地打散了、揉烂了渗透在文字的缝隙间、转弯处，这样的文字又感慨、叹息、怀恋，再加上种种营造出来的情致，民国遗老的情怀，英伦老绅士的派头，这一切与我接受的教育、感受到的文化氛围都不一样，于是便有了别样的迷恋。至于那些书房文玩似的小趣味，我觉得更是一个人不可或缺的，纵然你叱咤风云，也不妨儿女情长，反而缺了这些，倒觉得这人面目可憎了。

  难忘那些读董桥的日子，因为那也是我一生中最迷人的时光，它由青春赐予，生活没有什么负担，喝碗稀饭都能傻呵呵地乐半天，不知天高地厚，以为只要想做就没有做不了的事。由衷地敬佩一些人也毫不掩饰地鄙视另外一些人。每天穿过报社长长的走廊，走进不太宽敞的办公室时，也并不厌倦。偶尔会有一点小寂寞，觉得这个城市里同好者太少了，喜欢的文化活动更少，连家像样的书店都没有。但那几年，正是这座城市由一个稚气的小丫头在人们的不经意间出落成风情万种的少女的岁月，那像棉被一样裹的厚厚围墙被推倒了，人们的眼神被绿草坪拉长了，步行路的方砖干干净净，这种变化带给人以春意萌动的生机和力量。那几年，这个城市是恋爱中的女人，一颦一笑都充满着迷人的活力。每天上下班，我都会路过中山广场，在一群老建筑的环抱中，在鸽群的飞扬中，我从人流中不紧不慢地走着，城市的这个心脏部位非常柔性，有历史感，哪怕在严冬，我也能够感受到它的温柔。我也比较喜欢连着广场的鲁迅路，相对过于奢华和有些热闹的人民路，我觉得这里更安静更贴心，看看满铁时代的老建筑，躲过轰隆隆的电车，就到了报社。董桥的那种精致的情调、纤细的笔调，经常回荡在我的脑海中。"春光甜媚得教人想起欧洲的夏天。几幢破旧楼房外的小街斜斜的躺在老树的浓影里。……午后的阳光照亮了街角小公园里的一片绿茵，矮矮的茶花一点不忧郁。有什么好写。有什么好教。有什么好改。我断然拒绝在这样漂亮的下午去思考语文的前途。"(《告诉他们，上图书馆去》，5/103)这个城市也很欧化，但比伦敦更明亮更清新，当然也更有了野性。

"春未老，封细柳斜斜。……休对故人思故国，且将新火试新茶，诗酒趁年华。"(《望江南》)每逢读到这首苏词，我都有恍然如梦的感觉，"情未尽，老先催，人生真可咍。"(《阮郎归》)多少寒暑，来来去去，记忆中的城市可好？今年夏初，我曾有机会住在天津街附近的一个酒店，昔日城市中最繁华的一条街已经大变样。街上的人很少，我走过友好广场，夜晚的城市是卸了妆的女人，街道上纸片、塑料袋、饮料瓶随风横行，在街边刷车的污水满地横流，一副未老先衰的面容。我转到了中山广场，走到了一条不记得名字的小街，被迎头要倒下来似的大楼吓了一跳。这么窄的街道盖这么多的高楼，把人陷入峡谷中了。我也从报社旁边的一条街走过，我闻到了一股不太纯正的香气，我的鼻子很贪婪，深深呼吸了一下，才想起来，这应当是这个城市一年中最美丽的季节，槐花开了，入夜时分，漫步街头，清风送来的是阵阵清香，然而，我现在呼吸的是混合了汽车尾气、各种污浊空气，还有槐花挣扎着发出的委屈的香。这时，我无比清醒，我知道记忆中的城市已成海市蜃楼。

第二天，站在满铁老楼前面，我与一位曾同在报社工作过的兄长，不由自主地望了望斜对面。那是我们曾经工作过的报社，现在，那栋楼已经夷为平地，被围起来了，我不知道做什么。忘了那天，我们两个人感慨了些什么，也许是骂了几句。那栋楼长长的走廊里，曾经盛满我们往昔的时光。

读董桥的记忆没有磨灭，眼前的一切也让我想起他的话："如今岁月寂寞，往事依稀"，"不敢回忆，不能忘记"。(《古道西风鞭瘦马》，6/13—14)正是，正是。

2013 年 7 月 23 日晚

第二辑

世事琐谈

谢 谢

  那已是路灯昏黄、街头人稀的深夜,我坐在回家的出租车上,司机是位中年人,一路上默默无语,我静静地看着他熟练地驾着车。到了,他打开灯,付钱,找零,这一瞬间,我发现他的面容上有着些许疲倦,推开门下车的一刹那,我习惯而不是有意地说了声:"谢谢!"没有想到一路上沉默不语的师傅此时非常激动,他连连说:"走好,请走好。"借着灯光,我分明看到他面容中的疲倦也在瞬间为兴奋所取代。这张面孔一直留在我的记忆中,好多天,我一直在想"谢谢"这两个再普通不过的字眼竟然这么有功效,它轻而易举地就打破了沉默的坚冰,让两个陌路人有了一次真诚的交流。是的,谁也不指望靠这两个字吃饭、过日子,可是你对他人说出来和没有说出来,绝对不一样。出租车司机,可能非常习惯交了钱,只听咣的一声门响,乘客下了车,彼此各走各的阳关道。这时的"谢谢"二字,会让人感到在付款和收钱之外,人与人之间还有一份情感的交流,还有一份相互的尊重。

  中国人要说大方那谁也比不过,一掷千金什么的,在所不惜。可是要说"抠门儿",那也首屈一指的。大方与否,要看场合。对亲朋好友,什么都可以不在乎,比如相互间谁求谁办点事,千恩万谢,满面对笑。可是,对陌路人则一个"谢"字都备加吝惜,绝不肯轻开金口玉牙。

  最常见的就是在接受别人服务的时候,这是以货币为基础建立起来的契约关系,在很多人心里,我付了钱,你为我服务,这是理所应当的,我为什么还要向他表示感谢呢?确实理所应当,但是,你轻轻的一句"谢谢"表明了对对方劳动的莫大尊重,也会给他带来很多欢乐,一个和谐的社会关系就这样建立起来了,张口之劳就可做到的事情,我们何乐而不为呢?

  其实,这样的机会很多,在饭店,在商场,在车上,甚至是打传呼。传呼小姐在听惯了的"啪"的一声扣电话的声音变成你的一句"谢谢"后,在她重复枯燥的工作中会有一丝清风拂过,这该有多好。人与人之间既然谁都不欠谁的,那为什么不多说句"谢谢",让彼此都感受到尊重、平等和温暖呢?

2001 年 5 月 31 日

你愿跟谁打交道

请插卡，请输入密码，请输入取款金额，正在交易请稍候，交易完成请取卡……在取款机前轻轻地按几下键子，几分钟就完成了取钱的任务，现代化就是身手不凡。但也有人立即板着面孔对我说：不要盲目为现代化唱赞歌，这种冷冰冰的机器会造成人与人之间的隔膜，还会把我们变成机器的奴隶。要是在过去，我一定会像鸡啄米似的不住点头，并迫不及待替他补充：可不是，就说电话吧，是联系方便了，可是朋友间除了打个电话一年两年都不照面；再说邻里关系吧，过去是亲亲热热，可现在，深夜在电梯里遇到邻居，心里一直嘀咕着：他不是劫匪吧……一句话，过去人跟人打交道，热闹，温暖，充满人情味！

可是在最近，我却发现人与人打交道留下的印象并非都十分美好，有时简直是不好，甚至比机器更冷漠。还以取钱为例。排在我前面的老兄将单子递了进去，啪的一声被扔了出来，与此同时掷出的还有一句话：用钢笔填不知道吗？！此兄诚恐诚惶地去填了。我也别自讨没趣了，赶紧重新填单。这时发现工作台上的存单用完了，"同志，同志，麻烦给张存单。"

说了好几句，里面才抛出一句：怎么脑子不转弯，那面不是有吗！确实需要转个弯，可偏偏到那面也用完了，我只好又转回去。这回她温柔多了，扔出一叠单子，轻声长叹道：唉，这一上午遇到这么几个，可闹死了。你说说，我怎么闹了？听了她的话，我还真想闹一场，可想一想，算了吧，这种事只有受气的份儿，没有闹得清的理儿。还有一次，前面一个外地人在取款，里面以火箭般的速度传出一句：密码！外乡人根本没听清，木然地一动不动。输——密——码！这次是一字一句，但有歹徒将刀逼在你脖子上说"把钱交出来"的阴森森。外乡人的大脑这才开始运转，他在想密码的短暂时刻，营业员不耐烦地催他：你快一点行不行？忙中出错，输进一个不对，再输一个还错。还想输，营业员可没有功夫陪你玩这个了，将存折推出：好了，好了，你想好了再来吧！外乡人满脸通红，像做了一件见不得人的事情似的，低着头往外走。我想，他一定沮丧极了。这个时候，自动取款机的好处不由浮现在我的面前，密码错了，它仅仅是一行"对不起，你的密码输入错误，请重输"就完事了，没有挖苦，没有嘲笑，也没有责备，一切都十分明了地写在屏幕上，行就行，不行就不办，而且百折不挠，任凭你怎么麻烦它，机器都没有一点情绪，跟机器打交道一点心理负担都不需要有。

　　随时随地听你调遣，跟机器打交道，它让你体会到什么是上帝；跟一些人打交道却不然，他非得让你心服口服尝一尝什么是奴仆的滋味才罢休。比如一个申请要请职能部门批准，而且谢天谢地不需要盖十八个章，手续齐全，条件符合，一个部门同意了就行。我兴冲冲地递上申请表，工作人员不紧不慢地说：你放这儿，下周一再来。心急吃不得热豆腐，这点耐心我还是有的，再说人家也得认真审查一下呀。周一大早去了，对方一愣：你看，你看，你急什么呀，好像台风要来似的。明天再来吧。说得有理，有理，我这点小事跟着起什么哄呢？次日再去，没问题了，到楼上找处长签个字就算通过了。我的面前是一片阳光，可是处长室的黑漆大门就是敲不开。一会儿，旁边办公室探出一个脑袋：敲什么你，没人敲什么？他那目光大有把我当贼的样子。处长在吗？我连忙低声下气地问。不在！那他什么时候在？怎么，领导什么时候在还要跟你汇报一声？他的阴阳怪气点燃了我的恼火：我这是来办事啊！对方毫不客气对我予以还击：办事怎么了？你办事还不想多跑几趟？！他的意思我完全领会了：办事你不装孙子，还想装大爷，让人家等你啊？我无可奈何地下了楼。这件事以后的程序是：再一次，我终于弄清处长到外地考察了，而此事非处长签字就不好使。我等啊等，差一点拿着鲜花到机场去接处长了，终于盼到他回来的一天，终于在又一天处长正要出门的时候堵住了他。有了处座的签字，到办公室主任那里盖上章，我就大功告成了。可是办公室主任的女儿高考，三天不能来……区区小事花了两周时间，频繁地跟我的领导请假，甚至他都怀疑我是不是搞第二职业。不管怎么说，我这事总算办成了，我也没有什么抱怨的，谁家还没有点事儿？相互理解吧。

但是，我在网上申请邮箱的时候，填上表，最多十分钟什么都完成了，什么长的脸色也不要看，相反，坐在电脑前端着茶杯悠哉悠哉的，比起跑断了腿的那漫长的两周，跟机器打交道的感觉，一个字：爽！这是一个让我不太愉快的结论，尽管它道出了部分现实。

2001 年 9 月 16 日

屏幕前的世界杯

我住的小区，虽属超大式居民区，但不算"高尚社区"（感谢地产商们教导，让我知道"高尚"居然可以用金钱购买，用每平方米几千元来衡量），说白了是工薪阶层占大多数。因此，对门老张去韩国看球的可能性并不大。前些日子，各大商家购物抽奖中球票虽然搞得轰轰烈烈，让这样的好运砸着的还是凤毛麟角。可是，足球无国界，世界杯也不分蓝白黑，大家都有为它兴奋、激动甚至疯狂的权利，更何况是在大连——在这个城市中足球比大海掀起的浪花还要多。幸亏，还有电视这个破玩意儿，平时又臭又长的电视剧弄得大家愁眉苦脸的，可是只要转到绿荫场上，听着解说员又尖又细又快哪怕是胡说八道的解说，就是吃了安眠药也立即两眼瓦亮。打虎得有好家什，看球得有好电视，我们小区勤劳为家的老爷们决不会跟老婆申请去韩国看球的经费，但绝对有人提出电视升级换代的要求，家电商场的送货车近日频繁进出小区就是证据，世界杯就是最充分和最急切的理由。还有一些平时过日子马马虎虎的人也密切关注家庭基本建设了，住进小区半年了不知道装有线，现在拼命给有线电视公司打电话：

什么？不行，不行，明天就来装上，世界杯啊，相互理解嘛！结果忙得安装师傅拿着单子从这个楼跑到那个楼累得满头大汗。

也有人觉得一个人在家里看世界杯那简直是"双规"（在规定的时间和规定的地点不准吸烟，不准喧哗），太沉闷，不过瘾，别忘了，今年有中国队，看足球，要的不就是大家在一起扯破嗓子都不知道为什么的集体感染力？于是，这些傍晚在公园遛狗的时候，就有人在密谋："张三李四多少号到我家去！老婆被我打发到她娘家了。"这是足球学习小组；"听说胜利百广场的下沉广场可以看电视……"这是冲出小区，走向世界，要玩大的了；但还有更大的，说是星海会展中心从北京弄了个特大型的电视，可以组织万人在一起看球，而且，这里还举办海鲜美食节，可以吃着海鲜，喝着啤酒，看着足球，这是享受型的。不过，想一想，足球、世界杯这种东西不就是在繁复绵长的日子里给大家一个享受的机会吗？

2002 年 5 月 27 日于大连

声声入耳

  陆游曾有诗："小楼一夜听春雨，深巷明朝卖杏花。"我可没有老陆这种又春雨又闻卖花的福气。每天早晨六点，像坦克一样隆隆的公共汽车声会准时碾碎美梦唤我起床。居室临街，而大街又是天然停车场，此时公共汽车正忙。也不知为什么，它们总给我金玉其外败絮其中的感觉，外表挺新的车，一跑起来就像得了肺气肿似的呼呼直喘。更要命的是刹车，吱的一声，仿佛车拖出几十米远，而每一个司机好像都要检查一遍刹车如何，可恨我的神经那么脆弱，它每"吱——"一下我都心惊肉跳一阵。有公共汽车领唱，摩托车、小贩的农用车全都歌声嘹亮，所谓"宁静的清晨"，在我是真实的谎言。当然，好处也是有的，那就是家里不用买闹表。

  上班的走了，上学的也走了，该清净了。还没等我偷着乐乐呢，已有音乐起，铿锵有力，"我们走在大路上——"，是楼下如醉如痴在唱卡拉OK，他的调门像猴子似的跳来跳去，很好的歌让他唱成滑稽戏了，最令人敬佩的他总是不屈不挠唱了一遍又一遍。吃午饭的时候，楼上的钢琴声必然缓缓飘下，就着音乐吃饭，我也够高雅的。我们的居民区，人才济济，午觉后，必有萨克斯管扯着嗓子在叫。置身其中，我却没有丝毫幸福感，耳朵折磨，可以忍着，受不起的是心灵折磨，唱歌跑调，弹琴的半年还是那首练习曲，而且在哪处弹错了停下来都一成不变。那个萨克斯，从来没有吹出过悠扬的曲调，倒像一头蠢驴生怕人们把它当哑巴总是叫个不停。成了全日制"寓公"之后，更让我惴惴不安的是，有一天他们要我缴欣赏费可怎么办，那可缴不起啊，因为他们的演出场次太多了。

闹腾了一天，傍晚时分，是大合唱的高潮。卖水果的，订报纸的，卖彩票的，各大高音全部出动。古人曾有顺风而呼闻之者彰的话，老土了，现代化的话筒，先唱一段《茉莉花》，接着就是不顺风，他说什么你也能听个一字不漏。终于夜幕降临，黑暗卷走了这一切，吃饱喝足的人们开始制造另一种声音，并能把它延长到深夜。比如高分贝夫妻吵架，把个人隐私迅速变成小区社会新闻；比如酒鬼半醉半醒地高喊，似乎这么一喊，他立即就能长出角似的；还有打情骂俏的，尤其夜深人静时，说实话，大街上这种欢快的笑声，比坦克般的公汽声还恐怖，我像感冒似的浑身不自在。真是时代不同了，过去用大棉被捂着还难为情的事情，现在都可以拿到大街上去作秀……

有一天，在傍晚最闹的时分，突然天降大雨，毫无准备的人们顿时抱头鼠窜。不久，街上难见一个人，我在家中，听到的是急急的雨落声，它们敲打着玻璃，停留在枝头，跌碎在路面，刹那间令我十分感动，我不住地念着：这是天籁，天籁！

2001 年 8 月 31 日中午于大连

温柔杀手

从道理上讲，人的行为都是有目的和动机的，到商店都是去买东西的，到歌厅都是唱歌去的。但两条腿的人比四条腿的动物要"高级"得多，因为人实现自己目的的方式是多种多样的，或者说未必都是到商店直奔柜台，交了钱，拿了东西就回家。人们可能到了商店要买什么还没想好呢，但他照样在那里转啊转啊的，女人尤其擅长这一手。问题是对这样的顾客商家该怎么办？

"翻一翻就行了，要买赶紧交钱！"这是书店店员魔鬼般的声音。大家都知道这是在提醒你：这是书店，不是图书馆！这时，我旁边的一个小伙子立即脸红了，放下书走了。这时，我也要走，哪怕有要买的书也绝不在这里买。必须声明一下，我没有站在书店里拿着一本书看半天的习惯，主要是大多数书店这种阴森的气氛根本就不适合你在那里阅读。但是，我非常尊重那些在书店里站着读书的人，我也绝不会狗眼看人低认为他们都是没有钱买书的人。我倒觉得他们即便不是书店的直接消费者，也是潜在消费者，他们可能认为这一本书只有一部分内容和他们相关，不值得买回去，但这并不意味着他不买另外一本甚至更多的书。遗憾的是书店经营者都不这么想，他们认为人都像养鸡场那些条件反射的鸡，吹哨了都来吃食，吹喇叭了都去睡觉，就这么简单。

相比之下，商店要好得多，即便不赶上"3·15"，一进门也满面春风的，但要是折腾几个回合你还不掏钱，那就不一样了。还有另一种情况，一个挺大的商场，柜台挤得满满的，差一点一伸脖子就碰到卖化妆品小姐的鼻子，一转头又碰到卖首饰的额头了，要不是为了跟售货调情的话，这样的商场我一刻都不会待下去的，而且要不是非在这里买不可的商品，我一次也不想进来。道理很简单，谁花了钱还找难受？于是，精明的商界人士强调购物环境的问题，背景音乐，休息的椅子，甚至休闲的场所，傻子都知道你得让他愿意在你这里待，他才能多多消费；待的时间越长，消费的就可能越多，要是你以商场为家吃喝拉都在这里，他能乐得蹦高。不管这里潜藏着多少商业目的，但是我觉得改变了"不买东西就快滚蛋"的思路，商店变得人性化了，哪怕你不买东西也愿意在这里呆一呆了。但到此话才说了一半，另一半对商家却绝对重要：谁敢保证他在这里就不掏腰包？举一个例子，一次我和朋友要到药店买药，半路上，他突然要上厕所，在我们面前的是两家大商场，朋友说不到北边那一家，那家乱七八糟的根本找不到厕所在哪里，好像生怕人用了它的厕所似的，而南边这一家，像厕所、电梯这类东西都有醒目的标志牌，顾客一目了然。等出来，我发现他手中还拿着药：商场里也有药房，何必再到别处买呢？其实北边那家商场也有药房，卖的药也不比这家差，可他会想到是因为这个小小的厕所问题使他失去了一次或者一次次商机吗？

书店可能会以书和其他商品不同而喊冤，其实北京的三联韬奋图书中心楼梯上坐的都是看书的人，看那些人自然的表情好像不是在书店，而就是在他们家似的，这样的书店谁不愿意多呆一会？别人不说，单我自己，哪一次去北京不论住的多远时间多紧，还不都从那里提一包书回来？

有人说最可怕的杀手，不是李逵那样的猛男，而是温柔杀手，对此我举双手赞同。

无据可查

朋友老张要转篇稿子给我，虽同在一市，为篇稿子特别挤车费时半天太不值得，因此，我就建议他从邮局寄给我。谁知三天过去了，来一电话：稿子收到否？没有。七天，十天，半个月，我家的邮箱几乎要被我的目光翻破了，还是没有收到信。邮丢了！

这时，无论你强调这篇稿子多么重要，都无济于事了，邮的是平信，连个收据都没有，无据可查的，你只能无奈地与它告别。这时候有朋友就说了，既然很重要，那你为什么不邮挂号，不寄特快专递？他的话让我想起了华君武先生的一幅漫画，画的是各类信函：平信——不保险；挂号——太慢了；快件——取消了；特快专递——邮不起。确实，为几页稿纸，花上二十多元钱邮费，在心理上和经济承受能力上未免太奢侈了。

而且，不要认为特快专递就保险，去年年底，作家尤凤伟老师给我寄了个特快专递就石沉大海。当时，我愤怒地说：把收据拿来，查一查到底是怎么回事？！还是尤老师对国情比较了解，无奈地说：算了，好在我手头还有底稿，复印一份再寄过去吧。仔细想一想，尤老师这未必不是上策，你就是去查，除了浪费时间能有什么结果？丢了还是丢了，最多赔你几个钱，而我们更需要的是信函而不是钱。要钱到银行取，谁到邮局干什么？

当然，每天来往各地的信函，寄丢的只是个别的、少数的，但是这个别的、偶然的，对收信者和寄信者来说可能无比重要，同时你的服务在人们心中就大打折扣了。以前有的朋友说千万不要在邮局寄书，那会邮丢的。我总是与他们争个面红耳赤，因为我从未邮丢过书，直到有一天，我从上海邮了两包书，丢了其中一包之后，我再也不争了，而且总是提醒朋友：这么邮保险吗？

会不会丢？每逢把这个问题小心翼翼地提给邮局的服务小姐时，她总是不冷不热的那句：怕丢邮挂号！她的意思我明白：挂号有据可查。然而，我想生活中的相互信任是不需要证据的，相反，如果失去了信任，有证据在手大家仍是提心吊胆，就像一个声誉不好的人向你借钱，他的保证下得比钢铁还牢靠，你的心中依然画着问号。一个部门也一样，有很多无据可查的事情，让消费者不能把你怎么样，你似乎就可以心安理得，"罪不在我"，但如果这样的事总是发生，那在你和消费者之间的巨大信任早晚要山崩墙塌了。这时候对于消费者来说，你给不给他证据都无所谓了。

2001 年 6 月 18 日于病中

细 节

细节在许多人看来是无关紧要的事情，尤其是对一个有着千百条街道有着数百万人口的城市来说，它更是微不足道。"不拘小节"在中国人向来是潇洒大气的表现，可是小节有时也能产生非凡的力量，甚至说一个城市给人的印象乃至它的形象，就是建立在大家接触和感觉到的诸多细节上，而非政府统计公报的那些数字上。比如，在大家说上海人怎么小气如何不好的时候，我也点过头，可是一件小事彻底改变了我对上海人的看法。那是几年前，我在上海的街头问路，一位老大娘想了一下说：你跟我走吧。我以为她正好要到我去的地方，七拐八拐跟在她后面足足走了十分钟到了地方后，才弄明白她怕告诉我也找不着，特意送我过来的。在这个千万人口的大城市中，我不相信找不出一个坏人，可是从此以后，"上海人"在我心中却是一个温暖的名词，谁说他不好，我就成了他们的义务辩护者，因为我时不时就想起了老大娘。

细节，犹如人衣服上的一个纽扣，在衣服中，它所占的比例并不大，可是谁的衣服少了个扣子，再好的衣服穿起来也不得劲。俗语中的"一块臭肉带坏了满锅汤"的事情在生活中并不少见。我到另一个城市，刚坐上出租车听到的就是司机兴致勃勃讲粗话，尽管我也知道这个城市有多少所重点高校，也有多少我敬佩的学人，可始终改不了我对它的印象：粗俗。

大连这座城市，近年来，赢得了无数美丽和浪漫等等字眼，这当然是令我们为之自豪的事情，但也不能浪漫过头，尤其是让一些细节上的事情给城市抹了黑。以下所见到的，就是发生在你我之间的事情，不信，大家可以想一想：

细节一：年轻漂亮的妈妈，给娇小的孩子收拾得整整齐齐，人见人爱。上了公共汽车，就把儿子放在一个座位上，孩子不是坐着，而是穿着鞋站在上面。大概心情极好，母亲逗得孩子手舞足蹈，自然也在座位上留下了一串串带着泥污的小脚印。这个座位别人还坐不坐了？这个问题在这个母亲这里自然不存在，在天真的孩子那里，可能会以为坐公共汽车就是站在座位上兴奋地踩脚印。如果你是一位细心人，还会发现，孩子穿得还是一双价值不菲的名牌鞋。

细节二：晚饭后，大家都下楼走一走，顺便将垃圾带出去。远远地见一位老兄手一扬，将重重的一包垃圾扔向垃圾筒，他可能是篮球队退役的队员，什么时候都不放弃练习的机会，但垃圾并非篮球那么听话，立即散落四处，如果是鲜花，还可以文雅地称这是"天女散花"，可是这是垃圾，让人唯恐避之不及，如果是有风的夜晚，半条马路都分享了垃圾的恶臭。等到第二天，清洁工弯着腰一点点捡那些垃圾。

细节三：朋友峰拿着他上次郊游的照片，连叫晦气，那是我们这里有名的风景区，山海相间，伫足此处，心旷神怡，他怎么能说晦气？接过一看，在他的相片中，人的身后，青山绿水间是一个傻乎乎的大牌子，上书："封山育林造福人民"。峰说：你看看，一幅好图景，弄成什么了。"造福人民"的确功德无量，可是大煞风景对于一个旅游城市来说，也真得不敢恭维。

小便宜与大亏

　　那是一个阳光灿烂的正午，路过站前的一家报刊厅时，我发现新一期的《小说界》到了，便掏钱买下。书的封面有些旧，但看到已经是最后一本了，我也没作声。买完书，我就过街到拉面馆吃面，并顺手打开了新买的杂志。这一看，不对了，后面竟然缺了十五六页。仔细一翻，书中还有折页，明显是有人看过了，那他自然也不会不注意缺了这么多页。我可以想象得到，此时，那个店主正眯着眼迎着太阳，洋洋得意呢：太好了，终于有个傻小子买去了这本没有人要的书。

　　那一瞬间，我十分恼火，真想转身回去，把书摔给他问这是怎么一回事。其实，他大可以实话实说告诉我书中缺了页，那几页也不是什么重要文章，缺了我也照样买的。但说不说这句话，给我的感觉就大不一样：说了，证明了他的仁义和可以信任；而不说，难免让我有被欺骗被算计的感觉。拉面端上来的那一刻，我突然想起了刘亮程的一篇散文，讲他到饭店吃饭，发现店老板端上来的饭菜竟然是剩菜烩成的，他说：本打算找店老板理论，想了一下，算了。店老板的损失也够大的——他又增添了一个永不回头的顾客。我突然有了与刘亮程相同的心境，让店主占个小便宜吧，但这样经营下去，他早晚会发现自己吃了大亏。我是一个固定的报刊消费者，每个月买报刊的钱上百元，从今以后，铁定了心做这里"永不回头的顾客"。吃一堑，还不长一智吗？

可能有人会说，人家也不在乎你一两个顾客。我倒觉得未必，他也不是什么微软、可口可乐那样的大公司，都是小本买卖，多一个人和少一个人大不一样。再说了，取信于顾客，你也来，他也来，那会是什么样子？而且，可别忘了中国的那些老话：一传十，十传百；好事不出门，坏事传千里。以这个传播速度，就是微软、可口可乐肯定也受不了。平时到市场买菜就是那样，遇到给二斤半就吆喝说三斤多的主儿，吃了一次亏，我就告诉邻居：别到他那儿买，这家不仁义。不光是我自己，而是要大家都做他的"永不回头的顾客"。也不是买三斤非得给三斤半才满足，我们要的仅仅是公平，对于那些总教导顾客"吃亏是福"的经营者，顾客自然会回敬他："占小便宜吃大亏。"

幸福是什么

住院！医生的一张单子像只巨手将我的日常生活搅得一塌糊涂。原本，我八点钟起床，现在不得不在六点钟就痛苦地起来；而原来半夜入眠，现在却要在晚上九点，我毫无睡意的时候，就关上灯，在黑暗中辗转反侧；原本起床后，看看报纸、闲书打发清晨的时光，现在变成了胆战心惊地等着护士来打针；原本，我喜欢吃辣的、咸的，现在据说它们于治病不利决不能吃了……每天三个吊瓶，三顿饭，回答医生几句问话，上厕所，睡觉，日子简单得无色无味。没有办法，医院可不是风景区，哪处不对心思，拍拍屁股就走。这也不是念"生命诚可贵，爱情价更高"的地方，雄心壮志、凌云浩气在病魔面前立即成了不争气的侏儒。在这里，就更不能想哪篇文章才写了一半，答应谁的事还没有办，所有正常的生活都要乖乖地给治病让路，在这里，没有人敢提"排除万难，不怕牺牲"，我们的金科玉律是"身体才是革命的本钱"。既然这样，纵有一万个不愿意不舒心，你也得服服帖帖，目的只有一个：尽快从这个鬼地方出去。当然，你还不能着急，因为着急上火是最不利于治病的了，于是你还得拼命让自己没脾气。

我敢说，那段日子是我一生中看报纸最仔细的时候，连征婚广告都不放过，看完了后，还无比认真地跟病友讨论：你说，她年轻貌美，性情温柔，有房有车有产业，怎么就找不到对象呢？这样的人你们身边有吗？屁，早让人抢光了！那她怎么就没有人要了呢？不是婚托吧……一边打吊瓶，我们一边开评报会，没有办法，还能做什么？据说，如果你能把自己当作猪，吃了睡，睡了吃，好得就更快。

半个月后，自恃好转，我给自己一个放风的机会，不是出去胡吃海喝，也不敢走得太远，就是到新华书店转一转。走在中山广场的人流中，目光从连日来雪白的病号服中解脱出来，看到人们五颜六色的服装，我突然有一种莫名的感动。那给许多人带来汗珠和焦灼的阳光，却给我带来了健康的力量，平日曾认为是噪音的汽车声与人们的吵杂声，此时对我如同温馨美妙的音乐。看着从我身边经过的天真的孩童、朝气蓬勃的少年和饱经沧桑的老人，回到了正常人的世界，我仿佛不再是虚弱的病人，也第一次感受到日常生活的魅力。真的，在那一刻让我高喊"生活多美好"，我一点不觉得矫情。在这时，我对这个世界的要求一点也不高，能像我身边这些人一样，能正常的生活就是最满足的。想出来走一走，就自由地走，该吃饭的时候就吃饭，而不是空腹做那些没完没了的检查，到了下班的时候，就迎接妻子回家，如此而已。说真的，那一刻，我羡慕从我身边走过的每一个人。

关于幸福是什么，可能有无数的答案，在一个物质的时代中，我知道在许多人的头脑中，少不了汽车、房子、存款，甚至是美女之类的。这些的确都是好东西，但不是最重要的，我认为最重要的恰恰是我们能够健康地过着一个正常人的正常生活。它虽然波澜不惊，没有戏剧性也不浪漫，甚至显得有些单调，但它是真实的。我们的饭桌上，可能没有海参、鲍鱼，可是土豆、萝卜同样可以吃得有滋有味，关键你要学会珍惜。这不是吃不着葡萄说葡萄酸，只有你做过一回"不正常"的人，对它才会有刻骨铭心的体会。

2001 年 8 月 1 日

一点脾气都没有

快要出院了，大家已不像刚进来时病恹恹的，而是由温驯的绵羊变成了神气活现的狮子老虎，最明显的表现就是特别能吃。刚入院时是翻江倒海往外吐，像跟饭菜有仇似的，可是现在，见着吃的两眼放凶光，顷刻间就让它化为乌有。

话说一天中午，我们正吃着从医院食堂订来的饭菜时，小刘突然大叫一声，瞬间又满面怒色一言不发。大家顺着他的筷子，看到在他的雪白的土豆条和葱绿的芹菜之间平静地躺着一只健壮的苍蝇！这只苍蝇啊，胳臂腿儿一个都不少，真是营养百分百。这下子，病房可炸了锅，是可忍，孰不可忍？找食堂负责的，不行找新闻媒体曝光，院长也给叫来，太不像话了，就这么对待患者……

小刘也是个血性汉子，岂容如此奇耻大辱，立即操起电话，严厉地说：马上让你们负责的到我病房来一趟！不要问什么事，赶紧给我过来！在等待负责人来的时候，他才充分地发泄了自己的愤怒，并信誓旦旦地说了许多"他要如何如何，我就怎么怎么"的话。

十分钟后，负责人驾到，是一位女士，病房的气氛骤然紧张，大家有种同仇敌忾的架势。负责人开始气儿也很壮，问怎么回事。小刘的气儿更壮，拉出不弄一个一清二白决不罢休的架势。谁知负责人听明情况，立即满脸堆笑，连连认错，真诚得痛心疾首。并马上就要给小刘退款，换菜，再不你到食堂去，我们给你来一桌，千错万错，都是我的错、你有什么都对着我来……这种糖衣炮弹让小刘顿时手足无措，如同拿着大刀要与人决斗，可是对方手无寸铁还连致歉意，你下得了手吗？最后，他只好：行了行了，这事就这样吧，下不为例。

负责人走了，病房又是一阵沉默。突然有人说：这怎么弄得像我们错了似的。大家这时又说：下次她也改不了。小刘说：那有什么办法，杀人不过头点地，看人这个态度，你还能说什么？是的，有时候人们要的仅仅是一个态度，可别小瞧这个态度，它也有温度，多厚的坚冰它都能融化。

奴性教育

  <big>**近**</big>闻某学校上下楼走楼梯也有特殊规定：中间宽阔的大楼梯只准老师、领导和来宾走，两旁的窄楼梯才是学生走的。偶有学生冒天下之大不韪走了大楼梯等待他的只能是批评，批评的理由可以很简单：校纪不可违。那么这条校纪合理吗？当然不合理，难道走路也需要级别、需要特权吗？如果非要划一个专用通道，那也应该是学生走大楼梯，因为学校中毕竟学生占的比重大，也只有这样才不会造成两旁的窄楼梯人拥人挤，而中间的大楼梯却闲着没用的情况。这道理学生都懂，可为什么要遵守？它是校纪，不遵守行吗，不遵守要给班级减分的，减了分老师要批评……

  我不想多费口舌来讨论这条校规究竟合理与否，走哪个楼梯可能是教育工作中极其细微的一件小事，但这背后隐含着的教育理念不知道大家是否关注过。我觉得这件事至少给学生造成两种心理倾向，一是忍气吞声，尽管它不合理，但是老师和学校有权（批评权、评判优劣权），那么我们只好老老实实遵守；二是心安理得，谁让我们不是老师，不是校领导了？既然不是，也别做走大楼梯的梦。两种倾向殊途同归，无形之中给幼小的心

灵中种下了对权力崇拜（哪怕是一个走楼梯权）的种子。特权就是灵，大多数人要遵守的规则，少数人就可以安然不遵守，而少数人手里操着恰恰是制定规则的权力，他当然要做既得利益的享受者了，一切最终会见怪不怪、习惯成自然，遵守者连讨问理由的权利也放弃了。这难道不是"主子"和"奴才"的关系吗？学校用它的权威来贯彻一条不合理的规定，这不是主子要奴才做什么，奴才要无条件执行一样吗？无形之中我们不是在搞一种"奴性教育"吗？

光有几个主子我倒不怕，我怕的是培养出一批奴隶来，没有自己独立意识，不敢坚持原则，不能与不合理的现状作斗争，如果是这样社会将死寂地失去前进的动力。更可怕的是像鲁迅所说的那样："主"和"奴"是会相互转化的，有权做主子时无所不为，失势做奴隶时奴性十足。做主子希望江山永驻，永享特权；做奴隶的希望有朝一日登上主子的宝座，摆摆主子的威风……如果真的让这股阴风从我们的学校教育中蔓延下去，就会像病菌一样毒害着社会的肌体，后果真是不堪设想。

走个楼梯就有这么严重吗？是的，中国古人就讲"言传身教"，这不是开大会做两个小时报告，也不是亲历一件惊天动地的大事才行，而就是日常生活中的一言一行，孩子们的基本生活观念和价值追求更多的就是在这些细枝末节的小事中培养起来的。语文老师教孩子写作文，不是也有个"以小见大"吗？

1999 年 11 月 1 日下午

转弯抹角

早晨起来,立即打开电脑修改昨晚写的文章,另一个城市的一位朋友正等着它,我必须在今天上午十点以前,将稿子改好发出去。

可是,刚改了没几行,电话不合时宜地响了起来,我犹豫了一下,还是抓起了听筒。是一位好久没有联系的朋友,相互间少不得以三伏天的热情客套一番。这些过后,我想该切入正题了吧。

怎么样,在家呆的还不错?

我以为这是一句承上启下的话,就习惯地答道:还好。

谁知这位老兄,还是不紧不慢:你就这么呆着,一般不出门?

中心思想出来了,一定又是聚会、活动、无聊的吃饭之类的,我警惕地说:可以说足不出户。

谁知我错了,话语一转,他又问:你家嫂子还在那个单位上班?

是的。我顺嘴应着,心想:可能找我爱人有事吧。

那她上班也够累得了。

可不是。我一边应着,一边按动电脑的翻页键,一看还有那么一大篇文字没有改，心中不禁暗暗叫苦：老兄，有事快说吧！

可是，此公稳坐钓鱼台，而且思路完全打开了：你父母最近没来看你？他们还在农村吧，听说今年旱毁（坏）了，不知你们那边怎样？

我心想：老兄，问这你去水利局啊！又寻思：他不是调到什么调研部门，跟我调查社情民意来了。再怎么说，再怎么急，人家打电话来，也不能怠慢了，因此，尽管满头冒汗，还是以十二分的热情、二十四分的耐心和三十六分的简洁一句句陪他聊。只是天文地理，云山雾海，海阔天空，我一直弄不懂他打这个电话来干什么，苦闷了要倾诉一下，又不像，我好几次想插嘴：求你了，我今天忙，改日再谈。但他兴致勃勃，根本不给我说这话的机会。

祖宗的，他又谈到了我的同学，我们同班同学有四十多个，要一个个谈下去，还不得到明天早晨？

小二也结婚了，你知道吗？唉，光阴似箭。喂，喂，你在听吧？最近你与黑子有联系吗？没有，那你知道他的电话号码吗？太好了，我问了七八个同学，没有想到你知道，太好了，赶紧告诉我，我急着找他呢！

终于话穷匕见了，我长舒一口气，这个电话打了近半个小时，原来就是为了一个电话号码，他转弯抹角差点拐到美国去。

电话又响了，这次我打定主意不接了。谁知电话不屈不挠响个不停。我胆战心惊地接了，是朋友催稿的，只一句话就挂了。朋友是忙人，没有功夫在电话里跟人聊天，我真希望大家都忙起来，让电话闲一点。

2001 年 6 月 30 日下午于病中

从天而降

如果你是一位小说家，并且住在我们家，我敢保证，不出五年你就能超过托尔斯泰。为什么呢？不是说生活是创作的源泉吗？你只要在我们家客厅一坐，生活就从天而降；不是说丰富的想象力是作品最可贵的素质吗？降下来的东西如此丰富必定会让你浮想联翩。在此，有必要交代一下，我家住在二楼，头顶上还有四层，也不知道是哪一层，有好事总想着我们"底层"人士。他们家吃大蒜了，就把蒜皮赏给我们，他们家吃香蕉了，就把香蕉皮赐给我们，当然邻居并不吝啬，比如昨天扔下的烂苹果，至少有一大半可以接着吃。我也非常感谢这栋楼的设计者，他设计了开放式的阳台，让我们滴水不漏地接收了邻居的慷慨。

如果你是一位小说家，就请你大胆发挥你的想象吧，比如，你可以想象我们的芳邻是一个被冷落的少妇，有自闭症，多少日也不下楼，只好让垃圾走窗口。这个故事挺现代，但不浪漫，你可以把邻居扔下的枯花或菠菜叶当作玫瑰，把邻居想象成如花少女，哪个少女不怀春？！这是向你表达美妙的爱情。当然惊险的场面也有：话说一日，我带着小布尔乔亚的情绪于窗前凝望，忽然，"咣"的一声——不明飞行物砸在玻璃上，我心惊肉跳，大呼："不好，恐怖主义！"终于心平气和仔细一看是一个空牛奶袋，而不是炸弹，心中顿有死里逃生的庆幸感。当然含情脉脉的东西也不少，比如香水瓶，这是告诉我她在化妆吗？那飘飘悠悠落下来的是什么，情书，手帕，纱巾……你时刻准备着吧，除了美元和存折之外，她家的什么东西都能扔给你。有时候，我就在想，楼上住了一个淘气的孩子？就像我们小时候，折纸飞机漫天飞，很好玩？可从扔下的东西看，似乎又不像，倒更像一个家庭主妇，可又一想，如果是那么大的一个人，怎么会不知道楼下是茵茵绿草，而不是垃圾场呢？这绝对是一个谜。

遗憾的是总有些人不懂得浪漫，比如说我们楼下的清扫工，有一日，美妙的东西自天而降，我刚要开窗收拾，来了一阵风将它吹到了草坪上，恰好清扫工正在那里一点一点地清理垃圾，只闻得下面传来愤怒地一声喊：哪一家这么缺德，还扔个没完了！看他的样子，分明是冲着我们家在喊，我犯了不赦之罪似的，吓得赶紧逃离窗口。

2002 年 4 月 7 日

赶了回时髦

在不论做什么，都比流行感冒传播得还快的时代中，想要保持什么独立、有个性的生活方式已经像寓言一样不可靠了。比如我吧，向来不喜欢凑热闹、赶时髦，可不知不觉就踩响了时髦的地雷。我指的是刚刚结束的考研，本来读书学习是一件正常的事情，谁知会酿成风潮，今年的研究生入学考试的报名人数是有史以来最多的一次。看来，我不但赶了回时髦，而且这回是时髦赶大了。

当然，时髦不是免费午餐，赶时髦要付出代价的。最大的代价就是竞争更激烈了，起初，我不以为然，可是关心我的亲友着急了，从国际形势讲到国内形势，考试前还给我打来电话鼓励我"不要紧张"，念了那么多年书，身经百考，我本来是不紧张的，可他们老这么强调，我好像应该紧张一些了。于是咬牙瞪眼，发愤图强。一边学习，一边给考试提了一箩筐意见：真他妈的不公平，你说这本三十万字的政治书，如果我对其中的二十九万字背得滚瓜烂熟，只有剩下的那一万字没背，可考题就出在那一万字，你说我是不是比窦娥还冤？再说那个外语，你说我一个研究中国语言文学的，我学这劳什子干吗？国际交流？那老外得用汉语跟我们交流，也不是我们跟他们交流啊？走向世界，那我们现在在世界之外吗，汉语是外星球的语言必须要用外语来兑换？如果是研究汉学的国际会议，自然用的就是汉语，如果是西学会，那我也没有必要参加，去了也听不懂……可是考试是街道的二大妈吗，有耐心听你讲道理？老老实实复习吧！今年可竞争激烈啊！于是，为了获得更多的学习机会，我把大把大把的时间浪费在了不需要学习或者即使学了考试完后也将忘得一干二净的东西上。

更为恐怖的是去考试，离考场还有二里地呢，我就见前面的考友拿着政治书，念念有词，边走边背，他们想考一百二十分吗？在考场外，有一天不知考什么科目，只见一位老兄拿了一本《辞海》那么厚的书目不转睛地看着，那书已经看得发黄了。太用功了，感动得我不寒而栗。还有一次进考场，我旁边的一位大姐旁若无人地自言自语：不紧张，不紧张，不紧张……还有人在问：考完试，你最想干什么？另一个无比向往地回答：不回家，玩它一个通宵再说！也有人痛心疾首地说：这试都把我考傻了。整个考场弄得好像刑场似的。看他们这个样子，出了考场我岂不是立即要写《忏悔录》？忏悔"少壮不努力"，忏悔没有头悬梁锥刺骨？可又一想，如果学习都变得这么恐怖，那人干嘛要学？那又是谁将求知的快乐变成了恐怖，我认定的罪魁祸首就是这"时髦"，时髦让一个好东西变了质，把人们推进你无法决定自己的洪流中。可时髦长什么样，国际刑警组织可以通缉它吗？对不起，这家伙高明就在这里，杀人不见血。所以，我以我的沉痛教训提醒大家：提高警惕了……

唤醒我们的义愤

一种犯罪行为要得到有效遏制，我想至少应当从两方面努力：从手段上讲，要打击，以刑罚惩罚和震慑犯罪分子；从心理基础上看，要让全体社会成员对这种行为有一种失道寡助的罪恶感，即先不用谈法律上允不允许，就是在道义上、在个人的良知上就不能原谅自己的行为。可能是习惯使然，对于杀人放火，甚至包二奶这等事，我们常常义愤填膺，甚至咬牙切齿。而对于不少经济犯罪，尤其是涉税的犯罪行为，大家的义愤还在高枕无忧地睡大觉，犯罪分子似乎罪恶感也不强，这不见刀子不见血的行为好像不怎么可怕也不太可恶。但这并不等于说，它的危害是静止的，恰恰相反，随着社会转型，经济活动在人们生活中所占比重的加大，随着全球经济一体化的加速，这种行为的危害会越来越大，单虚开增值税发票一项每年给国家造成的损失就能建一个三峡电站的！如果说，刑事犯罪分子罪恶的刀子是刺向某一个受害者的话，而这种经济犯罪则是将刀子刺向了我们国家，受害者则是我们每一个人。这时，我们还能高枕无忧吗？

这时，一个老话题自然又引出来了：增加公民的纳税意识。此话不假，问题是如何将这句话从税务部门的宣传口号转化为公民的自觉意识，就像儿子对父母不尽孝会遭到邻里谴责一样，对于税，我们全社会是否有这样的舆论氛围？从逻辑上讲，大家都明白这是取之于民、用之于民的好事，可是在情感联系上，国家的与个人的并不是血脉相通，至少损失了国家的许多人木然、没有痛感，甚至有些人在挖空心思损公肥私。对于这种行为，严整严打是一个有效手段，但我认为这好比是治水的"堵"，要治根本，还要"疏"，那就是在全社会形成道义基础，大家都认为这样是不义之举，犯罪分子有罪恶感。这种氛围形成了，我们的经侦处，就不用再为为什么涉税犯罪老百姓举报的那么少而困惑了。

当然，要做到这些，还要有一个前提，那就是得让老百姓明白税收与他是有关的。收了税，老百姓都不知道干什么去了，他的纳税意识能强吗？更不要提护税了。就像近年来，人们的环保意识极大增强一样，那是因为大家都认识到这不仅是地球的事情，这还是我们每个人的事情，说不定我们喝的水就受到了污染，说不定明天一出门就灌你一顿风沙，危机感是从每个人的切身痛感中产生的。可是，也许是我的孤陋寡闻，我所耳闻目睹的宣传中，拼命在强调公民纳税是义务，对国家收税应向公民承担的责任不是一字不提，就是虚晃一枪，把本来是双向的行为变成了单项的义务，这是对税收的扭曲，也极其不利于培养公民的纳税意识。

再进一步说，光是简单地宣传些"用之于民"还不够，还要建立税务收支的公示制度，从国家到市县，收了多少税，花了多少，在哪方面花了多少，甚至哪一个大工程花了多少，都要明明白白，增加税收的透明度，让老百姓真正看到那钱都花在我们自己身上，进而才会有"我们大家的钱一分都不能少"的意识，才会有公民对社会承担义务、参与社会的极大热情。

关于恐龙

据我妄测,哪怕是一个悲观绝望,要弃绝人世的人,对未来也是报以希望和幻想的,他可以想从此告别尘世苦难,从此解脱百事缠绕,从此奔向天国无忧无虑……人,作为一个有思想有理性的生命体,在储蓄了许多对往昔的眷顾的同时,也不断设计着未来的图样,并从中获得动力,获得存在下去的理由。未来是美好的,人们向往早日驶离此岸抵达彼岸的码头;如果推断中的未来是可怕的,人们则期望通过对现实的抗争和改变,超越苦难和灾害,赢得一片艳阳,总而言之,只要有未来,我们似乎一切都不怕,哪怕明天等待我们的是狂风暴雨,而不是艳阳高照。可是,假如,没有了未来,那会是怎样?我指的不是哪一个人个体生命的消失,而是整个人类的消失,整个地球的灭亡。单个生命的消失,他还可以想象到子孙的幸福,想象到人类未来的美好,而整体的消失则意味着连想象的权利都被剥夺了,一切都到了终点。如果不是开玩笑,而是认认真真面对这个问题,你会有什么样的感觉?

产生这样的想法,并非我闲极无聊杞人忧天,是我看了甘肃发现的这批恐龙脚印的报道。说实话，我对恐龙并没有什么好奇心，对哪里发现了多大的恐龙脚印，找到了什么恐龙化石，更是毫无兴趣。这篇报道引起我注意的是恐龙的生存环境，考古发现证明：当年这里很可能是河谷，水源丰富，草木繁盛。而恐龙又是一个形体如此巨大，据说数量也不在少数的动物，突然在某一天，这一切都消失了，恐龙完全没有了明天。今天再看一眼西北高原风沙满天、干旱连年的景象，觉得这好像是一个神话似的。以我有限的知识，无法判断是地球突变一下子造成了这样，还是这里的环境一步步恶化，终于出现了可怕的那一幕。有句成语叫"沧海桑田"，仿佛在提醒我们时间的力量不可抗拒，自然的规律无法避免，然而自然不是孤立存在的，尤其是在人类社会形成之后，它就与我们共生共处了。这样我们就有理由问一句我们自己：我们是否做过扼杀我们明天的事情？这不是危言耸听，只要想一想水草丰盛的地方成了不毛之地，想一想地球上一群群巨大的恐龙竟消失得无影无踪，我们的未来就有多种可能。

　　从每个人都可以感知到的事物说起吧，有一次同事间开玩笑，说现在我们人真是没得吃的了，吃牛肉，有疯牛病；吃猪肉，猪吃过催长素，有害人体健康；吃蔬菜、水果，有洗不净的农药。什么都不吃了，喝水吧，水也被污染了；就是喝西北风，还有沙尘暴……办公室中一片哈哈的轻松笑声遮住了我们对未来的沉重忧虑。其实这些在地球上现在还是局部现象，但是否有一天会覆盖全球呢？那么我们人类不真的面临无食之灾了吗？即以疯牛病为例，现在几乎不就是全球的灾难吗？人类，虽然不能说是大自然的主宰，起码也不是服服帖帖一切听命的鼠辈，一代代，他们以自己的经验和智慧不断开拓自己的生存空间，这实际是一个不断改造和调整与自然关系的过程，在这个过程中，不可避免地要对环境和资源造成破坏，尤其是进入近代工业化社会以来，有了科学这盏灯引路，人类在这条路上疯跑疯癫，终于河流干涸了，草场沙化了，我们才意识到我们是自食恶果。历史是最生动的课堂，我觉得这批恐龙脚印的发现，其价值不仅仅在科学研究上，而是从黄土地上的这些脚印中，我们要更严肃更认真地思考一下地球的未来，我们不要再让水草枯黄，不要让青山绿水变成荒漠戈壁，自然规律不可违，可毕竟有很多事情是我们自己惹的祸，为什么我们不多做一些前人栽树后人乘凉，泽被万代的善事，而做那些种下孽因收获恶果的蠢事呢？至少，我们要让我们的子孙还有想象未来的机会。

第三辑

文苑走笔

无须悲观

历史总有惊人的相似之处，在六十多年前，一份叫《春光》的杂志就曾搞过"中国目前为什么没有伟大的作品产生"的讨论，近年来，人们呼唤大作家好作品的声音也越来越高，从《大连日报》星海版上《给读者什么》等文中就可略见一斑。不过，这些文章又引发了我另外一些想法。

我想"给读者什么"除了包含读者们对好作品的殷切盼望之外，多少还含有"你给了读者什么"这层含义。言下之意是这些年作家们并没有给我们带来什么好作品，"纯文学创作目前身处困境"，这似乎成了人们一致的论调，但我认为现在下结论为时过早，我甚至觉得虽不能说现在文学形势一片大好，可说"很好"还不算夸张。我们的文学经历风风雨雨之后终于找到了它自己的位置。现在很少能有哪本文学作品再享受人手一册举国捧读的殊荣了，文学从社会中心位置移到边缘地带，这是极为正常的现象，也并没有丝毫贬低文学价值的意思，只是社会秩序正常化的一个表现而已。文学回到自己原本的位置上，那就谈不上身处"困境"。

人们兴致勃勃谈论的是股票而不是文学，文学失去了轰动效应，有人便忧心忡忡，而证据大多是从读者反应上找。但读者接受也有很多值得仔细分析的地方，并不一定就简单地表现为你的作品好读者就顺利接受或者反之"曲高和寡"。首先我们应当看到当代社会生活的多样化、开放性对读者生活方式、阅读趣味的直接影响，并不是说当代人缺乏精神追求，而是当代人精神消费的场所太多，想把大家的目光都集中在哪一点上是很不容易的，就是读书，书的种类和数量也日益丰富，据悉近年来我们每年出版的长篇小说超过四百部，可供选择的范围大了，大家自然不必挤在一条道上。有些书在一定范围内产生轰动效应，但往往并非文学本身引发的，如《围城》、《三国演义》一时售缺，电视等大众传播媒介的推波助澜作用不容忽视。一些获奖作品的畅销，出版机构投入精力的营销和宣传也能影响读者。像《廊桥遗梦》这样的畅销书，除去出版者从选题、出版、发行精心包装不论，单就一点而论：畅销是否就意味着文学价值很高，反之，不畅销、不轰动是否就一定意味着作品水准的下降呢？这需要仔细分析。《红与黑》在司汤达生前一直反应冷落，而现在被奉为文学经典的福克纳的《喧哗与骚动》，1931年初版到1946年，在美国也只卖了三千册左右，还不够很多出版社的开印数。文学创作是长期的、艰巨的事业，轰动效应代替不了文学的真义。

　　当文学不再轰动时，许多人开始追怀它昔日的"辉煌"，这种感情的真诚和甜蜜有时难免影响他们对当今作品的看法，一种厚昔薄今之风自然而生，这使得不少人并不能心平气和、认认真真地面对当今文学作品，动不动就问：现在产生几个鲁迅？谁写出了《战争与和平》？是的，都没有，但这也并不证明我们的文坛一片荒芜。当人们回眸历史的时候，往往多看重它发展的最终结果，而忽略其艰难曲折的过程，如果我们也"厚"一下"古"的话，也应当看到过去的文学发展并不都一帆风顺。如今谁都不会否认，鲁迅等先辈开创的中国新文学是我们极为珍贵的艺术财富，在印象中，先驱们大笔一挥就扫清一切，让新文学走上了康庄大道，而其实不然，甚至很长一段时间它的处境远不如鸳鸯蝴蝶派文学。据不完全统计，鸳鸯蝴蝶派出版的长篇仅"言情小说"、"社会小说"两类就1074部，武侠小说683部，再算上历史、侦探、黑幕小说总数在两千部以上，至于短篇小说，更是难以计数。而1937~1949年出版的新文学中、长篇小说仅有四百部，这个数量已是第二个十年长篇数的两倍半了。单从数量上看，新文学作品真单薄得多。在1935年萧乾开始主持《大公报》文艺副刊时，已是新文学拥有茅盾、巴金、老舍、沈从文这样重要作家的时代了，然而该刊新闻栏是这样介绍新文艺的：天津文坛，"一向是沉寂的"，除了报纸副刊，"纯文艺的月刊只遗下《人生与文学》月刊一种了"；在青岛，"正和其他各地一样，除了学生和少数年轻人，新兴艺术是极少注意的"；连"新文化运动的首都，拥着几世纪繁荣的文化城，学术机关、文化团体、学者、作家的汇聚地"北平，人们也在叹息："它已变成一匹喘息的骆驼。"看来振臂一呼应者云集在哪个时代都不会有，相比之下，我们当今文学真算不得"处在困境"。

诚然，我们正处在社会转型期，面对五光十色的新生活，作家们或许体验不深，思考不成熟，也有些粗糙作品产生，但我们更应看到，有一大批作家始终在勤勤恳恳写作并且写出了一大批优秀作品来，比起当年轰动全国的《伤痕》、《班主任》，今天的艺术水准已经前进了好几大步，这些我们不应漠视，也不必一味强求轰轰烈烈，让文坛踏踏实实就够了。记得鲁迅先生曾说过："历史决不倒退，文坛是无须悲观的。"对当今文坛，同样如此。

1996年4月于大连

也说中青年作家出文集

现在有不少让人大惊小怪的事其实并不新鲜，比如说中青年作家出文集，就曾被人认为是急功近利，胆大妄为。然而在六七十年前，我们的新文学前辈们也出过他们的《文集》《全集》。与现在不同的是他们并未因出文集而招惹到那么多的议论。文学革命的发起人胡适、陈独秀都很早地出过"文存"，并在当时的文化思想界产生过积极而良好的影响。1921年，上海亚东图书馆出版《胡适文存》一集时，他仅仅三十岁。1932—1933年间，北新书局出版三卷本《冰心全集》时，冰心也是刚过三十，与当今出文集的青年作家年龄相差无几。无独有偶，郁达夫也出过《达夫全集》，那是在1927年，时年三十一岁。素为人们敬重的鲁迅先生也有编印自己文集的想法，他在1936年2月10日致曹靖华的信中曾说："回忆《坟》的第一篇，是1907年作，到今年足足三十年了，除翻译不算外，写作共有两百万字，颇想集成一部（约十本），印它几百部，以作纪念，且于欲得原版的人，也有便当之处。"先生还曾亲自拟定了书目（见《集外集拾遗补编》），其时先生五十五周岁，比如今的王蒙等人还年轻。

由此看来，并没有什么约定俗成的规矩让青年作家出不了文集。有人会说，当今的中青年作家不可与那些前辈大师同日而语，然而不要忘了，那些人当年也处在成长期，也不就是大师、文豪。仔细思量一下鲁迅先生给曹靖华信中的话，我想中青年作家出版文集至少有两点意义：是对某一阶段创作的总结，对个人是个"纪念"，对文坛，"于欲得原版的人，也有便当之处"，它们是作为某一时期文坛的收获和文学成果而保留的。

应当看到，当今出文集的这些中青年作家都是在文坛上较有影响而且颇有创作实绩者。像王蒙、刘心武等人经历新时期文坛不同阶段的变化，出个文集，不但是对自己，而且对新时期文学研究来说也是一个很好的总结。王安忆、方方、苏童等风头正健的中青年作家出文集，省却读者翻检杂志搜寻之功，未尝不是件方便读者的好事。对于文学界来说，能郑重其事推出中青年作家文集，是对他们创作的鼓励和肯定，对于作家的成长大有裨益。张兆和在谈到人们对沈从文迟到的理解时曾感叹道："太晚了！为什么在他有生之年，不能发掘他，理解他，从各方面去帮助他，反而有那么多的矛盾得不到解决，悔之晚矣。"为将来的文坛少一些这样的遗憾，我觉得倒应当感谢为中青年作家出版文集的出版社，感谢他们的慧眼与魄力。

至于有人怀疑出版社推出中青年作家文集动机不纯，说中青年作家出文集是为名为利，我觉得大可不必。我不知道出版社营利了有什么可耻，只有亏本出书才能显出高尚，才算注重社会效益？这种看法是偏狭的，一个出版社有几个高质量可赚钱的拳头产品，这既证明它经营有方，也对文化进一步发展有利。有人指责某些文集是粗制滥造的"拼盘"，我不知道他具体指的是哪种，据我看王蒙、刘心武、苏童、方方、叶兆言乃至最近推出的格非文集，从印装到编排虽不能说是一流，但至少不是粗制滥造，从编到印至少也是认真仔细的。至于说作品的分量，是否是杰作，要靠时间来检验，另外，试问哪个作家敢说他笔下字字珠玑、篇篇佳构？如果不是这样难道作家就不写作不出书了？这不是因噎废食吗？

钱钟书先生的为人为文，近年来常被人奉为文坛典范，在几年前曾有不出自己文集的谈话，这是他对待自己作品的严谨，但是，作为他不重名利的证明并由此形成对中青年作家道德上的批评显然文不对题。写作出书，必然会带来相应的名利，可只要不是一门心思专为名利而写作，实至名归这是难免的，更不应受到责难。现在已不是写了作品"藏之名山，传之后人"的时代了，文化需要广为流布，文明需要不断延续、积累，这些恐怕与出版不无关系吧？十年前有人找巴金先生出全集时，他起初总也不同意，后来他看清楚了："任何一部作品发表以后就不再属于作家个人。它继续存在，或者消灭，要看它的社会效益。要根据读者的需要和判断来决定。"此话不假。尽管钱先生一再推辞，然而国内两家出版社最近不正要推出他的文集吗？读者有头脑会判断，优胜劣汰的规律会对那些粗制滥造的文集以惩罚。因此对中青年作家出文集我们也不应当苛责。

1996 年 9 月

与写作无关

写作状态，荣辱之事，似乎跟创作本身没有多大关系，一些张口闭口是卡夫卡和博尔赫斯的人，关心的是语言、叙述、结构，是整个人类的生存状况，这并没有错，这些当然无比重要，但他们唯独忘记了自己，忘记了自己还是人类的一分子，而不是一个超然的旁观者（尽管有人曾一厢情愿地声称过，但其实他做不到）。这么说来，除了一张稿纸内的事情外，作家还有许多事情，还有许多喜怒哀乐要承担，许多生存的烦恼要面对，这些事情未必就与写作无关，有时候可能关系很大。真希望当代中国作家在对叙述的探索充满着热情的同时，也不要轻易放弃精神的探索，否则，他的作品将会失去原动力。

状　态

经常听到球迷在斥责某球员哪一场球踢得"不在状态"，看看电视画面，才知道"不在状态"就是三心二意、蔫头耷脑、精神不振的样子。说他不在状态，多少还带有恨铁不成钢的意思：本来不至于这样，结果因为他心不在焉，弄得不尽人意。这令我不由自主想到了某些作家，尤其是那些身体无比健康、艺术生命却夭折了的作家。不是江郎才尽，不是对文学心灰意冷，从在饭桌酒席上谈吐自如才华横溢的样子，丝毫没有理由怀疑他们江郎才尽；从走到哪里都扛着文学的大招牌洋洋自得的架势，可知他们并未打算弃文学远去，别有选择；当然也不是命运对他们不公，让他们疲于奔命，维持生计，连提笔的时间都没有。恰恰相反，他们中不少人是走南闯北的有闲阶级和生活优裕的有钱阶级，就是再差也比当年他们趴在老乡家的土炕上点着油灯忍着饥饿写至半夜要好上一百倍。然而，就是他们，被大家认为创作有基础，有实力，有条件的他们，偏偏写作"不在状态"。我并没有苛求作家每一部作品都比前一部好的意思，这是不现实的。但是"在状态"和"不在状态"那是绝对不一样的，在状态，不是说他就是球踢得最好的，但起码他不失水准，他会踢球，也在认真踢球，我想写作也同样如此。

这个年头儿，作家浑身挂满了委员、理事等头衔，也算有头有脸，于是写作变成副业就理所当然了。他在灯下挥笔的时间远远没有在酒桌前举杯的时间多；他觉得一谈文学不是落后就是俗了，因此谈女人论名牌讲好莱坞大片倒比文学还头头是道；文章写得一塌糊涂，从不脸红，可是晚报的新闻中没有他出席某庆典的名字他认为是奇耻大辱；他没有架子，也不"假清高"，名片上的头衔比他写的书多出好几倍。还有超凡脱俗的，说话不是夹杂着英文就是法文，口口声声说：别跟我提中国人写的书，谁提我跟谁急，鲁迅是什么东西？他们穿得有档次，吃得有水准，玩得有品位，什么格调什么时尚，他们就拥有什么。不幸的是除了那几个英文单词之外，对英文他基本不识；除了流行的观念之外，对理论他一无所知；除了生活方式的前卫之外，他的观念陈旧得掉渣儿；除了脾气和口气大得无边之外，整个作品找不到一点大气的地方；除了是一个蹩脚的模仿者之外，怎么发掘也看不出他们的创造力来。然而，这些人却无限风光，他们以高频率的活动而成为大众媒体的宠儿，像卫生巾的广告不断重复而被人记住，并让他们的名气像爆米花一样无限膨胀。然而，对于一个精神的创造和再生者，对于一位作家来说，不论喧闹的声响有多大，对他来说究竟有什么意义？

社会上有很多职业，有在舞台上风风光光为万人欢呼的歌星，有挥挥手万巷人动的政治家，有出入富丽堂皇酒店的商人，但也有一种职业，说复杂的确很复杂，但说简单，它就是一个人面对一叠稿纸一个字一个字地写下去。朋友帮不了你，药品救不了你，唯有你自己这么面对，这就是作家的状态。企图从这寂寞的事业中找到风光的东西那是徒劳，即使一时有也是虚幻的，早晚会梦一样消散令你更痛苦。人生不是服刑，没有必要背负着这么沉重的十字架力不从心地走下去，你完全有别的选择，可是一旦你选择了文学，那你就得选择它的这些陪嫁，同时，你就得失去一些东西，鱼肉和熊掌不可兼得，是一句并不新鲜却时常要提醒我们自己的话。文学不是跳舞场，也不是银行，它能带给你的和不能带给你的同样多，巴·略萨说过："给作家发奖、公众的认可、出售作品、社会声誉，有着极其随心所欲的独特走向，因为有时这些东西顽固地躲避那些最应该受之无愧的人，而偏偏纠缠和轮到受之有愧的人身上。这样一来，凡是把成就看作对自己才华的根本鼓励，那就有可能看到梦想的落空，并且有可能把文学才华与为获得文学给予某些作家（为数极有限的几位）闪光的奖牌和经济利益所需要的才能混淆起来。前者的才华与后者的才能是不同的。""对于文学才华问题，我有许多不敢肯定的看法，但是我敢肯定的看法之一是：作家从内心深处感到写作是他经历过和可能经历的美好的事情，因为对作家来说，写作意味着最好的生活方式，而不顾及通过他写出的东西可能产生的社会、政治和经济的结果"。

文学不是跳板，它首先应是发自内心的对美和对语言的一种敏感和追求，而这种追求的价值决不能像做生意一样，用物质的标志来衡量。作家大展身手的不是赚了多少钱，谋了多大官，他有着另外一套评价的语码，小说家潘军曾有一番颇为令人赞赏的话："如果说一个作家有什么野心，那么这个野心就应该局限在一张纸以内，而不要跑到纸外的任何地方去。你的理想、你的王国、你的荣誉，都必须建立在你的一张纸上，其他地方再热闹也只是一个表面的繁荣，一场锣鼓过去，也就显得很冷清了，没什么意思，所以还是远离锣鼓为好。"

"一张纸内的野心"，这是作家的真正状态，只有这"一张纸"才是属于作家的真正天地，它看似狭小，却也广阔无垠，足足够你一辈子在此驰骋和挥洒血汗的。能够说出这番话，也说明了潘军的状态，他一年中曾出了十三本书，让许多人惊叹不已，我不愿说这是他的幸运，而愿意把这看作是他辛苦多年的回报。但是，对于不少人来说，一张纸太小，太寂寞了。两脚踩在世俗的烂泥中，五光十色的周围一切对每一个血肉之躯来说诱惑太大了，更何况在一个物欲横流的社会中纵欲无形之中被看作自由、潇洒的表现，而苦行僧式的写作会成为人们嘲笑无能、清寂的好例子，精神防线和道德理想的溃乱，让写作也变得喧闹起来。在这个看着别人自己难以心平气静的时代中，有一盏灯亮在我面前，这个发自书房的灯光彻夜明亮，甚至被人误认为是航标灯，这就是福楼拜书房中的灯光。对文学的一颗虔敬之心，使他的写作一直"在状态"，我曾在《读书》上读到一篇文章，尤其让我感动的是福楼拜的四十年如一日的"面壁写作"，"在他被文学之爱所充满的心灵里，没有给文学之外任何别的宏愿留下位置"，"他几乎总是独自生活在乡下，只是到巴黎看望亲密的朋友，他与许多人不同，从不追逐上流社会的胜利或庸俗的名声。他从不参加文学的或政治的宴会，不让自己的名字与任何小集团和党派发生纠葛……"他自己说："我拼命工作。我天天洗澡，不接待来访，不看报纸，按时看日出（像现在这样），因为我工作到深夜，窗户敞开，不穿外衣，在寂静的书房里，像发狂一样狂呼乱喊。"是为一件事情所痴迷，还是为所有的事情所诱惑，对于一个现代人来说，这是区别他能否有高尚的境界成就伟业或进入卑琐碌碌无为的一个标志。

　　有一点也必须清楚，伟人并不是腾云驾雾、超凡脱俗的圣人，他们也得迈着腿走路，渴了需要喝水，吃多了照样打饱嗝，但是他们却更忠实地承担自己的一份责任，并努力做得更好，至于收获，那是成事在天不能一律的事情。在这一点上，并不是作家掌握了话语权，就显得比谁高贵几分，看看市场边修鞋的老师傅，不论市场上多么喧闹，他拿起鞋那种专注劲儿，一个废线头也不要留在外面的精益求精，不同样值得赞佩吗？六十多年前，沈从文先生在故乡的河上，在青山绿水中，对着夕阳，看到滩上拉纤人的姿势，很受感动，一瞬间对历史和人生也有透悟，他写道："这些人不需要我们来可怜，我们应当来尊敬来爱。他们那么庄严忠实的生，却在自然上各担负自己那分命运，为自己，为儿女而活下去，不管怎么样活，却从不逃避为了活而应有的一切努力。"历史是一条长河，在这种川流不息的河中，"从不逃避为了活而应有的一切努力"恐怕比我们获得的报酬更重要更值得欣喜和欢乐。

作家靠什么来证明自己

　　每年十月份以后，人们都不约而同关心着一件事情，那就是诺贝尔奖。中国人，对物理奖、化学奖什么的可能不太感冒儿，唯独对诺贝尔文学奖耿耿于怀。一百年了，一个泱泱大国的本土作家在文学奖上毫无作为好像为五千年的华夏文明抹黑似的。于是，"获奖的为什么不是我"和"获奖的还不如我"的论调就不绝于耳。我倒觉得这些说法都是不自信的表现。一个作家不能被一个奖项拴住，他应当有更大的野心。金庸的武侠小说我虽不曾认真读过，但有一件事我倒印象深刻：真正武功盖世的人未必要去争那个"天下第一"的名号，而那一心要拿"天下第一"的，如欧阳锋之流的反而成了疯子。这并不是什么葡萄酸的心理，也不是说获过奖的作家都不是什么好鸟儿，而是说任何荣誉都代替不了文学的审美感受，哪一个奖都不能行使对文学的审判权。奖项只是一种证明，而一个有信心和执著于艺术的作家，他证明自己的方式很多，在这些方式中未必非得有得过什么奖不可。打量一下百年诺贝尔文学奖，获奖者中不乏三流作家，同样也有很多大师级的人物被排除在名单之外，只要我们以平常的眼光来看这个奖的话，这都是正常的事情。无缘于此奖，可是并不影响那些大师们文学事业的辉煌，也丝毫不曾减弱大家对他们的尊敬。不用说太多，对于一个热爱文学的朋友，我只举出三个名字就足够了：乔伊斯，博尔赫斯，卡尔维诺。毫不夸张地说，如果缺了他们，整个二十世纪的文学史将会少一半的篇幅。然而他们都不曾获过诺贝尔文学奖（这不是他们的损失，而是诺贝尔文学奖的损失）。一些三流的作家得意洋洋地说他的书初版就印了几万册就如何畅销，而我除了"恭喜发财"之外，还认真地对他说：一本书值得得意的不是初版印数，而是累计印数，有本事的还要看十年、三十年，乃至一百年的累计印数。鲁迅的《呐喊》初版时也就印了一千多册，可是这种书五十年、一百年甚至一千年后都在印，而你的书两年后就开始打折了，五年后废品收购站都找不到了，有什么值得骄傲的？获奖也是一样，它只是作家清苦寂寞写作路途中一个转瞬即逝的幸福微笑，而真正长久的则是作品，是一百年后还经得起读的作品。

之所以发这番感慨，是因为最近正在读的一本《乔伊斯》（百年文学之旅丛书之一种，伽斯特·安德森著，白裕承译，百家出版社 2001 年 6 月版）。读这本传记，时时能感受到乔伊斯内心的焦灼和灵魂的不安，自然也有他对写作的犹疑。然而，这是一个个体生命面对生活种种重压所做出的真实也是真诚的反应，没有一次他是因为没有得过这个或那个文学奖而沮丧，尽管当时已经有很多作家得过诺贝尔文学奖了。荣誉可以让人一时兴奋，却无法引领人不断前进，对于乔伊斯，引领他的永远是人类的文明之光,是对人类内心的不断发现和探险。在他的写作生涯中,不但少有鲜花、掌声和诺贝尔这等好事,而且常常会有很多的人为的障碍阻挡着他匆匆的脚步,纷扰着他平静的思绪。

比如说现在被称作"奇书"的《尤利西斯》,刚问世时可没有这般好运,"色情淫秽,有伤风化",这在当年的西方也是顶可怕的大帽子,1921年小说在杂志上发表时,排字工人嫌内容太"脏",排不下去,到了邮局,又遭扣押,这几乎等于宣布这部未来的巨著的死刑。然而真正的审判还在后面呢,当年10月,纽约市法院宣布成立特别法庭审判此书。尽管法官根本不明白乔伊斯究竟写了些什么,但这丝毫不影响他做出庄严的判决:停止发行,罚款五十元。这使《尤利西斯》在十多年后才在美国取得合法的发行权。这期间,倒是在法国,首先发行了。书出来了,等待它的却并不全都是喝彩。有人说这是一个黄色笑话,有人评价乔伊斯"像走下坡路的左拉之流",乔伊斯的姨妈还把书藏在柜子里,并跟女儿说它"不适合阅读",而在当时文坛上卓有声望的叶芝和萧伯纳都说这部书读不下去。这些对作者来说无疑是迎头痛击,但乔伊斯并没有被这些批评压倒,我十分欣赏他对于"不适合阅读"的坚定回答:"如果《尤利西斯》不适合阅读,那么生命也不适合进行下去。"与此同时,意想不到的社会声誉也没有让他得意忘形,他知道真正的创作与这些没有太大的关系,没有什么能阻挡一个忠于艺术的作家探索的脚步。在这本传记的插图中,我看到一页《尤利西斯》的手稿,上面布满了乔伊斯增补和改写的字迹,可见他对待创作的严谨。在生活中,乔伊斯不是一个循规蹈矩的人,可是对待创作他可毫不含糊,在《尤利西斯》被禁时,有人提出出版节本,被他断然拒绝;哪怕是在最需要钱的时候,他不肯拿艺术与生存条件做交易,他拒绝按着出版商的要求随意修改自己的作品以获出版。令我久久难忘的还有,《芬尼根守灵夜》出版后,面对包括他的文学领路人庞德在内的诸多指责,乔伊斯自信地回答:我是以自己的想象力在重建世界,也许这一切再过一百年后才会被人们理解。这个回答足以让那些献身于艺术的人们感到兴奋：一个伟大作家真正依靠的不是那些外在的荣誉而是源于内心的自信和精神力量。

  当我们谈论每一个伟人的时候首先想到的是他们所取得的伟大成就和生命的巨大辉煌，似乎他们与我们的距离很远很远。而读传记的好处，就是在于明晓这些杰出人物们哪些地方与我们普通人相差无几，哪些地方又比我们付出得更多。苦恼不比我们少，磨难要比我们多得多，几乎就是他们生活的绝妙概括，乔伊斯也不例外。颠沛流离的生活，始终摆脱不了的经济困扰，越来越严重的眼病，女儿的精神不正常，这些日常生活中的苦恼时刻在折磨着他。如1910年前后，他经商赔钱，债主不时登门，妻子与别人偷情的游戏几乎弄假成真，几经周折签好了的《都柏林人》出版合同又被出版商撕毁……倒霉的事情像冰雹一样向乔伊斯砸来，这几乎摧毁了他的信心，甚至将《一个青年艺术家的画像》的手稿扔进了炉火中……文人在纸上可以纵横驰骋，可在生活中却特别孤单和无力。在这时，物质的帮助，精神的鼓励，会让他们获得战胜困难的力量，为此，我们都应该感谢帮助过乔伊斯的那些前辈文人们，如叶芝、庞德等等，在乔伊斯还默默无闻的时候，是他们慧眼识英才，推荐乔伊斯的作品，为他申请经济援助，并一步步将他推上了文坛。如果说作家有所求的话，那么这种精神氛围应当是他最需要也珍惜的。《尤利西斯》在当时，也曾获得过另外一种评价：巴黎当时最有影响的评论家瓦莱里·拉包德说："爱尔兰以《尤利西斯》一鸣惊人地重返欧洲文坛的顶峰。"艾略特说：该书"将古今拿来做持续的操纵对比"，就和"科学发现一样重要"。海明威说："乔伊斯写了本最他妈棒的书。"当有人将收到的书又退给乔伊斯的时候，海明威却冒险从加拿大偷偷将书带回美国。为什么他们会对这部书做出不同于流俗的评价？为什么他们有另外一副眼光，那是因为在他们的内心中有一套更高的标准，有着共同的追求，在这个方向上，他们能够抛开偏见取得一致。试想，还有什么能比这些给乔伊斯这样的寒夜独行人以更多温暖呢？

乔伊斯没有辜负他们的厚爱，时间证明了他的价值：1998年美国兰登书屋评选二十世纪百本最佳英语小说中，他的《尤利西斯》名列榜首；1999年，英国水石书店邀请四十七名文学评论家和作家从人类历史中为今后一百年挑选十部重要的文学名著，《尤利西斯》又是首屈一指的小说。不但如此，他的《都柏林人》《一个青年艺术家的画像》《芬尼根守灵夜》等作品也都成为二十世纪的文学经典，他的写作也成为二十世纪文学的一个重要源头，一个作家在短短六十年的生命中能有如此高质量的创作，真是将什么样的赞美言辞献给他都不过分。尽管他早已听不到这些了，但这就是一个作家的宿命，鱼肉和熊掌真是常常不可兼得，这些也是那些追求功名利禄的人永远也得不到的。从某种意义上讲，上帝是公平的。

附记：

　　此文写于世纪初，那时每年十月，诺贝尔奖颁奖之时，仿佛都是对中国文学信心的一次打击，各种议论都有，这才引起我写下自己的感想。如今，中国人也得了这文学奖，我倒见了不少这样的研讨：走向世界的中国文学该怎么办？想一想如当年一样可笑，我只能说这都是不自信的表现，文学不是靠这个奖来增加或减少什么的。

2013年12月21日

鲁迅打了多少官司

读鲁迅的书常常替他担心，文坛上大大小小的文字之争似乎总也少不了他，从五四时代与复古派论战，到与陈西滢等"正人君子"、与创造社、太阳社的年轻人，与梁实秋，与"京派"论战，乃至与形形色色的社会丑恶现象的斗争，鲁迅的对手可真是不少，鲁迅手中那枝"金不换"从来都是不留情面的，我担心的是在冷嘲热讽之中，一不留神，让谁告了个侵犯名誉权和诽谤罪什么的，那真是吃不了得兜着走。君不见几年前，吴祖光先生写了一短文批评一个商家，就吃了一场官司，鲁迅可是写了那么多带刺的杂文呀！

近年来，《被亵渎的鲁迅》《一个都不宽恕》之类的书相继出版，让我看到了鲁迅的论敌们的文章，不禁又为鲁迅鸣不平，造谣中伤、疯狂乱骂的比比皆是：有人说鲁迅的《中国小说史略》是抄袭日本人的著作，有人说鲁迅是封建余孽、是法西斯蒂，说鲁迅的一篇文章是"胁迫于幻影的病人的精神错乱"，还有画漫画辱骂鲁迅的，也有写文章暗示鲁迅领过苏俄共产党的卢布，一些人用心之险恶，手段之卑劣，言辞之尖刻，就是在今天作为事外者也感到怒不可遏。鲁迅可算是货真价实的"名人"了，名人雇个律师打官司既时髦，又名利双收，许多名人一触即跳，尽管对方只是善意地批评几句，有的可能只是双方的观点不同，可还是公堂上相见，对于那些泼妇般的谩骂，鲁迅为什么要姑息它们呢？

从客观上看，不论当原告还是作被告鲁迅都具备了足够的条件，看来，弄不好，先生得把喝咖啡的时间都挤出来跑法庭了。可是颇让九十年代名人们失望的是先生并没有打多少官司。据我所知，一次是与章士钊，因为章撤了他的职，断了口粮；一次是与北新书局的老板李小峰，书局印他的书却拖着不付稿费，以卖文为生的鲁迅不得不诉于法庭。还有一次颇为有意思，是顾颉刚看到报纸上发表的鲁迅的书信，认为鲁迅"攻击"了他，务请鲁迅暂勿离开广东，等候开审，鲁迅写了篇《辞顾颉刚教授令"候审"》，说"来函谨悉，甚至于吓得绝倒矣"，"幽"他一"默"。这件事后来也不了了之。

写了这么多，我不是想评论与鲁迅论战的双方的是与非，我是想请大家关注他们在论战中的态度，他们并没有把学术或者其他笔墨官司打到法庭上，尽管论战时唇枪舌剑，甚至几十年不相让。我不是说用法律来保护自己的权益不对，而是觉得并不是一切都可以靠法律来解决的，特别是学术观点的不同，个人意见上分歧，思想上的交锋，最为公正的审判恐怕要等待多少年后的历史来做，许多被法庭上判为"有伤风化"的书，后来成了文学经典，难道不值得我们深思吗？而且法庭上的胜诉者可能只是一方，而在学术上，不同的观点和学派是可以长期并存的。从鲁迅这方面来说，我倒记得他说过这样的话，我一生论敌不少，但没有一个私敌。坦坦荡荡写文章，而不是为了争胜负、泄私愤、报私怨，也自然用不着把对方推上法庭、搞人身限制。更重要的是鲁迅和他的同时代人似乎都在遵循着一个文化规范或者说是学术原则，那就是笔墨官司还是要用笔墨来解决，不论打得多么白热化，学术上的事、思想上的事是要把问题本身弄明白，而不是要把对方在人身上置于死地。媒体既然能登批评你的文章，也要登你反驳的文章，并不一定就要官大一级、名多一分就要压死人。可能有人说这样乱糟糟的，但我觉得在文化上，需要有这样的自由、平等的秩序，他们有时能够出现偏差，双方比较偏激、主观性强，但这其中也有真意、有真性情，至于那些谩骂和造谣，它们的出现不也证明了制造者本身人格的缺陷吗？而且对于明辨是非的读者来说它们会自生自灭，根本起不了什么作用的。

相反我们动辄打官司，保护的可能是某些人的个人的"权益"，但剥夺的是社会对他们批评和监督的权利，在思想文化上，造成的是人们三缄其口或者人们发表一点温吞吞的意见的局面。一篇杂文，一篇书评，都可能引发一场官司，官司的背后是天文数字的赔款，穷酸的文人们谁能沾惹得起？所以写文章只好"今天的天气……哈哈……哈"了。

1998 年 11 月 20 日下午

读读诗歌

诗在当今的不走运是显然的了，特别是与当年的朦胧诗兴起时，大学里诗社林立，诗人们四处招摇相比，现在的诗坛好像连一点浪花都弄不出来。然而在一个越来越物质化的时代里，我还是劝大家读一点诗歌，不是为了要成为一名诗人，而是为了充实心灵、丰富生命。

我是一名挑剔的阅读者，对于小说、散文乃至论文都得经过自己仔细挑选才肯放在案头，但是对于诗歌我却有相当好的胃口，不论是中国的，外国的，不论是格律诗，还是自由诗，我抓起来就读。对于我来说，读诗是一种休息，是一种超脱，是一个接受美的浸染的过程。在小说繁复紧张的情节中，在论文严谨周密的论证中，待的时间太久了，需要换一换口味，要舒展一下脑筋，休息一下。诗歌是在这个时候被我请到眼前的，它们短小精悍，想象瑰丽奇异，以极其简练的文字表达了人类丰富的情感和深邃的思想，有着超凡脱俗的境界，咀嚼含玩，口存余香，读一点诗，让它们把你从喧嚣的街头，从永远也忙不完的工作中，从人与人的冷漠中，从匆匆而逝的时光中，暂时解脱出来，呼吸一下大自然的纯正之气，感受一下来自心灵深处的真诚，这里没有负担和繁忙，没有功名利禄，有的是一丝春风，拂面暖心催生百草，有的是山泉，濯足润心灌溉大地万物。

不同诗人的不同个性不同风格，相同题材的不同表达，诗歌的世界五彩缤纷，十分诱人。翻开李白的诗集，感受他的狂放；读读李清照的诗词，品味凄婉的纤柔；跟普希金去向大海致意，对自由礼赞；跟白朗宁夫人，在昏黄的壁炉的火苗旁，享受爱的光辉。我喜欢苏东坡"人生到处知何似？应似飞鸿踏雪泥。泥上偶然留指爪，鸿飞那复计东西"的哲理韵致，也喜欢他的"也无风雨也无晴"的旷达，也欣赏他"野桃含笑竹篱短，溪柳自摇沙水清"的清新自然。我也喜欢吟诵艾略特的"四月是最残酷的月份，在死地上／养育出丁香，搅混了／回忆和欲望，用春雨／惊醒迟钝的根。／冬天使我们温暖，用健忘的雪／把大地覆盖，用干瘪的根茎／喂养微弱的生命"，喜欢他的"河的帐篷已破：树叶临终的手指／揪紧着，陷入潮湿的河岸。而风／无人觉察，掠过棕黄色的大地。仙女们走了。／可爱的泰晤士河静静地流，直到我唱完歌"，生命与死亡相互交织，相互搏斗，阴暗的天空下有一种苍凉和迷惘。读这样的诗，我们会不自觉地陷入沉思，思考生命，思考世界与自我，在这样的思考中，我变得更加成熟和自信。

人不可能生活在诗里，也不可能依靠诗而生存，但是在我们的生活中又不能没有诗歌，就好像大自然中不能缺少鲜花和绿草一样，热爱诗歌吧，它就是鲜花和绿草，它会让我们的生命充满芬芳和生机。

1998 年 11 月 21 日

稿费与知识贬值

  很多人收藏老报刊愿意选取有特殊纪念意义的期号,比如创刊号,比如 1949 年 10 月 1 日这一天的报纸,我则不在乎这些,我看重的是它的内容,尤其是远离重大主题,却能从其中读出许多丰富信息或者是微言大义的内容。我喜欢从日常生活的常态中读出历史的真味,而这些从那些冠冕堂皇的报告、宣言或者通告什么的文章里是读不来的,那只是历史的一个外壳,真正的内核并不在聚光灯下锦绢上,更多时候,它们就在你所忽略的脆黄的纸页中,它们是在昏黄的灯下被有心人静静发现的。

  《文艺报》是由中国作协(初由中国文联)主办的刊物,在 1958 年尚为半月刊,而不是"报"。有人说一份《文艺报》就是新中国文艺的晴雨表,此话不假,历次文艺运动,大小作家作品的批判,在此均有案可查。甚至连《文艺报》的几位主编也在劫难逃,丁玲和陈企霞在 1955 年就被打成"丁陈反党集团",深得鲁迅信任的冯雪峰在 1957 年成了文艺界著名的大右派,来自延安的老革命张光年在"文革"中也先是隔离反省,再是下放干校。当然,这些颠倒了的是非在以后都得到了改正。手头这本 1958 年第

19期《文艺报》有一篇文章颇为耐人寻味。文章的题目是《必须减低稿费和上演报酬》。真是今非昔比，现在的作家们拼命哭穷喊稿费低，可是当年的作家却要主动降稿费，他们傻吗，不知道钱好花吗？再一看文章的作者，竟是大名鼎鼎的天才剧作家曹禺先生！

不敢怠慢，认真拜读：

> 作家的稿费应当大大减低，已成了从事创作的人们的普遍要求。作家应该是一个普通劳动者，他的生活与待遇和劳动人民的生活水平，不该有悬殊……稿费、名声、地位等等观念，只是妨碍作家向共产主义迈进的绊脚石。

在"大跃进"的气氛中，作家们被"革命热情"所鼓舞，是否"普遍要求"降低稿费不得而知，反正这篇文章说出的不仅仅或者根本不是曹禺本人的想法倒是肯定的。在文艺界三天两头的运动中，曹禺不知写了多少这样表态的文字，从这些文字中我们不但看到了一个知识分子被扭曲的灵魂，而且也可以感觉到当时的社会氛围。比如说为什么要大谈降低稿费？以今天的观念来看，稿费也是辛苦劳动所得，是对创作者的一份报酬和尊重，可在当时它却是与劳动人民不同待遇不同心的证明，劳动人民没有稿费，而作家有，这不是搞特殊化吗？而知识分子的"特殊化"是要改造的，许多人真恨不得自己的手上沾满牛粪、长满老茧。当然，这只是一个表面的解释，深究一下，我们不难看出轻视知识、轻视脑力劳动的社会风气。稿费这种所得，比起农民流汗得来的粮食，那简直是罪恶之果，只有挥锄挥刀在田间那才算是劳动，而点灯熬油写文章，那是名利思想在作怪，说不定这文章在宣传资产阶级不良思想还是犯罪呢！当年批名利思想，宣传要破除对"洋"（洋人）、"名"（名人）、"书"（书本）的迷信，都包含着对已有的知识积累、对有成就的知识分子的不尊重。而上层领导人的认识对这种社会风气又起到了推波助澜的作用,比如毛泽东就说过这样的话:从古以来,创新思想、新学派的人,都是学问不足的青年人……历史上总是学问少的人推翻学问多的人。显而易见,那时,知识分子虽然还没有被称作"臭老九",但绝对不是一个体面、光荣的称呼,在大喊要"以一天等于二十年的速度进军共产主义"的时代中,连吃饭都在公共食堂中,都绝对"平均",岂容作家们再多拿一份稿费?于是曹禺这样的文章就应时而出了。

历史有时如钟摆,左右摇摆。1958年,知识贬值,人们在控诉金钱的罪恶;可是三十年后,知识在中国的土地上又一度贬值,却是缘于人们对金钱的极度渴望。对于一个社会来说,这都不是正常的。而像曹禺这样作为一个"吹鼓手",对为这些观念吹吹打打的时候,自己也身受其害,付出了灵魂扭曲的代价。翻开当年的报纸,我们看到的遍是茅盾、巴金、老舍、曹禺等等许多作家表态式的应景文章,而不是他们的文学作品,有时真为他们感到痛心。据说曹禺自己晚年也为解放后自己未能写出心中最理想的剧作而痛苦不已,吴祖光先生曾批评他"太听话",他也认同。他在文学上的领路人巴金在新时期也曾给他写过信,劝他少开会,少写表态文章,多留一些作品给后代。可是时光未必总是偏爱某一个人,这位二十三岁便写出中国话剧经典之作的天才作家终于在1996年带着未竟的遗憾远去了。

曹禺去世后曾经出过一本书,书名叫《没有说完的话》,面对着这已经发黄的《文艺报》,看着他这样的文字,我在想曹禺到底有什么话要对我们说呢?

2001年3月24日傍晚

莫名其妙的创刊号

周末到旧物市场买旧书刊,见摊主身后有一个小包,宝贝似的装了些杂志,忙问是什么?答曰:都是些创刊号。无怪乎地上的杂志有的已被拆得零零散散,再问价钱:普通的每本卖五角,可创刊号至少十元。我可能就是藏上十万册旧书刊也算不上收藏家,因为我并不把创刊号当作宝贝,而我知道一些所谓的杂志收藏家手里都握着成千上百种足以炫耀的创刊号。说实话,我觉得这种创刊号的收藏原则是形式主义是华而不实的风气对收藏界的不良渗透。

你可以说我是一个实用主义者,但我觉得一本(或一期)杂志的重要不在于它是第一期还是第二期,而在于他具体刊发了什么文章。一个很简单的道理,一本书的价值更多是在于他的内容而不是他的纸张和出版日期,暴发户用金箔印出的他的大作最终也会被扔进垃圾堆,可是一位伟大的思想家哪怕是用土纸印出的书也是人们小心翼翼珍藏的经典。创刊号因为在时间上占了个第一,像世俗的处女崇拜一样为大家重视,但这不过徒具纪念意义而已。像我们一个人的生日,不论它是你认为的多么美好的日子,你的人生价值还是取决于你的行动和努力，而不是这个日子，伟人们出生的日子光辉灿烂了，那是因为他的成就值得后人珍视和怀念，而不是相反。而收藏中的厚此薄彼，将创刊号待为上宾，将其他期号的杂志视为废纸，往往会丢掉一些真正值得收藏或者说更有价值的杂志。有些杂志创刊号集中了精强的作者力量，有横空出世的味道，当然很有价值，可是有些杂志创刊号很平庸，它是在以后逐步走向成熟的，越办越精彩的，如果取头弃尾，那你才是得不偿失呢！

随便就可以举出很多例子，比如《文艺报》，我认为最值得收藏的不是创刊号，而是1954年至1958年这一段，因为它比较集中体现了1949年以后文艺政策调整和文人们的生存处境。胡风集团冤案，双百方针提出，文艺界的反右等等足以载入史册的大事均发生在这个时期，而且这是一个过渡期，不像"文革"只有一个人在说话，这时有一面倒的批评，但被批者还有些许答辩权，因此这里的文章就更耐人寻味。将来有人写新中国文艺史一定少不了这些杂志的。再比如，手头一本《读书》杂志1980年11月号，我买他是因为上面有顾准的一篇《科学与民主》。顾准在今天谁都知道他的分量，有人称他是二十世纪中国真正的思想家，可是二十年前，知道他的人却并不多，因此《读书》在发表他的这篇遗作的时候，后面特意加了个作者简介："顾准同志是一位老干部，曾任中国社会科学院经济研究所财政组组长等职，1974年11月死于林彪、'四人帮'的残酷迫害。本文是在遭受迫害的情况下写的一篇读书笔记。"在这篇文章中顾准讨论了科学与民主的关系，讨论了科学精神，学术和思想自由等在今天看来仍然值得深思的话题，可以说这本《读书》具有很重要的纪念意义，然而它并不是创刊号。

一位老兄家中有几百本创刊号，上有天文，下有地理，还有他永远也说不明白专业的科技杂志，我不明白他收这么多与自己生命无关的东西干什么，我们宁愿看一个人花工夫将一份杂志的一百期收全，而不愿意看到他把上百份创刊号当作宝贝，我甚至在认为他这是在肢解杂志，因为杂志本来是连续性的出版物，收藏它不注重连续性，而只掏出第一期，这好比一个人的头或者胳臂长在整个身体上好看，可是单独拿出来就不是那么回事了一样。创刊号是重要，可走入重要的误区，那可能就是谬误了。

2001 年 5 月 21 日

势利的选本

当一年的日历渐渐薄起来的时候，不少出版社正在招兵买马紧锣密鼓地编"年选"，从小说到诗歌，从网络作品到杂志精选，特别是文学作品的年选本，近年在书店中能拉出一长排。这未必是坏事，每个人的阅读范围有限，编选者可以给你推荐一些好的作品，哪怕就是这些作品你都读过，散落在各大报刊中，找起来也麻烦，集于一册以后翻检也十分方便。但编这种书出力不讨好也是人所共知的事情，鲁迅早就说过这样的话："选本所显示的往往并非作者的特色，倒是选者的眼光。眼光愈锐利，见解愈深广，选本固然愈准确，但可惜的是大抵眼光如豆，抹杀了作者真相的居多，这才是一个'文人浩劫'。"眼光是一个问题，在商品时代中，轻率和随意也是一个问题，剪刀加浆糊，捡到篮子里都是菜，虽然书名标着"优秀"、"最佳"其实是最佳破烂、优秀糟粕。但本文要谈的不是这些问题，而是另外一个问题，那就是选本的势利，或者说是编选者的势利。何谓"势利"？你可以挑几个不同版本的小说选看一看，有多少作品被不同的选本一选再选，当然肯定有的作品特别优秀，谁也不想漏掉，但如果从另一面看，怎么另外一些非常优秀的作品谁也不选呢？再回过头去，那些被选来选去的作品都能扛得起"优秀"的牌子吗？未必，而且有一些是特别不优秀，但它们也有一个是许多优秀作品所无法比的地方，那就是它们的作者的名气都很大。狐狸尾巴终于露出来了，原来很多选本的真实名字应当是"名家作品选本"，甚至有的名家还签了承包合同似的，承包了各家选本，并且承包期长达数年！

说"名家霸占文坛"，有些不客观，文坛也不是谁占了的问题；也不是说"名家"就活该倒霉，写了好作品也要默默奉献不能说好。这个问题的根本点在于不少选家们根本就不看作品而是冲着那署名去的，可能一年下来，他们眼球只在几个金光闪闪的名字上打转，至于那些无名小卒是难得被看的荣幸，所以一些选家恐怕只会选名家选本。但这种选法，虽冠冕堂皇，但也有近亲繁殖的危险，几代之后，这个家族除了傻子就是白痴，没有丝毫活力。文坛可能有时候就是这么势利，人微言轻，小家伙就得熬成老头子才行。可文坛中，如果只是几个老家伙年年披红戴花做"优秀"，这是不是一个没有生命力的文坛？是年轻人孱弱，还是他们太缺少坚强独立的机会？我看更多是后者。

不巧，前些日子在旧物市场买了一本旧书：《二十人所选短篇佳作集》，是上海良友出版公司1937年版的、1982年12月份花城出版社重印本，策划人是主持编辑《中国新文艺大系》的赵家璧，这也是一个年选本，编选者"二十人"都有谁呢？茅盾、郁达夫、洪深、林徽因、沈从文、朱自清、老舍、王统照、巴金、丁玲、萧乾、黎烈文、鲁彦、郑振铎、郑伯奇、赵家璧、叶圣陶、张天翼、靳以、凌叔华，这都是当时的著名作家、编辑，是不折不扣的一串金光闪闪的名字，他们每个人推荐三篇作品，作品的后面都署有推荐者的名字，这是一本厚达56万字的书，但这是名家所选却不是名家的作品选本，不过，被选的人和作品在以后的岁月中却有不少成了名家名作。与今天那些势利的选本大不相同的是，这些当时文坛的资深人士，为我们贡献了一个青年作家的作品集，绝大多数人把关注的目光和热情投向了青年作家，有的甚至是刚刚发表作品的作者。这一点赵家璧先生在几十年后写这本书的《重印后记》中也特意提到了，在入选的53位作者中（有的作者有两篇作品入选），只有鲁迅、郭沫若、老舍三个人属于老一辈作家，其他的全是在1927年以后踏上文坛的作家，这个时候正是他们创作经历旺盛、创造性也比较强的时候，但未必是他们名声大的时候。比如陈白尘、陈荒煤、罗烽、端木蕻良等人，他们的创作都是刚刚起步，可是他们的作品就得到了茅盾、靳以、王统照、叶圣陶、丁玲等人的热情推荐。其中刘白羽、罗烽、端木蕻良、沙汀、萧红和青子各有两篇作品入选，他们几乎都是三十年代才踏入文坛的青年作家，特别是刘白羽，1936年刚刚开始文学创作，他的第一篇小说《冰天》由靳以选入，第二篇小说《在草原》上由叶圣陶选入，这是何等幸运又幸福的事情！再看一看几位作家推选的篇目：沈从文选的是刘祖春《荤烟划子》、李欣的《乡居杂记》、田涛的《荒》，黎烈文选的是宋之的《一九三六年春在太原》、华沙《生手》、舒群《没有祖国的孩子》，靳以选的刘祖春《回家》、严文井《风雨》、青子《紫》，鲁彦选的是萧军《江上》、罗淑《生人妻》、萧红《牛车上》……有一点必须要说清楚的，作者的名气小，并不等于作品的质量差，包括那些我们现在不太熟悉的名字的作者的作品，都别有特色。我不相信1936年，文坛的那些名家们的优秀作品就很少，我倒相信他们愿意以自己的力量把新人推出来，这正好与我们相反，是名家推新人，而不是大家都去推名家。

萧乾先生在晚年曾把"推新人"看作是我们新文学发展过程中的宝贵传统，我清楚地记得我去看他的时候，他激动地说：我们当年刚刚出来，就得到了前辈们的热情拥抱。他说到了他自己得到林徽因、沈从文、巴金的帮助，说到了沈从文当了衣服为青年的卞之琳出诗集的事情……这些事情让他们一生都感到了温暖，也让我明白为什么有一个时期，文坛上新人辈出，至少，大家都不那么势利。

2002年11月2日于复旦

在造神和臆测之间

关于萧乾写文章"造神",说巴金发现了曹禺,最近又被提起(见2001年《书屋》第12期),事情并没有像出土的战国竹简那么久远,但人们的议论和臆测却与并不复杂的事情本身似乎已经相距十万八千里了。我并没有力量去把这辆马车拉回它的起点,对于曹禺的《雷雨》这部稿子是不是被靳以压了,究竟是不是巴金力排众议推上去,几年前陈思和先生曾经写过一篇《关于巴金发现〈雷雨〉》已经讲得很清楚了,文章收在广西师范大学出版社2001年出版的《谈虎谈兔》一书中,有兴趣的人不妨可以找来翻一翻。我所注意的是由这件事情所引申出来的"萧乾在造神"的说法,以前是造巴金这尊"神",现在还要加上曹禺。我真不知道萧乾还有这么大的本事,他的一枝笔居然能造出现代文坛上的两尊"神"。

巴金和萧乾的友谊是尽人皆知,萧乾写文章叙述与巴金的友情甚至是赞扬巴金也是人之常情,所论之事倘若事出有据,根本谈不到什么吹捧更遑论"造神",如果把纯洁的友情都理解得那么功利,需要用造神来维持,要么是以小人之心度君子之腹，要么是别有用心。倘若非得刀剑相对才叫友谊的话，我想要么是对友谊的狭隘理解，要么是"革命小将"你死我活的法西斯逻辑。谈到"巴金发现了曹禺"这一说，恐怕发明权也不属于萧乾，更何况在发表《雷雨》的过程中，巴金的确起到了关键作用，这也不是谁的臆造。陈思和先生在他的文章中曾说到："'文革'以后第一个说出《雷雨》发表经过的是曹禺自己。"那就是曹禺在1979年《收获》第2期上发表的《简谈〈雷雨〉》一文。对此，我还可以补充一个例子，姜德明写于1978年3月15日的一篇《第一场春雨》，其中有一段话，记录了1978年春天与巴金的谈话，其中也谈到了这件事情，原文是这样的：

> 路上我挽着他，问起当年靳以在北平编《文学季刊》，他在靳以那里怎样第一个发现了曹禺的《雷雨》原稿。巴金说："还不能那么讲。事实上我到北平以后，靳以就告诉我有这么一个剧本了，他原来也想发表的。他同曹禺太熟，想让我看一看。我一看就觉得非常好，就这样在《文学季刊》上发表了。"

可见此事并不是萧乾一个人知道，姜德明也知道，甚至说文坛上早就有这么一个说法，萧乾也并非在宣布什么伟大的文学史秘闻，只不过从众而已。而巴金，不论是跟姜德明的谈话，还是写给萧乾的信，都一再强调靳以的作用，这并不是说他就是一个旁观者，所以说萧乾在文章中的几句议论——"这里，看巴金对自己所做的多么轻描淡写啊！然而如果不是巴金作出立即发表的决定，曹禺在戏剧创作的道路上，可能要晚起步一段时日。""不居功，不矜功，厚人薄己，这在旧社会是少见的品德，在今天，也依然是不可多得的"——也并非不着边际的吹嘘之辞。

好了，现在我们的学者们的研究又深入一步了，开始说萧乾"吹捧"曹禺的事情了，而且翻出了解放前的《大公报》，这份当年很有名气的报纸现在很少有人去翻它了，因此像某人"有证有据"说萧乾当年在自己主编的报纸上，拉了一批名家为曹禺的《日出》制造了个神话这样的说法还是蛮有煽动力的，似乎萧乾就是一个造神大师，从三十年代一直造到八十年代，真是"罪"不可赦。但《日出》究竟是怎样的作品，难道是靠谁给造出来的吗？读过剧本的人首先应当有个清醒的认识，至于它是不是比《雷雨》好，是一个学术问题，在不同人的眼里也有不同的看法，这从当初到现在都是存在的，并不是谁给"造"出来的。现在还有一个问题是萧乾拉了一大批"名人"究竟怎么给《日出》做"广告"的？幸好白纸黑字还在，省得有些人又在揣测心理动机了。萧乾主编的《大众报》文艺副刊1936年12月27日以整版的篇幅评论曹禺的新作《日出》，有一点也不能含糊：我们不能因为谁说了好话就认为那是吹捧，就是"造神"，正如酷评未必就客观、公正一样。我们要看他的话是怎么说的和说了什么才行，否则以主观臆测，如作推理小说一般去评论别人，那不但有失公正，甚至是用心险恶。对于《日出》的评论，巴金惊叹于此剧的"雄壮景象"，沈从文认为是剧坛的"伟大的收获"，茅盾说："这是半殖民地金融资本的缩影"，叶圣陶说它"其实也是诗"。他们不是随口说的，而是认真的评论，时间证明了《日出》是经得起这样评价的。如果一些批评者翻一翻当年的《大公报》文艺副刊还会发现，这些评论者们并非都像他所想象地不负责任乱说好话，他们也有明确表示不喜欢《日出》的。李广田就说："我更喜欢《雷雨》。"荒煤则认为《日出》不及《雷雨》。孟实（朱光潜）则坦诚地说："《日出》的许多好处就不在这里说了，这里我想说个人读《日出》后所感到的一些欠缺"。

编者萧乾意图也完全不是要造什么"神"，他曾说过："这样讨论的出发点是避免由一位权威对作品一锤定音。集体讨论可以以不同的角度来谈，有时还会反映评者的某些生活体会。"（《我当过文学保姆》，收《萧乾文学回忆录》，华艺出版社1992年版）而当年的读者也不曾想歪了，他们热情肯定了萧乾的这一做法，一位叫潘琳的读者认为，书评"比较起来最好的办法，是集体批评，像批评《日出》的专辑那样"（见1937年7月7日《大公报》文艺副刊）。而那些认为"造神"的人，倒是以现在文坛上的不良风气来揣度三十年代的事情，这未免也太武断了，我们总不能自己的心中没有阳光就说世界上不存在阳光吧？还有那个《大公报》文艺奖，是萧乾主持评选的不假，但也是由多位评委推选出来的，不光是曹禺《日出》获了奖，还有何其芳的《画梦录》和芦焚的《谷》。况且，《雷雨》已使曹禺名满天下了，他这个"神"根本用不着萧乾和别人再去造了。还有一点必须强调，萧乾先生在晚年曾一再把"推新人"看作是我们新文学发展过程中的宝贵传统，他激动地说：我们当年刚刚出来，就得到了前辈们的热情拥抱。他说到了他自己得到林徽因、沈从文、巴金的帮助，说到了沈从文当了衣服为青年的卞之琳出诗集的事情……这些事情让他们一生都感到了温暖，那时的文坛并不是像某些人想象的那么功利、那么势利。

既然谈到了《大公报·文艺》，我不妨借机多说几句。萧乾从沈从文手中接过《大公报·文艺》副刊后，满腔热情，苦心经营，使这份副刊在抗战前达到了鼎盛阶段，这虽然是一个综合的文学副刊而不是一个专门的书评版，但是在编辑中，萧乾用力最勤的却是书评专栏和专版。为了保证它的公正、可信，萧乾一再强调：书评不是广告，书评版不是出版商的推销员，一个好的书评版必须客观公正。道理很简单，如果让书评充当图书广告，它的每句话后面隐藏着的商业动机就无法与读者建立基本的信任感，更构不成交流和互动。对此，萧乾有着非常清醒的认识，他说："没有明真伪、辨是非的书评，好书得不到褒奖，坏书令人指摘，那就像是足球场上没有了裁判。"（《我的出版生涯》，载《收获》1996年第四期）萧乾认为真正的书评，"它是读者的顾问，出版界的御史；是好书的宣传员、解说员，是坏书的闸门"（《鱼饵·论坛·阵地》）。但是做到这一点谈何容易？"看起来书评家肩上的担负真不轻：出版家要他把书评当作新闻代替广告；图书馆员逼着他说一句'值不值买'的负责话；刚开口要估价，作者气了，要他欣赏要他鼓励……"，为此，萧乾希望"书评家的基本态度应是诚恳"，"诚恳包含公正、同情和其他一切美德。不嫉妒，没偏见……不诋毁也不胡捧。"（萧乾《书评研究》，收《书评面面观》，人民日报出版社1989年版）

正是在这种思想的指导下，萧乾刚编辑这个版面的时候，就确定了几条很鲜明的原则："一、不介绍沈从文和我的书——到上海后，也包括了巴金和靳以的书。（沈、巴、靳皆为萧乾的密友——引者注）二、为了保持评论的独立性，不接受书商赠书……最重要但也是最难坚持的一条原则是：持论客观，不捧不骂。"（《鱼饵·论坛·阵地》）除此之外，萧乾严格把握的一点就是不介入无谓的文坛论争，以使报纸时刻保留独立发言的权利。当时文人间帮派、是非不断，而且萧乾本身就是文学圈中的一位作家，稍不谨慎就容易陷入论争中，而许多论争看似冠冕堂皇，常常拉杆子，占山头，争胜负，赌意气。萧乾认为以这样的东西占据版面，非但没有辨明是非，反而浪费读者时间，将报纸陷入到哪一个阵营和帮派中，丧失公正性和独立性，真是得不偿失。在当今商业化氛围很重的环境里，萧乾的这些认识和作法同样对我们有警醒意义，利益驱动极容易使读书版变成出版商的吹鼓手，因此要办好读书版，保持独立性，不趋时，不趋势，是首要条件。

一个好的书评版总要能抓住一个阶段出版的主脉和思想文化界的焦点，执著地关注下去，从而形成自己的特色和立场。比方说萧乾所编的书评版就不惜拿出大篇幅来关注新文学作品，极力推荐一些刚刚崭露头角却颇有特色的新人新作。《画廊集》（李广田）、《鱼目集》（卞之琳）、《谷》（芦焚）、《南行记》（艾芜）、《黄昏之献》（丽尼）等等，这些今天写在文学史上的名字，当年刚刚出来尚不为人注意的时候，萧乾就组织书评对他们报以热情的赞赏。这对于他们以后的创作道路也是一个积极的促动。小小书评版，日积月累，其实是在做一个推动新文学发展的工作，特别是在新文学成长的三十年代，文学副刊的推波助澜如春风催生了新文学的一片绿野。

不捧不骂，萧乾为了维护书评的独立、公正的这份良苦用心，即便没有完全实现，但也决不像某些人所诋毁的那样。写到这里，我似乎应当打住了，否则对某人表示一点钦佩、景仰，就又有被污为造神的危险了——这样的逻辑真是像"战无不胜"的什么，无往而不胜。

2003 年 1 月 5 日晚

梦和生活连为一体

——观奥运会开幕式有感

灯光幽暗，整个体育场如同长夜中的星空，人们屏住呼吸在等待着壮观的文艺演出的开始，突然，一个黑衣人以低缓、平静的语调在背诵着诗句：

> 手持这个大理石头像醒来
> 我的手臂酸累
> 不知放它在何地
> 从梦中醒来的同时
> 这个头像进入我的梦乡
> 梦和生活连为一体
> 无法分离

解说者告诉我，这位黑衣女人乃是希腊古典戏剧的权威莉迪亚·克尼奥多，诗则是出自希腊著名诗人乔治·塞弗里斯之手。这一刻我愣住了，我实在想象不出盛大的开幕式演出会这样开场。多少次了，最先出现的不是歌星就是球星，再不就是一个群体的场面，热闹、奇异、欢乐，但雅典奥运会没有，它是那么平静，却又无比壮观地让诗歌的光辉照耀着体育场。对此，我除了赞叹，还是赞叹：毕竟是希腊，毕竟是西方文明的发源地，就是不一样！因为这个开场，整个开幕式在我内心中的位置也大不一样了，像我这样的一个对体育毫无感情的人竟然也装模作样地关注起比赛了。那天，我本来特别疲劳，但还是在半夜里挣扎着起来收看这个开幕式，是因为对希腊有着不同于某些现代国家的期待，希腊果然没有让我失望，整个奥运会的开幕式就是一首史诗，展示了一个文化大国的风范。

但我随即发现，我过分关注这个念诗的细节，在次日重播的录像中，它甚至被毫不留情地删掉，画面上不断出现的是乘着小船的男孩是怎么与总统和奥委会主席会面，是接下来的演出。更不可容忍的是一个什么鸟体育专家在批评开幕式办得"没有体育色彩"，我太理解他的批评却无法不鄙视他僵化的脑壳，是啊，哪怕是在号称诗歌大国的中国，你无法想象这样的场合是谁来背诵李白或杜甫的诗，至于戴望舒、卞之琳或穆旦之类的现代诗人的诗就更滑稽了，或者被看作是"矫情"。但希腊，一个拥有与我们同样辉煌文明也并不乏现代感的古国就这样做了，而且是那么朴素和庄严地开场了。我不明白什么叫"体育色彩"，难道体育就是一帮头脑简单、四肢发达的人在厮杀？如果是这样，我宁愿去看斗鸡；体育难道就不需要升华为一种文化和一种精神？我明白了，这种想法和希腊一样太古典太跟不上时代的步伐了，因为在当今，体育与商业狼狈为奸后，大家看到的只是一味地向人类极限的挑战，是取胜的结果和它所带来的附加效应。于是，人们头脑中的球星常常不是球场上他的英姿，而是他与某个名牌的关系，是他的收入数字，是他的无法统计的绯闻。这与奥林匹克精神是完全背道而驰的。要知道，在希腊的早期是没有职业运动员的，它看重的是参与，是"全民体育运动",它是人类体魄健美、游戏精神、公平追求和勇于竞争的展现,体育在这里更本真,没有什么比一个健全的生命更值得珍视,它绝不会拿一个人的生命的健全发展为代价,将一个人从孩童起就与正常的生活隔离开来,把他培养成一个夺取金牌的机器,而后不到中年再淘汰他。这种只是满足了怯懦的看客和卑劣的商人的体育又有什么色彩?

我不想狭隘地将体育与诗歌截然分开,它们之间有着极大的不同,但诗歌的精神会提升体育的境界。在奥运会举办的日子里,我一直追寻着希腊诗人乔治·塞菲里斯(George Seferis,1900～1971)的踪迹。这位诗人1963年由于"他出色的抒情作品,它们充满着一种对古希腊文化遗产之深挚感情"而获得诺贝尔文学奖。对希腊辉煌的古文明的崇敬和随同祖国命运的浮沉共同在诗人心中激起强烈反响,在现实中,希腊给他的不是辉煌而更多是失败感、挫折感,也正是这样使得诗人比任何时候都紧紧地拥抱着他的祖国。诗人生于小亚细亚的斯弥尔纳城,1922年,小亚细亚事件发生,诗人的故乡斯弥尔纳并入土耳其,他成为失去故土的浮萍。这种打击还不止一次,1926年起,诗人进入希腊外交部任职。第二次世界大战期间,希腊被敌国占领,他又随政府流亡国外,还有一个比维护祖国利益的外交官在这个时候更痛苦的吗?当这种情绪,转化到诗歌写作的时候,他的诗中梦幻的色彩和忧郁的情绪、辉煌的赞叹与现实的忧虑交织在一起,形成了一个如同希腊先贤们同样的诗风:"希腊人翱翔于天空,而他们的脚却仍踏在地面上。"在陈映真先生主编的《诺贝尔文学奖全集》(台湾远景出版事业公司)中,我找到了塞菲里斯(此书译作"谢斐利士")的诗集和更多的背景介绍。现有的资料是这样介绍塞菲里斯的文学成就的:塞菲里斯是现代希腊文学的杰出代表,他的创作是从一开始便引人瞩目的。他的第一本诗集《转折点》(1931)以内涵丰富的隐喻、简练而凝重的手法,清新明快的语言,向当时沉闷萎靡的希腊诗坛提出挑战。评论家认为,希腊现代文学史上著名的"三十年代"是以塞菲里斯的这本处女作为起点的。作为他创作成熟标志的诗集《神话和历史》(1935)，受到批评家的普遍赞扬。这部由二十四首无题短诗组成的杰作，被认为是西方现代诗歌中现实与历史交相辉映的成功典范之一。在《航海日志》(1940-1955)中，诗人的创作达到了一个前所未有的高峰，他将写实、象征、抒情、幻想糅为一体。表现自己对世界和人类命运的思考……

在开幕式上朗诵的诗就出自于他的诗集《神话和历史》（又译作《我的历史神话》），在题词中，诗人引用的是兰波的话："要是我有食欲，也只能尝尝泥土和石头。"表明这是一首首植根于泥土深处的歌。被朗诵的那首诗是这组诗的第三首，小标题为《记着你被处死的浴池》，题目出自埃斯库罗斯的名剧《复仇女神》，是奥瑞斯忒斯在其父亲的墓前，回忆起被处死之地的浴池的场景。不妨录下由李魁贤先生译出的全文：

> 我醒来，双手捧着大理石头像
> 使我的手肘疲累至极。何处可放？
> 正当我从梦中脱身，它刚坠入梦中
> 我们的生命就合一，如今难以分离。
>
> 我瞪视着眼，不开不合，
> 我对着始终欲言的嘴巴说话，
> 我压制着已突出外皮的脸颊。
> 我再也无能为力。
>
> 我的双手失去，又回到我身上，
> 残缺不堪。

这其实是一首苦痛的诗，在梦与现实中挣扎的无力感非常强烈，但另外一种力量——虽然遭遇压制却始终不肯屈服的力量——也在不断生长，尽管残破不堪，但这种不息的力量却让我"失去"的"手"再次回到"身上"。依迪丝·汉密尔顿在《希腊精神》一书讲到希腊人的生命观，我看完全可以借来阐释这首诗的内在意蕴："希腊人深切地、无比深切地知道生之无常和死亡之切近。他们一次又一次地强调所有人类的种种努力都是短暂的、无用的，一切美好的、使人快乐的事物都会转瞬即逝。甚至当品达在赞颂竞赛胜利者的时候，生活对他来说也只是'幻影之虚梦'。但是，即使在希腊最黑暗的时代，他们也从来没有失去生活的品味。生活永远是奇妙的、令人欣喜的，世界永远是美好的，而他们，永远为生于其中而欢歌。"

希腊人是较早窥破命运真谛和懂得生之快乐的人，正因为如此，他们更清楚在生命中精神因素的宝贵，在物质与精神的两端，他们始终保持着一种"度"，而不愿意让杠杆完全倾斜到物质一端，奥运会的开幕式就是个很好的例子，我一再注意到它对精神、文明的强调，体育是它们的产物，诗歌也是他们的产物，更重要的是需要一种纯洁，就是不要拿精神去做敲门砖谋取物质的纯洁；还有投入，就像古希腊人一样，游戏的时候是整个生命参与的投入。我没有去过希腊，但这个开幕式却让我觉得它仍然是一个充满想象的地方，我知道世界上这样的地方已不多了，正因为这样，人们才会那么痴情地遁入到文字的世界中。当今时代的人们对诗歌的厌倦已经成为一种普遍情绪，这种情绪反转过来是指责诗人的失职，诗歌的退步，甚至还有恬不知耻的说诗写得他都看不懂……诗歌的阅读需要一定难度的，一看就懂那是顺口溜，别忘了诗可是语言皇冠上的明珠啊！先保持对诗歌的热爱，再研究懂不懂好不好的问题吧，希腊人能在奥运会开幕式上念诗也在提醒我们：在一个物欲横流的时代中不应当放弃对自我心灵的关怀，让梦与生活连为一体，让生活中有梦，这不仅是观看体育比赛的放纵、发泄和狂欢，还需要一种纯洁、庄严和生命的真诚投入。

那么，让我们带着爱琴海式的蓝色梦想再感受一下塞菲里斯忧郁的抒情吧：

这里是海的堡垒，爱的堡垒的终点。
有一天会在我们告终的地方生存的人，
如果脓血会上升溢流他们的记忆，
让他们别忘了我们，常春花中无力的心灵
让他们把牺牲者的头转向黄泉。
万事已空的我们会教他们和平。
(《我的历史神话》最后一首)

2004 年 8 月 19 日凌晨

我只有苦笑

——关于第六届茅盾文学奖的一些闲言碎语

1

折腾了两年多的第六届茅盾文学奖的评选以如今的庐山真面目呈现在人们面前的时候,从媒体到作家、评论家最近都在纷纷说"意外""正常""可以理解""你还期待什么"。尽管二十多年了,人们一次次地声明对这个奖早已"死了心",但言辞中不难觉察出大家隐隐的期待:或许死老鼠也有蹿上房的可能?当然,这并非是期待这个奖能推动文学的发展,稍微头脑清醒一点的人都知道,在当代社会中,文学奖除了改变一下作家的生存状况、增加出版商的订数、给媒体送去一条文化新闻之外,对文学本身恐怕连间接的影响都产生不了。因此,对茅盾文学奖的隐隐期待与其说对当代创作的影响,不如说对茅盾文学奖的自身,大家期待着它能以具有公信力的评奖结果来改变或挽救自身的形象。可是,这份获奖名单公布后,我竟然哑口无言。"我只有苦笑",这是当年巴金先生面对着那些捕风捉影的批评家对他作品的曲解所说出的话,此时成为挂在我脸上的唯一表情。同时,我也想起了祥林嫂的那句话:我真傻,真的……

2

我真傻,真的,我单单看到莫言的《檀香刑》和尤凤伟的《中国一九五七》进入了初选名单就在傻呵呵地高兴,就以为茅盾文学奖这一回总算要改头换面、重做新人了。我真傻,真的,我听说《檀香刑》全票通过就觉得是金子总能发出光芒,好作品毕竟是压不住。但就没有想到这是他们吸引视线、转移大方向,以致暗渡陈仓的把戏?有人放出话了,证明了程序的公正性,也证明了《檀香刑》落选也正是因为这个公正的程序。亏得还是一批人文学者说出来的话,他们的头脑如同一个职业律师一样:我知道你没有罪,但法律规定、判决了你现在有罪。如果真是这样的话,那么这个法律和这个程序是不是就需要被质疑了,如果这套程序不是为了评选出最好的作品,而是为了便于搞平衡,那么你不觉得由它换来的所谓的"公正"更可疑吗?艺术上是可以仁者见仁、智者见智,但评委们如果真的看不出《檀香刑》在这一组小说中出类拔萃的地方,那他就是个该骂的混蛋评委。太明显了,《檀香刑》就是有一百个缺点,它与其他作品也不在一个档次上,其他作家还没有一个能像《檀香刑》这样写得挥洒自如、大气磅礴,写到了这个份上的莫言不仅在新世纪成功地完成了个人的超越,也在提醒中国文学界该如何甩开臂膀实现个人的艺术追求,哪怕仅以茅盾文学奖狭隘的"现实主义"评奖标准来看,《檀香刑》也告诉了那些成天在经营三流作品的现实主义作家们:现实主义不是什么和现实主义还有什么样的表现形式。

既然《檀香刑》在最终都通不过三分之二的票,那么我就更理解了尤凤伟的《中国一九五七》怎么连提一下的人都没有了,尽管评委中有很大一部分人都经历过"一九五七",但他们却不敢面对他,这些尤其证明了尤凤伟这部小说创作的价值:它就是要反抗这种遗忘和沉默。它也在无形中证实了小说作者一个令人非常痛心的论点:经历过一九五七年之后,中国的知识分子在精神上已经被阉割了。二十世纪的中国经历了太多的苦难和坎坷,大家总抱怨当代文学中没有优秀的反思之作,但尤凤伟的《中国一九五七》问世后,我们不必要为此而羞愧了,这是一部不可多得的优秀长篇小说,它还原了一段我们永远也无法绕开的历史,而且小说自身具有强大的艺术震撼力:这部作品四个部分采取不同的写法,由面到点,构成了广阔又逼人心肺的艺术画卷。面对着这样作品的沉默,也再次让我觉得众多的批评家就是做戏的虚无党,他们制造了无数的说法、调动了不计其数的名词写成了天花乱坠的宏篇大论,但他们不敢面对一个最简单的问题:这究竟是一部好作品还是坏作品,你有没有起码的辨别力?

3

说了半天也没有说说获奖作品,似乎不合写文章的规范,但面对这些作品,我没有一点说话的欲望也是事实,因为谈论毫无价值的东西,对于发言者来说实在是一种精神的折磨。如果非说不可的话,那么对于这五部作品,我想说的只有这些:

对于一致通过、毫无异议的《张居正》,我提议大家十年后或者二十后再来看这部作品,因为在长时间的历史戏、官场小说的氛围下,加上中国人特有的政治兴趣,现今我们不可能持一个纯粹的艺术眼光来解读这样的作品。考虑到茅盾文学奖评委中离退休人员较多、年龄偏大的特点,你就更知道这部作品"一致通过"的含义了,这些老评委们深谙中国官场之道、政治规则、人海浮沉、世态炎凉,一部历史小说让他们读出诸多现实的内容,不知是小说的艺术力量,还是内心积垢太多终于找到一面镜子。有些作品是随着它产生的时代而产生,也随着这个时代而灭亡的,而有些作品是会穿越历史获得永恒的,《战争与和平》的时代早已过去,但《战争与和平》却留下了,《张居正》属于哪一种我现在无法断言。

张洁和宗璞两位女作家获奖,让我总觉得带有一定的敬慰性质。同时也为本次评奖在宣传报道上增添很多"花絮",比如张洁两次获奖啦,宗璞是大学者的女儿啦,她们都如何如何在艰难中创作啊……不容否认,她们两位都是当代优秀的女作家,但两部获奖的作品既不是她们自己最优秀的作品,更不是近年优秀长篇小说。张洁的优秀作品是她八十年代后期至九十年代中期创作的一批中短篇小说,而不是《沉重的翅膀》,也不是《无字》,八十万字的《无字》不仅不知道什么是艺术上的节制,而且作者经常挺身而出直接发泄愤恨之情,将小说本应有的气势撕扯得支离破碎,也降低了小说的艺术品格,这部小说甚至远不如她的长篇散文《世界上最疼我的人去了》更有力量。而宗璞的《南渡记》《东藏记》虽不乏精致和优雅,但也太精致和幽雅了,幽雅得压抑了小说的气韵贯通,在孤芳自赏的语言囚笼中压干了小说的水分,要知道长篇小说不是看你句子造得怎么好,更在于整体的精气神儿,不幸的是这篇表现知识分子民族气节的小说在艺术上却恰恰没有精神。宗璞更好的作品是八十年代的短篇小说和九十年代的一些散文。这两位作家有值得肯定的艺术成就,但就这两部作品给奖似乎给错了,这种错误也等于侮辱或抹杀了其他应当来领取这个优秀的长篇小说奖的作家的劳动。

至于《历史的天空》《英雄时代》这两部作品我没有看过,以后也永远不会看它。至于它们是不是好作品,恐怕"地球人都知道"。有的作品没有看过是绝不能随便乱说的,但有的作品不用看也可以表明态度了。如果你说我的话太武断,那么我想请朋友想一想,茅盾奖评到今天也有二三十部获奖作品了,究竟有几部作品你还想再去看一遍,恐怕有些作品求你看你都没有兴趣。《英雄时代》的作者柳建伟先生给我印象深刻的事情不是他的作品，而是几年前大骂他的同行卫慧如何道德沦丧，所操用的语言和思维方式完全不是一个作家的，而且一个典型的风化警察，让我瞠目结舌。并非卫慧无可指责，而是以这样的语言去指责对方只能证明你比对方品格更低。从此我就狭隘地对他的作品敬而远之，因为我相信：作品的高下与作家的境界多少还是有些关系的。——柳先生在指责卫慧的时候说的大约也是这个意思吧？

4

据说这次评委的组成已经改革了，尤其是组成面扩大了，具有更广泛性了。但这些都是表面文章，你哪怕组成了一万人的评委会评出的都是平庸的作品，这个广泛性又有什么意义？我不怀疑评委们的学术水平、权威性和公正性，但一个个摊开手说：我也没有办法啊，公正的程序就产生了这样的结果，大家就认了吧。我觉得这是放弃了艺术的使命感所做的交易，难道评委们都是投票的驴子，只管吃草与投票，而对其钟情的作品连起码的捍卫都没有吗？结果怎么能与你无关，好像你是个无辜者。不对，结果与每一个评委都有关，你把手放在胸口上扪心自问一下，这个结果能否与你的艺术鉴赏力、艺术标准和学术道德相当，你能拿它们来为这个结果担保吗？或许我太看重这些了，什么艺术鉴赏力、艺术标准和学术道德，完全没有一个评委的头衔更实惠更能满足一些人的虚荣心吧？

对于一些现职的领导，对于一些退休的老教授，我敢说他们平时对于长篇小说的阅读量连一个文学爱好者都不如，靠评审过程中的突击阅读，没有平时的阅读积累，无怪乎评出的作品风格如此单一，缺乏包容性，更不具探索性。说得严重一点，他们连做评委的资格都没有。你能让平时几乎不读长篇小说的人去评一个最高的长篇小说大奖吗？小学生都知道荒唐的事情，我们已经庄严地上演了好多年，为什么茅盾文学奖一年又一年地长衰不盛还不是秃头上的虱子——明摆着的事吗？

2005 年 4 月 16 日中午

该给"长篇情结"退退烧

曾经做过这样一个梦，雷声隆隆，乌云密布，顷刻间大雨倾盆，但下着下着却不是雨水了，而是数不胜数的长篇小说，一部部令我眼花缭乱，砸得我晕头转向。大惊失色中醒来，望着屋子里的一堆堆书和杂志，仿佛这又不是梦，而是最真切的现实。现在似乎大凡被称为作家的人都在熬红了眼睛写长篇，大凡有些实力的文学期刊都在谋划着出增刊推长篇，而出版社印长篇仿佛比印钞票还来劲。每天大概总有三到五部长篇小说以纸质的方式出版，这种可怕的生产量不能不让我认为，中国作家在"诺贝尔"情结之外，还有一种更严重的"长篇情结"，仿佛不写部可以当枕头枕的长篇就枉为小说家了。但可敬的勤奋的作家们，在你精确地计算版税和印数的同时，是否也请生产队的会计帮着算一算：这么多的长篇小说究竟谁来看啊？按照一个勤奋的阅读者一周读完一本长篇小说来算，一年最多不过读五十来部，而这个数字连全年出版量的百分之五都不到。那么剩下的百分之九十五都哪去了？大概和我们家中每天收到的成堆的超市打折广告一样成了时间的殉葬品吧。这还不是最悲观的计算，我敢打赌一年能读上五十部当代长篇小说的，在十三亿中国人中并没有多少！认真地想一想，从 1919 年到 1949 年中国现代文学的三十年中，到今天还能被人阅读或留存在人们记忆中的长篇小说究竟有几部？

　　有人说就是要沙里淘金，也有人说没有数量怎有质量？！这些话并非全无道理，作家是律令的僭越者，凡事不可一律而责。从某种意义上讲，创作质量与一个作家创作数量的多少、作品篇幅的长短、创作速度的快慢没有绝对必然的联系，但有一点似乎也不能忽视，那就是一个人的时间和精力是有限的，就是铁打的机器也有基本的生产频率，写作更需要从容的构思、相当的时间保证、必要的精神积累和充分的修改时间，对于长篇小说来说这些条件更是不能忽略。而当代某些中国作家写作数量和速度据说连举世公认的高产作家托尔斯泰和陀思妥耶夫斯基都望尘莫及，屁股一扭就一天一个，把写作当作比母鸡下蛋还容易和随意，这首先就让我怀疑他们对长篇小说的写作没有敬畏感，这种敬畏在以前是木匠对他所做的木器精打细磨的耐心、画匠对他画的画精雕细琢的认真，在今天讲究速度和效益的时代中至少也是质量过关的职业道德。一定会有人认为说这样的话是低估了他们的能力和才华，但我想说有些规律是无法逾越的，有些法则你可以丢开它却要为之付出代价的。历史是最好的镜子，再请生产队会计来算算账吧。托尔斯泰的三大长篇，《战争与和平》（1863—1869），创作时间是三年；六年后才开始创作《安娜·卡列尼娜》（1873—1877），费时四年；十二年后才有接下来的《复活》（1889—1899）的创作，费时十年。相比之下，陀思妥耶夫斯基在创作上比托尔斯泰更专注一些，从 1866 年的《罪与罚》到 1880 年《卡拉马佐夫兄弟》第一部的完成，在二十四年中有五部长篇问世，但基本上也要五年时间才有一部长篇问世。乔伊斯的三部长篇《一个青年艺术家的画像》（1904—1916）、《尤利西斯》（1914—1922）、《芬尼根的守灵》（1922—1939），其构思、酝酿和写作几乎都在十年以上。以上三位作家都是可以进入伟大作家之列的天才作家了，但我们不难看出长篇小说的创作是有相当的难度的：一、虽然他们的创作数量都不小，但一生中的长篇创作数量也是扳着指头可以数得过来的。二、一个作家两部长篇小说创作之间是有相当的时间间隔的。三、像托尔斯泰、乔伊斯这样的天才作家，创作一部长篇小说都曾数易其稿，据说托尔斯泰的《战争与和平》其夫人的抄改稿就有七部，有的作品的开头竟然写了十几次，由此看来曹雪芹的"十年辛苦不寻常，字字看来都是血"确非妄言。这种"老牛拉慢车"的创作显然不符合现今突飞猛进的时代精神了，但他们却得到了时间丰厚的回报，那就是令人惊叹的出手不凡和部部堪称经典。没有办法，种瓜得瓜，种豆得豆，哪怕是下笔万言、才华如长江之水滔滔不绝的天才，你的思考和对世界的认识总需要一个过程和时间吧？而高频度地出产长篇小说不要说内心的积累能否应付过来，至少容易落入自我重复和重复别人的危险中。所以，哪怕当今年产上千部的数量，但一看难免都是蔫茄子样儿，说长篇小说繁荣还是为时过早。

　　人都是有局限的，哪怕伟大的作家也不例外，比如鲁迅和沈从文就未必宜于写长篇小说，张爱玲的长篇也写得糟七糟八的，但这丝毫不会影响他们是中国一流小说家的地位。扬长补短，珍惜自己的生命和才华的人都会这么做，但长篇情结令许多优秀作家不撞南墙不回头啊。比如毕飞宇，中篇小说《玉米》等让人啧啧称赞，但他的《平原》，读后不能不令人惋惜，他擅长写人，寥寥几笔人物便跃然纸上，但这等绣花功夫搬到长篇小说的广阔"平原"上未免有些小气；他在中短篇小说中发挥得淋漓尽致的雕琢功夫，在长篇小说中则显得刻意、矫情、缺乏气势。如果毕飞宇把《平原》的材料写成一个个中短篇小说那该多好啊！迟子建是创作质量相当平稳的当代作家，然而我不能不遗憾地说她的灵光之笔常常并不在她那些为数可观的长篇小说中，而在她的中短篇小说中。张洁和宗璞的比砖头厚的长篇恐怕也丝毫没有她们的几页长的短篇来得有灵气。这么说，并不是要否定这些优秀的作家们的劳动和才华，尺有所短，寸有所长，这是非常正常的事情。有人生下来就是鞋匠，你非让他去打铁，总有一天他会把自己的胳膊砸断的。这么说，也并非要去比较长篇小说和短篇小说孰优孰劣的问题，这样讨论没有意义，只要写得好有独创性，写什么都能写出伟大作家来。这么说，更不是在打击作家的创作热情，我对于长篇小说创作始终充满敬意，但我们也的确需要"捍卫长篇小说的尊严"，至少该给"长篇情结"退退烧，一个作家在写长篇之前也应当问一问自己：这是基于真正的创作冲动而写，还是因为出版商的鼓噪，"长篇情结"的勾引，或是打肿脸充胖子、死不认输百折不挠的虚荣在作怪呢？农民种庄稼都知道一棵是一棵，如果满地撒满了种子，长不出一棵好苗来，那是白忙活，聪明的作家啊，你是不是也需要算计一下呢？

2006年1月8日午后于国年路

编辑是干什么的

编辑是干什么的？这话虽然问得有点气势汹汹，但丝毫没有不敬之意，我也曾做过编辑，深知甘苦。就说错字的问题吧，你战战兢兢地说"可别错了，可别错了"，可是书一印出来，看了一百遍校样也没有找出的错字，这会儿全都自动跳出来跟你说"哈罗"了。真让人灰心丧气，但编辑也有神气活现的时候，那是大笔一挥，唰唰唰比割稻草还容易地删呀改呀，仿佛很有成就感。二十世纪五十年代时候巴金先生曾写文章呼吁编辑"笔下留情"，当时就有人反驳他"轻视编辑工作，抹杀编辑的劳动"，是啊，倘若一本稿子到了你的手里，你动都没动就送出去，还算"编辑"吗？改稿子不正是这个职业赋予编辑的神圣权力吗？是的，我的问题也由此而来，这个权力需不需要设立个限制？或者说什么是编辑该劳动的，什么是编辑不该劳动的。比如说一些学术著作，作者如果没有做名词索引，编者该不该督促作者做一个？比如说一些书注释比较多，编者是不是要尽量克服排版的困难将其放在页下以方便读者阅读？不然，像《尤利西斯》这样的书，每章有几百个注释，都放在后面，不看注释又不行，就这样翻来翻去，好嘛，知道的呢你是在看注释，不知道的还以为你在拿书煽风呢！有些事情多做了是不积德的，比如将部分注释删掉，还恬不知耻地声明："考虑到外文注释对国内读者实用性不大，从略。"将文末的写作日期删掉，这回连声明也没有了。该做的不做，不该做的却偏偏做了，真让人上火，"编辑是干什么"的质问是冲着这样的事情来的。

不幸的是这样的例子随手就捡来一大串。新出的《穆旦译文集》皇皇八大卷，汇集了穆旦几乎所有的译作，但没有一本标明这是根据哪个底本收入译文集的，穆旦的译作在过去曾由多家出版社印行过，译者本人也曾修订过，做个版本说明是多余吗？打开第四卷，在所收录的《英国现代诗选》中，T.S.艾略特名下收录了《荒原》，紧接着这个题目排的题目是"T.S.艾略特的《荒原》"，什么意思？艾略特写了一首《荒原》，接着又写了一首《T.S.艾略特的＜荒原＞》自嘲？翻开正文才明白，这是一篇阐释《荒原》的文章！劳驾编辑给后一个题目变个字体行吧？或者加上"附"，甚至应当括号写出这篇文章的作者，不要让人误为艾略特的诗啊。编辑的"不作为"的例子在这套书里还有，比如这套书中的年份，一会儿用阿拉伯数字写，一会儿用汉字写，甚至同一篇文章中，正文是汉字，作者的写作时间就是阿拉伯数字，怎么回事啊？第4卷中图片说明"1980年出版的《唐璜》封面书影"，可是一看图片，这哪里是1980年出版的《唐璜》封面，严格点说这应当是"1980年版，1993年印刷的《唐璜》封面"，1980年出版的《唐璜》封面在这套书第八卷的一幅插图中还露过面呢！而且，不论哪个版本，包括译文集都是人民文学出版社自己出的书，是自己都把自己弄糊涂了，还是编辑懒得仔细对一对？不过，这个错出的真是活该，1980年版的《唐璜》，到1993年重印的时候又没有改版，那么勤快地改封面干什么？我对同一个出版社重印自己出的书乐此不疲地换封面既十分不解又特别痛恨，然而，这种不该做的事情他们做得都很积极！

说了半天，还都是枝枝节节，或者说编辑工作本就是这些枝枝节节，大道理并不多，但基本的原则却不能含糊，比如对作者尊重，对历史尊重。现在不少人将这些底线都弄丢了，在开拓编辑新局面了，干什么呢？妄改横删。大凡是看不顺眼的、觉得不合理的就改掉，编辑手中的法宝就是"出版规范"（这劳什子"规范"的罪状容以后再陈述），尤其是文学性的稿件，作家带有个性化的语言表述常常是编辑练手儿的好材料，而且所有这些都是在神不知鬼不觉中完成的。谁的稿子也不是一字不易，难道跟作者商量一下就影响工作效率了？是作者都不好讲话吗？孙犁先生就曾对一位编辑说过：都说我的稿子不能改，其实不然，改得有道理我也很高兴，上次那篇稿子改得就很好，我收入集子就是用的经过你改过的稿子，而不是原稿。（大意）你看这不皆大欢喜吗？改在世作者的稿子也就罢了，他可能还有申冤昭雪的机会，而对去世的作者的稿子竟然也"大刀阔斧"，我不能不佩服编辑的胆量。这两年，旧书重印已成出版界的一大景观，从某种意义上讲，这并非坏事，但妄改之例多得甚至可以说"印旧书而旧书亡"了，尤其是民国时期的图书重印，也是用白话文写的，但行文方式和语言习惯又和当代不一样，好嘛，编辑这回可有活干了，比如译名都统一到今译法，不是用加注的办法，直接在正文中就改了，改得高兴了还有将"北平"一律改成"北京"的；接着看看哪个词用的不"规范"，如将"我写了一篇批评"全改为"我写了一篇评论"；剩下来还要看看哪些句子和哪段话跟当前形势不合，这就不用改了，直接删去，当然也用不着注明删了多少，连个省略号都不用给……这样的书看起来，你说它是哪个时代写的？真是穿越时空！我这可不是在编瞎话，龚明德先生在他的《书生清趣》（岳麓书社2005年3月版）一书中就举了很多例子。比如重印凌叔华的作品，原文"学校十周纪念"，编者非要改为"十周年"；"神品"改为"精品"；"纱帘"改为"纱窗"；"打茶围"改为"打围"；"我给孩子结上带裤"被改成"我给孩子结上裤带"；"一个大都没有还"，"一个大"即"一个子儿"，却被妄改成"一个钱"——这种方言表述的地方，你不懂不能乱改，怕读者不懂可以加注啊！这些妄改的例子分别出自号称"原本重印"和为保存史料文献而出版的集子里，而且有的出版单位还是大家平时连连称道的"大出版社"。谁给了你这样妄改的权利？！这样的书真让人惊出一身冷汗，谁敢买啊，我们又下不了龚明德那样的工夫去一字一句地对照，就是龚明德也不可能每本书都这样校勘去，那么，我们在不知不觉中已经用过多少这种被妄改过的本子？出这种书不是对文化的犯罪吗？以讹传讹，将错就错，这样的书继续印下去，不是世世代代犯罪吗？编辑啊，你为什么不懒惰！

没有将编辑推上审判台的意思，我只是觉得编辑和当今的出版界需要反思一下，什么事情该为读者和作者多做一点，什么事情要少做一点，甚至干脆就不能做——这是做编辑的底线。当个优秀编辑可能很难，但这些问题弄清楚了，当个负责任的编辑，出几本可以信赖的书恐怕不算太难。

2006 年 2 月 28 日

真理的贩卖者

听说朱健国状告《收获》杂志欺骗消费者,并责令《收获》向读者道歉、向巴金先生道歉;又听说一些媒体也就此大做文章,而且朱健国等人还将他们与《收获》杂志社"扫地的"通话录了音并拿到某媒体上播放;又听说法院已经受理此案,不日内将开审……太有意思了,简直比"当今中国最好的文学刊物之一"《收获》上的小说还有意思。本来我这种低俗之人从来不敢沾朱健国的边儿,因为我觉得他脑门子上写满了"真理",而我却既不懂卢梭的"积极自由",又不知洛克的"消极自由",既不明"公意",又不懂"私有",对于"封建性"呀"伪现代化"啊更是所知有限。但这次朱健国终于满足了我这样趣味低俗的人一把,据说还要让《收获》杂志向他的前主编道歉、女儿向父亲道歉,因为他们盗用了巴金的名义……这事儿听起来比侦探小说还有意思。朱健国为维护巴金先生的清名挺身而出,为维护消费者的权益而振臂一呼,连电话录音都用上了,用心良苦啊!可我虽然无知但却并不健忘,曾几何时不是朱健国说"巴金实乃一个二等文学作家,三流思想见识,独善明哲保身的'贰臣'而已"

吗？所以我就纳闷了：你说《收获》盗用谁的名义不好，盗用这样一个人的名义干吗？你说消费者受谁"欺诈"不好，干吗去上"二等""三流"的当呢？这个朱健国也是的，不是一贯对巴金不齿吗？现在怎么又去维护他的清名了？想了半天，我多少明白一点了，这叫"爱憎分明"，这叫"公正"。于是，我就更加佩服朱健国了。

一

怀着这样的敬佩之情，我学习了朱健国在网上流传已久的名文《试看<收获>的封建性——"巴金现象"与"伪现代化"》。不愧是杂文家，一针见血，一看就让人义愤填膺，巴金何止是"坦白痞子"，简直太……！幸亏我这猪脑子还有那么一点点缝儿，幸亏我不仅"细翻"过"1996年出版、1997年二次印刷的《巴金选集》"，还读过一点别的，不然真想找巴金拼命，真想火烧巴家楼了，朱老（佩服得五体投地，只好改此敬称了）煽风点火的功夫已经登峰造极。请看：

6. "我一生不曾遇到'创作自由'的问题"
……
他曾一面提议建"文博"，一面又大言不惭地宣称：
"所以我重读旧作，并不脸红，我没有发违心之论。"（《随想录·无题集》P140）又说："我一生不曾遇到'创作自由'的问题，除了文革十年。"（《再说创作自由》同上P71）。

在巴金心里，建国十七年他那些歌颂反右、大跃进的文章和小说，都是真心真情，都是至今不脸红，依然值得收入全集的佳作，停留在这样的认识上，其心中的"文革博物馆"和大众心中的"文革博物馆"也就完全两样，不值一谈了。

……

我敢说，看过这样被编排过的巴金的话，你想不同意朱老的结论都不行，话都是巴金说的，经过朱老的处理达到了非凡的艺术效果。为什么这么说？因为巴金的这些话都是有具体针对性的，都是有上下文语境的，省略了这些如此断章取义已经可以指鹿为马。比如"所以我重读旧作，并不脸红，我没有发违心之论"一句，出自《怀念非英兄》一文，巴金曾经删去过分的赞美朋友的话，但今天重读旧文却并没有为过分赞美了朋友而脸红，因为这赞美在当时并非违心之论。巴金的原话是这样：

> 《短简》以后不曾重印，编入《文集》时我删去了这封公开信。这也就是所谓"划清界限"吧。我只说"感到内疚"，因为我当时删改文章确有"一场空"的感觉，我也为那些过分的赞美感到歉意。所以我重读旧作，并不脸红，我没有发违心之论。不像我写文章同胡风、同丁玲、同艾青、同雪峰"划清界限"，或者甚至登台宣读，点名批判，自己弄不清是非、真假，也不管有什么人证、物证，别人安排我发言，我就高声叫喊。说是相信别人，其实是保全自己。只有在"反胡风"和"反右"运动中，我写过这类不负责任的表态文章，说是"划清界限"，难道不就是"下井投石"！我今天仍然因为这几篇文章感到羞耻。

这么一看巴金为什么不脸红，又为什么"感到羞耻"不一清二楚了吗？朱老难道就这等智商，这么"浅薄"的文章都看不懂？就这么粗心，在他引用的话紧挨着的下面一句就是巴金自责的话竟然没看见？于是就能得出与事实完全悖谬的结论！让读者误以为巴金在玩两面派的把戏，一面在检讨自己发表过违心之论，一方面又在抵赖。朱老啊，朱老，你一心要把巴金钉在耻辱柱上,可不能用这种手段啊!

再看另外一句话,孤零零把这样的话拎出来,而且还做成了醒目的小标题,不就是想给巴金按上个"粉饰太平"的罪名吗?但是打开《随想录》中《"创作自由"》《再论创作自由》两篇文章看一看,巴金到底说的什么?他说创作自由不是别人的赐予,不是长官的赐予,而是自己争取来的,自己不争取自由是等不来的,这样才有了巴金的那句话。你可以不同意他的观点,但你不能把黑变成白的吧?看看上下文:

> 总之,自由也罢,责任感也罢,问题还得在创作实践中解决。我一生不曾遇到"创作自由"的问题(除去"文革"的十年,那个时期我连做人的"自由"也给剥夺了),但是在旧社会中因为没有"发表自由"和"出版自由",虽然也曾绞尽脑汁想方设法保护自己,我却吃了不少苦头……

不是早就有人高叫巴金说的这些连小学生都懂吗?可朱老怎么似乎一句都没看懂呢?这就是他的"讲事实,摆道理"吗?这道理讲得我一身冷汗,太厉害了,幸亏"文革"中朱老没有充任"打巴组"组长,否则巴金被枪毙十次都不算多(当然,被枪毙了可能是好事,巴金活这么长是"苟活",是"讨好"两面活下来的,而如果"文革"中死了,或许可以与顾准、陈寅恪、胡风为伍了——这样简单的文化逻辑非常盛行,但所有的提倡者都是躲在最安全的地方让别人冲锋的,天真的人上当了,他恐怕还窃笑得计)。朱老挥笔如刀,杀人不见血啊!由此,再看他编排出来的巴金从三十年代到五十年代的那组"坦白",就知道朱老真是"愈加之罪,何患无辞"啊,谁叫咱剪辑的功夫高呢?朱老不是常提到鲁迅吗?不知他还记不记得鲁迅笔下的那些"正人君子",这些人满口仁义道德,而满脑子什么可就不知道了。鲁迅在早年还曾批评过那些"伪士",并说"伪士当去,迷信可存"，朱老可能够"伪士"的资格了，也能够跟着潮流说上一大通新名词，从道理上讲他说的也似乎都正确无误，但所有的东西都不是他经历和体验过的，都是替别人在贩卖杂货。对了，我忘了，朱老说过，他是"无主义"者，他大可什么都不信的，这样游刃有余，永远掌握主动权。朱老还说过：真话不等于真理。并在十多年前向巴金先生进过言。但我觉得这无异于屁话，谁说真话就等于真理了？要人说话句句是真理也太高难了，也只有上帝和朱老才能做得到吧，真要一句等于一万句了。但朱老就是有这样真理在胸的气势，不信请看：

> 巴金一生不过是个趋时赶浪潮的二流文人而已。鲁迅晚年称赞他，一是鲁迅病了，二是巴金那时还在可塑之年；胡风与巴金两人，鲁迅只看准了一个人，那就是胡风，胡风确有点鲁迅气质，鲁迅精神。

这简直就像法院的判决书一样不容置疑，而朱老仿佛真理许可证批发公司的董事长，连鲁迅怎么想的都是他规定的。原来鲁迅先生上当了——这好像是巴金当年揭发胡风的逻辑，巴金因此而受批评，朱老却因此更显伟大啊，因为他到处吆喝的却是真理啊，简直连放屁都带着真理的气味。

二

这样的人，我看可以称为"真理的贩卖者"。当然不是真理的传播者，更不是实践者，传播者不会别有用心地虚构事实，实践者不会到处吆喝自己手持真理；自然也不能是探索者，朱老不用探索，真理从来都在他这一边，以这样的法宝来打"死巴金"，真是无往而不胜啊。

不信再看这一节：

5. 收回"文革博物馆"建议

即便如此，我也和众人一样，一度敬仰巴金，毕竟是他说出了这个人人心中所有，大家尚未提出的好建议。但是，随着时间的变化，也就是八十年代后期，巴金开始变了，他似乎忘记了他的"建议"，尽管他有一大堆委员、主席之官职的方便，尽管他有着自己世袭的舆论阵地《收获》，但他从此再不要求建立"文革博物馆"了，因为他已经知道，上焉者希望"淡化文革"问题，希望对文革要"宜粗不宜细"，要"团结起来向前看"，而且"反对资产阶级自由化"运动又来了，于是一生以"听话"为准则，"识时务为俊杰"的巴金先生，赶紧结束自己的《随想录》，赶紧同意四川人民出版社在《巴金选集》中删去《"文革"博物馆》，从此遗忘自己的"文革博物馆"建议，一心一意投入到粉饰自己的"全集"中去。从1986年8月20日写完最后一篇"随想录"后，巴金就宣布封笔了。至今15年了，中国出了多少惊天动地的风波、腐败，中国有多少志士百姓蒙冤受难，巴金一声不吭！中国有多少青年因响应巴金的说真话而遭难受灾，巴金一声不吭！"管他春夏与冬秋"，他只是精心装修他的全集，亲手把自己的"墓碑"洗刷得光彩照人，他只是心安理得地用顺从换来高位……啊，巴金真是中国绝顶聪明之人——他一生除文革十年受了一点小苦，永远都是趋时的宠儿。

这话说的有鼻子有眼儿，但却让人一头雾水，巴金什么时候宣布收回"文革博物馆"的建议了？朱老抓住一个细节就可以上纲上线罗织吓人的罪名，这种封建师爷的本领可是修炼到家了。那么，还是从《文革博物馆》一文的"存目"事件说起吧，其实也用不着说，因为范用先生在2003年3月21日《文汇读书周报》上发表的《巴金先生的一封信》（现收《泥土·脚印》续编，北京三联书店 2005 年 8 月版），还有当事人李致先生 2004 年 9 月 18 日所写的《从"存目"谈起》(收《生命的开花》，文汇出版社 2005 年 5 月版）两文中已经说得明明白白，但朱老忙于贩卖真理，这种事实是不屑关心的，反正他自己可以根据论述的需要捏造事实，并能够义正辞严地向巴金先生提出一些离谱的要求。首先，纠正一个重要的事实，朱老那部"1996 年出版、1997 年二次印刷的《巴金选集》"中要是收了《文革博物馆》才活见鬼了，因为这部十卷本选集是 1982 年编辑和出版的，《文革博物馆》写于 1986 年，所以 1982 年以后巴金所写的文章，这里都没有。1997 年只是重印而非重编，哪怕是版权页上误导了朱老（建议起诉四川人民出版社涉嫌商业欺诈），朱老也应当看一看巴金为此写的《后记》，上面明明写着"1982 年 2 月 15 日"。而"存目"一事发生在四川文艺出版社 1990 年出版的《讲真话的书》上，而非这部《选集》。这完全是出版方的问题，如果夸大一点说，巴金本身就是受害者，用"存目"的办法本身就是一个无言的抗议，如同他在 1990 年 12 月 25 日给李致的信中所说的："感到遗憾的是漏掉了几篇文章（如译文选集小序等），和用'存目'的办法删去了一篇'随想'。特别是后者，这一办法本身就是一篇'随想'。读者会明白这个意思。"巴金错了，因为朱老就不明白。不，是我错了，朱老不是巴金的读者，而是个批判者，不然的话，他不会看不到从 1986 年一直到现在出版的各种版本的《随想录》中从来都清清楚楚地印着《文革博物馆》，巴金也从来没有宣布过撤销这个建议，反倒在进入耄耋之年一次次声嘶力竭地呼吁这个事情，关于"文革"他唠叨得简直有些让人厌烦了，1987 年写的《<随想录>合订本新记》中讲，1990 年在《<巴金全集>第十六卷代跋》中讲，1993 年在《没有神》中讲，1995 年在《<十年一梦>增订本序》中讲，还有很多的书信……这不都是"八十年代后期"吗？这可是白纸黑字啊，朱老就可以置若罔闻，是不是巴金没有当你朱老的面讲就不算数呢？就像他批评巴金没有当胡风面说道歉就是虚伪一样。什么"识时务为俊杰"，我看巴金是不识时务，否则真像有些人劝他那样安度晚年不更好吗？还写什么《随想录》《再思录》！这句话倒照出朱老很识时务，因为不是有句话吗，心里有鲜花的人，看世界尽是鲜花；而心中有牛粪的人，看世界尽是牛粪。朱老是心中的时务太多了吧？

"至今十五年了，中国出了多少惊天动地的风波、腐败，中国有多少志士百姓蒙冤受难，巴金一声不吭！中国有多少青年因响应巴金的说真话而遭难受灾，巴金一声不吭！"说出这样话的人真赶紧找一块豆腐撞死算了，你真有出息啊，一个生龙活虎的人、一个到处贩卖真理的人，却什么事情都依靠一个八九十岁的老人而且是病魔缠身的老人出来表态，就这个熊样还高叫"超越巴金"？这种叫阵的方式，似乎当年也有人对鲁迅使过，何其毒也！幸亏鲁迅就没有上这个当。好了，现在又需要"浅薄与虚伪"的巴金表态了，巴金是新闻发言人吗？什么都要出来表这个态，代表真理和正义？就是新闻发言人还有"无可奉告"的时候呢。再问一句，巴金在自我反省的时候，你干什么了？巴金经历的这些事情有没有你也同样经历过的？所有的历史责任都应该巴金去承担，所有的幸福、光荣都是你在那里享受，你未免聪明过头了吧？"多少惊天动地的风波、腐败"，你都去表态了？不是反对"封建性"吗？那么巴金与我们每一个人作为公民所承担的义务和享有的权利应该是一样的，为什么偏偏要巴金出来说话，是他高你一等吗，那么你岂不是将自己的权利让渡给巴金了，或者梦想巴金充当青天大老爷的角色替你喊冤，这你也太——"封建性"了吧？什么叫"巴金一声不吭"？他喊破了嗓子你偏偏听不见有什么用？

三

按照朱老的逻辑，巴金最好是一个行为艺术家，站在大街上给每一个人发纸片（最好是跪着，否则不算"负荆请罪"），上面写着"我宣布……""我忏悔……",否则就是虚伪,就是不真诚,就不算道歉。——可是这样朱老是不是又要说巴金在"作秀"、巴金更"虚伪"呢?反正巴金就是待宰的羔羊,任其屠戮啊。这不,关于向胡风道歉的事情,朱老就是这么说的:

4. 从胡风看巴金的虚伪

巴金为什么要拖到胡风死去一年——1986年8月20日——才写对胡风的忏悔?两人本是30年代的好朋友,同为鲁迅关心的弟子,而巴金又是最对不起胡风了——1955年,批"胡风反革命集团"时,和胡风已有20年深交的巴金,竟在上海作协多次主持批胡大会,奋勇当先写下一篇又一篇的批胡檄文。当人们为鲁迅先生曾有不相信胡风是特务,赞扬胡风的文章而为难时,巴金奋起反驳:那是先生受了他的骗!最后一根可能救胡风命的稻草就这样被巴金给掐断了。……可是当改革开放后,当巴金已在大呼忏悔,已经明知胡风是冤案之时,却依然没有真正用行动忏悔。巴金后来自述:"去年(1985年——笔者注)3月26日,中国现代文学馆正式开馆,我到场祝贺。……我行动不便,只好让朋友们过来看我,梅志同志同胡风来到我面前,她指着胡风问我:'还认得他吗?'我愣了一下。我应当知道他是胡风,这是在1955年以后我第一次看见他。……这以前(也是八十年代了——笔者注)他在上海住院的时候,我没有去看过他,也是因为我认为自己不曾偿还欠下的债,感到惭愧。"——这是什么逻辑?"不曾偿还欠下的债",就可不去向受害者道歉?就不能用负荆请罪来偿还一下?明知自己对不起胡风,明明宣称要高举忏悔大旗,却就是不主动当面向受害人道歉——"欠债越多越不用还",这是"惭愧"还是顽固?可以不远千里从上海到北京开会,却不能走动几步在会场所在地登门看望胡风,这说得通么?胡风出狱后在上海治病,同在上海的巴金，经常去医院的巴金，居然可以因为惭愧而不去当面向胡风致歉，这是真话么？！更虚伪的是，"第二天上午我出席作协主席团扩大会议，胡风由他女儿陪着来了，坐在对面一张桌子旁边。我的眼光常常停在他脸上，我找不到过去那个熟悉的胡风了。……我打算在休息时候过去打个招呼，同他讲几句话。但是会议快要告一段落，他们父女就站起来走了。我的眼光送走他们，我有多少话要讲哎……我想起一句老话：'见一次少一次。'我却想不到这就是我和他的最后一面。……我终于失去了向他偿还欠债的机会。"（《随想录》·《无题集》P172）

　　这是忏悔吗？十足的狡猾！伪君子！同在上海不去登门道歉，同在会场不去当面忏悔，而是要等到胡风死去了，才写下这种要弄读者的"忏悔"——这不是在向胡风忏悔，而是沽名钓誉的洗刷与狡辩！对一个自己迫害过的人，如此无情，还事后借机骗取高风亮节之声誉，这是何等地残忍与无耻……

　　我看"残忍和无耻"这样的话要奉送给朱老自己，进入八十年代，巴金已是风烛残年，真的是一抬腿就去看望老朋友了？"胡风出狱后在上海治病，同在上海的巴金，经常去医院的巴金，居然可以因为惭愧而不去当面向胡风致歉……"这话说得太有水平了，说他有水平是因为朱老总以自己完美的圣人的标准来要求一切人，而以自己的要求来作为天条，如果巴金不执行就是"无耻""伪君子"。多霸道，多真理啊！退一步说，胡风去世了再写文章道歉怎么就不算道歉，我看这说明这个歉倒得更真诚，否则人都死了，还去多此一举干什么？更何况，巴金何止是在胡风去世后，在胡风生前，巴金就曾说过："批判胡风的时候，我也'人云亦云'，站在批判者的一边。现在他早已恢复了名誉，恐怕没有反革命的事吧，我在反省自己当时的言行。不了解事实的真相就发言，这是不行的。"这是巴金1981

年5月19日跟《朝日新闻》驻上海特派员田所的谈话，公开发表在当年5月25日的日本《朝日新闻》上，1984年9月曾收入百花文艺出版社1984年9月出版的《巴金创作生涯》一书中。说这话的时候，胡风集团冤案的平反工作还留着很多尾巴呢！但朱老自然可以看不见，幸亏丧尽天良的人并不多，贾植芳教授在巴金去世时发去的唁函中是这样写的：

在举国哀悼巴金先生逝世的热潮中，作为一个90岁饱经沧桑的老人，我正在翻阅这些年的日记，检视自己在人生漫长旅程中的脚印。我发现在自己1981年6月2日的日记中，有一则与巴金先生有关的史料，今抄录如下，将其呈献于巴金先生遗像前，作为对他不幸逝世沉痛哀悼的同时，表示我对他崇高人格力量的敬佩。

"小李下午送来一张上月25号的日本《朝日新闻》（夕刊），那上面有该报上海特派员田所的巴金访问记。其中巴金对记者说：'胡风批判那时，由于自己的"人云亦云"，才站在指责胡为反革命的人的一边。现在他已经恢复了名誉，并没有所谓反革命的事实。我对于自己当时的言行进行了反省。必须明白真相才能行动。'这是我见到的第一个为反胡风而向国外发表声明的中国作家，而这样的人在中国如恒河沙数也。"

巴金先生的精神永垂不朽！

作为胡风案的"同案犯"的贾植芳能够说出这样的话来，足以证明世间自有公道在。

作为杂文家的朱老太会写文章了，先是大事渲染巴金与胡风怎么亲如兄弟，接着渲染巴金怎样陷胡风之不义，里里外外要判巴金一个"可恶"罪。但有一点是不能含糊的，在批胡风的运动中，巴金最多是一个跟从者，而不是一个主持者和主使者，但朱文就差说是巴金亲手将胡风送到大牢里去了。如"最对不起胡风"，"竟在上海作协多次主持批胡大会，奋勇当先写下一篇又一篇的批胡檄文"，"最后一根可能救胡风命的稻草就这样被巴金给掐断了"。拜托，别用这样吓人的字眼去唬人好不好？！同样白纸黑字俱在，巴金在《文艺月报》《人民文学》上发表的那几篇批判胡风的文章还没有被人烧掉，再对比一下同期刊登的其他文章，巴金的角色一清二楚，或者说像巴金这样的作家，在当时谁没有写过几篇这样的文章？历史的责任不容推卸，但也不能肆意夸大，评价一个人需要放到具体的历史环境和这个人的处境中来讨论，剥离了这个背景将巴金的事情孤立地放大，那是对前人极大的不公平。把鸡毛小事拔出来夸大到什么历史、命运上，如果用同样的逻辑，我还可以说巴金是当年抵制批判胡风的勇士呢，因为他挂名主编的《文艺月报》因为迟登了关于胡风反革命集团的第三批材料还被当时的上海市委宣传部批评，还写了检查呢，几年后巴金还为这件事抗议过的。巴金没有往自己脸上贴这个金，但一个"有耻"的人也不能随便往前人的头上倒屎盆子，否则，那真是"欺骗消费者"，尤其是没有经历过那个暴风骤雨年代的年轻人。有一点补充似乎并非没有必要：真正断了胡风救命稻草的人到九十年代还曾坚称自己"绝不忏悔"。

四

批评家谢有顺曾经说："人有软弱的权利"，我看这话应当改一改：讲真话的人才会软弱，讲真理的人从不软弱，因为他一贯正确。这话还可以补充一下，当事人有软弱的权利，而旁观者则有批判的权利，因为站着说话从来都不嫌腰痛，而且完全不顾实际情况的批评、批判则不但腰不痛，还很过瘾，还能捞到坚持真理、伸张正义的稻草。因为你从不曾置身于那样的处境，你就永远有主动权，永远不会犯错误，像生在"文革"后的一代人永远不用担心自己会有"文革"中的污点一样。问题还不在这里，而是你从什么立足点上去批评有过历史污点的人？是与人为善从中汲取教训，还是别人倘若不是与你一样清白就得去上吊？换一句话说，你能否设身处地地想一想，你处在同样的环境中会怎么做？为什么没有扪心自问却尽是指手画脚呢？如果这样的话，这次的《收获》事件倒真是一泡尿照出了朱老自己的面影。首先看看巴金与《收获》究竟是什么关系，早在1987年，巴金就曾撰文讲得很清楚：

想着《收获》，我不能不想到靳以，他是《收获》的创办人，又是《收获》的主编，我不过是一个挂名的助手。

有一次大家在一起谈到靳以从前编辑的大型刊物，为了体现"双百"方针，有人建议让他创办一份纯创作的大型刊物，靳以也想试一试，连刊物的名字也想好了。我没有发表意见，说真话，各种各样的大会小会几乎把我的精力消耗光了，我只盼望多放几天假，让我好好休息。因此我没有参加《收获》的筹备工作。靳以对我谈起一些有关的事情，我也只是点点头，讲不出什么。我答应做一个编委。连我在内，编委一共十三人。我说："编委就起点顾问的作用吧，用不着多开编委会。"《收获》的编委会果然开得少。刊物在北京印刷发行，因为靳以不愿把家搬到北京，编辑部便设在上海，由靳以主持。大约在创刊前三四个月，有天晚上靳以在我家聊天，快要离开的时候，他忽然严肃地说："还是你跟我合编吧，像以前那样。"就只有这么一句，我回答了一个字："好"。一九三六年他到上海编辑《文学月刊》，就用了我们合编的名义。我们彼此信任。我这个习惯于到处挂名的人，听见他谈起刊物的工作，常常感到惭愧。我不能不想他怎样每期看那一百多万字的来稿。

（均引自巴金《〈收获〉创刊三十年》）

很清楚不过了，巴金是《收获》的挂名主编，同时巴金还长期担任过上海市作协另外一份刊物《上海文学》（前身为《文艺月报》）的主编。别说什么1999年巴金生病以后，就是六十年代，巴金生龙活虎的时候也不是像某些人想象的那样，到编辑部去上班，决定用什么稿子，甚至决定人事安排。而编辑部有实际主持工作的人，巴金之于刊物是写稿，出出主意，甚至偶尔出席编辑部举办的活动，当然，编辑部出于对他的尊重在一些重大的事情和重要的稿件上也会向他汇报、征求他的意见，仅仅是意见而不是决定权，因为真正的决定权在于刊物的主管单位作家协会的党组那里。这不是什么秘密，而是尽人皆知的事实，中国的一些重要作家如郭沫若、茅盾、曹禺等人都曾经挂过这样的名，不少文学刊物也是由副主编主持工作的。国外的一些德高望重的文化人担任某一协会或刊物的名誉性职务也并不少，没有见到谁出来状告他们"商业欺诈"、"严重欺骗消费者"，当然可能他们的维权意识不强，但朱老的意识也太强了，强到可以随意构想事实的地步：

> 这历史说明，巴金已成为《收获》杂志终身主编。1957年，巴金先生53岁，而今，巴金已是过了96岁生日之望百老人了，但他仍然是"在职干部"——《收获》主编可能要算个厅级干部吧（巴金的一些"副主席"、"主席"称呼也许只能算个虚位，实职还是《收获》主编）。

巴金连个档案关系都没有，何来的实职？还什么"厅级干部"，仿佛朱老就是组织部长似的，说得那么肯定；这种装糊涂真是阴险得可怕，因为只要对方不是按照他的想法来做就有不赦之罪，多么霸道啊。更离奇的是在后边，朱老一面气势汹汹地说《收获》是国家的刊物不容"家天下"，一面又说是巴金指定了女儿做了第一副主编，并大加发挥："试想，在如此父女执政的单位里，能有真正的民主监督么？在《收获》里，谁敢批评巴金？谁敢批评李小林？在如此失去监督的独立王国里，《收获》发稿除了'顺巴者昌、逆巴者毙'的发稿规律外，还可能有另外的选择么？我虽从未给《收获》投稿，亦可武断一句：一切与巴金'政见不和'之人的稿件，万万莫想上《收获》。"句句是真理，可惜文不对题，更重要的是这个发挥这个真理的前提就不存在。既然是国家的刊物，作为挂名主编的巴金哪里有什么权力来指定自己的女儿当副主编？如果说巴金是实职的主编（连这个"如果"都不存在），那么连他都需要上级组织任命，他哪里有权力去任命继任主编，作为著名杂文家的朱老难道对这点国情都如此无知，真让人怀疑他那些挥斥方遒的文字都谈些什么？！大概是真理障目不见泰山了，看来朱老是生活在月球上，这就难怪写起文章总能高屋建瓴了。

  朱老在大谈什么"封建性"，令我敬佩的是把鲁迅挂在口头上的杂文家的思维竟然这么简单，因为在他的眼里，父亲是主编，女儿是副主编就是"家天下"，甚至是"失去监督"的什么"独立王国"，而完全不顾大概也不愿意去了解一下实情。实际的情况是巴金仅仅是个挂名的主编，而《收获》杂志自新时期以来，先是由萧岱主持工作，接下来是李小林协助萧岱主持工作，但1986年开始就由李小林独立主持工作一直至今，可以说如果说《收获》是"当今中国最好的文学刊物之一"，那么是李小林为它倾注了大量的心血，也是李小林和一班编辑共同造就了新时期以来《收获》的辉煌，这是有着起码的公正心的人都不能否认的，那么李小林当这个第一副主编、主编是实至名归的。为了工作和为了刊物，这个用不着去避这个嫌，何况这个副主编和主编也不是巴金指定的，是严格按照组织程序确定的。这么说来，这样高论完全是无稽之谈："当然，巴金先生的女儿李小林现在是

《收获》杂志的主要负责人。但有谁能证明，女儿即等于父亲——李小林纵然再能揣摸其父巴金的思想编辑风格，也只是模仿而已。而这种模仿的赝品，绝不能等同巴金风格真迹——实际上，'十年动乱'结束以后，巴金复出重任《收获》杂志的主编，不时冒一点风险，使不少险遭扼杀的冲破政治思想禁区的优秀作品得以面世……""因而，以巴金女儿主持《收获》为由，说仍可标'巴金主编'《收获》杂志，实为一种有意无意的封建血统论或商业欺诈。"实际上，朱老的那个"实际上"也不是"本人亲自领导编辑部和主持编务"时候做出的事情，巴金从来也不曾"本人亲自领导编辑部和主持编务"，女儿也用不着模仿父亲风格去主持刊物，她自己完全可以去编辑刊物，"巴金主编"这四个字更在于昭示这份杂志的精神传统，它所具有的更多的是象征意义。如果说这是商业欺诈，那么建议朱老将期限从1957年算起，建议朱老将被告的名字列入郭沫若等人，乃至当今的更多的文化名人、国家领导人，因为他们身上都有几个甚至一些这样的名誉性职务。同时建议，哪怕专对巴金一人，也应该同时状告中国人民政治协商会议全国委员会和中国作家协会，包括他们的委员和会员，因为巴金直到去世还担任着这两个组织的领导人，而且经过选举的。这情况跟《收获》的主编完全一样，放着这个不理，单单去告一份文学杂志社，未免给人欺软怕硬的印象，"欺软怕硬"可不是好汉，反而容易让人骂为孙子。

  说一点细节吧，令朱老义愤填膺的是2005年第6期的《收获》杂志中夹了一张2006年征订材料，上面竟然标注着"巴金主编"，于是朱老就一口咬定《收获》失去诚信、商业欺诈等等，并非常不"封建"地运用现代的法律手段来维护自己作为消费者的神圣权利。说实话，不论法院如何判决此事，朱老的行为都让我这个长着猪脑子的人莫名其妙，我不明白这是出悲剧还是闹剧。我没法不这样想，因为大凡出于与人为善态度的人都会对《收获》的"过失"也好、"罪行"也罢持理解态度，从而也会发觉《收获》的那个歉道不道根本没有什么意义。——可能我的想法太"封建性"了？听

听杂志社的解释吧,这是该杂志副主编程永新接受媒体采访道出来的缘由:

《收获》杂志副主编程永新接受早报采访时说,对于出现2006年《收获》由巴金主编的问题,他表示并非为促销有意为之,也谈不上是个错误。……他同时表示,即使是故意为之,这种做法在出版界也有先例。《万象》《小说选刊》在该杂志的一些顾问去世后,也并没有立即将其名字撤下,往往会再放几期以示纪念,在征订广告上打出巴金主编的字样即使是故意为之也情有可原。"有利益可得才会采取欺诈手段,是否由巴金主编根本不会对《收获》的销量产生什么影响,事实上,2006年第一期印有'李小林'主编的《收获》销量还略有上升,朱健国此举不知有何目的。"程永新说。

我觉得这个解释是合理的,多大的事儿啊?说"欺诈",我认为要从主客两方面来看。从主观方面来说,要是蓄意的、有目的和有利可图的,如果巴金去世了,《收获》编辑部刻意封锁消息谋了多少订数,这是欺诈。可偏偏就是在这一期的《收获》上,他们还刊出悼念了巴金的专辑,杂志社没有丝毫隐瞒的意图,它欺诈了谁呢?朱老认定巴金是《收获》欺诈读者的资本,可现在《收获》自己都宣布了巴金的去世,请问你见过这么愚蠢的欺诈者吗?从客观上讲,巴金是具有重要影响力的公众人物,他的去世家喻户晓,且《收获》第六期已经刊登悼念巴金的文章,征订宣传夹页不会让读者造成误解。否则,你把读者当成什么了?以为大家都弱智到这个程度啊?所以这件事大多数读者哪怕觉得有一处小小的矛盾,也会善意地一笑置之。哪怕是《收获》杂志社有意为之,我也不理解为蓄意欺诈,而认为《收获》的做法和解释也合乎常理常情(该死,我又封建了,应该讲法律),这至少也是表示对刚刚去世的主编的一种尊重、敬意和怀念,一个杂志社和他的读者总是要讲一点感情的，不能人一走茶就凉，连个名字都不能出现。但朱老的想法就是比我们高明、比我们现代：

> 但是"《收获》2005年第6期"可是在巴金逝世一个多月后才出版发行，这一页宣布"巴金继续主编2006年《收获》"的"活页广告"，无论先印与否，完全可以不插入发行。当然，这会损失许多银子！可是，"一代文学巨匠巴金"的亲属、部下，会缺少银子？稀罕银子？

说得多好啊，尤其是后一句，多么有气势啊，多么冷漠啊，真应了前面说的站着说话不嫌腰痛啊，真是连"优待俘虏"的机会都不给啊。忘了在哪篇文章中，朱老曾经写过"从'流氓'升格为'疯狗'"这样一个小标题，这个世道让我觉得应当颠倒一下了，有的人早已从"疯狗"升格为"流氓"了。

五

至于巴金究竟是几流的作家，贡献了几流的作品，恐怕不是哪一个人说了算的，也不是三句话两句话像判词那样就说清楚的，巴金毕竟是作品印行了半个多世纪并产生过重大影响的作家，这恐怕并不是用"历史的偶然"可以解释得了的。你可以不喜欢他的作品，这可以显示你比他高明、聪明，但对于这样一个作家，如果无视他的存在，那只能证明你的愚蠢。

对于一个作家和作品的评价是个严肃的学术问题，用疯狗和流氓的办法恐怕都不行。所以还是留待历史去检验吧，因为朱老等人批评巴金作品的词儿实在不新鲜，半个多世纪之前早就有人操练过，不幸的是那些真理在握的人早就不知去向了，而巴金的作品却还在一版一版地印——这可能是历史的悲剧吧？但这绝不是巴金的悲剧，而是那些真理贩卖者的悲剧，他们永远正确，永远横扫一切，最后连自己都扫除了。

但有一点似乎还应当说一说，那些真理的贩卖者吆喝真理吆喝惯了，可能容易产生错觉，以为自己就代表真理，就是真理了，完全忘了自己最多是一个小贩子。至于巴金，他从来就没有以"伟人""巨匠"自命过，他也从来不是永远正确，反而倒是不断地反省自己的过错。在这一点上，不论多么伟大的后来者，学学他似乎没有什么不好。因为巴金提一个什么的时候，从来也没有把这个东西当作真理的大棒横扫一切，而是首先要求自己和反思自己，甚至从不肯轻易地放过自己，他有心灵的欠债，有羞耻感，而我们许多人没有这些，由此他确实就把我们比矮了。至于朱老，真理掌握的可能比巴金多，也永远比巴金正确，可是在这一点上跟巴金比，我认为：不配！

六

上面的文字偶然被一位朋友看到了，他瞥了我一眼，轻声问道：你是不是很无聊啊？

我喏嚅答道：有点儿……

他怒喝：你不是有点儿，你是相当相当地无聊！

我哑口无言。

2006 年 3 月 12 日

有多少书可以重印

  前不久，在书店里惊喜地看到重印的三联书店的"读书文丛"，与当年的小白皮本的封面差不多，底衬是作者的手稿，连坐在草地上的读书少女和在她身边翻飞的燕子的标志仍然保留在书的一角。真是久违了，但蓦地就能感觉到这才是三联版图书的模样。可别小瞧这套"读书文丛"和这个装帧，他能够让人迅速地返回上世纪的八十年代，返回读书人与三联与自己的往昔时光甚至与我们国家共同走过的风雨岁月。诗人车前子在谈到这套书的其中一本时说："白色的封面，黑字，小开本，体态是这般纤弱、瘦长，一尘不染中含有着万种风情。就这么一瞧，我就沉迷了：我像见到了'天下三分明月夜，二分无赖是扬州'的一片月光。"学者葛兆光在一篇文章中也曾提到"这些年来，在国人的读书记忆中"的《读书文丛》及其他三联版本图书。但不知为什么，这些留在人们记忆中、深深地体现三联人文特色和亲和力的这套小册子有一段时间却销声匿迹了，先是换了封面，让人觉得"文丛"在变味，后来连换了封面的"读书文丛"也不见了，一批什么莫名其妙的旅行、图画书打上三联的标志，似乎三联也在变味儿。于是，读者们只好到网上去买以前的老版本，去思念，去感叹。有时我是盐吃多了闲操心：三联怎么不重印这批书？读者不需要了吗？未见得吧？看旧书网上，黄裳的一本《银鱼集》的价钱已经是原价的数十倍了，而且有的书不是移到了别的出版社出了新版吗？比如，韦明铧的《扬州文化谈片》，初版十年了未得重印，只有改换门庭到广陵书社出增订本；吴中杰先生的《海上学人漫记》也改名《海上学人》由广西师大出版社在去年印了增订本。自己出了书，产生了良好的反响，却拱手让别人去重印，这个买卖做得好像不大合算吧？（当然重印也不是出版社一厢情愿的事情，还要作者配合）而且，对原版的出版社来说这算不算"资产流失"呢？我发现这并非哪个书店的个别情况，除了教材和个别畅销书之外，很多出版社似乎都不太在意图书的重印、重版、修订这类事情，好多出版社只管不断地生"孩子"，却忘了生了孩子还得"养"啊！

而对于出版社来说，能够形成自己的文化积累和品牌特色的恰恰在于这"养"书上。从某种意义上讲，可以用重版率来衡量一个出版社的真正实力，或者说看一看一个出版社到底有多少"看家书"，它的家底儿也就清楚了。像《傅雷家书》之于三联，点校本的《二十四史》之于中华，《现代汉语词典》之于商务，《辞海》《唐诗鉴赏词典》之于上海辞书……这是一个出版社长盛不衰、一代代读者心怀感念的根本。而没有看家书的出版社虽然能靠哪一阵子流行什么狠赚一票，却也逃不脱昙花一现的过客命运。图书的生命长度远远要比几何数量重要得多。话又说回来了，有了看家书，却不知珍惜、不去守住家底儿而大方地送给人家，这不叫败家子，也算公子哥吧？守住家底，把这份家底发扬光大的最好办法就是重印、重版，这既是让以前的成本投入不断产生、扩大效益的上策，又是扩大自己的品牌形象的良机，读者代代更新，好书也代代有需求，而且对于竞争激烈的当今出版业来说，这个市场你不去占领和填补则会迅速被别人占领。还应当看到，许多图书十几年内旅行众多出版社再版，除了版权交易中技术因素之外，不能不说跟出版社生出"孩子"冷漠对待寒了许多作者的心才另寻出路有着重要关系，拢不住作者的心当然也拢不住他的书，没有跟出版社合作的看家作者又哪能生出看家的书呢？钱理群先生还是一位讲师的时候，一家出版社接受了他的稿子，多少年后，他成了出版社"抢购"的名教授时还感念此事，所以在众多竞争者中毫不犹豫地将书稿交给了这家出版社。而如今，我曾听到作家抱怨某某出版社难道有了两个可以卖上百万册的作者就可以不理我们了吗？言语中的愤愤和寒心显而易见，一年卖个百万册或许值得额手称庆，但如果十年重印了百万册，我认为这才算高枕无忧。

"创新"是个大家津津乐道的好词儿，出版社的老总也不断地雄心勃勃地宣布他们又开发了多少新品种、出了多少原创书。对此，我比较保守，一是我不相信"新"那么轻而易举地拍拍脑瓜就创出来了，尤其在已经有着非常丰厚积累的传统出版领域；二是"新"也不可能动动嘴皮子就能从天上掉下来，或像孙悟空那样没有爹妈从石头中蹦出来，创新也需要继承，而且推陈出新也未尝不是创新。比如说重印、重版有时候不一定就是换换封面、改改版式剩下就交给印刷厂的事情，也可以是内容上的更新，也可以是版本的多元化，尤其是那些经典著作，普及本、简易本、纪念本、豪华本、插图本、注释本等等不同版本满足不同的读者需要，这些工作恐怕值得重视。至于，哪本书需要重印、选择什么时机重印也是大有学问的。总而言之，重印（版）绝不是出版社一件可有可无的工作，不仅如此，它还是你的立社之本！有时候我在想，当三联、中华、商务和人文社的老总是真牛啊，想一想这样的社里有多少可以重印的书吧，就这一点，他的气就比那些暴发户们不知壮了多少分。几年前，中华书局觉醒了，他们开了会，也让读者参与讨论重印书目，大批读者期待已久的重印书上市了；如今，三联的"读书文丛"也归来了，引得我这个外行人也不禁大谈"重印"这种出版常识。

2006 年 11 月 21 日晨改定

老明星的新八卦

夏志清先生算是资深学术明星了，想改革开放之初，人们争读甚至互相传阅《中国现代小说史》的盛况真替夏先生得意，很长一段时间里，哪怕那部小说史摸也没有摸过，可是也都能"谣传"夏先生的高论，加上他所推崇的钱钟书、沈从文、张爱玲在大陆红得烫手，夏先生也自然红得发紫，所以香港人在开张爱玲的会上大谈什么"夏公与张学"的时候，我们也没觉得肉麻。有时候觉得夏先生真是个为人民服务的妙人儿，仿佛知道我们需要什么他就送什么来，比如讲了多少年左翼，闷得慌了，听听他批批左翼文学，那个痛快啊！生活好了，小情小调的事情多了，学学《围城》的俏皮话、谈谈张爱玲笔下的小女子毕竟是一种高级的风雅。当然，"夏公"是有学术创见和学术勇气的，他的小说史里鲁迅占二十二页，张爱玲却有三十八页！看看这么多年，大陆学界衮衮诸公皇皇巨著哪一个敢这么来？佩服，相当佩服！

没想到八十六岁的老明星，学术活力依旧不减，最近《南方周末》上的访谈《"中国文学只有中国人自己讲"》高论迭出，时时让人瞠目结舌。

比如,"中国作品大都千篇一律,其实唐诗也不好的,诗太短了。"短就不好吗?这话怎么像小学生赌气说出来的。关于鲁迅的一番高论更是妙趣横生了:

《伤逝》写的是许广平之外的另外一个女朋友,没有人提过。这是真事情,大家不敢讲。他们研究了半天,不敢去问他,真是的。没什么难为情,他又没有太太,不出名以前也有女朋友。没有人提,真是奇怪。开始看《伤逝》,就觉得很有真实性,你感觉到了吗?他的经验就是靠自己嘛,《肥皂》里的老头就是他自己。他作为一个小说家的虚构能力和创造能力是没有的。其实骂鲁迅的人和批评他的人很多呀。

夏志清批评鲁迅毫不稀奇,就如他也并不讳言自己的反×立场一样。稀奇的是他这番高论从何而来?我忙去向几位鲁迅专家请教,他们也一头雾水,看来都是"研究了半天,不敢去问他"的人啊,但作为学者"敢"字当头不算豪杰啊,你得有根有据啊,如果"这是真事情"又是独家秘闻,你得摆出来,否则那不成了专传没有影儿话的长舌妇了吗?——还是用个现代的词汇吧:八卦!你的独立见解也好,哪怕政治偏见也罢,倘是有理有据即便别人不接受你的观点,至少也几分尊重,但如果去大谈八卦,突然会让人觉得此非学者所为。不过,吴中杰老师也指示我,此说并不新鲜。果然,鲁迅早有所闻,在1926年12月29日致韦素园的信中就曾说:"我还听到一种传说,说《伤逝》是我自己的事,因为没有经验,是写不出这样的小说的。哈哈,做人真愈做愈难了。"鲁迅感叹做人愈难,可是我觉得夏先生的学问却越做越容易了,单就这篇谈话而论,很多话都像教主说出来的,都是不讲缘由的判断句。比如"我觉得中国文学本身不够好",尽管采访者一再追问"你讲的好作品的标准是什么",他也避而不谈。一个学者在公共媒体上发言总得有点责任感、学术伦理吧？不能因为自己掌握了话语权就可以信口开河愚弄读者吧？

难道真像有网友说的，夏先生是老糊涂了？后来我看到夏先生这段话才多少明白几分："他（指夏先生的哥哥夏志安）的日记生意好得一塌糊涂，九个月的日记写的是他如何爱女学生的事情。鲁迅、郁达夫的日记都很差，都是空的。《夏济安日记》重版以后，销路很好。大陆也出过了，你去买两本。帮我捧捧场。"郁达夫的不论，至少在鲁迅的日记就是私人的生活记录，并没有将它打扮成日记文学的意思，所以其实也谈不上什么很好很差，之所以差乃是鲁迅犯了"可恶罪"，倘若同样的日记主人换作张爱玲，那就另当别论了。更重要的是，夏先生是老成精了，他太知道媒体的作用，赶紧趁机去推销《夏济安日记》。更大的问题也就出在这上面，当下确实有很多的学者深知媒体的力量，不断地去给媒体爆料，常常发出一些令人莫名其妙的高论，把本来很需要学理的学术问题变成了娱乐新闻般的八卦消息。你当然可以去批评媒体没有社会责任感甚至格调不高，但我觉得更需要反思的是学者们，特别是那些深谙此道借此招徕读者目光和点击率的学者们，要么正着说，要么拧着说，反正他们太知道大众喜欢什么媒体需要什么，那好，我就乖乖的去送什么，实际上是利用公众对于学者这一身份的信任度来营私肥己。

王元化先生多年前批评许多作家学人"虽不懂经济，却以为只凭常识即可高谈阔论，逞臆乱说。"这是一种"媚时"，夏先生所不喜欢的鲁迅也告诫过我们："我们应该分别名人之所以名，是由于那一门，而对于他的专门以外的纵谈，却加以警戒。"夏先生的"纵谈"给我们上了另外一课，那就是所谈的是他的专门学问，你也不可当真。到底是夏先生啊！这大约真的可以证明鲁迅已经不行了吧？

2007 年 1 月 21 日

别人嚼过的馍会香吗？

　　记不得在哪里看到的消息，但我宁愿相信它是假的，说的是这两年"百家讲坛"轰轰烈烈搞的一系列讲座，主讲人的大作风云天下上百万地印，可是原作《红楼梦》啊，《三国演义》啊，《论语》啊等等却销量并不见增。看后我愣了半天，一是对这个结果将信将疑，我不知道它是怎么统计出来的，在多大范围内统计的、科学性有多少。二是如果它是可靠的，那么我一直担心的事情还是发生了，就是人们越来越满足于蜻蜓点水地了解一点鸡毛蒜皮的信息，而不愿意脚踏实地亲近原典体验现场了。其实即便这个消息不确，看看周围的红男绿女们捧着易中天、刘心武、周汝昌的得意劲儿，再看看书市上那么多名著"速读""精编""你这辈子不能不读的……"也会明白几分，问他们原作读过吧？他们总是受辱似的抗议：上小学的时候我就看过电视剧！对于这样的童子功我真是哭笑不得。——但我从来也不认为读过《红楼梦》《三国演义》就有多么了不起，更不会相信否定了《论语》你连做中国人的资格都没有的鬼话，我只是觉得这样"读书"有些不合算，它总让我想起很多很多成语：买椟还珠、本末倒置、缘木求鱼……还对老百姓常说的一句话起了疑心，难道这个时代别人嚼过的馍就是香吗？要不然，精明的男男女女们为什么买东西知道买名牌，下馆子知道找正宗，读书怎么去抢"二手货"呢？有人说时间太紧张，还是看看这样的书了解了解轻松轻松。可我觉得越是这样越应该吃营养高的东西啊，以一当十，从时间、成本上也符合经济学啊……

这么说，容易让人误解，以为我反对百家讲坛们，恰恰相反，我对用这种形式来传播传统文化是举双手赞成的，特别是面对着我们文化生活的现实就更应当赞成了：看看多少人，太阳落山，马放南山，刀枪入库，捧着那个电视机啊比他亲老子还亲；还有农村里，没有音乐厅没有图书馆也不常用网络，电视机简直就是文化的太阳了，那么在这个时候有一档节目让你从打打杀杀哭哭啼啼闹闹嚷嚷中清净一下不是一件功德无量的事情吗？而且电视技术手段也会让许多冗长、烦闷的内容变得更利于大众接受。尽管它现在做得并不完美，但我期待着它完美，哪怕它越做越差，这种方式及其产生的影响和取得的效果都不应当轻易否定。当然，每个人对他们都会有不同的看法和期待，比如说易中天讲历史像说评书，我也觉得，但又一想到电视上讲历史像给博士生上课一样，那恐怕是职业病犯大了吧？甚至又一想，可能全中国有无数学问比易中天好的，但从传播和普及传统文化来讲能把"评书"讲这么好的也不见得就很多，不信你上去试一试？（不要以为一"普及"一"大众"就好像矮人一头，其实这个弄不好却讲什么"国民素质"完全是扯谈。多少年来忽视了这个，结果我们不知道产生了多少高不成低不就的半吊子学者和他们的书）比如我对曾经的小说家刘心武老师和他的"秦学"向来不以为然，尽管他有"红学大师"周汝昌，周又有"国学大师"什么人文诺贝尔奖的获得者余英时为之壮底气，我还是觉得"秦学"就是气死曹雪芹的学问，想一想你的《班主任》这样索隐一下你受得了吗？哪怕你说的全是真的，但小说就是一门虚构的艺术，你去向本来就是虚构的事情破这个谜破那个谜不是水中捞月吗？但老百姓喜欢听这个,"烦琐"的《红楼梦》这么一讲也让许多人觉得比读金庸还来劲。你能说这是坏事吗?一不祸国二不殃民,我看不错。至于有人呼天抢地地喊着什么"硬伤",那就有则改之无则加勉,谁也不是百科全书什么都知道谁也不是上帝永不犯错。说实话,我对那种什么"硬伤""咬嚼"向不以为然,不是不接受它的结果,而是不接受他们高高在上的态度,今天什么中央电视台明天什么作家找了一点错儿,像是得了法宝到处嚷嚷,似乎自己就功德无量,瑕不掩瑜嘛,总不能一叶障目不见泰山吧?所以我觉得这也不是我们否定百家讲坛或者哪个主讲人的理由。

我想说的是津津有味地听了他们的讲座或看了他们的书就够了吗?或者说我们之所以这么肯定百家讲坛的作用,肯定的是他的"本"而不是"末","本"是什么?我认为是它的导航、摆渡的作用,它们是一座桥将我们带到彼岸,彼岸是原著、原典,百家讲坛的系列书和那么多导读和讲解的书所起的也应当是这个作用。不是说没看《论语》就不能听于丹了,而是听了于丹是不是最终还是要看看《论语》,哪怕不是全本是半部是选本,跟于丹一起读《论语》,或者早晚有一天丢开于丹自己去读《论语》,你才算尝到了一点《论语》的滋味,不然的话,那是于丹在读《论语》,而绝对不是你。我担心的恰恰是许多人的这个错觉,觉得把易中天的书读得滚瓜烂熟好像就是你精通了"三国"一样。我更担心的是有很多人什么论语三国红楼其实都没兴趣,但又生怕一点皮毛都抓不到手里在众人面前丢了份儿,所以赶紧去抓点易中天、速读之类的来充充门面。以前我总认为附庸风雅也是好的,风雅总比声色犬马强,现在看法变了,我觉得有这么多伪人横行就是这个附庸搞的,不附庸他还是一个真人,哪怕"浅"哪怕"俗"不失其本更觉可爱,风雅了之后你都不知道他是谁了。读书也是这样的,本应当更私人化更个性一点,而且不喜欢就不读嘛!读书未必就是优等雅事,附着谁去读书还不如打麻将去呢,至少没有什么可以证明读书天然就比打麻将高尚。——罪过,罪过,在读书周报讲不读书,该打啊,那么我修正：我们如果十本原典读不过来，那么我们读一本好不好，一年读不完，我们读十年行不行？之所以这样是为了抵抗一下快餐文化时代的快餐心态，提高一点我们的生命质量，浏览不等于阅读，听人转述哪怕是"传真"也不等于阅读，总之，烧香要见真菩萨，喝汤还是原汁原味！

2007 年 1 月 23 日上午

鲁迅动得，夏志清就动不得？

本来我已经不想再说什么了，年近九旬的夏志清先生坐在家里信口开河一番也不乏老顽童的可爱，一群笨伯奉为圣经般地句句真理字字不能碰，真是人一思索，上帝就发笑啊，老头子要听说还不知有多么得意呢。更何况已有魏先生杀出来貌似高屋建瓴地评点一通，鄙人连讨论这个话题的"准入门槛"都没有，我还不老实地一旁呆着？但拜读完他的高文之后，除了感觉他推销夏志清著作不遗余力之外，剩下的全是大而无当的"高论"；又觉得如果是这么做批评不但太简单，而且永远正确，因为他讲的全是上不着天下不着地的问题，具体的东西一概不论，什么"共识"啊，"理性"啊，"宽容"啊，这样的东西如果不落到地面上，好好的名词都被糟践成伪知识伪学问的胭脂了。比如这样的话：

> 在这场评论当中，双方应有的基本共识是，夏志清先生这么评价鲁迅，你可以不同意，但不能否认他有学术研究"托底"，更不能将这其视作口不择言、胡说八道。那篇访谈，更是要放在

对夏志清整体学术思想有所了解的语境下，才能够有客观的理解。

这样的宏论乍一看，简直是颠扑不破的钢铁真理，可仔细分析一下就"露了马脚"，他几乎回避了所有的具体问题，而不论什么学术观点也好大道理也罢，如果没有具体的问题和证据支持那是站不住脚的，魏先生省略了什么？比如要看看夏志清这次说鲁迅什么引起了争论？他这么说有没有道理呢？如果有那么就请一二三，抛开最核心的一点不谈，去大谈什么小说史文学史是不是太意识流了？我的前一篇小文正是就事论事，针对夏志清这样的怪论而发的：

> 中国作品大都千篇一律，其实唐诗也不好的，诗太短了。

> 《伤逝》写的是许广平之外的另外一个女朋友，没有人提过。这是真事情，大家不敢讲。他们研究了半天，不敢去问他，真是的。没什么难为情，他又没有太太，不出名以前也有女朋友。没有人提，真是奇怪。开始看《伤逝》，就觉得很有真实性，你感觉到了吗？他的经验就是靠自己嘛，《肥皂》里的老头就是他自己。他作为一个小说家的虚构能力和创造能力是没有的。其实骂鲁迅的人和批评他的人很多呀。

我觉得如果不能回答这些问题是不是存在，夏志清说得究竟有没有根据，那么现在所有的讨论则没有意义。因为连魏先生也承认夏志清以前对鲁迅就不客气。——不同的是以前夏先生还有"学术研究'托底'"，而这次不知是什么"托底"了。至于说鲁迅学问不好、日记不好这样的话，也是随便聊聊而已，当不得一个真正的学术问题来讨论，因为夏先生连起码的"好"的标准都没有提供，以外语为标准，你说鲁迅懂五国外语，他还可以举出某某懂十国，又某某是十五国；你说鲁迅日记没有文学色彩是不好，但倘若有了文学色彩，夏志清还可能说这是矫情呢！但有些问题一是一二就是二，不能张嘴就来的，比如上面引的这两段。我知道许多人不就是忍受不了说夏志清在"胡说八道"吗？爱夏之情可怜，但夏先生是"大师"说话是神龙见首不见尾，大家不能都这样吧，你得把夏先生的这些话有根有据地坐实啊，那是才叫学术新发现，不然的话，对不起，我仍然是说他在"胡说八道"。

有人口口声声地说夏志清的小说史，说完了这个还不够，再来一本《中国古典小说史论》，仿佛全天下就他读过夏志清的书似的，可惜的是他是个夏志清图书的优秀助销员，而不是一位好读者，不然的话，他怎么连《南方周末》上的这些扯谈与《中国现代小说史》这样的学术著作之间的天壤之别都看不出来呢？夏志清在那本小说史里不论怎样评价鲁迅，至少写的不是这种"另外一个女朋友"、"《肥皂》里的老头就是他自己"的八卦消息。那好，我们还是"打开"小说史的"第二章"吧："《肥皂》与上述两篇小说不同，是一篇很精彩的讽刺小说，完全扬弃了伤感和疑虑。这也是鲁迅唯一成功的以北京——而不是绍兴——为背景的小说。故事的主人翁是一个满口仁义道德的现代道学家，这类人物也是近代小说家时常讽刺的对象，但在鲁迅的笔下，他变成了一个世界性的伪君子。""就写作技巧来看，《肥皂》是鲁迅最成功的作品，因为它比其他作品更能充分地表现鲁迅敏锐的讽刺感。"（香港中文大学版2001年版37页、39页）费劲引了这么多，是想看看"原版正装""大师"到底是怎么说的，这与《肥皂》里的老头就是他自己。他作为一个小说家的虚构能力和创造能力是没有的……"完全是两副腔调嘛！看小说史你越发觉得夏志清在《南方周末》上就是信口开河！再多说一句，那位不断教导大家要了解"原版正装"夏志清的人引用的竟是复旦的小说史并说什么超越一切意识形态之上，需要提醒一下：

复旦版的小说史是个"洁本",删去的正是他没有看到的"意识形态"。好了,扯远了,我觉得我们根本就不是在讨论《中国现代小说史》是不是伟大的著作、也没有要去质疑夏志清是不是一位学者——至少在我是这样的,恰恰我觉得像夏志清这样的学者怎么讲出《南方周末》上那番话来?如果是街道老大妈讲的,我说不定还鼓掌说他有眼光呢,可德高望重的夏大师啊,写过《中国现代小说史》而且还写过《中国古典小说史论》的夏大师啊,居然这么来谈学术问题,你不觉得他这既是对学术的亵渎也是对自己清名的亵渎吗?

  还有一个问题,我就弄不明白,批评鲁迅就算是思想解放,而批评夏志清就是"偏执的二元思维""思想僵化"?请问这种看法是几元思维?凭什么鲁迅动得,夏志清就动不得呢?夏志清有"学术研究'托底'"、就是信口开河也没有问题了,也可以百俊遮一丑了?圣贤嘴里吐出的都是象牙,连放个屁都是香的?一个满口仁义道德的人一朝做了不仁义的事情,别人连说都不能说了,否则就片面了就没联系整体了,就否定仁义道德了?是的,也不是说唯鲁迅为是,可你替夏志清辩护得为他找出理由来啊,难道小说史就是理由,回答了一切问题?由此什么"共识""理性""以道德压人"的帽子漫天飞,拜托,别扯那么远好不好,我们不是拿夏志清来做博士论文,我们来谈谈夏志清这篇谈话中的一些具体问题好不好?同时也用不着咋咋呼呼,好像抱着个夏志清就不得了,看了点夏志清就可以"公允评价鲁迅先生文学地位"似的,这种拿海外贩来的皮毛来吓唬人的把戏在开放的时代里应当停一停了,不要神化鲁迅,也更不能再去神化一个夏志清了!

2007年2月8日晚

唉，这些高级趣味啊

对于《读书》杂志"鬼话连篇"的指责近年来不绝于耳，作为它的一个不忠实的读者，我也时有所感。不过，尽管"主编的性格就是杂志的风格"这句话千真万确，但我认为把屎盆子都扣到汪晖、黄平的头上不很公道，尽管主编大人自己常常会给我们示范高深的文章是什么样子，但我敢打保票，全天下没有一个杂志的主编为了显示自己的高深，故意与读者过不去，专门登只有他本人才看得懂的文章。跳开《读书》放眼当今文化评论类杂志，你不觉得哪一本都像高校学报的姊妹版吗？哪一本上不都有一些有话偏偏不好好说的文章吗？从这个角度讲，真是难为汪晖们了，他是巧媳妇难为无米之炊啊，不登这样的文章让他登什么？说得再过分一点，现在的学者就是这么说话的甚至就会这样写文章了。为什么会这样？这都是当代的学术体制结出的果子，包括今天的《读书》杂志。因此，与其我们去指责《读书》"难读"，不如借这个事件对当代的学术体制做以必要的反思。

有两件事更强化了我的这一看法。一是另外一个名牌杂志《文史知识》，差不多在二十年前，它曾深深地吸引过我，每篇文章都饶有兴趣并让人大长见识。久违了，今年春天突然见附近的书店有零售，我连目录都没有翻就盲目地买了两本，可是回家硬着头皮还是读不下去，"知识"依旧，但都是坚硬的稀粥，过去那些就一个小问题娓娓道来的文章都销声匿迹了，取而代之的仿佛是一篇篇枯燥的教案，居然还有一篇什么学术会议的综述，简直是大踏步地向学报迈进。我当然就联想到《读书》了，大家觉得它不像当年那么好看了，那是因为吕叔湘、金克木、冯亦代等一批能写出既有见解又好看的文字的作者不复存在了，而在当今的学术体制下培养出来的学者，最擅长的就是写论文，不能说天下的论文都似色衰的老妇，但有着诸多规范的论文的确不是人见人爱的美少女。时间带走了一代风流，也就卷去了好看的《读书》。文章都是老子天下第一，肯定有的学者不服气会站出来说：鄙人的文字就很漂亮！但我说的不仅仅是要耍花腔的文字漂亮，而是董桥赏识的那种"事""识""情"："事"是实例、故事；"识"是观点、看法；情是文笔的情趣、风采。话当然不能说绝了，但另外一件事情至少证实了能够写出这样漂亮文字的学者越来越少了。前不久，《南方周末》用了巨大的篇幅请多位人文学科的学者向读者们推荐"消暑"书目，粗粗拜读，我就要中暑了，除了童心未泯的严锋教授推荐了一部武侠小说外，大多数的教授、学者简直拿错了书单，把给他研究生开的书目放到大众媒体上了，开出的大多是他这个专业的学术书，书都是响当当的好书，但我的教授啊，什么时候都在上专题研究课，你这个人是不是太乏味了？不对，说错了，你们都是被改造好了的人，都是脱离了低级趣味的人，在生命中的每一刻哪怕消暑都不忘专业，太令人敬佩了！连点闲情逸致都没有的学者写出洋洋洒洒的论文，我相信，但指望他们写出有情有识的文章来，我只能胆战心惊地问：这是新评出的世界七大奇迹吧？

这也不能怪我们的学者，当代的学术体制、评价机制就是希望你打个呵欠都是论文提要，打个饱嗝都是关键词，放个屁都是论文注解，总而言之，论文、专著至高无上，也不管你是否有创见是否有才情，反正你按照论文和专著的样子（这叫学术规范！）弄出的东西就是"学术成果"，"学术"又"成果"嘛，当然得"高深"一点莫测一些，当然要有高级趣味，否则像那些"花拳绣脚"、一看就懂的文章一样还成什么体统？！一个人从读本科生的时候就被训练炮制论文，等到他成了教授，那从鼻孔中呼出的气儿都有论文气息，给情人写情书恐怕都是论文腔。我们天天说陈寅恪是大师，可是他的《柳如是别传》拿到现在的高校学术委员会上讨论一定不会被认定是"学术成果"，大家恐怕也忘了陈寅恪很多重要的学术观点并非是以学术论文的方式写出来的。而另外一位学术大师钱钟书哪怕是写《七缀集》中的那样的论文，你也觉得他写得有趣，而且让我们能够看出一个有智慧甚至调皮的钱钟书，但这些东西符合当代学术规范吗？我们在符合规范的当代学术论文中，所读到的是严密的逻辑论证、规范的学术名词，当然还有规范的格式，而唯独看不到学者丰富的精神世界，这样的学术会有生命力，会让你对它有心灵的感应，从而也会让你觉得"好读"吗？那批学者们让我感到可怕的正是他们推荐的书目映照出他们狭小的心理空间和乏味的内心世界，而这也正是当代学术体制对学者最为成功的谋杀，他的结果不是尼采那本书的名字"人性、太人性"，而是理性，太理性了！唉，这些高级趣味啊，你真让我想说爱你也不容易。

半年前，我曾为陆灏的一本小书《东写西读》写过一篇赞赏文字，其中有一段是这样写的："习惯了高头讲章的人哪怕嘴巴上称道这样的文章，在骨子里也会认为这是雕虫小技，是的，以什么系统、体系、学理之类当下最看重的标准来评价，那是似陆灏者死，但要是这种标准千秋万代一统天下的话，那就是我们学术、文化的活力去死了。那种在目前以什么体系建构起来的学术专著里面除了陈腐气外，难道你还能榨出一点点学术的果汁吗？好的文章要有真知灼见，至少读书要'会心'，遗憾的是我看不到这种会心，看到的是学者们在搅拌饲料……"为此，几年来对于所谓的"专著",我常常是敬而远之,相反像北京出版社出那套"大家小书"那样的精短、朴素、笔笔落在实处的"小书"倒甚得我心。比如说陈从周先生的《说园》,你说它算什么？论文,随笔,散文？见篇末刊出处竟有的是《同济大学学报》,不免有恍若隔世之感,如果今天谁拿这样的文章去投稿,准会被主编扔出来,但谁敢说陈先生的文章里没有学术,没有历史文化？！

2007年7月23日夜

诗歌何时盛宴天下

何言宏教授是近年来身体力行推动当代诗歌研究的学者,他前不久发表的《诗歌正在悄然复兴?》(刊于 2007 年 11 月 9 日《文汇读书周报》)一文便毫无保留地表达了他对当代诗歌的热爱和期盼,其中许多观点我都非常赞同。比如在近年来最有艺术探索精神的收获当属诗歌创作,过分的商业化已经改变了很多文学创作体式的初衷和审美标准,而被市场冷落的诗歌却在默默地忠实于自己的艺术理想;更为值得关注的是诗歌界排除了当下过分商业化的文学生产、传播机制,凭借着诗人的力量,建立起自己的创作、发表和评价机制,它更利于保护创作个性和远离功利化的欲求,这是非常有启示意义的探索。——尽管在这个过程中,诗歌界亦如大名利场,不是纯洁无瑕。引起我注意的是,何言宏的文章虽然乐观地描述了当下诗歌发展的灿烂图景,但也掩饰不住某种深深的忧虑,比如他谈到:"除了几位屈指可数的学者仍对诗歌保持着关注外,中国当代文学研究界的很多学者都对诗歌日渐冷淡,丧失了热情。"这可不是一个小问题,如果这个问题得不到根本解决,诗歌复兴还只能是诗人们美好的预言。

当代诗歌创作多么优秀啊，你们怎么能视而不见？这可谓"经典"困惑了。诗人们指责读者缺乏修养、心浮气躁没有解诗的风情，而读者批评诗人们远离现实、曲高和寡……这样的对攻可以无休无止，但除了各自鼻青眼肿多少年了我们似乎一无所获。

从大趋向而言，文学边缘化早已是一种现实，别说诗歌了，就是被炒得火热的小说以为可以彪炳千秋了，其实远不如唱一首歌的小明星一夜成名天下知。对于这样的现实，诗人们恐怕早已不再愤怒也都能心平气和地接受了。这等于说诗歌不重要吗？人们不需要诗了吗？当然不能这么说。我想说的是你说它再好再重要都没有用，更重要的是你要让更多的人能够感受到有了诗的生活会更精致，有了诗的人生会不一样。可读者们连诗都不读怎么办？搭桥啊，连小孩玩积木都知道的办法，让大家通过你的桥走到河对岸感受诗歌的芬芳，这个时候，你是金子就发出光芒吧，是花儿就尽情开放吧！有了这一步才不至于孤芳自赏，不愁没有爱花人护花者。其实，不仅是诗歌，好多经典文学作品在当今大众文化氛围中都面临着一个阅读中的当代转化的问题，而所有转化中最重要的环节就是让读者能够走近原典，这样许多作品才不只是文学史上的巍峨的名字而是日常生活和阅读中的亲近朋友。正是在这一点上，我一直肯定于丹、易中天和百家讲坛所做的努力，尽管许多人对此怒不可遏，但我认为他们还是有积极作用的，这个作用就是搭一座桥，让更多的大众有机会体验对岸的风景。大概除了大批孔老二的年代，中国人谁也没有否认过《论语》的重要性，但隔膜已久，大众中又兴起了读《论语》的热潮，不能不说是这个"桥"的作用。诗歌的阅读和为人接受也是同样的问题，光说自己好不行，你得将人摆渡过去看到你的好。当然，桥从来都不是目的；当然，你可以说这个桥搭得不好，那不要紧，你再去搭一座更好的嘛，谁也没有说通往经典的路是自古华山仅一条。

从某种意义上讲，你不能说当今大众生活中就"无诗"，这只要看看多少家长以唐诗宋词让幼童诵读就够了。我不能接受那种非要将唐诗与新诗一较高下的冬烘般的比对，这对新诗来说尤其不公平，我想说的是如果能够搭好这座桥，新诗未必不可广泛流传。何言宏在文章中列述了当代诗歌创作、出版的繁盛之象，但这只能说是当代诗歌的库存，真正的"复兴"还要看消费量——即它们有多少被阅读。而这个阅读如果长久地局限在小圈子中，是诗人们"独自一人在汉语中幽居"而不是"盛宴天下"，恐怕也会伤害诗人的创作。那怎么办？选本啊！老祖宗不就操练过多少次了吗？可以说，几百年来，唐诗能够拥有那么多的读者首屈一指的功劳应当记在《唐诗三百首》这样的选本上。而《全唐诗》这样的书，恐怕许多专业研究者也未必首首读熟，可《唐诗三百首》有多少人滚瓜烂熟啊！新诗呢？尤其是当代诗歌创作更需要这样的选本，需要以这样的平台飞入寻常百姓家，走入人们阅读中。将来的文学史怎么写，用不着当代人瞎操心（操心也没有用！），但至少当代人可以如何言宏所言建立"必要的诗歌标准"并将当代创作迅速"经典化"，遴选出优秀之作推到读者面前，读者真的尝到了梨子的好滋味，你还怕它们烂在家里吗？

　　我不是说今天就没有诗选，可能恰恰相反，诗选很多，但能够"读"而不是翻的诗选还是太少，最简单的一个指标就是现在的诗选太厚了，有的几乎要赶超《辞海》了，一个年度选本也要排座座吃果果弄上百八十人，听说中国诗人很多，但我一直怀疑难道他们年年都能写出那么多那么好的诗吗？我说的这个选本不是从保存文学史料出发的文献集，而是能够为像我这样不懂诗却想读点诗的普通读者或者文学爱好者阅读的选本，那一定要优中选优、精而又精，诗不像小说，诗是需要一遍一遍重读的，太多了，失去了重读的机会自然就体味不出它的韵味来。你让一个读者整天在家读诗那不是太自私就是不现实。——当然，最现实的就是像我这样，有不少诗集、诗选，几乎没有几本从头读到尾的。最近，拿到张新颖教授编选的《新诗一百句》（复旦大学出版社），薄薄的一本小书却是一个很有特色的普及选本。粗略地翻一翻，发现新诗其实有很多句子早已走入人们的日常生活中了，如"轻轻的我走了，/ 正如我轻轻的来"，"为什么我的眼里常含着泪水 / 因为我对这土地爱得深沉"，"黑夜给了我黑色的眼睛 / 我却用它寻找光明"。这说明未必只有唐诗宋词才是我们生活中的一部分，凭借好的桥梁很多当代的诗歌创作也会为更多人认识、吟诵、品味，而不是避之不及。由此，我想到了何言宏教授等一批人不是搞过"诗歌排行榜"吗？那么是否有出版社同时出一点像《2007 诗歌十首》，哪怕三十首这样总算可以让人读一读或一读再读的选本呢？

2007 年 12 月 3 日凌晨

《封面中国》的堂兄弟

在季风书园，与《封面中国》并排而立的是一本《〈时代〉上的中国面孔》，看后不禁让人一愣，怎么《封面中国》这么快就有堂兄弟了？说"堂兄弟"是因为这两本题材相同的书并非出自一人之手：前者的作者是李辉，人民日报社的编辑，人所熟悉的传记作家和学者；后者是罗昶，"简介"中说他是"中国传媒大学博士生"。再看看《〈时代〉上的中国面孔》的目录和作者的表述："听别人讲一讲自己过去的故事"、"这是一个对话体的故事。在这个故事里，我们与世界彼此注视。"这个思路怎么与李辉的《封面中国》惊人的一致？李辉在《封面中国》的引言中就曾这样说过："这是一个美国刊物与中国二十世纪历史之间的故事。但在更大程度上，它也是中国历史自身的故事，一个如何被外面的世界关注和描述的故事，一个别人的描述如何补充着历史细节的故事。"李辉的《封面中国》之所以为我所熟悉，那是因为在 2005—2006 年两年它是以同名专栏在《收获》杂志上连载，这次是专栏结集出版。而它的这个堂兄弟是怎么回事呢？我满腹狐疑。

请不要误会，我并不是说只有李辉可以做此项研究，别人就做不得；

不仅如此，我也从不认为因为李辉名气大，介入此项研究早，著作出版在先，别人就不能碰同样的题材了。学术乃天下公器也，谁都可以来发言，至于好坏、高下那还是另外一件事情。但这个"公器"是就同一研究对象发表各自不同的看法，你不能将别人已经说过的内容拿来再说一遍，更不能偷偷摸摸的"你的便是我的"。如果是这样至少会被认为炒冷饭、鹦鹉学舌，没有什么价值；严重的还会被怀疑是剽窃、抄袭。那么这本《〈时代〉上的中国面孔》算什么呢？还没有等我仔细打量它，已经有人在"天涯论坛"的"闲闲书话"中发帖提出了质疑，这份作者署名"林中小虎"、题为《莫伸手，伸手必被捉！——评罗昶〈《时代》上的中国面孔〉对李辉〈封面中国〉触目惊心的抄袭》的文章中，作者举出具体文字，证明该书的一篇文章对李辉书的三处抄袭，作者认为：

> 罗昶对李辉的抄袭首先是文字上的，但罗昶的狡猾之处在于将李辉把《时代》周刊翻译的文字从容地改头换面成自己的东西，此种抄袭充斥其书的前半部分，可问题在于一旦追究起来，罗昶可以大言不惭地说这些都是自己的翻译（应该承认，在引用《时代》周刊的报道时，罗昶在行文用字上还是和李辉有极细微的区别）。于是产生的一种可能性会是公说公有理、婆说婆有理，一旦纠缠不清，罗昶的抄袭问题就可以浑水摸鱼，遮掩过去。

粗略地浏览了一下《〈时代〉上的中国面孔》一书，我基本同意"林中小虎"的这个看法。不妨再举几个例子，看看罗昶是怎样对李辉文章中的一些译文"改头换面"的：

例一：
佛梦特人和弗吉尼亚人彼此不会友好 [1]。在中国，高个子、魁梧、慢条斯理但却固执的北方人，[2] 看不起矮个子、瘦小而精明 [3] 的南方人，反过来，南方人也看不起他们。上周，中国 [4] 又一场大规模内战在南北之间爆发。从 1911 年的革命推翻皇帝以来，类似规模的大战以不同形式一直没有停止过 [5]。观察家注意到，此次大战是在南北双方四位最有名的人所领导的力量之间进行……[6]（李辉书 81 页，划线和数码为引者所标注，以下均同）

同样的一段文字出现在罗书的第 35 页，除了划线部分外，其他的都一般无二（本文以下的例子中，情况也相同）。划线部分 [1] "不会友好"，罗书中改为 "总是不能友好相处"；[2] 增加 "总是" 一词；[3] 改为 "瘦小、机敏而圆滑"；[4] 为 "在中国"；[5] 改为 "在进行着"；[6] 改为 "的"。

例二：

他是一位真正的"和平军阀"，这是他多年来的第一次战争，因此，上周公众的兴趣和同情，都集中在这位伟大的、长满胸毛的、操着浑厚嗓音的阎元帅身上。

作为山西省的"模范督军"，阎实际上耸立 [1] 在一个独立王国之中（在中国包围之中）[2]。目前，尽管晋西南地区还存在粮食短缺，但阎为 1100 万人带来了繁荣，在中国他们最为富裕，因而，这使他显得出类拔萃。他 [3] 的嗜好不是女人、酒、鸦片，甚至也不是金钱，而是优质的道路、纺织、防御部队、维持秩序的警察，发展优良的牛、马、耕具、家禽、肥料——所有能为他的乡亲直接带来好处的事物。（李辉书 88 页，罗书 38 页）

划线部分 [1] "耸立"，罗书中改为 "屹立"；[2] 为 "处在中国包围下的独立王国中"；[3] "他" 改为 "阎"。

例三：

中国的军队除勇敢外还有一点：忍耐 [1]。当食物匮乏 [2] 时，他们每天哪怕只有 [3] 一磅大米——这一数量仅仅 [4] 只够维持生存——也能坚持数月 [5]。整个冬天，他们一直穿着薄薄的棉军装抵御寒冷，绝大多数人没有鞋子 [6]，但 [7] 也能于 [8] 情况紧急时每日行军四十英里 [9]。他们每个月的报酬只有六十五美分，其中几乎一半要支付出来 [10]。另外，他们还得忍耐 [11] 失败和失望，尽管如此 [12]，他们从未 [13] 丧失过信心。（李辉书 217 页，罗书 80—81 页）

这段文字罗书与李书的差异，怎么看怎么像罗是李的文字编辑，因为同样的文字不是句式的变化，而往往只是用一个同义词代替李的译文，这也是罗的惯用技法。如 [2] "食物匮乏"改为"缺少食物"；[5] "数月"改为"好几个月"；[7] "但"改为"可"；[8] "于"改为"在"；[12] "尽管如此"改为"虽然是这样"；[13]"从未"改为"从没有"。[1] 和 [3] 等似乎有所变化，仔细看看，不过是疏通了句意而已。

例四：

骑自行车是他的爱好之一。作为一个日本的傀儡，他不敢在无人警卫下走出皇宫，于是他只好在花园里转来转去，练习车技。（李辉书 139 页，罗书 64 页）

这段文字，罗书与李书干脆完全相同。

行了，相信有心的读者还会举出更多的例证。李书写到 1946 年就结束，罗书却写到 2005 年，看来还是大有创造的，但如果我以小人之心猜度的话，这些后面的文字不知来自何方。不论来自哪里，作者在文后不是有这样的声明吗？"本书图片资料来源繁杂，头绪众多，究竟哪些资料在使用上存在着版权问题，在客观上难以一一进行核查处理。因此特在此声明，希望资料版权的所有者给予谅解，并向他们致以衷心的感谢和歉意。凡认定自己是本书所使用的某部分资料的版权拥有者，敬请及时与上海大雅文化有限公司（021—62373108）取得联系，我们将根据国家有关规定支付报酬。"这简直是一个强盗一样的免责声明，我不知道这样是否就可以免去法律责任，但不论怎样这种做法和这样的声明，连起码的学术道德遮羞布都懒得要了。

善良的人一定会想，译文嘛，都是根据同一原文翻译出来的，这样的相似应当不奇怪吧？事实上，对文字翻译有所了解的人会觉得这样惊人的相似是不可思议的，因为译文在文风、用词法等方面体现出的译者的个人性远远超出了原文的同一。随便举一个例子就明白了：

A：气派十足、体态丰满的勃克？穆利根从楼梯口出现。他手里托着一钵肥皂沫，上面交叉放了一面镜子和一把剃胡刀。他没系腰带，淡黄色浴衣被习习晨风吹得稍微向后蓬着。他把那只钵高高举起，吟诵道：

B：仪表堂堂、结实丰满的壮鹿马利根从楼梯口走了上来。他端着一碗肥皂水，碗上十字交叉，架着一面镜子和一把剃刀。他披一件黄色梳妆袍，没有系腰带，袍子被清晨的微风轻轻托起，在他身后飘着。他把碗捧得高高的，口中念念有词：

这是《尤利西斯》的开头部分，A是萧乾、文洁若的译文，B是金隄的，尽管是同一原文，几乎找不到一句文字相同的，但这并不奇怪，随便翻开两本不同译者所译的同一本书都会看到这种情况。那么罗博士的怎么就会与李辉的保持了高度的一致呢？为了《封面中国》，李辉花费了六七年的心血，他的知识产权理应得到保护，如果说"抄袭"有些唐突的话，那么上述的种种情况怎么解释，罗博士和本书的出版者是否有必要对读者和李辉有个交代呢？

同样需要做个交代的是《〈时代〉上的中国面孔》的出版者华东师范大学出版社，以及"策划制作"者"上海大雅文化公司"。这本书的版权页上有总策划、项目编辑、文字编辑、执行编辑、出版人一大串名字，这些身在出版界的人难道真的就不知道2007年5月东方出版社已经出版了一本《封面中国》吗？李辉的《封面中国》，曾在中国著名的文学杂志《收获》上连载两年，《收获》的发行量超过十二万份；在上海出版的《文汇报》、《文汇读书周报》都曾用大篇幅介绍过此书；2007年8月的上海书展上此书也是重点推荐书目；2006年度的华语文学传媒大奖评选中李辉因为这个专栏荣膺散文家奖……对这样一本在读书界产生广泛影响的图书，出版者如果闻所未闻，那我真是惊讶这样的失职；如果早有所闻，也恰恰如此，非要再炮制一本《〈时代〉上的中国面孔》来，那我更是震惊他们怎么会如此视法律和学术道德为儿戏，这种屡屡为人所批评的跟风、搭车出书的行为不但降低了出版社自身的品格，而且是对读者的戏弄。出版社可能以此获得短期利益，但砸了自己的招牌，那不但什么利益都没有了，还赔尽了几代人的心血，这样的账也应该算一算吧？现在中国的图书市场，不是出版的品种和数量太少，而是精品图书太少，滥竽充数的太多，重复题材的出版太多，这无形中也是出版资源和社会财富的浪费，如果说出版界要为建设节约性社会做出一点贡献的话，这样的图书出版就应当尽量得到控制和整治！

2007年12月30日晚

批评的第三条道路

闻过则喜,是圣人的话,对常人来说有几个能够做得到的可就难说了;不过,闻过不喜也属于正常,雅量者,常常是旁观者最好的风凉话,却是当事人迈不过去的门槛。但不高兴归不高兴,接下来能够认真对待批评、反思问题或者回应批评,也算坦荡君子了。等而下之的是编尽理由来证明自己说的一加一等于三是对的,哪怕在地球上不对,在月球上也对的;还有以比窦娥还冤的姿态强调自己错得有理,而对方的批评反而实属不当了。当然,这种近乎无赖的态度还算文明的,更有甚者是勃然变色,破口大骂,你说我不对,你就完全正确吗?让我也来出出你的丑!于是演化成眼中挑刺的全武行。最近四川和北京的两位教授因为一篇书评的争论就愈来愈走上这条道儿了(请参见:陈香《学术批评招致谩骂:当下学术批评何以如此难》,《中华读书报》2008年1月30日)。被批评者当然有为自己辩护的权利,但不回应对方指出的问题,以这样差不多是儿童不宜的语言在回骂,那真是……真是出人意表啊。这样的事越发让人困惑:难道除了"捧"和"骂"如今就不能有真正的、坦诚的学问切磋、学术交流了吗？

当批评只有"抬轿子"和"打棍子"两条路可走的时候，它的信誉注定要一落千丈。近来关于批评和批评家的批评越来越多，说他们丧失学术道德，缺乏独立意识，利益大于真理等等，都有道理，但又是什么让批评家丧失操守变得"不是东西"了呢？批评家自身当然难辞其咎，可这与总体的学术氛围和批评环境有没有关系呢？一个良性的批评氛围应当让批评家能够充分自主地表达个人见解，被批评者坦诚、认真地回应问题，而读者和其他第三方就事论事地发出呼应。在这样的机制中，批评家实际上只是其中的一个方面，他个人见解的表达除了决定于个人的学识、修养、良知等等之外，实际上还受制于其他两方面的反应。也就是说如果大家都喜欢吹鼓手，那么吹吹捧捧的批评就会多起来；如果批评被赋予了严肃的学术讨论之外的权力，那就容易棍子横行。正如清华大学教授肖鹰所指出的那样，当今不正常的舆论环境使得很多正常的学术批评也令人"想入非非"：即使是严肃认真的学术批评也被认为是拆台、使绊子，这样难免形成一种只有赞誉、没有批评，只有表扬和自我表扬的学术状态（见陈香《学术批评招致谩骂：当下学术批评何以如此难》）。见了表扬，喜不自胜，人之常情；可一旦遭遇批评首先考虑的不是对方的批评究竟有没有道理，而是对方的动机是什么，背后有什么意图（或者阴谋）？与此同时，对方不再是探讨学问的对象，而立即成为不共戴天的仇敌。这种强烈的阶级斗争神经也形成了一个阵线分明的奇怪逻辑：是朋友，就得相互吹捧；唯仇敌，才有互相批评。庸俗的社会关系融进了纯洁的学术讨论中，本来正常的批评都被理解成变了味儿的打击。需求决定了产出，批评家也不是傻瓜，这种时候都知道大家见面了握手、拥抱、"今天的天气哈哈哈……"比怒目相对、大打出手要舒服得多，更多人在用沉默纵容这种风气，非得表态的时候，那就：你好，我好，大家好！——这简直太好了！

我常常在想：批评难道就没有第三条道路可走吗？我指那种批评者无

所顾忌、畅所欲言，而被批评者同意则接受，不同意则反驳，不论怎样，学术讨论就是讨论，与人事关系、朋友交情、社会地位、经济利益没有关系。——我知道，这话一出口就会得到两个字的批语：天真。天真就天真，我想大声说我向往这种天真，也期望有一个简简单单、干干净净的学术环境。而且，这样的天真事情不是没有过，有些事情已经被人讲过很多次了，但我还是愿意再复述一遍。比如批评家李健吾（刘西渭）与巴金、卞之琳之间的争论。李健吾评论巴金的小说《爱情的三部曲》的文章发表后，巴金立即撰文逐项反驳，甚至不无嘲讽地说李是"坐着流线型汽车"看走了眼，根本不理解小说的实质。李健吾没有屈就作者的想法，又写了《答巴金先生的自白》，并明确表示："我不惧悔多写那篇关于《爱情的三部曲》的文字""我无从用我的理解钳封巴金先生的'自白'，巴金先生的'自白'同样不足以强我影从。"谁都没有说服谁。关于卞之琳《鱼目集》中部分诗作的评论也遇到类似情况，虽然李很欣赏卞的诗，但作者并不领情，发表文章认为李错解了他的意图，甚至对于李文章中"没有内容"的批评大为光火，表示要"断然唾弃"，而李则更为坚定地表示："诗人的解释可以撵掉我的或者任何其他的解释吗？不！一千个不。"思想的交锋没有四平八稳的，言辞中也不都是不温不火，我更为欣赏的是不论观点分歧有多大，言辞有多么尖刻，这些思想、学术的交流并没有影响他们的友谊，相反更能看出他们之间友谊的纯洁、真挚。他们当时是极好的朋友，以后差不多半个世纪的时光中同样是。解放初期，当有关部门调查李健吾的"历史问题"时，巴金仗义执言，写材料证明李健吾的清白；而巴金始终不能忘记的是"文革"中李健吾托人带钱给他的深情。人们所熟悉的巴金与沈从文的友谊不也是这样的，从当面争论，到文字上的交锋，这对文学观念不一致、争论起来谁也说服不了谁的小说家，不是做了一辈子的朋友吗？而且，他们从来也不以一团和气掩盖这样的分歧，这些论争的文字始终保留在各自的著作中至今仍在印行；观点的分歧坦荡地见诸文字，在他们那一代人的眼中是再正常不过的事情,用不着去怀疑谁捅了谁刀子谁不够哥们儿。"朋友"、"同道"这样的字眼并没有拴住人们的手脚和思想,没有阻隔正常的讨论和交流,"批评"的第三条道路也完全可以从规划图中落地施工。

就是在今天,我也没有完全丧失信心,最近发生的一件事情坚定了我的看法。华东师范大学出版社出版的一本书抄袭了李辉的《封面中国》,此事被一些媒体指出后,出版社没有因为影响了自己的声誉就遮着掩着顽强地辩护着,而是认真查证,不久,我看到了他们的声明,社长说明情况并做了致歉的专访。这之前,我写过文章批评过出版社对此类书的把关不严,现在我要说,我同样也欣赏出版社处理此事的态度:不回避问题,勇于承认错误,将问题摆出来请大家一起来探究解决办法。谁能保证自己不犯错?错了也就错了,老老实实认错、纠错也是一种胸怀,更重要的是这样才能少犯错误,才真正看重和维护了自己的声誉。在这件事中,我看到了一种难得的批评者与被批评者良性呼应的氛围。批评需要有不和谐的声音,但也要有容得下这声音的和谐环境,这样才有可能给人明辨是非的力量,而不是恨铁不成钢的叹息。

2008 年 2 月 12 日晚于大连

再说"消失的文人"

  近读郜元宝教授《消失的文人》(《文汇报》2011年1月13日笔会版),文中说:"古之文人早已绝迹,现代文人也基本消失,或正在消失。""文人的消失,主要是文人的自我的消失。"于是,我们所见的是越来越多的缺乏修辞立其诚、只有高人之理而无常人之情的伪文人。对此,我与作者深有痛感。

  文人的消失,在于信与爱的消失、情与趣的失踪。当代作家和学者,似乎越来越职业化——不要误会,我不是主张任何人都去做公共知识分子,我是说这种心态,他们就是学术职业经理人,三十年前研究文学,二十年前研究哲学,十年前研究电影,哪里"需要"往哪里搬,甚至让人看不到这是一个人所为。他们的"职业"在于与研究对象之间的冷漠关系,这是它的饭碗、专业,就不是他们心之所信、所爱之物,没有信与爱,就不会有献身学术的热情、追求真理的勇气。许多人仿佛在扮演着文人、学者这样的角色,内心是一个面目,生活中是一个面目,在媒体上又是一个面目……更可怕的是不少知识分子已经会像某些官员一样,面对媒体讲"学样文章了。一个扮演出来的角色怎么会有情与趣呢？有也是矫情，只有正确的道理，没有可爱的趣味，当代文人之消失，就是再也没有大家津津乐道的世说新语中那些活鲜故事了。更让人感到不寒而栗的是，有些人扮演这些角色久了，竟然非常入戏，举手投足派头与作态十足，自己浑然不觉不说，而且常常觉得自己就是真理和正义的化身，他没有迷惘、没有哀哭，也没有至诚和常人之情，一切完成于技术和"学理"，这种眼中无"人"也无"我"的新圣人，实在让人既"畏"又"惧"。这真让人怀念鲁迅先生，也多少明白在"正人君子"之林中，他为何不要去做"鸟导师"。

郜君"时文琐谈"中诸文，以杂文之笔法，纵古论今，不仅有犀利之目光，也常常新见迭出。有些题目真不是"小文章"可容纳，完全可以写成洋洋洒洒的大论文，我欣赏作者不做论文机器的选择，但这同样是他学术研究的一部分，不过这是更见性情的研究，是学术研究的另外一种表达方式。这是有理也有趣，更为可爱的一种方式。看他对"小四"《爵迹》之论，不是用媒体起哄的办法，而是以文学教授的手术刀细致解剖。——所以，这样的文章虽短，但我读起来却极慢，不经意中的一句话，有作者深思熟虑后的学术新见；在调侃的背后，也垫着作者的性情，或者是某种情绪的流露。很好！愿"笔会"少登些哥哥想妹妹、儿子念爸爸的应酬之作，多登点可以细读深味的篇章。"时文琐谈"甚至让我想起了吕叔湘、陈原等前辈那些文字，举重若轻，四两拨千斤。

2011 年 1 月 17 日清晨

批评的面孔与眼泪

毋庸讳言，当代文学批评目下已经成为姥姥不亲舅舅不爱的过街老鼠，这令从事文学批评的人不但没有丝毫自豪感，而且丧失起码的尊严。在很多人的眼中，做批评的要么是抬轿子的，要么就是吹鼓手，还一群人不甘于此，就成了心态不太正常的酷评家。在另外一些人眼中，当代文学批评是最没有学术含量的。可能并不夸张的事实是，当我们读过百万字的作品认认真真写出一篇评论的时候，认真读过它的人可能只有文章的责编和你的评论对象……当然，我们也曾沉浸在某种虚假的繁荣中，比如作品研讨会一个接一个，评论刊物稿件堆积如山，大学中学习当代文学的博士和硕士越来越多。可是认真想一想，研讨会不过是新书发布会和推广会的代名词，既不研讨，也不交流，各讲各的，讲完拍屁股走人；核心期刊的稿件何尝又不是评职称、做项目的敲门砖？当下不同层面的部门都在呼吁加强文学批评的力量，倡导什么改变什么，上海甚至为文艺批评设立了专项基金，心情之急切跃然可见。当然，把这种现状的改变寄托在某一个团体或什么制度的确立也是不现实，对于一个从事当代文学批评的人，我觉得现在唯一能抓在我们手中的稻草，恐怕只有每个从事文学批评的人首先的自尊、自爱和自信。

很多人都说当代文学批评有三分天下，学院、媒体和作协。这三家，作协近官，媒体近商，学院近迂——迂腐的迂，呆板，呆滞，僵化。我们都是学院培养出来的，学院批评在当代文学批评中有独霸天下之势，请容许我忘恩负义地讲几句学院批评的坏话，或者也可以说对所受教育的一点反思，学院批评的所有优点和缺点都集中在那个现在被称作"论文"的东西上，论文使当代文学批评失去活力、活气的样板，很多作家客气地讲："我们水平低，看不懂。"实际上心里在说：不知所云；或是胡说八道。"意图的谬误"似乎可以成为批评家的万能挡箭牌，但我们是否有反省，你的文字居然让你的研究对象感觉到与他完全无关，这说明了什么；你是否对研究对象有着足够的尊重，还是仅仅把它们当作是肆意挥刀的鱼肉？更让人无法忍受的是老太太用三句话就讲明白的问题，一个学者居然要花费那么多"理论"云苫雾罩地讲半天。这正常吗？我一直奢望大家能够改变一下目下学院派批评自言自语的境况，充分地促使创作与批评的互动、作家与批评家的充分交流。上世纪八十年代，是作协批评充满活力的时候，曾经有过这样的局面，不知道今天作家协会是否有重塑作协良好批评风气的念想呢？至少改变一下批评的论文面孔是大有必要的，五十年前，钱锺书先生就提醒我们："眼里只有长篇大论，瞧不起片言只语，那是一种粗浅甚至庸俗的看法——假使不是懒惰粗浮的藉口。""不妨回顾一下思想史罢。许多严密周全的哲学系经不起历史的推排销蚀，在整体上都已垮塌了，但是它们的一些个别见解还为后世所采取而流传。好比庞大的建筑物已遭破坏，住不得人也唬不得人了，而构成它的一些木石砖瓦仍然不失为可利用的材料。往往整个理论系统剩下来的有价值的东西只是一些片段思想。"（《读〈拉奥孔〉》，《钱钟书集·七缀集》第36页，生活·读书·新知三联书店2007年10月第2版）当代文学批评，要有学术含量，但又不同于古典学术研究，它应当充分参与到当代文学的成长和发展中，它有方法有沉思，也应当有叹息，有欢笑，有眼泪，有人的气息和趣味。

为此，我个人认为，我们需要被重视、需要得到关注、需要有寒夜行路的温暖，但不需要整日出现在目下的研讨会上，当代文学的现场应当在我们的书斋中、在我们的阅读里，在于我们对于当代生活的体味和思考上。我也不想成为文学天气预报员或时事评论员，哪位作家发表一篇作品就迫不及待地做出评判，我需要慢阅读、细体味、多比较、深思考。我甚至觉得，有一个所谓的文坛，使得大家的趣味越来越趋同化，甚至不是你想阅读什么，而是"被阅读"，我不愿意跳进这个陷阱中，我想理直气壮地说：有些作品，大家都在读，我可以不读……

还记得帕乌斯托夫斯基为我们讲述的那个"金蔷薇"的故事吗？一位又老又丑的老清洁工，为了给他热爱的"小姑娘"苏珊娜打一朵据说代表着幸福和好运的金蔷薇，把首饰作坊的尘土运回来，在夜深人静的时候，扬去尘土从中积攒金屑，没有人知道他花了多少工夫，让这些金粉成为金锭，一直到最后可以打成金蔷薇。扬尘取金，数十年的心血，没有坚定信念和深挚的爱支撑着，这样的劳动是不可想象的。信与爱，也是我们所需要的，文学与我们的生命彼此温暖的时候，也就不会再那么不堪，那么无力，也不再是物质巨兽脚下的侏儒。帕乌斯托夫斯基说："一个'按心灵'，按内心世界生活的人，永远是创造者，是造福于人类的人，是艺术家。"（康·帕乌斯托夫斯基：《早就打算写的一本书》，《金蔷薇》第297页，戴骢译，上海译文出版社2010年8月版）也许，我们一辈子也成不了"艺术家"，但我希望：多年以后，面对我们写下的文字，我将会回想起和大家在一起的温暖，并能够自豪地说我用我的情感和信念为自己经历的岁月付出过……

谈私藏与公用

在今年的嘉德春拍上，唐弢先生收藏的郭沫若、叶圣陶、朱自清、巴金、冰心等人的手稿，少则几十万元，多达上百万元拍出（一页啊！），颇引热议。至于到底值不值、合不合理的讨论，我向来以为拍卖场上完全是周瑜打黄盖的买卖，不劳我们插嘴。我的第一反应倒是：公立博物馆、图书馆等机构在今后征集文物将越来越困难了……那不是开玩笑啊，送几页纸，等于送你一栋楼啊，就是老头儿答应，他的子女愿不愿意呢？这也不是用几句"高风亮节"就能打发人家的。而让公共机构跟私人拍卖场去血拼，他的经费是否有这个底气就是个大问题，还有国家的经费在使用程序上毕竟不如个人灵活，拍卖场上瞬息万变，可能不等你反应过来东西已经归入他人囊中。

我并不反对民间收藏介入这个领域，倒觉得他们无形中也促动了全社会对于文化财富的珍惜和热爱。公共机构虽然有人多"势"重之优，但也出过丢文物的丑闻，或者锁在大柜里谁也看不到等同它不存在的事情。可是两相比较，特别是不仅把这些东西作为私产，而同时也看作是社会共同的精神文化财富，文物在公共机构从保藏、研究乃至调用上肯定比私人要造福"最大多数"。这一点,郑振铎先生在六十多年前就曾谈到,并一直致力于让民间私藏化为公有的工作,他一直呼吁这样的风气:"谁肯把辛苦收集起来的东西,一起捐给公共机关呢?不知个人的鉴赏和研究是范围有限的,何如公之于众,可以使后人受益无穷呢?且个人力量不大,收藏不易,远不如公家之整理有序,陈列有方。与其日后零星散失,不如一劳永逸的永远集中在一处之为得计。以后每个参观和研究的人都会不忘记这位收藏家的劳绩的。而学术是公物,古物是公器,亦万难把持在一二个人的手中。为了爱护古物,发展学术,也应化私为公。"(《保存古物刍议》)道理是这么讲,但文物一旦入私人手中,宝爱有加,也有可能一入侯门深似海,从此便不见天日;在公共机构中,不论手续多么严格或繁琐,研究者总是有条件可以去查阅,而私人藏家则没有这个义务,况且,该物为谁所拍得常常都说不清楚,遑论使用?

千万不要低估那些上拍东西的价值,单就现代文学研究而言,谈到新发现的史料或者作家的集外文,与其去读《新文学史料》,还真不如去看拍卖会图录——这也是现代文学研究者的"田野"考古,这些史料的发现完全有可能增补历史细节、改变对作家的评价,甚至重写文学史。以巴金为例,从他保存的读者来信可知,他曾经给无数读者回过信,然而目前搜集到的他致读者信恐怕连九牛一毛都算不上,这些书信都流散在民间,哪怕有相当一部分已化成灰烬,仍有相当部分等待浮出水面。巴金一生信奉"把心交给读者"的创作原则,跨越半个多世纪,这些与不同读者之间的交流如果有机会汇集在一起,将是研究他创作和思想的重要史料。即便没有那么重要,至少可以拾遗补缺,现代作家有很多人都没有编辑过文集、全集,已有的残缺不全的情况也非常普遍。有位著名作家的后人曾对我说过:能否呼吁一下,那些书信、手稿拍卖之前复印一份给作者家属呢?我们不要原件,只要其中的信息。其实很多学者也是这么想的,他们并不要去收藏原件,但从现实看来,这也只能是他们一厢情愿的想法。的确也有朋友,为编作家文集找到藏家希望能得到两页手稿的信息而遭拒。有什么办法呢？这已经成为人家的私人财产，你最多是看着人家脸色"巧取"而没有办法"豪夺"。

那么，只有寄希望于藏家是个慈善家了？也不尽然，我还希望藏家也是位研究者，能够懂得自己藏品的价值，能够及时将它们的内容整理、公布出来，惠及学界。北京的藏家方继孝就这样，他已有多卷《旧墨记》和《碎锦零笺》等著作。不过，个人的精力毕竟有限，比如方继孝藏有数量相当丰富的陈梦家、赵萝蕤夫妇的档案，其中包括一百四十余封夫妇俩的通信，还有三四百封现代文人致陈梦家的信，在方继孝写出《陈梦家往事》之后，我一直期待着更多原始文献的整理、出版，但可能因种种原因，至今仍然没有如愿，这种时候私人藏家的势单力薄也显而易见。又比如，有的藏家宝爱的某某手稿，实际上专家一眼就看出那是假的。就此我也在想，一些私人藏家能否与专家学者充分合作，共同整理和研究那些藏品？我知道，长期以来，收藏界和研究界相互看不起，收藏者觉得研究者手里没有货，而研究者认为收藏者没学问，其实这都是较为极端的看法，两者友好合作，不是双赢吗？

那么，公立机构就在一旁干瞪眼，完全出局了？未必。除了在今后的经费预算中合理安排相当资金关注拍卖市场，不要错过必得之物外，在四面楚歌中，公立文化机构首先要发挥自己的优势，更完善各种机制，提高自身素质。尤为关键一点是要"善待广用"：善待捐赠物，让捐赠者心安，确信自己的东西总算找到了一个好的去处，一片真心才能感到四方；广用是要让它们发挥应有的价值，及时整理、研究，让更多人可以调用，而不是烂了也不让你见到灰，无私服务才能得到无私回报。不断提高自己的信誉度，相信也会有越来越多的有长远眼光的文献拥有者，甚至一些民间收藏者，还是愿意把文献捐赠给国家。人生一世，如果想明白，几乎没有什么东西可以为个人永久占有，百川归海、化私为公未尝不是大道。

2012 年 5 月 24 日晨

关于莫言得奖的答问

一、莫言获得诺贝尔文学奖后,在国内外依然存在大量争议,是否因其获奖而对其评价过高?如有人认为,这次获奖是偶然,中国有很多作家同样应该获奖。

对当代文学而言,永远不存在顶峰和唯一,这些词只有留着这批作家和写作彻底历史化和经典化才能用。如此说来,认为有很多(或者不是"很多"而是"有一些")中国作家同样应该获奖,这没有什么奇怪的。获奖当然有偶然性,因为获奖者只有一人,而可以获奖者可能有一百人,对于这一个人来说当然就是机会和运气;对另外九十九个人,当然是没有这个机会和运气——这里也涉及到对于文学奖怎么认识,对于文学作品和作家的评奖从来没有唯一标准、终极标准,而且不同时代的读者接受都会有极大的变化,那么文学奖就可以承担终极裁决者的责任吗?即便是诺贝尔文学奖,也是这样。我历来认为,不论得什么文学奖,这就是中彩，得奖了对于作家就是值得高兴的事情，是对寂寞写作的一种鼓励；对于外人来说，除了祝贺也谈不上沮丧，它并不意味着就是对你的写作价值的否定——绕来绕去，我觉得讲的都是最普通的常识，然而不知怎么聪明如中国作家和文人们，在诺贝尔的结上好像就是解不开。

具体到莫言，该不该得这个奖，把之前和之后的争议搜集起来，真是国民文化心态的绝佳研究材料。我看到过一种非常奇怪的心理：莫言得奖之前，有人大骂中国当代文学不成器，连个诺奖都没有得过；得了奖，又大骂莫言，好像不是得了瑞典送来的大礼，而更像哭丧……这是什么文化心态？真是让人鄙视的一群。

好了，莫言当然有资格得这个奖。或者说，莫言不得这个奖同样是中国当代最优秀的作家之一，大家同样在研究他的作品，他的哪部作品出来不是得到各种热情关注？只有那些从来没有读过莫言书的人，才觉得他是通过这个奖才从石头缝里蹦出来的吧？我们从来没有看低过莫言，但我希望，我们不要总是去做文学的看客，哪里有热闹往那里凑；也不要因为诺贝尔奖从而就高看莫言，这是因为中国当代文学中像莫言这样的作家还有很多，大家以正常的心态去阅读去研究他们，或者去读你喜欢的，那才是一个理性的态度。

二、莫言的作品，为何能为世界文学，或者说诺贝尔奖所接受，它的启示意义在哪里？

在以前接受采访的时候，我就说过这样的话：文学艺术有着自己的轨道和规律，它不会像GDP一样可以计算。它不是一往无前,也不可能一无是处。那些最杰出的作品都产生于伟大的个体的头脑中,它们常常不成潮流也没有趋势,而是孤峰傲立,难以被预测也无法去规划——尽管我们常常愚蠢地拔苗助长,后来发现没长出栋梁也罢了,拔也是棵杂草。就像莫言得了诺奖对中国文学有什么样的影响这样的话题,我说:对莫言有改变,对莫言而外的人最多是跟着欢喜或愤怒,有什么影响?创作本来是个体劳动,越杰出的作家个性越强,写作就是各写各的,莫言得奖干卿何事?也有人说,不对,至少可以引起西方人对中国文学的关注。或许吧,或许这只是更大的自我幻觉。其实西方人该关注的作家早就在关注了,不关注的今后也未必就关注,像莫言,难道是西方人是这半年才关注的吗?再说,西方人关注又怎么啦,月亮就由圆的变成方的了?重复这些话,我想再强调一下,千万不要去放大莫言得奖所谓"对中国文学的意义",什么都要去分一杯羹,是十分愚蠢的想法,这些和去拔莫言家的萝卜,以为吃了就能怎么样一样愚蠢。

三、莫言小说的独特美学价值在哪里?

首先,他的作品是大地中生长出来的,一个杂草丛生的大地,具有无限的自由气息和磅礴的力量,是一种生机勃勃力量的显示。其次,莫言对记忆与现实中的一些事情,始终不能放过,让他的作品中有一种反讽、抗争、戏谑的成分,这些与民间的古老传统结合起来,成为表达对现实看法的极佳文学样式。第三,莫言是一个不懈追求的叙述探索者,他深知语言的力量,能把大地上的事情和人心中的态度都化成一个个不同的精彩叙述,以实现他的艺术追求,这一点,在同时代作家中,他尤为突出。

四、如何看待莫言小说中的政治意识，以及莫言在现实中的文化立场？

一个人不能站在地球上说月亮上的话，更不能站在地球上不说地球上的话。对于这个，每一个生在当今中国的人，不要去问莫言，先问问你自己，你说了什么又做了什么？

五、请选一部你认为最好的莫言的小说。

不是最好，只能是我最喜欢的，《红高粱家族》。

六、莫言热目前已经成为一种文化现象，请问如何看待？

对于我而言，莫言热在二十多年前早已开始，因此，今天对这些无动于衷，最多想说：噢，原来有那么多人以前没有看过莫言作品。那么，我也想劝他们，其实现在不看，也没有什么的呀！

七、莫言小说中的乡土和魔幻，是否是最重要的因素？

当然。但我想强调，每个作家都有自己的乡土和"魔幻"，莫言的或马尔克斯的都是你旅游中看的风景，而不应当是你的故乡。我非常非常担心，一些脑袋不大灵光的作家、批评家把莫言的乡土和魔幻当成了唯一的标准和尺度。

八、莫言之后，中国文学是否还能出现新的为世界承认的文学家？您认为，莫言之后，谁有可能再次获诺奖？

以后的事情，掐了两下指头也算不出来，发现这个问题应当请瑞典的那些老头们去回答——假如，得了诺贝尔就算"为世界承认的文学家"的话。不过，我想以前的事情，至少是有边际，是可以看到的，那么我想说，在莫言以前，我们已经有很多非常优秀，甚至远比莫言优秀的作家，看不到这些，只能怪我们没有眼光。手头刚刚拿到今年的《上海文化》第一期，发现郜元宝教授的文章中也提到了这一点，那么，我就厚着脸皮说：真是"英雄所见相同"啊！

2013 年 1 月 19 日上午

第四辑

谈文说书

说书脊

《现代汉语词典》关于"书脊"是这样定义的:"书籍被钉住的一边,新式装订的书脊上一般印有书名、出版机构名称等,也叫书背。"我没有学过美术,不知道书籍装帧是否有专门讲书脊的,但作为一个爱书人,我倒是很重视书籍的这一小部分,有时觉得它很重要。排列在架子里的书,这就是它的窗户,在书海中翻检,人们首先接触的也是书的这一部分。可惜现在不少出版社大花力气把封面打扮得花枝招展,却忘了书脊,这仿佛一个人只顾在脸上涂脂抹粉却不顾脖子后面一样。

书脊上一般有书名、卷次、作者、译者、出版者这样几项内容,并不是固定不变,但要以检索方便为原则,可有的出版社做得并不尽如人意。比如说多卷本图书应当在书脊上标明卷次,像一家兄弟总得有个老大老二一样。内蒙古文化出版社曾出过《莎士比亚全集》,书脊上除了书名、译者、出版者之外,竟然没有卷次,每次用时我都不知该抽出哪本,幸好只是上、下两卷,要是十卷八卷那就更麻烦了!有的书脊上的内容是避重就轻,说白了就是该上去的内容没上,不该上的倒很醒目。比方说上海人民出版社出版的罗曼·罗兰的《莫斯科日记》，书脊上的是书名、译者名，可是没有作者名，要是《约翰·克利斯朵夫》这样家喻户晓的名著省了作者名倒情有可原，可这是封存了五十年刚见天日的书，书插在书架上，人们是看不到封面的，那你让读者去猜这到底是谁的莫斯科日记吗？最有意思的一本是《尼采文集》，书脊上书名下面赫然印着"尼采著"，出版者真够幽默的，尼采文集要是康德写的那要闹鬼了，这个著者加得真是画蛇添足。人民文学出版社1981年版《鲁迅全集》的书脊上的内容设计就比较好，这是鲁迅一生的著作集，共有十六卷之多，如果单单分明了卷次，有时查阅某一文章也挺麻烦的，编者就在每卷书脊上还加上了所收的单集的名字，这样读者查阅起来可就方便多了。

书脊上字体、字号甚至简洁的图案等也是要讲究的，常见封面上书名字体灵秀，而书脊上却如僵尸死板坚硬。有不少书，书脊上书名、作者、出版者一码儿一样大的字号从上排到下，简直像挂了条标语。总得在字体、字号上讲究点变化，让人看得舒服些。还有一个事也不容忽视，就是多卷本书，书名和卷次等在书脊上的位置要尽量一致，可不能各自为政，因为它们是要排放在一起的，同一种书，书名、卷次七上八下，宛如起伏蜿蜒的长城那可不是一道好风景。还有，有的书脊上有横排的文字，这时候最好请考虑一下书脊的宽窄（书的薄厚），一些薄书书脊窄，再横排一行文字，密密麻麻挤在一起如难民般同样让人不舒服。捎带说一下，有不少书，书名采用名人题字，按说书名应当用规范字体写，可并不是所有的名人都那么安分守己。我就见过一个大人物用行草题写的书名，也怪后生小子才疏学浅，三个字的书名我有两个字认不出是什么，我本能地看看书脊，也是这手迹，打开扉页也是，版权页干脆连书名也不印了，这样让读者猜谜真够受。我想这手迹非用不可的话，最好用在封面，就别再往书脊上用，让大家一目了然更好些。

关于书脊，我还想说装订制作上的事了。书脊一般要饱满厚实，可现在不少书脊粘合得曲曲巴巴，满面皱纹似的；也有的书没有破，书脊倒先张开了血盆大口。我也不太适应精装书是平脊，总觉得那不是书，而是笔记本，只有看到那种圆脊，才能感受到书之美……对于一本好书来说，这些小节都不当放过。

总的来说，作为一本书中不可或缺的一部分，书脊既要做到检索方便，只要排放美观，这应当是对它的基本要求。

1997 年 3 月于大连

说索引

因为想了解一下赫尔岑与巴枯宁的交往，所以搬出了三大册一百二十多万字的赫尔岑回忆录《往事与随想》，可是在我记忆的章节中翻来翻去就是找不到，我甚至怀疑自己是不是记错了，或许赫尔岑并没有在这里写过巴枯宁。这个时候，我突然想到索引。巴金曾说过："《往事与随想》的内容非常丰富。在它的前四卷中展开了十九世纪上半叶俄罗斯政治、社会、文化生活的景象。在这样一幅宽广的历史画面上活动着的各式各样的人"，"作者在后面四卷中描写了西欧资产阶级社会各种生活景象和各阶层人物"，可以说这是一幅广阔的历史画卷，在这部书中涉及了众多历史人物，可是为什么我们的出版者不做一个索引，将所涉人物一一标出呢？这是"辛苦我一个，幸福十亿人"的事情，也算是对得起这部名著。仔细想一想，何止这一部书，其实我们出版的很多书都没有相应的索引，包括那些堂皇的全集。至于我们的学术著作，就更没有这个习惯了。更让人哭笑不得的是有的译作在后记中竟大言不惭地写道："为节省篇幅，我们略去了原著中繁琐的索引。"原来，索引就是这么一个可有可无甚至令人有些讨厌的东西！

可是，在我们读者心中，它却是一个招人喜爱的小姑娘，有时候离了她还真不行。我得承认自己的愚钝，没有钱钟书那过目不忘的脑子，但全中国不就一个钱钟书吗，要不怎么以国宝视之了？可见索引对于大多数读者还是极其需要的。1981年版的《鲁迅全集》就有很好的索引，因此，查找起来真是方便极了。这"很好"不单是说它有索引，还是因为它的索引分类很细，《全集》的第十六卷整卷除了一个年表之外，整卷都是索引。从大的部分说分全集篇目索引和注释索引两部分，而注释索引又分了人物、书籍作品、报纸刊物、团体流派、历史事件、掌故名物等十大类，这简直是一部完整的鲁迅研究词典。葛兆光先生的《中国思想史》后面也附有"主要人名索引"，在第二卷的《后记》中，他还说在这部书结稿的最后二十天里，"我大体通读并且最后一次修订了全书的四节《导言》和二十三节正文，作完了附录三种（《目录》、《征引书目》和《人名索引》）。"很显然，对于这些附件，作者是很当一回事的，这也是一部书合乎学术规范的具体体现。

做索引，似乎没有什么大道理可讲，无非体现了一个规范，一个严谨的态度和一个为读者着想的服务宗旨问题。这令我想起一次去探望《近世学人日记》（河北教育出版社出版）的主编范旭仑先生，他当时正在为其中的一种《复堂日记》做索引，全部书稿整理已毕，这是最后一件工作了，他说：这是最费工夫的事情了，但是必须得做。这话说得好，编者不能在这上面图省事。我敬佩这种严谨，并在不久就享受到这种严谨的好处了。这套书出版后，蒙他赠得其中一部《张元济日记》，八十多万字的两巨册，我并不是研究张元济的，只是想看一看他与胡适等新文学人物的交往情况，如若没有一个索引，在杂乱零碎的日记中找这些，真是大海捞针，可是，这部书后有一百五十多页的人名索引和书目索引，它帮了我大忙，也使我坚定地认为：一部书，索引是万万不能随便"节省篇幅"节省掉的。

说注释

近年来，在眼花缭乱的出版物中选购图书时，我是很留心注释的。我觉得一本书，特别是学术著作，其注释如同一扇隐蔽的小窗，虽小却能洞见作者治学态度的严谨与否。别看小小注释蜷居书页一角，可是人们历来都很重视它，特别是一些经典著作，人们对它的注释历来都采取慎之又慎的态度。中国古代，注是注文，而疏则是解释注文的文字。宋代大儒朱熹编注的《四书章句集注》（简称《四书集注》），明清时被定为国家科举考试课目，试题出自四书，而发挥题意则须以朱熹的集注为依据。这居然成了几百年科举的样板，可见小小注释也真轻视不得。一些重要著作的注释不但只向读者解释正文，而且它本身常常透露出重要信息，从而也成为一种依据。

一个真正治学严谨的学者，是不会轻视注释的，高质量的注释同时也是其著作不可分割的部分。美国学者金介甫的《沈从文传》中文本，全书正文281页，而用小字排印的注文竟达81页，几乎为正文一半，其注是正文很好的注释补充，同时也很好地发挥了正文，道出了许多正文的未尽之意。遗憾的是，我们现在不少做"大学问"而不拘小节的人常常对注释草草了事，或者错误百出，或者语焉不详，让人难以信服。我就买到一本书，注释上说某段引文出自《沈从文全集》某卷，可沈氏的全集当时还正在编辑中而未出版呢！如若读者不细心，凭信此注那岂不以讹传讹，害人不浅。还有些是作者轻率加注，如某段引文出自《瞿秋白文集》文学篇第1卷第28页，据此注完全可查到此文，这似乎无可厚非，然而是否需要把这段话出自的篇目加上，接下去才是这篇文章收在哪个集子里，这样才更让人明了，不似一叶扁舟没入大海，踪迹难寻。对于一些书注明版本情况也是必要的，如通行的《鲁迅全集》，就有1938年、1958年、1981年、2005年四种版本，四个版本不尽相同，标明一下你依据的是哪个本子还是必要的。

  我不是单纯主张注释越详越好，那样就喧宾夺主、主次不分了。注释在文字上尽可能简明，不但简单而且要让人明了。注释应根据读者对象不同和正文本身的特点而加，其文字应是以使读者明了为原则。读者对象不同，注释详略程度也不尽相同。对于我国读者来说五四运动、"文革"这样的名词完全不必加注，可是对于外国读者就应当考虑加注了。对于普通文学爱好者来说，普希金、托尔斯泰这样的名字无须加注，可是迦尔洵却要加，可是对于俄国文学研究者来说迦尔洵也不必加注。这正如在成人看来很普通的字眼放在儿童读物上都加了读音和释义一样。一切看对象，一切为了读者需要。作品本身如不易解读，有时加注虽显累烦，但也是必要的。萧乾、文洁若合译的《尤利西斯》，全书加了5840条注释，尽管他们也知道看注释读小说未免疙疙瘩瘩的，可是乔伊斯这部"天书"，内容无比庞杂，天文音乐文学，无所不包，用典甚多，有些典故出自《圣经》、荷马史诗、莎士比亚作品，还有些是名不见经传的典籍，如果不一一加注，读来会有摸不着头脑之感，因此不得不加。

说插图

　　最近看到一本《丰子恺绘画鲁迅小说》(浙江人民出版社1982年版),书虽是旧书,但是鲁迅的小说与丰子恺的画却风采依旧,让人爱不释手。丰先生在《序言》中说:他把鲁迅现实的小说"译作绘画","使它们便于广大群众的阅读,就好比在鲁迅先生的讲话上装一个麦克风,使他的声音扩大。"这话说得很形象,丰先生的画印证了小说给人的感觉。像阿Q那幅像,他穿着补丁裤,束着腰带,腰间有支长烟杆,头上稀疏的头发似乎掩不住几个癞头,让人过目难忘。而《社戏》一篇,丰先生之图描绘出江南山水风物,更得中国画之妙,让人对鲁迅笔下的世界有了更形象的体悟。

　　翻读这样一本书,我突然想,如今市面上重印了那么多的鲁迅著作,却少有附上插图的,特别是像丰先生这样精致又系统为鲁迅小说配图的,如果放在书中,一定会与文字相得益彰的,对于阅读小说也是一个有益的补充。有时候,通过好的插图,我们能够迅速理解作家的意图,尽得作品的神韵。鲁迅在《〈母亲木刻十四幅〉序》中说,亚历克舍夫为高尔基小说

《母亲》所作木刻生动有力，活现了高尔基原著神采，"便是没有读过小说的人，不也在这里看见了暗黑的政治和奋斗的大众吗？"

读一本书，目光在密密麻麻的文字中穿行，忽见一幅精美的插图，如同跋涉在荒原中，看到前面的一片绿洲，眼前突然豁然开朗。记得读房龙的《漫画圣经》，有时让那些古老的历史事件和人名弄得很疲乏，但此时浏览一下书中的小幅插图，休息一下，又唤起了接着读下去的兴趣。好的插图也是一件能够引起人遐想和沉思的独立的艺术品。

许多前辈作家都很重视书中的插图。鲁迅就曾说过："我以为插图不但有趣，且亦有益。"他自己身体力行，印行书籍，尤其注重插图。在《朝花夕拾》的《后记》中他还亲手绘制一幅"活无常"作插图。在他的译著中，也十分重视插图的选择，使之与文字巧妙配合，让读者感受到异国的气氛。在翻译契诃夫《坏孩子和别的奇闻》时说："这回翻译的主意，与其说是为了文章，倒不如说是为了插图。"他在介绍、推动新兴的木刻运动时就认为："用版画装饰书籍，将来也一定成为必要。"为此，他出资翻印过《死魂灵百图》等插图集。

现在无论是纸张还是印刷技术都比过去好多了，然而不论何等豪华的书籍，都冷落了插图。近年，除了重印的外国古典文学名著之外，很少见人郑重其事地在书中印插图。插图仿佛最多只能成为美术学院学生的课卷而与书籍关系不大了，许多画家似乎也觉得画插图是雕虫小技不屑于此。然而实际并非如此，插图需要对原著精心咀嚼之后再结合自己艺术想象而画出，它既要传达出原作精神，又要显示出画家的个性，这是比较难为的艺术境界。看来真不能小看了插图，真应该提倡一下插图。

附记：

此文写于 1997 年 5 月，而近年来图书插图已渐为人所重视，即如鲁迅作品的插图本，便不仅仅有丰子恺的，而有多种。但我发现另外一种现象令人担忧,就是插图"新不如旧",似乎新出的画插图的画家也少,图亦劣,画人物,面目都是模糊的,更等而下之的一片日本动漫画风。让人在高兴之余,又觉这门手艺看来是要消失了。

2013 年 12 月 22 日

说传记

　　写了一篇谈传记的文章，意犹未尽，还想再写一篇，主要是因为读《李健吾传》（北岳文艺出版社1996年11月版）引起的。应当说这是一本作者颇化心血的传记，在对半多个世纪文坛状况的描述中，作者动用了丰富而详细的资料，作为国内第一本李健吾传记，这些都显示了作者长期的学术积累和功力。李健吾先生是我钦佩的前辈，巴金先生在文章中盛赞他那颗"金子般的心"，让我看到他的为人，翻阅旧《大公报》时，读到那些优美的文字，又让我了解他的为文，因此，这本传记引起我极大的兴趣，可是读过后有不过瘾的感觉，作者掌握了李先生几乎所有材料，又以极其认真的态度来写它，可是为什么总觉得差点什么呢？

　　我们一般看人不外乎采取仰视、平观、俯瞰这几种视角，仰视如拜高山大海，平观如登山上独对秀峰，而俯瞰则会当凌绝顶，一览众山小。一本好的传记其作者与传主之间的关系应当由远及近再由近而远，就是说大多数人是由于对传主的敬仰而思述其生平彰其功名，因此也有了走近传主的机缘，历览其中种种风光之后，又不能只在此山中，还要走出去、走远看他，这才能看到真实面目。《李健吾传》的作者似乎仰视得太久了，他在频频称赞李先生为大家，写的是杰作的时候，却没有探讨李先生何以如此，而对于读者来说往往更看重后者，并不关心你加给传主多少名号，而韩石山先生拼命要在传记中表达对李先生的钦佩。是的，李先生是谁都否认不了的伟大存在，但一本传记不能只是感情的流露，还应有充分的理性分析，这本传记缺少的恰是这些，原因恐怕在于作者有仰视而不能俯视，沉醉于发现一片风光的兴奋，而顾不得向大家描述风光到底在何处。比如，对于李先生的评论文字，人们赞赏有加，可是好在哪里不甚了了，传记也大量引述这些批评，但也没有说明白它们到底属于什么类型的，其独特之处在哪里，这就有一点"不管他做了什么，我就说他好"的极度偏爱了。

在这一点，王晓明的《无法直面的人生——鲁迅传》（上海文艺出版社，1993年12月版）做的比较好，这也是我近年来所读的最优秀的传记之一。鲁迅是王晓明敬仰的大师，他说："我曾经那样崇拜他，一直到现在，大概都没有像读他这样，认真而持续地读过其他人的书。"然而，他没有拜倒在鲁迅脚下，而是冷静地举起手术刀，大胆地解剖鲁迅，在书中他写出了鲁迅与自己思想上所产生的共鸣，还写出了自己对鲁迅的理解。在众多鲁迅传记中，这本书因独树一帜写出了鲁迅的精神危机和内心痛苦而受人瞩目，王晓明是把鲁迅当作人而不是当作神来写，他是在与鲁迅做心与心的交流，又远距离透视这位他敬仰的人，在感性与理性之间带给我们永久的思考。

传记要写出传主的灵魂来，还有一点很重要：作者要对传主有深入细致的研究，或者说作者要是一位非同一般的研究专家。在西方常有穷其一生精力研究某人作品最终才写出一本传记的例子，传记需要这样的严谨，需要对传主的理性把握，也需要一个好的切入点，这之中体现着作者对传主独到的理解，这样传记就有了一条明晰的主线。像沈卫威的《无地自由——胡适传》（上海文艺出版社，1994年10月版），就选择胡适的自由主义思想行程与二十世纪中国革命的关系作为行文主线，这不但是行文上方便，更重要给读者一个理解胡适的视角。陈思和的《人格的发展——巴金传》（上海人民出版社，1992年6月版），不仅选取了人格的发展这个独特的角度，而且传记本身还为我们提出了不少巴金研究的新课题，为传记增加了分量，显示了作者对这一领域的精熟。事物的本来面目只有一个，但对它的描述方式却多种多样，文字也许永远不能穷尽事物本身，在"我心中的"形象上恰恰显示了作者的功力。相比之下。《李健吾传》似乎缺少这些，叙述上平分笔墨，不曾突出李先生一生的辉煌期，全书缺乏主线。这可能都是这本传记给人不过瘾感觉的原因。

1998年4月25日

说专栏

专栏及由此产生的专栏作家,在西方乃至我国港台地区都不陌生,他们在报刊上拥有自己的版面,常就某一方面的问题发表个人见解。这类文章有连续性,有鲜明的个人风格,比较鲜活,又占据着传媒的重要位置,所以,常常为读者关注、喜爱。国外报刊的专栏五花八门,从国家大事到家务琐事,从国会议题到地铁新闻,一应俱全。在我国,专栏与散文小品文特别是杂文有着不解之缘,是它们繁荣发展的温床。《新青年》上便辟有"随感录"专栏,是新文学先驱们激浊扬清的阵地;周作人在《晨报副刊》上也开过"自己的园地"专栏,发表了许多重要文艺评论。夏衍先生说自己的本行是新闻记者,翻开这位办报能手的文集,我还发现他为报纸开过不少杂文专栏,像在1943—1945年的《新华日报》上开过"司马牛专栏",在1946年的《世界晨报》上开过"蚯蚓眼"专栏,在《群众》上开过"茶亭杂话""蜗楼随笔"专栏,这些文字议论时事,讽喻世相,精短犀利,挥洒自如,至今读来仍刚劲有力。比如我印象深刻的一则是:"什么是民主?就是你是民,我是主。"这是1947年前后国民党统治的一个很好的注解。建国后，特殊的原因使得有活力的专栏文字一度枯萎，但气氛稍微宽松，一些好的专栏也曾产生，六十年代，《人民日报》上的"长短录"、《北京晚报》上邓拓的"燕山夜话"乃至《前线》上的"三家村札记"都受到了当时人们的空前欢迎。遗憾的是进入新时期以来，这类专栏好像不多，特别是个人专栏。九十年代，许多报刊适应读者需要纷纷改版，但是出现的专栏不外乎"知心姐姐"、"少女信箱"之类的，高质量的专栏文字、优秀的专栏作家仍是踪迹难觅，我想随着生活节奏的加快，人们阅读习惯的变化，应当是呼吁优秀专栏产生的时候了。

提到专栏，许多人肯定会露出不屑的表情，经营鸿篇巨制的人们还常常斥之为文化快餐，这种轻视也造成了作家为报刊写文章的漫不经心，这样专栏上的文章真的无足观了。我想不应因为它短小，因为它借助了大众传媒，便否定它的存在价值，相反应看到物质载体的变化对人们精神选择的潜在影响，文化也未必不能放下架子，走向十字街头。是不是快餐不要紧，要紧的是是否有真正的文化存在其中。在这里我不能不提到《收获》杂志，多年来他们始终注重有特色的专栏的开设，像余秋雨的《文化苦旅》、《山居笔记》，李辉的《沧桑看云》，都是产生强烈反响的专栏，他们也证明了这类文字也能写得大气磅礴，也有很深刻的内涵。其实巴金的《随想录》就是为香港《大公报》写的专栏，没听谁说它是"快餐"，鲁迅的杂文当年也被人讥为"花边文学"，但六十多年过去了，鲁迅的文章并没有一次性被消费掉，相反成为民族的精神遗产。如人不可貌相一样，文章也不能就题目、名目论质。

认真地读读优秀专栏文字，对于我们当前散文随笔的文风转变很有冲击，大而言之，对我们的报刊文字沉闷僵化的局面转变也不无借鉴意义。这种想法是我最近读董桥的一本叫《文字是肉做的》（文汇出版社1997年8月版）的书引起的。董桥是读书界看好的一位作家，本书是从他在香港报纸上开设的《英华沉浮录》专栏中选出来的。这些文章最鲜明的特点是短小精悍，不过千把字，但正如董桥所说"短文章向来比长文章难写，那是因为文章不可言之无物；又要短又要有物，当然格外费神。"他还说："我想看的是短文章里的'事'、'识'、'情'。'事'是'实例'、'故事'；'识'是'观点'、'看法'；'情'是文笔的'情趣'、'风采'。"董桥的文章实践了他的这些见解。言之有物，引人入胜，是生活在快节奏社会、处在信息泛滥时代的人们的强烈呼唤，作家们不能漠视这种要求，董桥哪怕谈论一个很枯燥的语法修辞问题也能妙趣横生。比如他讲"翻叠"这一修辞现象，先是解释翻叠是写文章为了不落俗套，偶然营造出人意表之语，接下来作者不是在做修辞讲座，他给我们讲了个故事：史密思先生是一个任何事都按部就班的人，他每天五点钟下班，六点到家，这时饭桌上已摆好饭，有一天回家，桌上没有饭，他急着找妻子，后来发现她跟另外的男人睡在床上，他就把妻子杀死了。在法庭陈词时，史密思先生忿忿地说："我实在气疯了，诸位先生，我六点钟回到家里的时候，饭可一定要摆在饭桌上啊！"原来杀妻只因惯常生活秩序被打乱。由此再谈"翻叠"我想谁都不会再费解。言之有物的另一面是谈论大家都关心的问题，而不是在谈虚说玄。所谈的问题可能很小，但小中见大，并不影响它的内容丰富，它也很敏锐，能够抓住大众的情绪焦点。与此同时作者还要有思想，能够在细微处洞见人世沧桑，能让人读后有所思、有所得，它是一杯好茶，入口清淡，愈品愈有味。董桥题为《生命不是一盒巧克力糖》，是反思我们民族性格的，他先是讲一个轻松的笑话来比较中国人与英、德、美等国人的差别，作者认为："中国人颇像犹太人，谦恭有余，激昂不足；苦中幽默，笑里常见皱纹，该是国运使然。"见识增加了文章的分量，有意味的形式又增添了文章的精致，在写作中董桥未免动情，文字也多了几分情致。单单看看题目，就绘声绘色，引人入胜：《"神明在上，我不敢"》《浅尝那杯女儿红》《文字不长皱纹》。有诗意，有期待，有悬念，有节韵。

这类文字比那些冗长拖沓、天马行空的散文，比起那些无病呻吟、空洞无物的随笔是一种反拨，那种有独特视角，主题鲜明，简洁明快，发人深思的文章，应当受到欢迎。专栏作者也应充分发挥版面固定、连续性强等优势，集中关注一些问题，也要逐渐形成自己的风格，这样才能在这片天地站住脚，这自然需要坚实的文化功底，董桥说："我喜欢观察古今中外带有文化趣味的情事，领会个中寓意，然后回过头来斟酌眼前的文化现象以及这些现象牵出来的语文课题。"这里有他的视角，也显示了他的学力，古今中外，这是随便说说就能做到的吗？看他旁征博引，中西皆通，我们不得不承认那短短的专栏文字也可以有重重的分量。

1998 年 4 月 29 日晚

附记：

　　如今报刊上可谓专栏漫天飞，结集出书的专栏名手也不在少数。但我发现有人写着写着就心不在焉了，文字实在不忍卒读。或许，写专栏写废了他们的笔，每天像完成和尚撞钟一样？反正，那文字毫无激情，内容也哼哼唧唧、无病呻吟者多。

2013 年 12 月 22 日

说盗版

前一段时间，《文汇读书周报》在头版开设"社长总编们头痛的问题"这样一个栏目，有意思的是花城和浙江文艺出版社的老总不约而同地说到盗版，我想，这是一个带有普遍性的问题，对出版界的朋友来说又是一个既头痛又无可奈何的问题。花城出版社去年以来，被盗图书有十八种（共七十六本），浙江文艺已发现的达二十余种四十多个版本，其中《秋雨散文》已有五种以上盗版本。经常买书的朋友也不难发现在书市中大凡畅销书都未曾逃脱被克隆的命运。如今的盗版书真是雅俗共赏种类繁多，有的是原版照搬，有的是又删又改，大拼盘大杂烩；质量也不断提高，甚至可以达到以假乱真的地步，笔者所见的盗版《现代汉语词典》与正版几乎相差无几。而且盗版的奇事还不断，花城出版社1997年3月出版的一本"由台湾顶渊文化事业有限公司授权花城出版社独家出版。版权所有，侵权必究"的（台湾）王邦维编著《佛经寓言故事》，授权者本身竟是盗印者，盗印大陆重庆出版社1998年版，王邦维也并非台湾人，而是北大的东方学系系主任（详见《中华读书报》1998.6.3.第五版，张洁宇文）。

这些盗版书是对作者精神成果的侵犯，是对出版社经济利益和声誉的损害，是对读者的极大的不负责任。它们就是出版界的艾滋病完全没治了吗？我看不见得，从法律上，从各级执法部门的行动上，从舆论宣传上，从出版社的自我保护上，已经够尽心尽力了，然而，一边在喊打，一边"繁荣昌盛"照出不误。这又说明什么？

现在打击盗版书，采取的是堵的办法，我认为还要疏，要正本清源才行。其实盗版书之所以如此猖獗，跟读者的部分需求紧密相关。它们的折扣低，书商有利可图当然愿意卖，但如果没有人买，他又卖什么？这又落到了普通读者身上。也不能就说他们不明真相误买盗版，不能说他们不明是非客观上支持了盗版。作为一个读者，而非藏书家，他们大多时候是不怎么讲究版本的，他们看重的是内容，能读就行。而随着盗版书质量的提高它也基本上能满足读者的这一需要。当然花同样的钱，人们还是喜欢买正版书，可矛盾的是有些时候正版书你买不着。我们出版社在发行上的问题就暴露出来了，发行渠道不畅，图书重版率低，对出版市场和读者需求的不关心乃至失去市场占领力，这些都为盗版书提供了大好生存之机。因此，我觉得出版社在打击盗版的同时，还应当放下架子关注和研究市场。

我自信对盗版书和正版书还是有分辨能力的，但有时还是买一点盗版书，不是一时疏忽，而是逼上梁山，不得不买。比如说，当年《白鹿原》出版时，在我们的新华书店就是买不到，为了急着看，我只好到书摊上买盗版的。终于又过了两个月，书店才到货，但我也无心花双份钱再去买一本，反正都已经看完了。最近有一本书，在京沪两地卖得非常好，可是两三个月过去了，大连仍不见书，恰恰我急着用这部书，当时我就想，要有盗版的，我也买。这样的情况恐怕不只一次了，可能北京上海这样的城市能好一些，但全中国也不仅仅只有这两个城市的人读书吧，出版社是不是把另外的人忘了呢？这样买书，我只好求外地的老师和朋友，让他们代买，但现代人都很忙，谁也不是你的办事员，求过几次我自己也不好意思张口；

再就是邮购，且不说手续的麻烦，等待的漫长，就是不一定所有的书都能找到邮购处，有的出版社发行部门只是忙于批销，根本顾不得建设邮购部，也不屑挣读者买一本两本书的小钱，因此常常对你的购书要求爱理不理；剩下一条路就是买盗版书，简便易行。无形中，我又助纣为虐一次。还有一种情况，一种书，印了两三万册便觉完事大吉，可是不同代层的读者有共同的需要，这样就出现你需要的书，市场上却找不到，而不少不法书商了解市场迅速推出盗版书，这时你看到盗版反倒有些喜不自胜。因此我认为如果出版社不转变观念，搞好发行工作，那等于自动给盗版书让出市场，客观上纵其泛滥。

现在的图书发行还是没有完全敞开，没有真正面对读者，它往往是借助书店的发行员来完成，一本书征订多少那就看他们的一枝笔了，知名度高的、热门题材订数多，一版再版，而读者并不急需；读者需要的，却到处找不到。我就不只一次听过一些作者抱怨读者买不到他的书，写信跟他求购，而他也束手无策，因为出版社总是告诉他订数不够，不能重印。著名翻译家汝龙的夫人曾写信给巴金先生抱怨汝龙翻译的《契诃夫文集》征订数太少，巴金回信中愤愤说我们国家的文化操在图书发行员的手中。是的，让文化参差不齐、爱好各不相同的发行员承担对书的出版与否的大任，真有些让蚊子去开采石油的味道，这也不符合市场经济规律的。不少好书征订数不够不能开印胎死腹中的事与此也不无关系，前些年一部诗集征订数仅七部，不少人大说，诗歌不面向大众便没有出路，我倒觉得这是图书发行的失败，像中国这样有十三亿人的大国，一本书发行几万册都没有什么值得骄傲的，想一想，这个数字占全体人口的几分之几，干脆，占读书人的几分之几？真奇怪了。有些书，出版社自己出不了，可是二渠道的发行力量参与就发行得很好。难道这不应引起我们的出版社深思吗？

这令我想起了三四十年代的出版者们，那时的发行条件远远不能跟现在相比：战争造成全国区域的分割，读者的文化程度不高而且缺乏安宁的读书环境，但是他们能冒着炮火为读者推出了那么多可以写在民族文化史上的好书，我想关键在于他们心中有读者、有文化建设的理想。如今的出版者要给未来留下些什么呢？同样要想着读者，同样要把好书送到读者手中。这样看来由说盗版说到图书发行我还不算离题太远。

1998 年 6 月 7 日下午

说"黑"书

现在的图书市场真是花花绿绿什么都有，有《红镜头》，就有《黑镜头》，不过这里说的"黑"书，不是指地下出版物，也并不一定标着"黑"的名号，而是指那些黑了心的人写的给人出一些黑点子的书。以往的很多思想教育类的读物，关心的不是个体的心理发展而是哪一类人的生活、思想，如今出版物的镜头则对准了个人，"无微不至"地"关心"着你的生活，从如何超越自己，如何作一个好丈夫、好妈妈，到如何与领导（同事）相处，甚至如何约会情人，如何接吻之类的家庭生活大全、办公室宝典、人生指南等等应有尽有。从来源上看，有的是译自西方，有的是挖掘我们民族的修身弄权的传统资源，有的则是现代城市故事。据说这类书特别受到涉世未深、喜欢探讨人生意义的青年们的欢迎，它们的出现对于帮助青年人认识人生观照自己，调解个人与自我、与他人的关系有着积极的作用。但是仔细阅读，有些书却是皮白骨头黑，内容驳杂、思想混乱，像一味变质的药，不但不利于病，而且还会伤身害体。

这些书，有一类是故作玄虚、并无甚高论的。比如有人问，我接连几个方案都被老板否定了，同事们认为我无能，家人认为我工作不努力，我自己也恨自己，这时我该怎么办？那本书的答复是人生需要自信。说的是千真万确，这也是放之四海皆准的道理，然而许多真诚的读者买一本书难道就是听了许多故事，获得了这么多"教益"？这让我想起了一个笑话，一个人身体痒得要命，去看医生，医生吹嘘了一番自己的医术之后，给他开的灵丹妙药竟是"回家挠挠"。还有的是编造一些拙劣的故事，可是读完之后获得的不是战胜困难的勇气和人生启示而是"生活太累了，我们需要放松自己"这样虚弱的感慨。

还有一类书，把早已被人们扫到垃圾堆里的思想意识当作宝贝拿了出来推荐给读者。糊涂学、吃亏学、厚黑学、忍学等等，五花八门，苍蝇一样全来了。凡事该闭一只眼就闭一只眼，糊涂长乐；吃亏是福，吃亏就是占便宜，只有能够吃亏，才能交到真心朋友，将来才能占着大便宜；能忍则安，领导永远是对的，他骂你打你，你要想到将来自己的升迁，就要忍下来，忍不但能够保存现在的地位，而且能为长足发展；推销东西对方不接受怎么办？死缠硬磨，不要管对方的态度，只要想着你的目的，不达到目的不罢休，你必将会获得成功。一套大三十二开豪华精装、全十卷、定价八百八十元的《新官场秘经》，第一卷是《奉上之法》看看标题就知道他教的是什么了：吹枕边风，打子女牌；早请示，晚汇报；揣摩上意，投其所好。《做官之方》一卷写的是：不趟浑水，巧踢皮球；环顾左右，模棱两可；狐假虎威，借权有道；见好就收，就坡下驴。《用人之道》一卷是：一朝天子一朝臣；温柔一刀，明升暗降；培植亲信，厚宠干将……

这样的书能够给人什么教益？要么是浅薄的生活感慨，要么是偷机钻营、溜须拍马、见风使舵、为达到目的不择手段等"心术""智策"，如果真的按照它们"指示"的去做，那样事业心会被野心所取代，人与人之间的真诚、信任会被虚伪、提防取代，如果这就是像他们宣称的"生活圣经"的话，那么横在我们面前的是一条可怕的道路。真希望一些出版社不要再玩江湖术士的把戏，拿这些见不得阳光的东西来污染人们纯洁的心灵。

1998 年 11 月 16 日

说《全集》

如果谁留心对比一下，就会发现现在的"全集"比十年前不知多出多少倍，以本世纪的作家为例，鲁迅、郭沫若、茅盾、俞平伯、朱自清、巴金、冰心、曹禺、艾青、萧红、秦牧等都有全集，外国文学名家的单就河北教育出版社的"世界文豪书系"中就有屠格涅夫、莱蒙托夫、纪伯伦、卡夫卡、勃朗特两姐妹等人的全集，还有各种名目繁多的散文全集、小说全集和更多正在编辑的全集，像当年一部《鲁迅全集》、一部《莎士比亚全集》的局面被打破了，不仅如此，还有一个人好几个版本全集的情况，比如莎士比亚。全集如此之多一方面显示了我们出版界的实力，一方面也与近年来追求"高大全"的出版风气有关，对此，我们应当冷静分析。我不赞成那种动辄就论资格的办法，出文集谁谁不够格，出全集某某就更排不上了，这简直是庸俗社会学新编。我觉得对于人类和民族文化做出了贡献，不论是影响大小，如果条件允许出个全集，并不是坏事，我们人类的文化宝库中恐怕不能只有鲁迅、托尔斯泰，正如天上不能只有太阳和月亮一样。多出一点全集是我们文化积累的一个重要组成部分，一位前辈作家就曾羡慕德国、日本作家文集、全集之丰富，做过研究的朋友也会有很深的体会，如果有一部可靠的全集，比翻检原始报刊，不仅省却许多气力，而且可能补足你的许多遗漏。据悉，最近推出的《蔡元培全集》增收新发现的文章有一千多篇，难以想象他会给研究者带来多大帮助。但是我也不是认为全集是随随便便就可以出的人，我认为少则几卷多则几十卷的全集的出版应当是严肃认真的，特别是作为有些盖棺论定意味的全集，更应该在版本文字等方面严谨可靠。

编全集遇到的第一个问题恐怕就是这个"全"字，到底怎么个全法，不同的人有不同的想法，作者大多希望严谨些，不要什么都重印出来，如巴金认为他的全集中一半是废品，不应再拿出给读者看，像早年写的一些宣传性质的文字，还有解放后为过关写的文字，都并不能代表作者本人的思想，不愿意再重印。而一些研究者却希望尽量多收文字，这样对研究有很重要的帮助，比如日记和书信，对于普通读者，未必感兴趣，可是研究者却视若珍宝。这就涉及到一个问题，如何给全集定位，或者说全集到底给谁来用。我认为，全集不同于普及本，全集应当是更多考虑研究者需要或为了保存文献需要的尽可能全面的一个版本。对于大多数普通读者来说，如果不是为了装点门面的话，有一部选集或一些单行本就够了。正因为如此，我对于盲目地出全集，或者一部全集出了好几种版本，感到担忧，这种随意很可能造成人力和物力上的浪费。其实为了这个"全"字，编者们是要付出很大心血的，甚至需要很多或者几代人来共同努力。1938年版《鲁迅全集》推出后，唐弢先生一直在孜孜不倦地收集先生未发现的佚文，许广平在《全集补遗》的书后，感激地说："这是用辛劳忘我的舍生精神博取来的收获。"的确是要查抄旧报刊，要辨证一些文字，在解放后还有鲁迅的佚文被发现，从此可以看出，这不是一下子便完事大吉功成名就的事，它还有许多后续工作，出好补遗应当是重要一项。可惜的是现在一些出版社闻风而动，粗粗编辑一部就算了事，以后就神龙见首不见尾了。

全集还有一个版本问题，由于各种原因，一些作品在流传过程中形成了各种不同的版本，编入全集时，选用哪个版本为底本，一些异文如何处理也都是编者需要考虑的问题。有的学者曾指出《郭沫若全集》中《女神》依据建国后的《沫若文集》中的《女神》为底本大大降低了它的文献价值，我们知道郭沫若《女神》中的《匪徒颂》等就曾做过重大修改，因此这位研究者认为应当用1921年泰东书局的初版为底本，然后列出以后的修改（详见朱金顺著《新文学资料引论》第39、138页，北京语言学院出版社1986年版）。《巴金全集》在处理异文时采取的是几种版本的文字共存的办法，比如《火》和《雪》两部长篇均有两种不同的结尾，全集中都收入了。

全集编纂还有许多值得注意的细节，像出版说明中应交代依据的版本，篇目说明中应交代此文初刊处，这些都为人们利用它提供了可靠的依据。必要的注释、索引及作者年表也为读者提供了极大方便，1981年版的《鲁迅全集》末卷就附有年表和《全集篇目索引》和《全集注释索引》，这个的全集注释也是在反复征求意见的基础上才加上的。这些都是严谨的编辑工作中应该恪守的基本准则，遗憾的是市面上的一些全集中却找不到这些，要么是夸下海口号称全集实际上只是把几种单行本凑到一起，充其量只能算作一个选集，要么是对入选作品毫无交代，如天外来客让人弄不明白身份，更绝的有人发现一本《茅盾散文全集》文章竟取自《茅盾选集》，从选集中能编出全集来这也是功夫。我真希望一些出版者看一看收在《许广平文集》第一集中《〈鲁迅全集〉编校后记》那里面对1938年版《鲁迅全集》的编选情况做了详细说明，在战火纷飞的岁月中，他们从全集书目的拟定、集稿、抄写、编辑、校对都有很严格的要求，连版式设计都列得很详，包括每面字数、行数、字体、符号的运用等都有明确规定。我希望多一些这样认真做事的出版者，希望多一些在几十年、几百年后还能常常为人们翻起的全集，这才是对人类文明的真正贡献。

1998年8月6日上午

说普及读物

　　今年4月9日著名的语言学家吕叔湘先生辞别人世，在悼念他的文章中我读到这样一件事：北大一青年教师1993年去医院看望吕先生时，带去两本书，一本是奠定先生学术地位的《汉语语法论文集》，一本是薄薄一百多页的《语文杂记》。问先生更喜欢哪一本书，出乎意料，先生说他喜欢粗通文字的人都能读懂的小书。这是吕先生读报时发现语法错误及时纠正而写下的杂记，是一本教大众怎样说话、怎样写文章的书。在老一辈学者的心中，普及性读物的分量并不亚于大部头的学术专著，这体现一种令人敬佩的责任感。

　　中国是一个地广人多，地区差异大的国家，国民的整体文化素质并不高，这也是我们步入现代化社会的最大障碍，因此亟需文化普及工作来拓荒开路，现代出版业无疑应当承担文明的传播及国民精神的改变的重任，普及性读物的出版和开发也是当务之急。

　　普及性读物区别于专业著作，面向大众，通俗易懂，常是从基础讲起，由浅入深。它是一座桥梁，把不会游泳的人带到河的彼岸，或许你越走越远，或许只在岸边看看而已。普及读物告诉你的是常识、是基础知识。人是需要一些常识的，正如大家常说："一个人不管学什么专业，总得懂一些文学知识，有一点艺术素养，知识是浩瀚的，不能只限于懂得自己的专业知识……"显然这不是要我们做无所不知的专家，而是要我们了解一些常识，这也是一个人基本素质的体现。但由于每个人兴趣、精力所限，由于时代的久远造成的隔阂，给当今青年人接触一些优秀的文明成果带来困难，而且像非专业研究人员没有必要捧着《全唐诗》读那近五万首诗，有《唐诗三百首》就足够了，普及本在这时就大有用武之地了。

遗憾的是如今出版界对普及性读物缺乏足够认识，他们不断翻印古书，经营鸿篇巨制，这似乎是名利双收的事，唯独对造福大众的事情不热心。到书店看看《二十四史》《资治通鉴》什么影印本、重排本、文白对照本应有尽有，它们摆在学者的案头，也放在附庸风雅者的书橱中，可是到底有多少人仔细通读过它，真是不得而知，我认为出版者在这上面花费精力，不如编几套大众可读的《中国通史》，哪怕是历史故事，我记得我就从吴晗在六十年代编的一套《中国历史常识》中受益不少。由于对普及读物认识不足，造成现有这类读物的低质量。不少人不屑做这项益于万民的事，不少人把它的通俗性、大众性等同于低层次的粗糙，结果书中错误百出，乃至胡编滥造，真是害人不浅。出版界应走出一片阳春白雪的境地，但也不能沦落到一片泥沼中。要搞好一本普及读物确非易事，既要考虑到读者的接受程度，又要充分理解原作，比如改编或缩写一部长篇小说，能否保持原作的基本风格，要突出哪一部分，这都是颇费思量的事，就是为哪句话做一个小小的注释也要考虑大家对此是否有不同的理解，若有，你取哪一种，这些都不是随随便便就解决的。

高质量的普及读物读者是热烈欢迎的，从最近复刊的《中华活页文选》的畅销就可见一斑。此书在六十年代就具有广泛影响，它是几代大学者写的"小书"，以精心选辑，详加注释，形式灵活，品位高雅而成为普及中国传统文化的优秀读本。据悉，复刊三个月，已合计订货45.1万套，订货码洋高达6169万元。真希望像这样的读物多起来，在全民中间形成一股读书的热潮。

1998年5月6日晚

说图书馆

  不知大家是否注意到许多学者在说到外国的图书馆时,羡慕得不得了,环境幽雅,藏书丰富,借阅方便等等,可是一谈到我们的图书馆便不是摇头就是叹气,难道我们的环境不好,藏书不丰?好像不尽然,特别是近年来,许多城市都很重视现代化的图书馆建设,可是文化人对我们公共图书馆的感情仍旧很淡漠,这是怎么回事,难道就是外国的月亮比中国的圆?

  手头有一本黄裳先生的《榆下说书》提到他到杭州访书的经历,他拿了工作证,还有浙江省文化界领导人的介绍信,要看善本书,图书馆答复要请示领导才行,好说歹说,领导同意了,说要指定一位馆员在一旁监视看书,中国臭老九被摔打惯了,这样已喜不自胜了,可是等了半天说书找不着,原因是专门负责善本的同志出差了,原有的善本因为编目的原因被打乱了,没有人能摸得清,黄先生发了好一通感慨,说:"多年以来,我对跑图书馆一直缺乏勇气,尤其是去看善本书。"这是 1979 年的事。手头还有一本陈平原的《书里书外》写的是他 1987 年到江南各图书馆读书的事,在上海，解放前的中文书籍卡片不让读者翻阅，你只可递条子，至于给不给书，就看人家的意愿了，反正你不知道他藏什么书，这只是一个城市的遭遇，他后来感慨："因读书而怄气，可惜了多少名山胜水，那才令人懊丧。"这样的事，在其他地方也常常遇见，前不久，一批日本学者到某市图书馆，提出要与这边图书馆联合整理满蒙时期的资料，接到的答复是用不着帮忙，大老远来，那就看看书吧，也是不给馆藏目录，他以为可能有对外国人保密的意思在里面，可是我说两年前我去查资料时也是那样，没头没脑的，看不到目录。这就令他大为不解了，图书馆藏那些资料不就是给读者利用的吗？这个问题，我也很困惑。记得1996年去北京拜访萧乾先生，说到我还要到北图查资料时，萧老不以为然地说了句，那是一个藏书楼。我当时还不理解这话的含义，可是去了就明白，简直进了保密局似的，步步设防，连门口的保安都要查一下身份证。图书馆沦落成藏书楼，只是尽到安全地保存资料的目的，我不知道这是不是本末倒置，起码是那些书的悲哀，一入侯门深似海，让它们在这里变黄变老，这是建图书馆的初衷吗？

有人说，那些珍贵图书当然不能让人随便看了，那好，讲一讲读那些流通读物的烦恼吧。以本市图书馆为例，如果是随意去翻翻书，倒也显得蔚为大观，可看的很多，可是如果做点研究，刻意查找哪方面书，你就等着吃苦吧，开架书插得很乱，保本库卡片的分类十分粗糙，需要你花很大气力，才能找到。更可气的哪怕是一些你觉得该有的常备书，或者就是一套书，找到这本不见那本，比如，《中国现代文学总书目》，查不到，那么《民国时期总书目》吧，一查，有是医药卷，文史卷就不见踪影了。一套"中国现代文学研究资料丛书"是图书馆应藏的书，可是在这里只能找到郭沫若、曹禺等人的，巴金、沈从文等还有许多人卷没有。一个杂志，中间居然断了一年，什么原因，当年经费不足，没订。这样给我的感觉就是在书成堆的地方，好像找不到书读。

前些日子，有人在为北京图书馆的杂志阅览室悲哀，堂堂的国家图书馆阅览室竟比大学图书馆还寒酸，这当然有图书馆自身管理的原因，也有全社会对文化事业认识的偏差。我想对于一个国家来说，不管是为近期的经济的起飞，还是为长远的民族兴亡，公共图书馆的建设都应该纳入重要议事日程，特别在这样一个信息爆炸的时代，它应该是文献和信息的中心，应该是一个民族文化普及和提高的最好场所。对于图书馆的功能我们也应有一个全面认识，到底该是资料保存库，还是利用中心，得有个明确认识和切实行动。人们羡慕国外的图书馆，我想无非是那里多一些书卷气，而少一些衙门气，是真正服务于大众的机构。

图书馆的价值应当体现在读者对它所藏资料的利用上，给我的印象是我们的图书馆常常就是年轻人借小说消遣的地方，很多书放在那里多少年没有人去动。社会上不少部门，跑断了腿四处搜集某些资料，可是就不知道去图书馆利用一下那里的资料，结果几辈人辛苦就被束之高阁。我想光是建一个气派的图书馆如果没有人利用那等于是浪费，这一方面与读者自身对图书馆认识不足有关，另一方面，图书馆这也借不出，借那又没有，给读者的当然只能是来消遣消遣，大家对图书馆利用率不高了，它的价值发挥不出来，还企望社会加大投入让它发展壮大，在中国这样的事恐怕只能是空想。

1998 年 9 月 20 日晚

说小报

人们似乎有足够的理由对小报表示不屑，它"庸俗、低级、下流"，像一个垃圾坑，散发着凶杀、色情等臭味搅乱了我们的空气。可是生活在这个时代，人们却又那么重视甚至放任自己的欲望，从练歌厅到酒吧到处是释放欲望的场所，小报在都市中也是承担这样文化功能的传统形式，它们的零售数量可以证明其受欢迎的程度，当然，有人会撇嘴说那都是没有文化的市民的低级趣味。可是我分明记得茅盾先生在他的回忆录中，曾经赞赏过《立报》，还曾为它们办过副刊《言林》，《立报》还有当时不少新文学社团和前辈们办的报纸，大多没有充足的经济来源没有官方立场其实就是小报，因此我们也不可一概而论认为小报都是没有品位的。还有一位红得发紫、文化教养很好的作家对小报也情有独钟，她看的小报与我们前面说的那种还不一样，而是我们通常说"庸俗"市民看的那种街头小报，她就是张爱玲，在1944年7月21日上海新中国报社召开的纳凉会上，她直言不讳地承认："我一直从小就是小报的忠实读者，它有非常浓厚的生活情趣，可以代表我们这里的都市文明"，"我那里每天可以看到两份小报，同时我们公寓的开电梯的每天也要买一份，我们总是交换来看。有时候漏了几天没送来，就耐不住要跑到报摊上去翻翻了。"(《纳凉会记》，收《贵族才女张爱玲》，四川文艺出版社 1995 年版）同时她还说，大报的语言没有色彩、灰灰的、与实际生活离得很远，所以她不感兴趣。

张爱玲是一个很世俗的人，但是她给我们提供了一个很好的课题，那就是我们如何看待小报的文化价值。我认为如果作为一种文化现象来探讨，就不能简单地用"庸俗、低级、颓废"这样的词来界定它们。大家通常所说的小报，并不是像《现代汉语词典》解释的那样是"篇幅比较小的报纸"，而是相对于大报而言的，相对于代表主流文化和国家意志处于中心地位的大报，它处于边缘地位，它的读者群在现代都市的市民中，代表着来自民间的声音和市民的趣味，具有实用性（为人们的衣食住行作顾问）和消遣娱乐性。这样一份东西为现代市民开辟了一个文化空间，他们在中心位置上无法表达的声音，在这里可以得到充分表达，同样一件事情，在大报和小报上表述的方式是不一样的，比如克林顿的绯闻在大报上说是两个党派的斗争，议论美国司法程序和对美国政治的影响，而在小报上则是绯闻的男女主角，及其他们的家庭背后的内幕，对于市民来说无疑对后者更感兴趣。学者陈思和曾经用政治权威意识、知识分子精英意识和民间文化意识来整合文学史，并充分关注民间在文学发展中的重要意义，我觉得小报所代表的民间性，就值得特别关注，尤其是在政治大一统的时候，小报留下的民间文化空间，是一个藏污纳垢的场所，也是自在的生命体系，它们之中有人民的真正的欢乐和痛苦，而不是为了党派或当前政治需要的宣传。小报一般缺乏鲜明的政治立场，它们甚至对政治根本就不感兴趣，就不愿沾边，它们关注的是市民的喜怒哀乐，有为欲望的颓废，也有人民不屈的生命力，它们充满了鲜活的民间气息，是研究民俗学、社会学的重要资料。我还记得 1996 年在北京向姜德明先生求教时，他特意提到应当关注解放前上海的小报，包括鸳鸯蝴蝶派那些小报都应当好好研究一下。他说那上面的历史掌故、笔记逸闻就写得很好，郑逸梅的掌故就常常出现在这上面。姜先生的话的确值得思考。

处在边缘位置、代表民间立场的小报，在本世纪初与精英文化处于对立的地位，扮演着保守的角色，而在当今它与精英文化相互渗透，对主流意识形态有消解作用，它们不加选择地把新的生活方式，作为奇闻逸事广为流布，无形之中扮演着新事物的推动者的角色。它思想立场比较自由、博杂，比大报那种统一、僵硬更适于新生事物的发展。"文革"中的地下文学、后期的朦胧诗的发展都离不开民间小报的功劳。小报除了历史文化价值之外，还有现实文化意义，那就是在越来越都市化的社会中，我们不能漠视市民文化空间，是的，如果大家都在读尼采、福克纳，那当然说明我们国民文化素质很高，但是文化是多元的，人们的选择也不是单一的，大餐是比小菜有营养，有的人就是小菜对口味，或者只能吃小菜，如果说小菜不好的话，我们为什么不想一想把它做得精致些，再说吃惯了大餐有人也想换换口味吃点小菜，文化素养很高的学者、科学家对通俗小说如醉如痴的事也很多。小报作为市民读物，应当担负起引导市民走向健康、文明的责任，这不应当只是奢望，娱乐和消遣同样需要健康的心态、需要丰富的内涵，从而建立一个良性的健康的市民文化空间。

1998年11月3日

后 记

冬日里，听着收音机传来的老歌，看本书的校样，还是心生不少感慨。严格点讲，本书应当题为《双城记》（大连—上海），槐香来自故乡，那是特有的故乡的味道，"入梦"却在上海，因为有了时空的距离便多了几分怀恋和惦念。尤其重读"世事琐谈"一辑中所写到的生活中的点滴感想，我突然想起在大连的那个小区居住时的家长里短，尽管岁月的风是那么强劲，但那种人间烟火的气息还不曾被吹淡。

现代化交通的便利，一日千里万里已不是神话，游走四方，常常记忆交错，甚至是错乱，一切真如过眼烟云，但唯有来自父母之邦的记忆，却总是印象深刻，借助这些文字，有时候还回味不已。当然，它们可能唯有对我个人有效，属于我的私人领地。每个人的心灵中都会有一块私人领地，有时，也会有限开放，打开这本书便进入我的开放日。

闲读佩索阿的诗："马车行驶在道路上，它走远了；/ 而道路没有变得更漂亮，也没有变得更丑陋。/ 这便是人对于外部世界的作用。/ 我们什么都不添加，我们什么都不删除。我们 / 经过，我们遗忘。/ 而每一天，太阳依然准时。"（《守羊人》之四十二，闵雪飞译）人世间，多么坚硬的物质都抵不过时光的剥蚀，便有雪泥鸿爪也会消融无迹，唯有记忆是我们最为牢固和永恒的财富。对于能够读到这一页的读者，我想说：谢谢你，很高兴能与你共同分享它们。

2013 年 12 月 23 日于上海